Chamane

C.E. MURPHY

Chamane

LUNA

Titre original :
URBAN SHAMAN
publié par Luna®

Traduction de l'américain par ALICE BOUCHER

Luna® est une marque déposée par le groupe Harlequin

83/85 boulevard Vincent Auriol 75646 PARIS CEDEX 13.
ISBN 2-280-15435-8 — ISSN 1775-6480

1.

Mardi 4 janvier, 6 h 45

Rien de pire qu'un vol charter.

Bon, d'accord, j'exagère. Il y a pire qu'un vol charter. Il y a les enfants affamés d'Afrique, les crimes racistes — et une musique techno à plein volume.

Sauf que là, j'étais coincée sur un siège qu'un enfant de quatre ans lui-même aurait trouvé inconfortable. Et j'y étais depuis si longtemps que je ne savais plus à quelle espèce vivante j'appartenais. Je n'avais pas dormi depuis plus de vingt-quatre heures, convaincue que l'avion s'écraserait si personne ne restait éveillé. Je n'avais, bien sûr, confiance qu'en moi pour faire le boulot.

Mon estomac alternait entre la nausée provoquée par le repas ingurgité quelques heures auparavant et les tiraillements de la faim, vu que je n'avais pas touché à un de leurs infâmes plateaux depuis un moment. J'avais oublié de prendre la mallette où je rangeais mes lentilles de contact, si bien que les yeux me brûlaient. Ma colonne vertébrale avait tout oublié de sa forme originelle, et il me faudrait au moins une semaine de séances chez le chiropracteur pour me tenir de nouveau droite. Enfin, je revenais d'un enterrement pour me faire licencier.

En fait, les enfants d'Afrique me paraissaient moins importants que ma propre misère. Mesquin, direz-vous, mais vrai…

Quelque part dans un coin de ma tête, une petite voix me disait que si je pouvais aller jusqu'à la soute à bagages pour y prendre ma mallette, alors le monde redeviendrait miraculeusement normal. Espoir parfaitement vain.

Les lentilles collaient à mes yeux. Régulièrement, je tendais la main pour les enlever, me disant que le jeu n'en valait pas la chandelle. Et régulièrement, je me rappelais que c'était ma dernière paire, et qu'il me faudrait supporter les lunettes jusqu'au prochain rendez-vous chez l'ophtalmo.

Notez que j'aurais pu succomber. Mais les lunettes en question se trouvaient *aussi* dans la soute. Et l'idée de naviguer dans un monde de visages informes me donnait d'avance la migraine.

Je veux dire, une autre paire que celle que j'avais déjà.

Je me décidai à escalader le gros homme paisiblement assoupi à mon côté, et me dirigeai vers les toilettes. Au moins, je pouvais retirer mes lentilles et les passer quelques minutes sous l'eau. Tout, plutôt que de les avoir sur mes yeux.

Avez-vous remarqué la place faramineuse que tient le miroir dans l'espace microscopique des toilettes d'un avion ? Sous le néon fluorescent, mon teint avait une charmante couleur jaunâtre, et les veinules rouges de mes yeux faisaient furieusement ressortir leur teinte verte. J'étais la candidate idéale pour ces pubs miracles qui vantent les bienfaits des gouttes oculaires. Quant à mes cheveux, j'aurais été la gagnante toutes catégories de la « coiffure la plus horrifique du monde ».

Je fis glisser les lentilles de contact sur deux morceaux de papier, et les plaçai sous le jet du robinet. Enfin, j'aspergeai mes cheveux pour leur redonner forme.

Super… Je ressemblais maintenant à un porc-épic.

Le seul truc à peu près regardable, sur moi, c'était le collier ras-le-cou en argent que ma mère m'avait donné juste avant de mourir. Il était orné d'une croix celtique qui reposait au creux de ma gorge. Je n'avais pas l'habitude de porter des bijoux, et le rappel de sa présence me fit frissonner — comme si quelqu'un pressait son pouce sur la chair délicate. Je remis les lentilles et remontai l'allée en vacillant jusqu'à mon siège. Les hôtesses m'évitaient visiblement, et je ne pouvais pas leur en vouloir.

Avec un soupir, je posai mon front sur la tache graisseuse que j'avais laissée sur le hublot. Heureusement que les « techniciens de surface » faisaient leur boulot, sans quoi il y aurait une épaisse couche de gras plaquée sur la vitre par des gens comme moi.

Formidable ! Il suffisait que je reste éveillée plus de dix-huit heures d'affilée pour que mon esprit se mette à suivre obstinément la plus ridicule et la plus insipide des pensées. Je ne faisais pas exprès. Simplement, mon cerveau et ma langue se détraquaient. Pas besoin d'invoquer le manque de sommeil pour ça, diront les mauvaises langues.

Nous avions amorcé la descente depuis un petit moment, à présent. Je consultai ma grosse montre-bracelet noire. Le bouton orange censé avertir du changement d'heure, clignotait constamment et les aiguilles indiquaient 5 h 50, mais le steward venait d'annoncer qu'il était presque 7 heures du matin.

A travers le hublot, j'essayai de scruter le ciel. Il faisait encore nuit.

Mes yeux larmoyaient. Je battis des paupières pour tenter de décoller un peu les verres de contact. Puis, en désespoir de cause, je pressai doucement les poings sur mes yeux et restai ainsi plusieurs minutes, espérant absurdement ne pas être en train d'écraser les lentilles. Quand je fus de nouveau en état de voir le monde, j'entendis le commandant de bord annoncer que nous amorcions la descente finale.

La descente finale ! Il aurait pu trouver une expression moins... *imagée* pour dire ce genre de choses, non ? Je n'avais pas la moindre envie de mettre de l'ordre dans mes affaires terrestres et spirituelles avant l'atterrissage. Je pourrais peut-être le convaincre d'atterrir sans passer par une « descente finale » ?

L'avion se redressa brusquement et reprit sa montée, interrompant momentanément mes inquiétudes métaphysiques. Quelques minutes plus tard, la voix du commandant crachouillait dans le micro : « Désolé, des perturbations nous empêchent d'atterrir pour le moment. Nous allons donc tourner autour de la Ville d'Emeraude, avant de vous déposer en temps voulu à la porte de débarquement qui nous est attribuée. »

Même pas de « mesdames, messieurs »... Comme si on était de vulgaires marchandises ! D'habitude, je me fichais des questions de politesse — et je fais partie de ces libres-penseurs qui considèrent que le mot « homme » englobe l'humanité tout entière. Mais à cette heure matinale, j'estimais qu'on pouvait nous traiter autrement que comme un ballot anonyme. Non que je me prenne pour une dame. Même par une belle journée radieuse, j'avais du mal à en donner l'impression, avec mes un mètre quatre-vingts. Alors à l'aube, après une nuit blanche…

Des lumières clignotèrent au-dessous de nous. Si j'étais pilote, c'est ce que je préférerais, je crois : tourner autour d'une ville juste avant qu'elle n'émerge de l'obscurité de la nuit. Il y avait quelque chose de fascinant et de rassurant dans ce sillage continu de voitures qui se dirigeaient imperturbablement vers leur destination. Preuve qu'il existait des gens qui avaient un but, un endroit où aller, quelque chose à accomplir.

Ce qui n'était plus mon cas.

Je regardai de nouveau les lumières papillonnantes, et elles me parurent soudain moins attirantes.

L'avion descendit de quelques paliers. D'observatrice lointaine, je devenais voyeuse : je discernais à présent les passants sous les réverbères. Les arbres cessèrent d'être une masse sombre et confuse et retrouvèrent toutes leurs branches.

Une école dont la cour de récréation était vide passa au-dessous de nous. Le quartier était sillonné de rues nettes et ordonnées. Des arbres nus, soigneusement coupés, bordaient des pelouses parfaitement tondues. La lumière des lampadaires se reflétait sur des voitures rutilantes. Tout, dans ce quartier, même l'air frais du petit matin, clamait le bonheur de vivre.

La banlieue suivante, en revanche, semblait comme l'envers du décor. Les voitures, vieilles et sales, ne brillaient pas sous les réverbères. Les toits de bardeaux étaient rafistolés, et les pelouses poussaient à l'abandon. Mais le prix d'une tondeuse, ou d'un toit en bon état, pouvait faire ici la différence entre des fêtes de Noël avec ou sans cadeaux…

Une longue rue défila, entièrement plongée dans l'obscurité, à l'exception d'un réverbère orange. La lumière créait une atmosphère artificiellement vivante, soulignant le moindre détail avec une netteté étrange.

Aux abords du halo se dressait une église au long toit pentu, surmonté d'une flèche agressivement acérée. Sur le parking vide, une unique voiture, garée en travers de deux places. L'une des portières était entrouverte ; peut-être ne fermait-elle plus. Possible, après tout : c'était un de ces monstres des années soixante-dix avec lesquels j'avais grandi. Une bonne voiture. Solide. Pas comme ces petites choses fragiles, avec ou sans airbag, qu'ils fabriquent aujourd'hui.

Une silhouette masculine émergea soudain, haute et mince, contre la portière. L'homme semblait scruter les ténèbres devant lui. Un bref éclat métallique attira mon regard : il tenait dans sa main un de ces redoutables couteaux Butterfly, qu'il tournait et retournait lentement. Sans savoir pourquoi, j'eus la conviction que c'était un homme capable de viser une main, les yeux bandés, sans toucher aucun doigt.

Une femme apparut dans le cercle de lumière orangée. Tête baissée, elle courait au milieu de la rue. Ses foulées étaient incroyablement espacées, mais irrégulières, comme si elle n'avait pas l'habitude de courir. Ses longs cheveux flottaient librement, ondulant de manière brusque quand elle se retournait pour jeter un regard derrière elle.

L'avion, cependant, s'éloignait inexorablement. Je me tordis sur le siège pour ne pas perdre la scène de vue.

Une meute de chiens surgit à son tour de la nuit. Sous la lumière du lampadaire, leur fourrure avait la couleur de l'or pâle. Ils avançaient avec la tranquille assurance de chasseurs traquant une proie facile.

La femme trébucha, la meute gagna du terrain. Et l'avion m'emporta définitivement.

— Mais je vous dis qu'il y a une femme en danger !

C'était la quatrième fois que je répétais ces mots, et le commandant de bord continuait à me regarder comme si j'étais sous l'emprise de drogues. Après tout, le manque de sommeil produit le même effet que certains stupéfiants. Je m'appuyai contre la porte du cockpit, bousculée par les autres passagers qui descendaient. Il s'était écoulé un quart d'heure depuis que j'avais aperçu la femme, et je sentais au creux de l'estomac une boule d'angoisse qui menaçait de se transformer en nausée si je ne lui venais pas en aide. Le pilote me dévisageait toujours.

— Et vous avez vu la scène depuis votre hublot, reprit-il, pour la quatrième fois également.

Sa voix avait l'inflexion contenue et patiente qu'adoptent les professeurs pour maîtriser leur irritation devant un élève récalcitrant.

— Sans doute exagérez-vous, madame.

Je fermai les yeux. Ils me brûlaient horriblement. Quand je les rouvris, ils étaient inondés de larmes.

Je vis l'expression à la fois consternée et horrifiée du commandant de bord.

— C'était… c'était cinq minutes avant l'atterrissage, dis-je d'une voix chevrotante, pendant qu'on tournait au-dessus de la ville. Nous venions du nord-ouest.

Et je levai le poignet pour lui montrer ma boussole, tout en me disant qu'on pouvait espérer d'un pilote qu'il sache s'orienter.

— J'étais en train de regarder par le hublot et j'ai aperçu une femme qui dévalait la rue en courant, une meute de chiens à ses trousses. Un homme avec un couteau l'attendait.

— Madame…, reprit-il d'une voix neutre.

Exaspérée, je tendis le bras pour l'empoigner par sa chemise. Ma main, en fait, se referma sur du vide. Je ne pensais pas que même en cette ère d'après le 11 septembre, les vigiles puissent vous attraper pour avoir tenté d'empoigner… du vide.

— Ne m'appelez pas « madame »…

Mes yeux glissèrent le long de sa poitrine, jusqu'à son badge.

— Steve ? C'est bien ça ? Steve, écoutez-moi bien… J'ai simplement besoin de connaître notre vitesse de descente. Je travaille pour la police.

Je pris à mon tour un ton contenu et patient.

— Vous ne voudriez pas, commandant, qu'on annonce au journal de 20 heures qu'un meurtre a été commis, et que votre compagnie aérienne n'a rien fait pour l'empêcher alors qu'elle savait ce qui allait se produire…

Bon sang, mais pourquoi est-ce que je me souciais de toute cette affaire ? La femme était probablement morte, à l'heure qu'il était. Cependant, le commandant

Steve blêmit et jeta un bref regard vers ses instruments de bord. Je lui adressai mon plus charmant sourire, et, cette fois, il se décomposa littéralement sous mes yeux. Mon sourire l'avait visiblement impressionné.

— Dépêchez-vous, dis-je. Dès que le soleil se lèvera, les lumières de la ville s'éteindront et je ne sais pas si je parviendrai à reconnaître l'endroit.

Je laissai mes bagages à la consigne de l'aéroport et grimpai dans un taxi.

— Vite ! lançai-je au chauffeur sans même le regarder, tout occupée à tenter de calculer le rapport entre la hauteur, la vitesse et la distance.

— Où ça, mademoiselle ?

— Je ne sais pas.

— Bel endroit, mais…

— En direction du nord-ouest, lançai-je.

L'homme me jeta un regard glacial et mit le moteur en marche.

— Avez-vous une carte ? demandai-je une minute plus tard.

— Pour quoi faire ?

— Pour que je voie où on doit aller exactement…

Il se tourna pour me regarder.

— Gardez vos yeux sur la route !

Et je fis ma prière silencieusement en attendant le choc. D'un coup de volant, sans même se retourner, le chauffeur évita la collision. Le souffle court, je me jetai en arrière sur la banquette.

— Bon, finis-je par murmurer, et cette carte ?

— La voilà ! grogna-t-il en jetant un guide sur mes genoux.

Je l'ouvris pile à la page de l'aéroport. Bon, les avions vont vite, n'est-ce pas ? Certes, j'admets que ce n'était pas une découverte renversante, mais c'était franchement déprimant de réaliser la distance que nous avions parcourue en cinq minutes et le temps qu'il faudrait pour se rendre sur place en taxi.

— Au nord-ouest, en direction du lac…

Oui, je me souvenais de la grande tache sombre qui était apparue au-dessous de nous, tandis que l'avion quittait la zone.

— J'ai trouvé ! Nous allons à Aurora…

— Aurora ? s'exclama le chauffeur. Savez qu'c'est pas une banlieue recommandable, jeune dame ? Sûre que vous voulez aller là-bas ?

— Oui, je sais, grommelai-je. Mais j'essaie de retrouver quelqu'un qui est en danger.

— Alors, c'est là qu'il faut aller.

Le chauffeur me dévisagea dans le rétroviseur. Un sourire mince et froid, genre Monsieur-je-sais-tout, étira ses lèvres. Sous ses épais sourcils broussailleux, ses yeux étaient gris comme ses cheveux. Il avait un cou épais, un visage buriné, et je l'imaginais mâchonnant des cigares à longueur de journée. Je lui demandai s'il avait une cigarette. Il se tourna de nouveau.

— Ces choses-là vous tuent, jeune dame.

Sa voix était grave et rocailleuse, comme celle d'un fumeur invétéré. Je ne pus m'empêcher de montrer ma surprise. Dans le rétroviseur, un autre sourire froid fendit son visage.

— Ma femme est morte d'un emphysème, il y a trois ans, alors qu'on fêtait notre quarante-huitième anniversaire de mariage. Alors, gamine, si tu veux une cigarette, adresse-toi ailleurs.

Parfois, je me demande s'il n'est pas écrit « demeurée » sur mon front. Très spirituellement, je rétorquai :

— Je suis pas une gamine.

Les yeux gris se posèrent une seconde sur moi via le rétroviseur, avant de revenir à la route.

— Z'avez quoi ? Vingt-six ans ?

J'étais sidérée. Personne, jamais, ne devine mon âge. Depuis mes onze ans, les gens se trompent sur mon âge — de trois à sept ans, dans un sens ou dans l'autre.

— C'est un don, dit le chauffeur. Un don inutile. Mais j'peux dire l'âge des gens.

Il rit doucement.

— Un bon truc pour avoir des pourboires, reprit-il. Je me lance dans une longue explication sur la façon dont je devine l'âge, mais c'est du baratin. Ils me prennent pour un sorcier !

— Euh… Et comment avez-vous deviné mon âge, alors ?

La question était sortie de ma bouche sans être passée par la case cerveau. En fait, je n'avais aucune envie d'engager la conversation avec un chauffeur de taxi.

— Z'avez rencontré quelqu'un qu'avait pas envie d'avoir une vingtaine d'années, vous ? grommela-t-il. Bon, alors, c'est quoi votre affaire ? Qu'est-ce que vous cherchez par ici, jeune dame ? C'est une banlieue à problèmes et ç'a pas l'air d'être votre genre.

Je jetai un œil sur la vitre près de moi et aperçus mon reflet, évanescent. Il avait raison. J'avais l'air épuisée, désespérée, mais pas perdue.

— Les apparences peuvent être trompeuses.

Le regard du chauffeur disparut du rétroviseur, comme s'il jugeait inutile de démentir mon affirmation.

— Ce n'est pas moi qui ai des problèmes, repris-je, c'est une femme que j'ai aperçue depuis l'avion.

De nouveau, il se tourna. Décidément, c'était une manie.

— Vous essayez de sauver quelqu'un que vous avez vu depuis l'avion ?

Je sentais l'incrédulité percer dans sa voix.

— Oui, répondis-je laconiquement.

Je retins ma respiration. Sans broncher, il redressa la voiture d'un coup de volant à l'aveuglette.

— Vous rêvez de jouer à Superwoman ? Et comment vous allez la retrouver, votre femme ?

— J'ai suivi des cours de maths à l'école, marmonnai-je. J'ai la vitesse et la hauteur à laquelle on volait. Le pilote me les a données ; ce n'est pas sorcier de calculer la distance parcourue. Je veux dire, transposer une vitesse sur une autre, c'est coton... Mais... euh...

Là, je serrai fort les dents pour m'empêcher de continuer à parler. C'était moins une avant que je ne m'embrouille.

— Dans cette banlieue, il y a une église moderne, éclairée par un unique lampadaire orange. Si je peux la retrouver avant que le jour se lève...

— Et comme ça, vous serez la première sur la scène du crime ! Vous êtes folle, jeune fille. En manque de frissons ?

— Ce ne sont pas vos affaires, rétorquai-je aimablement.

— Une jolie fille comme vous devrait être en route pour la maison où l'attend son chéri et…

— Je n'en ai pas, avouai-je.

— Hmm… Vu votre tempérament, on se demande pourquoi, jeune dame.

Je me penchai en avant et, posant les coudes sur mes genoux, massai doucement mes yeux du bout des doigts. Le nœud d'angoisse au creux de l'estomac remontait impérieusement vers le sternum et menaçait de se transformer en nausée. Il fallait absolument que j'agisse. Aucune logique là-dedans, je vous l'accorde, mais je savais au plus profond de moi que la sensation ne disparaîtrait que lorsque j'aurais retrouvé la femme.

— Vous n'avez jamais eu le sentiment que vous deviez absolument agir ?

— Pour sûr ! s'exclama-t-il de sa voix grave. Je savais que je devais absolument épouser ma bonne femme quand je l'ai mise en cloque.

Platon réincarné en chauffeur de taxi. Une philosophie… *renversante.* Je relevai la tête pour l'observer, par-dessus le siège. Il grimaça, dévoilant une rangée de dents blanches impeccables. Pas des dents de fumeur. De fausses dents, sans doute.

— Mais j'ai jamais eu le sentiment de devoir courir après une femme vue depuis un avion. Ça non, jamais, ajouta-t-il en hochant la tête. Mes problèmes me suffisent. Pas besoin de rajouter ceux des autres.

Je me redressai et me laissai aller contre la vitre, en fermant de nouveau les yeux.

— Et moi, je dois en avoir tellement, des problèmes, que j'ai besoin de ceux des autres pour me donner l'impression que les miens sont moins lourds à porter.

Je sentais sur moi son regard dans le rétroviseur. Je l'entendis pousser un drôle de grognement.

— C'est bon, jeune dame, on va le chercher, votre cadavre.

2.

— Merci pour le vote de confiance, murmurai-je.

Je ne me sentais pas très sûre de moi. Mais je n'eus pas le temps d'approfondir la question. Gary — c'était le prénom indiqué sur la licence accrochée au compteur, soixante-treize ans depuis trois jours — conduisait comme s'il avait le diable aux trousses. Agrippée au siège, je me contentais de retenir mon souffle.

Quand nous arrivâmes à Aurora, les réverbères n'étaient pas éteints, et je n'étais pas morte. Epuisée, je poussai un long soupir. Gary obliqua vers une station-service.

— Que faites-vous ?

— Quelqu'un, là-dedans, connaît peut-être l'église.

— Je croyais qu'un homme ne demandait jamais son chemin…

— C'est bien pour ça que vous allez vous y coller, me répondit-il d'un ton suave.

Je sortis.

Le gros garçon affalé derrière le comptoir n'eut pas l'air particulièrement enchanté de me voir. Mais je compris à sa moue que ce n'était pas dirigé personnellement contre moi. Plutôt un principe : aucune visite ne pouvait l'enchanter. Quand je lui parlai de l'église, il se mit à minauder. « Minauder » n'est pas le terme exact. En fait, il n'y a qu'un homme au monde qui sache minauder, et c'est James Dean. Ce gosse n'était pas James Dean. A l'évidence.

Mon Dieu, avais-je donc l'air aussi niaise, à seize ans ? Aucun souvenir ne me revint, ce qui augurait mal de la réponse. Sans m'attarder, je passai donc à ce qui, indubitablement, aurait pu réveiller mon attention à cet âge-là : l'argent. Je n'étais pas particulièrement fière de recourir à ce mode de « persuasion », mais j'étais épuisée. Et pressée.

Farfouillant dans mon sac, j'en retirai un billet que j'agitai sous le nez du garçon. Devant son air sidéré, j'eus comme un doute et je jetai un œil sur le billet en question. *Vingt dollars.*

— Pour ce prix-là, mon petit gars, tu as intérêt à me conduire jusqu'à l'église.

Fasciné, il ne détachait pas ses yeux du billet.

— Il y a deux églises à toit pentu, marmonna-t-il, l'une à cinq pâtés de maisons d'ici, l'autre à deux kilomètres environ.

— Quelle direction ?

Sans quitter du regard le papier fétiche, il me donna les indications nécessaires.

Je laissai tomber le billet sur le comptoir en soupirant. Il s'en empara avec avidité, comme s'il craignait que je ne le lui reprenne.

— Merci, grognai-je en me dirigeant vers la porte.

Je venais d'apprendre à ce gosse l'intérêt très lucratif qu'il y avait à moucharder. Génial !

Et ce qui était plus génial encore, c'est que je venais de lui laisser le quart des maigres ressources dont je disposais pour l'heure. Or, les taxis de la SeaTac, c'est connu, sont très chers. Je grimpai dans la voiture.

— Deux églises, lançai-je. L'une à l'est, à quelques pâtés de maisons d'ici, l'autre au sud-ouest. Dépêchons-nous, le jour se lève.

— Z'avez envie de tremper vos mains dans le sang encore chaud ? M'est avis que vous devriez consulter, jeune dame.

— Joanne.

Je préférais qu'un chauffeur de taxi mal dégrossi m'appelle par mon prénom plutôt que d'entendre « jeune dame » pendant une demi-heure encore.

— Et vous, vous avez l'air particulièrement obsédé par les cadavres, repris-je. Pour ma part, j'espère qu'elle est encore en vie.

J'attachai ma ceinture de sécurité en prenant cet air maussade qui était en passe de rester accroché à ma figure, vu la tournure des événements.

— Z'êtes optimiste de nature, ou naïve ?

Une douleur fulgurante me déchira la poitrine. Je fourrageai de plus belle du côté de la ceinture de sécurité. Péniblement, je parvins à articuler :

— Vous n'avez pas le droit de me dire ça.

Tenant toujours la ceinture dans ma main, je tournai mon visage vers la vitre et tentai de refouler furieusement mes larmes. Gary m'observa dans le rétroviseur avant de se tourner brusquement.

— Hé, jeune dame… Euh… Joanne ! Ne le prenez pas mal, je ne voulais rien dire de spécial.

— Bien sûr que non, répondis-je d'une voix tendue, presque inaudible. Contentez-vous de conduire.

Enfin, je parvins à fixer cette maudite ceinture. Pour la première fois depuis que j'étais montée dans ce taxi, Gary se concentra sur la route sans dire un mot.

La lumière des réverbères s'affaiblissait, à mesure que perçaient les pâles rayons du soleil. J'essayai de retrouver mon calme. D'habitude, je ne pleure pas si facilement, et je ne suis pas si sensible aux observations des étrangers. Mais je venais de vivre une longue journée. Plus qu'une longue journée : une longue semaine, un long mois, une longue année — même si nous n'étions que le 4 janvier. Et la journée menaçait de s'allonger plus encore. Il me restait à me faire virer de mon boulot.

Brusquement, alors que nous tournions au coin d'une rue, les lampadaires s'éteignirent, et avec eux disparut la seule chance qui me restait de découvrir la femme en fuite.

— Bon sang…

Je réalisai que c'était moi qui venais de parler à voix haute.

— En voici une, annonça Gary.

De dépit, d'épuisement, je serrai les mâchoires pour retenir mes larmes et jetai un coup d'œil par la vitre. Le halo orange d'un réverbère, le seul de la rue, clignota un instant avant de disparaître. Je restai là sans comprendre et, soudain, je me jetai en avant :

— C'est là ! hurlai-je en me démontant à moitié le cou.

Gary freina si brutalement que mon cou craqua une seconde fois. Je m'écrasai littéralement contre la vitre.

— C’est là ! C’est l’église ! Stop !

Sur le parking, il n’y avait plus de voiture, mais pas d’erreur possible : je reconnus la longue flèche agressive qui trouait le ciel.

— Bon sang ! On l’a trouvée…

Gary accéléra de nouveau pour se diriger vers le parking de l’église.

— Bon, peut-être bien que vous n’êtes pas naïve. Peut-être bien que vous avez de la chance, grommela-t-il.

— Le bon Dieu s’intéresse aux simples d’esprit et aux enfants, non ?

Je m’élançai hors du taxi, pour me prendre les pieds dans la carpette et me cogner à la portière, tout en déclarant simultanément :

— Alors, vous venez ?

Il fit la grimace.

— Oh, et puis après tout… J’ai jamais vu d’assassinat en vrai !

— Et en faux ?

Sans attendre la réponse, je filai vers l’église. Gary m’emboîta le pas, ce qui me surprit. En jetant un coup d’œil dans sa direction, j’eus un petit choc : comme il était large d’épaules, je m’attendais à voir un homme trapu. En fait, il me dépassait bien de cinq centimètres.

— Un vrai demi de mêlée, dis-je à voix haute.

— C’est du temps du collège, répliqua-t-il avec un sourire épanoui. Bien avant que ça devienne une histoire médiatique. Gloire et argent, y a plus que ça qui compte aujourd’hui.

— Parce que ce n’était pas comme ça, avant ?

Ses dents blanches brillèrent.

— La gloire et les filles, voilà ce qui comptait, avant.

Je ris et m'arrêtai devant la porte de l'église. Chacun des deux battants était pourvu d'une poignée en cuivre deux fois grosse comme ma main. Ils devaient s'ouvrir d'une manière tout à fait solennelle. Et j'aurais préféré une entrée plus… discrète.

— Vous êtes sûre que votre victime est là-dedans, jeune fille ?

— Oui, répliquai-je, tout en me demandant bien pourquoi.

A dire vrai, j'hésitai et me tournai vers le parking. A l'exception du taxi, il était vide. Il n'y avait aucune raison de supposer que la femme n'ait pas été embarquée dans la voiture de l'homme au couteau. Aucune raison de croire non plus qu'elle ait eu le temps de venir jusque-là, voire jusqu'à l'église située un peu plus loin.

— Oui, dis-je de nouveau.

Puis je redescendis les marches et me mis à courir vers le sud du parking, à l'endroit où j'avais aperçu la voiture. Quelques secondes plus tard, j'entendis des pas crisser sur le gravier.

— Que cherchez-vous ? demanda Gary en arrivant à ma hauteur. Vous venez de dire que la victime devait se trouver à l'intérieur.

Je ralentis ma course, et scrutai le sol.

— Probable que c'est juste un souhait. Peut-être qu'il y a eu lutte. Si le type au couteau l'a attrapée, elle n'aura pas eu le temps de venir jusqu'à l'église.

— Le type au couteau ?

La voix de Gary était montée d'un ton. Je m'accroupis et lui jetai un regard par-dessus mon épaule.

— Je ne vous en ai pas parlé ?

— Ah, mais non ! s'exclama-t-il avec force. Vous ne m'avez rien dit !

— Oh… Eh bien, il y avait un type avec un couteau. Du genre menaçant.

— Vous vous en êtes rendu compte depuis l'avion ?

Je poussai un soupir en gonflant mes joues.

— Vous n'avez jamais vu quelqu'un qui sait jouer du couteau ?

— Si…

— Moi aussi. Ils ont une certaine allure — élégante, souple. Eh bien, ce type-là avait cette allure. Même vu de haut.

— Vous êtes sûre que vous n'avez pas des visions, jeune fille ?

Je me redressai. Au creux de l'estomac, je sentais toujours ce malaise sourd, comme si je n'en avais pas fait assez pour aider la femme en danger.

— Je porte des verres de contact, rétorquai-je.

Gary fit entendre un petit grognement ironique. Je soupirai de nouveau.

— Je sais ce que j'ai vu.

— Bon, alors…, répliqua-t-il en haussant les épaules.

Soudain, il se tut et scruta attentivement le sol.

— Je sais en revanche ce que vous n'avez pas vu.

— Quoi ?

Il désigna un point sur le bitume et se pencha.

— Une dent…

Je m'approchai et me penchai à mon tour pour regarder le petit objet blanc qu'il me montrait du doigt, sans le toucher. Pas de doute, c'était une dent, renflée et lisse, avec toutes ses racines, rouges de sang. Je fis la moue.

— Beurk ! Et là… Quelqu'un a été blessé.

Du menton, je désignai, quelques pas plus loin, des taches de sang séché.

Gary leva les yeux au ciel.

— La demoiselle est écœurée par la vue d'une dent, et elle cherche un cadavre !

— Une personne vivante, rectifiai-je.

— Vous croyez qu'elle est dans l'église ?

— Oui.

— Alors, qu'est-ce qu'on fait dans le parking ?

Je regardai autour de moi.

— La lumière est plus jolie ici, non ?

C'était une de mes plaisanteries préférées : elle me venait de mon enfance. En général, personne ne la comprenait, mais Gary plongea la main dans une poche de sa veste et me lança une pièce que j'attrapai en souriant.

— Bon, si on allait voir ?

Nous revînmes ensemble vers l'église.

Je ne m'étais pas trompée : les portes s'ouvrirent dans un silence majestueux. J'eus la sensation fugace d'être un prêtre menant ses ouailles vers la lumière, et non une jeune femme épuisée guidant un chauffeur de taxi à l'allure de rugbyman vers un improbable cadavre.

Je franchis le seuil et, inconsciemment, guettai un craquement qui déchirerait l'impressionnant silence. Le parquet resta parfaitement muet. Nous n'étions pas dans une de ces antiques et respectables cathédrales qui supportent avec dignité le claquement des talons ou le rire des enfants. Non, le bruit semblait tout simplement banni de ce lieu étrange.

J'étais chaussée de tennis et, pourtant, je me mis à marcher sur la pointe des pieds. L'atmosphère était saisissante d'austérité et de froideur. Sans doute l'architecture de l'église, avec ses longs toits pentus, était-elle parfaite pour l'acoustique. En revanche, la seule lumière naturelle provenait de vitraux derrière la chaire. Enfin, quand je dis « naturelle »... Y avait-il rien de « naturel » dans ces scènes sinistres et violentes — la crucifixion, Joseph et Marie chassés de l'auberge, la trahison de Judas, etc. ? Et tant d'autres encore, entremêlées sur l'étroite surface des vitraux. Tout ici parlait d'un Dieu de colère. Je frissonnai. C'était une église qui prêchait la peur et la soumission, pas le pardon.

Les bancs étaient de bois dur, sans coussins. Les missels semblaient n'avoir jamais été ouverts. Sans doute fallait-il, ici, connaître les chants par cœur. Décidément, je n'aimais pas cet endroit.

A l'exception de Gary et moi, il n'y avait personne. Je lançai un coup d'œil à mon compagnon qui fit une grimace. Je ne le blâmai pas.

— Y a-t-il quelqu'un ? lançai-je, d'un ton mal assuré.

Ma voix rebondit sur les murs et me revint en écho. Excellente acoustique vraiment. J'inclinai la tête en arrière pour observer avec envie le plafond.

— Waouh, j'adorerais chanter ici !

— Vous chantez ?

J'esquissai une moue.

— Euh... Je ne fais pas peur à mes voisins.

Gary se pencha et regarda sous les bancs.

— Ouais, vous chantez peut-être comme un ange, mais y a pas âme qui vive ici, Jo.

Sur mon épaule, un petit muscle se mit à tressauter.

— Personne ne m'appelle comme ça, sauf mon père.

— Pourquoi, il voulait un garçon ?

— Pas exactement.

Je me tus. Cela suffisait amplement, comme information.

Gary s'appuya sur le dossier d'un banc, et me dévisagea en silence. Je compris qu'il évitait, par politesse, de m'interroger sur mon père.

— Comment vous appelle-t-on, alors ? reprit-il.

— Généralement, Joanie, ou Joanne. Parfois, Anne, ou Annie.

Gary se redressa et croisa les bras sur sa poitrine.

— Annie, c'est le prénom de ma femme. Pour moi, vous ne ressemblez pas à une Annie.

Je souris.

— A quoi ressemblait-elle ?

— Petite, menue, blonde. Vous la dépassez d'au moins trente centimètres.

Je me mis à rire.

— Bon, appelez-moi Jo, si vous voulez.

— Sûre ? Je n'ai pas l'impression que vous vous entendez avec votre père.

— Ce n'est pas ça.

Bon sang, qu'est-ce que je faisais au petit matin, dans une église, à chercher un cadavre et discuter de ma vie familiale ?

— « Jo » ne me dérange pas, repris-je d'une voix sourde.

J'attendis que le petit muscle se mette à tressauter, ce qui se produit en général quand je suis tendue. Rien. Peut-être que je m'en fiche vraiment, qu'on m'appelle ainsi. Qui sait ?

— Il n'y a personne ici, dit Gary.

Machinalement, je voulus enfouir mes mains dans des poches… absentes. Une des leçons que j'avais retenues de mes voyages, c'était que les pantalons Stretch rendaient les choses un peu moins inconfortables. Celui que je portais en ce moment était noir, d'une coupe droite assez agréable, et sans poches. A défaut, je glissai mes pouces dans la courroie de mon sac à dos. Je détestais ce type de sac, mais je n'avais jamais pu me résoudre à porter un sac de dame. Et au moins, il était accroché à moi. Difficile, donc, de l'oublier.

— On décampe. Il n'y a personne, ici.

— Non, attendez !

Excédé, Gary soupira et s'adossa au banc. Soixante-treize ans ou pas, c'était une véritable armoire à glace, cet homme-là.

— Bon, dépêchez-vous de régler votre affaire, qu'on s'en aille.

— Mon affaire ?

— Mouais, ce pour quoi vous êtes venue ici, jeune fille. Les gens normaux ne collent pas leur nez sur un hublot d'avion pour guetter les dames en difficulté. Donc, faites ce que vous avez à faire, sauvez-la et dépêchez-vous. Le compteur tourne toujours.

Dieu du ciel, le compteur…

— Vous prenez les cartes de crédit, j'espère ?

Je m'avançai vers l'autel et le contournai. Je vous

jure que je m'attendais à voir la femme, recroquevillée derrière. Personne. J'eus comme un vertige.

— Bon sang…

— Quoi ? Z'avez enfin trouvé votre cadavre ?

En quelques enjambées, Gary me rejoignit derrière l'autel.

— Ah, fichez-moi la paix, espèce de vampire ! J'étais persuadée qu'elle serait là…

— Bon, je ne vous compte pas la pause et je ne demanderai pas de pourboire, juste pour le plaisir d'avoir eu raison.

Soudain, j'éprouvai le besoin urgent de coller mon poing sur ces dents trop blanches et ce sourire narquois… Sans doute n'ai-je pas su dissimuler mes sentiments, car le sourire de Gary s'accentua.

— Voulez essayer ?

— Non, ça ira, répondis-je aigrement. Vous risqueriez de me casser en deux.

— Oh, à peine…

— C'est gentil, ça.

Je m'avançai et examinai l'espèce de table qui devait servir d'autel. Sobre, dorée. Aucune femme n'avait jamais dû s'en approcher. Enfin, je ne sais pas. On raconte tant de choses sur ces prêtres qui séduisent leurs ouailles. Tant qu'à pécher, autant le faire franchement, me semble-t-il. Un péché pour de vrai, sans fard, sur l'autel.

— Je suis sûre qu'elle s'est réfugiée là.

— Pourquoi ?

Je fis la grimace.

— Je ne sais pas. Les églises sont des espèces de sanctuaires, non ? Elle aurait été en sécurité, ici. Un territoire sacré…

— Dans quel siècle vivez-vous, jeune fille ?

— Le mauvais, probablement…

Ennuyée, je frappai du poing sur le dessus de l'autel. Qui glissa.

Je sautai en arrière comme si on m'avait mordue. Les sourcils broussailleux de Gary se levèrent d'étonnement. Saisis, nous contemplâmes l'ouverture, large de quelques centimètres.

— Vous ne croyez pas aux vampires, n'est-ce pas, Gary ?

— C'est pas mon truc.

— On dirait bien qu'on y est, pourtant… Une église sinistre, une crypte ancienne, les morts-vivants qui se lèvent…

— Ah non ! interrompit Gary fermement. Il fait jour ! Et quand il fait jour, fini les vampires !

— Il n'y a pas de vampires, Gary, ça n'existe pas.

Dubitatif, il me regarda. Je me penchai au-dessus de l'ouverture. Drôle, non ? Une seconde auparavant, c'était un autel. Et maintenant, c'était une crypte…

— Alors ? demanda-t-il. Vous allez voir ?

— Oui…

— Quand ça ?

— Quand j'en aurai le courage…

D'une tape dans le dos, il me projeta en avant. J'admirai la capacité de résistance de mon corps qui se transforma soudain en poids mort. Je crus que j'allais basculer. Mais non, mes pieds obéissants avancèrent d'un demi-pas. Je lançai un coup d'œil vers Gary, par-dessus mon épaule.

— Dites donc, c'est vous le mâle fort et courageux ! Vous devriez être devant moi pour me protéger.

— Que nenni, jeune dame ! Vous avez quarante-sept ans de moins que moi, vous êtes presque aussi grande et vous devez peser le même poids. Et, poursuivit-il avec sérieux, c'est votre vampire, là, dans le cercueil, pas le mien.

— Je ne pèse pas le même poids !

J'effectuai un autre quart de pas en direction de la crypte.

— Et ce n'est pas un vampire…, ajoutai-je.

— Combien pesez-vous ?

— Ce ne serait pas une question indélicate, par hasard ?

— Dans le genre indélicat, je connais déjà votre âge, alors…

Je haussai les épaules et avançai encore, en retenant mon souffle. Rien ne bougeait dans la crypte.

— Soixante-dix, bougonnai-je.

— Non ? Sans blague ?

Je le foudroyai du regard.

— Je mesure près d'un mètre quatre-vingts. Vous voudriez quoi, que je pèse soixante kilos ? Mais je ne tiendrais pas sur mes pieds !

Prudemment, je collai mon œil à la fente. S'il y avait un vampire là-dedans, il devait être minuscule. Ou bien il se fondait dans l'ombre. Les vampires savent faire ça, non ?

Là, je commençais vraiment à me faire peur.

— Venez me donner un coup de main.

Gary s'approcha.

— Je pèse trente kilos de plus que vous.

— Ce qui explique que vous soyez un demi de

mêlée et pas moi. A trois, on pousse. Un, deux, trois !

J'avais sous-estimé notre force. Le couvercle glissa et s'écrasa sur le sol dans un vacarme qui se répercuta sous la voûte. Je me sentis tomber en avant, et vis défiler devant mes yeux des images de vampires assoiffés de sang... Quelle imagination, vraiment !

Et je me heurtai à une femme qui courait en hurlant dans ma direction.

3.

Ma tête heurta le sol de la crypte dans un fracas à peine moins impressionnant que celui provoqué par la chute du couvercle. Ma vue se brouilla, ma colonne vertébrale émit une série de craquements sinistres. L'idée que je n'aurais plus besoin de consulter un chiropracteur me traversa l'esprit.

Hébétée, je clignai des yeux et, dans un demi-brouillard, discernai un éclat lumineux qui se rapprochait dangereusement. Instinctivement, je levai une main, faisant dévier d'un cheveu le poignard pointé sur moi. De l'autre, je frappai la femme avec une violence qui me vaudrait sans doute le bleu le plus mirifique de ma carrière. Du poignet jusqu'au coude, pas moins. Le poignard glissa sur ma joue, au lieu de pénétrer dans ma gorge. Je frappai de nouveau. Le couteau, cette fois, tomba et rebondit sur le parquet.

La femme poussa un second hurlement — mais avait-elle jamais cessé de hurler ? — et s'élança pour ramasser son arme. Glissant un pied, je la fis trébucher. Elle roula sur moi et je l'enserrai fermement dans mes bras. Sa blouse blanche, collée contre ma joue, se teignit de sang. Je haletais.

D'un geste, Gary la remit debout et l'immobilisa

en repliant ses coudes dans le dos. Comparées à cette poitrine menue qui se soulevait par saccades, ses mains paraissaient énormes. La femme se débattit un instant, avant de renoncer, sous la poigne inébranlable de Gary.

Je me relevai à mon tour en vacillant et tâtai mon visage. En retirant ma main, je m'aperçus que la paume était couverte de sang qui coulait en minces filets le long du poignet.

Je me sentais absolument vidée. Normalement, la balafre sur mon visage aurait dû me faire mal. Or, je ne sentais rien.

— Vous avez eu de la chance, lança Gary. Un peu plus, et elle vous tranchait la gorge. Qu'est-ce que je fais d'elle ?

Je le regardai, toujours aussi hébétée.

— Nom de Dieu, grommela-t-il, vous avez l'air complètement sonnée. Trouvez quelque chose pour arrêter le sang !

Je ramassai le couteau qui avait roulé près d'un banc — un joli Butterfly, ma foi — et découpai l'étoffe qui recouvrait l'autel. Puis j'appliquai le bout de tissu sur ma joue, cependant que Gary me demandait de nouveau ce qu'il devait faire de la femme.

— Eh bien…, commençai-je, hésitante.

Une douleur fulgurante me fit soudain suffoquer. Dans la seconde qui suivit, j'étais trop occupée à refouler mes larmes pour me soucier de ce que Gary devait ou ne devait pas faire.

— Tenez-la… tenez-la encore un peu, articulai-je d'une voix rauque.

Désemparée, je pressai plus fortement l'étoffe sur ma joue. La plaie me lançait atrocement. A travers mes pleurs, pourtant, je me mis à détailler la femme. Oui, c'était sans doute elle. Elle avait les mêmes cheveux couleur aile de corbeau, qui ondulaient souplement jusqu'à la taille. Des cheveux à faire pâlir d'envie. A *me* faire pâlir d'envie.

— C'est vous..., balbutiai-je. Vous que j'ai aperçue depuis l'avion...

Elle releva la tête et m'examina avec curiosité. Je laissai retomber ma main, et l'étoffe avec.

Elle était d'une beauté renversante. Ce n'était pas une de ces petites fleurs fragiles, ni une de ces starlettes de cinéma qui abondent aujourd'hui. Oh, non... Plutôt le genre Hélène. Capable de déclencher une guerre de Troie. Des pommettes hautes et délicates, un ovale parfait, un teint de porcelaine. Des yeux d'un bleu intense, bordés de longs cils courbes, et une bouche pulpeuse en diable ! Les stries fines aux commissures des lèvres, les narines légèrement aplaties ajoutaient à son charme. Positivement injuste.

— Seigneur Jésus..., soupirai-je.

J'eus subitement l'impression de comprendre pourquoi elle était traquée.

— Alors ? s'enquit Gary.

Je ne pouvais détacher mes yeux de la femme. Une gorge galbée à souhait, des courbes voluptueuses à la Mae West. Elle mesurait bien vingt centimètres de moins que moi, et pesait probablement vingt kilos de moins. Pour qu'elle ait réussi à me flanquer par terre, elle devait avoir pris un sacré élan !

Je la détestais.

Et j'étais tellement occupée à la détailler et à la détester que je mis un certain temps avant de remarquer le sang noir sur sa chemise. Des taches épaisses, à demi séchées, qui ne provenaient pas de la blessure de ma joue.

— Laissez-la aller, Gary.

— Quoi ?

— Libérez-la. Ses bras sont complètement tordus. Vous lui faites mal.

Gary retira promptement ses mains, comme si elles brûlaient. La femme gémit faiblement et se recroquevilla en crachant des caillots de sang. Quand elle eut fini de tousser, elle releva la tête et me regarda.

— Vous m'avez aperçue… depuis un avion ?

Je m'étais attendue à une intonation chantante, exotique. En fait, c'était une voix d'alto, avec un accent typiquement américain.

Je pris une inspiration, puis expirai aussitôt en constatant que le nœud d'angoisse au creux de l'estomac avait disparu. La tension qui m'habitait s'était évanouie. Mes épaules s'affaissèrent imperceptiblement. Pfff ! Je n'appréciais pas particulièrement que mes tripes guident mes actions. En tout cas, maintenant, je pouvais passer au bureau pour me faire virer, et rentrer me coucher.

— Vers 7 heures, ce matin. Je revenais de Dublin.

Comme si ça avait une quelconque importance !

— Je vous ai vue courir. Des chiens, ou quelque chose de ce genre, étaient après vous. Et un type avec un couteau.

Je lançai un regard au couteau que je tenais toujours.

— C'est celui-là, n'est-ce pas ? demandai-je lentement. Comment le lui avez-vous pris ? Et comment vous êtes-vous débarrassée des chiens ?

— J'ai réussi à distancer la meute, répondit la femme, et j'ai frappé l'homme à la tête.

Je la regardai, sidérée. Gary avait l'air à peu près aussi médusé que moi. Elle esquissa un sourire. Même esquissé, ce sourire valait mille fois celui de Marilyn.

— Je suppose que je ne ressemble pas à un boxeur, murmura-t-elle.

— Fichtre non, grommela Gary.

Il avait l'air encore plus intimidé que moi. C'est rassurant de savoir que certaines choses ne changent pas, même quand vous entrez dans votre huitième décade.

— Et… toutes ces blessures ? demanda-t-il en désignant sa chemise du doigt.

Une adorable moue plissa ses lèvres.

— Il a bien fallu que je m'approche de lui pour le frapper.

— C'est sa dent ?

Son visage s'éclaira.

— Je lui ai cassé une dent ?

On eût dit un gosse devant son cadeau de Noël. Je faillis éclater de rire.

— Vous le connaissiez ? Pourquoi vous pourchassait-il ?

A l'instant même où cette dernière question sortait de ma bouche, je sus qu'elle était stupide. Certains hommes deviennent fous pour des proies moins séduisantes.

D'habitude, j'aimais me sentir grande. A côté d'elle, j'avais l'impression d'être une girafe.

— Pourquoi avoir volé à mon secours, si vous

ne saviez pas qui me poursuivait ? demanda-t-elle presque au même moment.

Nous nous regardâmes en silence.

— Bon… Reprenons, finis-je par dire.

Mais, où reprendre, avec quelqu'un qui avait été victime d'une agression, et qui avait failli me trancher la gorge ? Peut-être que si nous nous présentions…

— Je m'appelle Joanne Walkingstick.

Et là, j'entendis distinctement ma propre mâchoire se décrocher. Cela faisait bien cinq ans que je n'avais plus mentionné mon vrai nom de famille. Dix, peut-être. Gary me dévisagea avec curiosité.

— Vous n'avez pourtant pas l'air d'une Indienne, observa-t-il.

Ce qui voulait dire : comment diable vous êtes-vous retrouvée avec un nom pareil ? C'est ce que j'avais entendu pendant les douze premières années de ma vie.

— Je sais.

J'admirai intérieurement le ton ferme et sans réplique que je venais instinctivement d'adopter. En fait, c'était le fruit de longues années d'expérience. Il signifiait clairement que je ne dirais rien de plus, et que si vous insistiez, l'affaire se terminerait mal.

Ignorant le sous-entendu, le demi de mêlée continua de m'observer, les bras croisés sur la poitrine. La femme fronça les sourcils. Une ride barra son front. Sur elle, c'était charmant. Sur moi, c'était affreux. Je la détestai de plus belle.

Et puis, Gary avait tout faux. J'avais vraiment l'air indienne, si je n'en avais pas la couleur de peau. Il suffisait de regarder des photos en noir et blanc : comme si je n'avais pas la moindre goutte de sang irlandais ! J'avais raccourci mon nom en Walker à l'âge de dix-huit ans, après mon bac. Rien d'officiel. Simplement, j'utilisais désormais ce nom pour toute la paperasserie administrative, y compris pour mes diplômes. Mon extrait de naissance était le seul document attestant de mon véritable nom.

— Marie d'Ambra, dit la femme en inclinant brièvement la tête.

— Vous n'avez pourtant pas l'air d'une Ital…

Je me mordis la lèvre.

— J'ai été adoptée, expliqua-t-elle d'un ton amusé.

— Oh ! m'exclamai-je, confuse. Je… ma mère était une Irlandaise pur jus. C'est d'elle que je tiens mon teint.

Correct comme échange d'informations, non ?

— Qui était le type au couteau ? Quelle était cette… cette meute étrange qui vous poursuivait ?

Marie inclina de nouveau la tête d'un mouvement gracieux.

— Il s'appelle Cernunnos et il conduit la Meute Sauvage, celle que vous avez vue. Mais… pourquoi êtes-vous venue me secourir ?

Je lançai un coup d'œil vers Gary qui haussa imperceptiblement les épaules. Je n'aurais jamais imaginé qu'une armoire à glace puisse hausser imperceptiblement les épaules. Je m'attendais plutôt à un truc du genre tectonique des plaques. En tout cas, j'espérais bien avoir sa forme physique, à soixante-dix ans passés. Marie attendait patiemment ma réponse.

— J'avais l'impression que vous étiez en difficulté, et que vous aviez besoin d'aide.

C'était mieux que de dire : « J'avais l'impression que je devais le faire si je ne voulais pas me mettre à vomir. »

Un sourire léger flotta sur ses lèvres. Je cessai aussitôt de la détester. Impossible de lui en vouloir avec un sourire pareil : il vous donnait le sentiment que la vie était merveilleuse !

— Une *gwyld* à la croisée des chemins, murmura-t-elle.

— Une quoi ? m'exclamai-je.

Elle secoua la tête et son sourire disparut.

— Rien. Je suis désolée de vous avoir blessée. Je… j'ai cru que vous faisiez partie des gens de Cernunnos.

— Des gens de Cernunnos ? Pourquoi pas lui en personne ?

— Terre chrétienne, répondit sèchement Marie. Ni lui ni sa Meute ne peuvent y pénétrer.

Interloquée, je regardai Gary qui haussa les sourcils et, dans un bel ensemble, nous nous tournâmes tous les deux vers Marie. Elle nous sourit gentiment, de l'air de celle qui sait qu'on la prend pour une folle.

— Si nous allions discuter ailleurs ? proposa-t-elle.

— Pourquoi ? Vous venez de dire que votre gars au couteau ne pouvait pas entrer ici, fit observer Gary.

— Non, mais il peut envoyer quelqu'un qui n'a pas ce problème, répliquai-je avant même que Marie n'ouvre la bouche. Et elle a pensé que j'étais ce quelqu'un, poursuivis-je en grimaçant.

Du bout des doigts, je palpai précautionneusement ma balafre toute fraîche. Elle continuait à saigner.

— Les urgences me paraissent un bon endroit, repris-je. J'ai besoin de quelques points de suture. Et vous aussi…, ajoutai-je en direction de Marie.

Elle étendit les bras : ils étaient striés de rouge. On eût dit une tentative de suicide fébrile et maladroite.

— Ce n'est rien, dit-elle avec indifférence. Il sait que je suis blessée. Mieux vaut ne pas aller dans un endroit où il pourrait me retrouver.

— Vous préférez continuer à saigner ? demandai-je.

Gary s'éclaircit la gorge.

— J'ai une trousse de premiers soins dans ma voiture.

Je le dévisageai. Il sourit, gêné.

— Evidemment, marmonnai-je. La jolie fille, qui a la chance de ne pas avoir de joue tailladée, a raison.

Et, lui tournant le dos, je sortis de la crypte. Dans ma main, le couteau se referma avec une série de « clics » impressionnants.

— Hé ! Il est à moi ! s'écria Marie.

Elle courut derrière moi. Sauf qu'il lui fallait effectuer deux pas pour combler la distance d'un seul des miens.

Je lui lançai un coup d'œil et lâchai, laconiquement :

— Plus maintenant. Disons que je l'ai trouvé.

— Mais vous ne l'avez pas trouvé, protesta-t-elle en arrivant à ma hauteur.

— Je vous ai trouvée, vous, rétorquai-je en haussant les épaules.

Et, d'un air déterminé, je glissai le couteau dans la

ceinture de mon pantalon… qui lâcha deux pas plus loin. Le couteau glissa le long de ma jambe et roula sur le sol. Marie crispa les lèvres, Gary fut moins discret et éclata de rire.

Avec toute la dignité dont j'étais capable, je récupérai le couteau et sortis de l'église.

J'avais dans l'idée que nous nous ferions beaucoup plus remarquer en débarquant dans un restaurant dans l'état où nous étions, Marie et moi, qu'en allant directement à l'hôpital. Gary pansa comme il put ma joue et je m'écartai pour bouder ostensiblement, tandis qu'il soignait les bras de Marie. En signe de paix, il arrêta le compteur. Mais mon visage me faisait trop mal pour que je puisse exprimer une quelconque reconnaissance.

Je sortis une veste du sac à dos et la passai sur mon T-shirt ensanglanté. Marie resta telle qu'elle était. Son air était si farouche que personne, dans l'auberge où nous pénétrâmes, n'osa émettre la moindre remarque sur son état. Gary opta pour une table reculée et nous nous assîmes sans mot dire. Le silence dura jusqu'à ce que la serveuse ait apporté nos boissons. Je ne sais pourquoi, mais la nourriture a le don de faciliter la conversation.

Marie eut un immense jus d'orange, et moi, un café. Enfin, quand je dis un café… A Seattle, c'est tout simplement impossible d'avoir juste un petit noir, même dans le plus modeste des bouis-bouis. J'eus donc droit à un grand café crème, avec une pointe d'amaretto. L'odeur seule me fit tourner la tête.

— Le but de Cernunnos et de sa Meute Sauvage

est de recueillir l'âme des morts, lança Marie par-dessus son verre de jus d'orange.

Elle leva les yeux pour étudier nos réactions. Gary était impassible. Il avait réussi à obtenir un café. Un vrai. Je ne savais même pas qu'ils étaient capables d'en faire, dans cette ville. Et il avait demandé aussi un petit déjeuner. Mon estomac se mit à gargouiller. Mais je savais qu'entre le stress et le manque de sommeil, il ne supporterait rien plus de trois minutes. En y repensant, la caféine n'était peut-être pas une bonne idée non plus.

— Vous n'êtes pas une morte, me semble-t-il, commenta Gary, toujours imperturbable.

Marie esquissa un pâle sourire.

— Une erreur, sans doute.

— Eclairez notre lanterne, voulez-vous, intervins-je. Et d'abord, c'est quoi une « meute sauvage » ?

— « La » Meute Sauvage, rectifia-t-elle.

— O.K., « la » Meute Sauvage… Alors ?

Plongeant de nouveau ses yeux dans le jus d'orange, elle parut méditer quelques instants.

— Cernunnos est un ancien dieu celtique, murmura-t-elle. Quand l'Irlande et la Grande-Bretagne se sont christianisées, son culte était si enraciné dans les pratiques qu'il a longtemps perduré. En réalité, il n'a jamais complètement disparu.

— C'est le cas de toutes les religions païennes, l'interrompis-je.

Marie me regarda. Le petit muscle se remit à tressauter désagréablement sur mon épaule.

— Le Peupl…, je veux dire : les Cherokee continuent à respecter leurs coutumes, déclarai-je. La foi ne s'éteint pas si facilement.

Oh là, là… « Le Peuple », « Walkingstick »… Mais quelle mouche me piquait soudain ?

— Vous avez raison, répliqua Marie qui ne parut pas s'apercevoir de mon trouble. Le Dieu Cornu (c'est l'autre nom de Cernunnos) est lié à la fertilité autant qu'à la mort. On retrouve des figures semblables dans les cultures nordique et germanique : Woden, Anwyn font partie de la même famille.

Elle agita la main, comme pour chasser les détails inutiles.

— Et il en a après vous, dis-je.

J'avais essayé de prendre le ton le plus sarcastique possible, mais l'effet était tout simplement dérisoire. Folle ou pas, elle était trop jolie pour qu'on ait envie de se moquer d'elle.

— Oui, répondit-elle avec simplicité.

Et, attirant le jus d'orange à elle, elle but une longue gorgée.

— Vous pensez sérieusement qu'un… dieu vous en veut ? s'enquit Gary.

Marie acquiesça d'un signe de tête.

— Je propose qu'on la dépose à l'asile et qu'on se carapate, reprit-il.

— Euh… Vous me demandez de fuir avec vous, Gary, après une cour aussi rapide qu'intense ?

Je repoussai ma tasse et me levai. Visiblement soulagé, Gary fit de même.

— Désolé, madame, dit-il poliment à notre interlocutrice.

Je regardai Marie. Elle avait l'air plus épuisée que moi encore : elle ressemblait à quelqu'un qui a subi ce genre de scène des douzaines de fois. Et qui espère simplement avoir un jour le courage de dire : « Ça suffit ! »

Bon sang… A peine descendue de l'avion, je m'étais mise à arpenter Seattle en tous sens pour retrouver cette femme… Pourquoi avais-je l'impression que tout n'était pas joué encore ? Je me rassis.

Gary poussa un soupir résigné, et se rassit à son tour. Marie se mordit la lèvre inférieure et fixa ses yeux sur moi, comme pour me clouer sur place. Quand elle fut sûre que je ne bougerais plus, elle reprit la parole.

Les filles, ce n'était pas trop mon truc. Et même, je n'avais pas particulièrement de sympathie pour notre sexe. Alors, quoi ? Pourquoi tenais-je tant à l'aider ?

— Je ne me tromperai pas en affirmant que vous n'êtes ni l'un ni l'autre des mystiques, n'est-ce pas ? demanda-t-elle.

Gary éclata d'un rire si tonitruant que je faillis en renverser la moitié de ma tasse. La blonde fatiguée qui officiait derrière le comptoir nous jeta un regard las. Et Marie contempla fixement son jus d'orange. Soudain, j'eus de la peine pour elle.

— Peut-être, reprit-elle à voix basse, admettrez-vous que nos yeux ne voient pas tout ?

— « Il y a plus de choses au ciel et sur la terre, Horatio, qu'il n'en est rêvé dans votre philosophie. »

Bouche bée, j'écoutais Gary prêter sa voix dense et profonde à Hamlet.

— Annie les aimait grands, mais pas incultes, grommela-t-il. Pour sûr, madame, poursuivit-il en se tournant vers Marie, nos yeux ne voient pas tout.

Marie me lança un coup d'œil.

— Pourquoi s'obstine-t-il à m'appeler « madame » ?

— Il pense que ça fait partie de son charme, répondis-je en haussant les épaules.

Marie me regarda, l'air dubitatif.

— Depuis combien de temps le connaissez-vous ?

Je tournai le poignet et consultai ma montre.

— Hmm... Quatre-vingt-dix minutes, peut-être ? Bon, qu'est-ce que nous ne voyons pas, dans votre philosophie, Marie ?

Un sourire merveilleux illumina son visage. Ce fut comme un rayon de soleil. Je clignai des yeux, éblouie. Gary avait l'air hypnotisé. Intérieurement, je me permis un petit sourire méprisant. Ah, ces hommes...

— Je suis anthropologue, dit-elle. Depuis une dizaine d'années maintenant, je m'intéresse aux similitudes entre différentes mythologies.

Subitement, elle fut auréolée d'une légitimité incontestable. A ce détail près qu'elle ne semblait pas avoir plus de vingt-cinq ans... Je jetai un coup d'œil vers Gary, qui n'avait pas bronché. Soit il pensait qu'elle était plus âgée, soit il considérait ses prétendues études comme une vaste fumisterie.

— Quel âge a-t-elle ? lui demandai-je.

— Trente-neuf, répondit-il en même temps que Marie.

Ma mâchoire tomba. A ce train-là, elle allait finir par se décrocher pour de bon. Gary prit un petit air suffisant. Marie fixait sur lui des yeux ébahis. Au bout de quelques instants, elle secoua la tête comme pour reprendre ses esprits.

— Bien, reprit-elle d'une voix hésitante. En fait, vous ne pouvez entreprendre de telles études si vous ne comprenez pas que toute croyance contient en elle une part de puissance. Autrement dit, si vous n'y croyez pas, un autre y croit, et cela seul suffit. Pour ma part, je ne pense pas être particulièrement sensible aux fantasmagories.

Ça, je n'en doutais pas, à la voir. Et puis, comment rester crédule quand on a accumulé tant de connaissances ? De toute façon, elle avait l'air de tout, sauf de quelqu'un de crédule.

— Certaines légendes ont plus de force que d'autres, reprit-elle lentement. Elles sont irriguées par les chants celtiques — comme par du sang, disait ma mère. Ce qui me fascine le plus, je l'avoue, c'est de comparer la mythologie irlandaise à d'autres cultures — la déesse Morrigan, la Meute ou Chasse Sauvage, les « banshee »... Il y a quelque temps de cela, un ami à moi m'a fait remarquer que ce n'étaient pas seulement des légendes : tous ces chants parlent de mort, de violence.

Elle leva la tête et nous fixa tour à tour de ses yeux d'un bleu intense.

— C'est peu après, murmura-t-elle, que j'ai commencé à pressentir la mort d'autrui...

Un lourd silence s'abattit à notre table. Un silence que ma voix chevrotante, deux octaves trop haut, finit par briser :

— Vous êtes une... « banshee », une prophétesse de la mort ?

La blonde fatiguée derrière le comptoir nous lança de nouveau un regard, avant de se détourner en haussant les épaules.

— Je croyais que vous ne connaissiez rien à ces légendes…, murmura-t-elle.

— Je reviens tout juste d'un enterrement en Irlande.

Un éclair passa dans les yeux de Marie.

— Qui avez-vous enterré ?

Je fronçai les sourcils.

— Ma mère… Mais en quoi cela nous concerne-t-il ?

— Simple curiosité, pardonnez-moi. Rien en vous ne semble indiquer que vous venez de perdre un proche.

— Nous n'étions pas proches, répondis-je d'un ton sec.

C'était la deuxième fois, en cette matinée, que j'évoquais ma famille. J'étais en train d'enfreindre toutes les règles que je m'étais imposées. Une bonne cure de sommeil s'avérait nécessaire.

La serveuse s'approcha et déposa devant Gary une assiette garnie d'un steak recouvert de trois œufs frits, de bacon et de trois énormes tartines grillées. Rien qu'à regarder tout ça, je me sentis aussitôt rassasiée. Je m'attendis à voir Gary attaquer voracement son… petit déjeuner. Mais ses mains demeurèrent immobiles. Surprise, je levai les yeux.

Eh bien, vrai ! Pâle comme un linge, le demi de mêlée fixait Marie comme si elle venait de se métamorphoser en cobra royal.

— Gary ? l'appelai-je en me penchant vers lui. Gary ?

— N'ayez pas peur, dit doucement Marie. Je ne vois rien, en ce qui vous concerne.

Gary baissa brusquement la tête et s'attaqua

farouchement à son steak. A la troisième bouchée, il lança un regard méfiant à Marie, qui lui sourit gentiment.

— Et… Euh… C'est pour ça que ce machin-chose vous courait après ? Parce que vous êtes une « banshee » ? m'enquis-je tout en tendant la main pour chiper un morceau de bacon.

— Cernunnos, précisa Marie. En fait, je ne sais pas.

— Quoi, il a besoin de vous pour rendre sa Meute plus effrayante encore ?

Je m'entendis nettement mettre une majuscule à « meute ». Non mais, qu'est-ce qui me prenait ?

— Je n'ai pas eu l'honneur d'en discuter avec lui, répliqua-t-elle d'un ton sec. Et je ne sais vraiment pas ce qu'il peut vouloir de moi.

— Alors, comment savez-vous que c'est après vous qu'il en a ?

— Avoir à ses trousses des chiens, des corbeaux et des cavaliers, cela peut donner à une fille l'idée saugrenue qu'elle est… recherchée, non ? rétorqua aigrement Marie.

J'eus l'honnêteté de rougir.

— D'accord… Question stupide, grommelai-je.

— Ce n'étaient pas des vampires ? demanda Gary en ouvrant de grands yeux innocents. Les vampires sont assez sexy, non ? Votre meute de chiens et de corbeaux, c'est pas franchement séduisant, je trouve… De toute façon, conclut-il en mâchonnant vigoureusement son steak, j'ai pas vu le moindre oiseau noir dans les parages.

— Ils accompagnent Cernunnos.

Dit par Marie, cela sonnait comme une évidence.

Je la dévisageai attentivement.

— Qui êtes-vous, Marie ?

Elle eut un air de chien battu qui me surprit.

— Les « banshees » sont des fées irlandaises, repris-je. Ne me dites pas que vous êtes une fée !

— Certainement pas, murmura-t-elle, le nez dans son jus d'orange. Sinon, je ne pourrais pas me réfugier dans un lieu saint. Ou toucher ce couteau...

Du menton, elle désigna l'arme que j'avais posée près de ma tasse. Je suivis son geste, puis relevai les yeux, d'un air interrogateur.

— Le métal, expliqua-t-elle.

L'explication me parut un peu courte.

— Mais encore ?

Vous a-t-on déjà regardé comme si vous étiez un enfant particulièrement lent à la détente ? Eh bien, c'était exactement le regard que me lançait Marie à cet instant précis. Et pendant que j'y songeais, celui aussi du commandant de bord, un peu plus tôt, ce matin. Peut-être aurais-je dû commencer à me sentir offensée, non ?

— Vous ne connaissez absolument rien aux légendes, aux croyances ? me demanda Marie, avant que je parvienne à prendre un air outragé.

— Euh... Non, pourquoi ?

— Je croyais que les Indiens étaient particulièrement versés dans ce genre de truc ! lança Gary.

Je le regardai, perplexe. Il fit une grimace.

— Ben oui, les pow-wow et tout le tintouin... Où étiez-vous pendant les cérémonies ?

— Je lisais des livres sur l'évolution, répliquai-je entre mes dents.

Mon ton dut être suffisamment menaçant, car il referma aussitôt sa bouche autour d'un morceau de pain recouvert de bacon.

— Vous voyez, repris-je, c'est comme de dire que les grands types sont forcément obtus, les blondes idiotes, les…

— Pigé, Jo, c'était juste une plaisanterie, bougonna-t-il avant d'avaler une seconde bouchée qui lui gonfla la joue, comme un écureuil.

— Perpétuer les stéréotypes à travers des blagues, ce n'est pas drôle.

— Désolé, vraiment.

Gary avait l'air sincère. Je soupirai et passai machinalement la main sur ma propre joue.

— C'est b… Bon sang, ça fait mal !

Je retirai vivement la main. Pas de sang sur la paume. Au moins, la plaie ne saignait plus. Pfff ! Décidément, ce n'était pas mon jour. Marie reprit la parole avant que j'aie le temps de m'abîmer dans la contemplation de ma propre misère.

— Les fées et les divinités celtes ne peuvent pas toucher de métal. Et pour répondre à votre précédente question, je ne sais pas exactement *qui* je suis. Disons… une anthropologue douée de talents… spéciaux ?

— Des talents ? Vous voulez dire… consciemment acquis ?

Marie hésita.

— Je… je préfère ne pas parler de dons.

Elle lança un rapide coup d'œil en direction de Gary.

— Même si je peux monter une arnaque à l'assurance vie…

Gary se mit à mastiquer furieusement. Je souris, ce qui me fit aussitôt grimacer de douleur.

— Pour le reste, conclut Marie, je suis parfaitement ordinaire.

— Ah non, vous n'êtes pas ordinaire ! murmurai-je avec conviction.

Et je piquai illico un fard du plus bel effet. Gary me regarda d'un air narquois.

— Merci, répondit-elle avec une simplicité qui dissipa ma gêne.

— De rien, rétorquai-je avec un sourire.

Je poussai un soupir et m'étirai précautionneusement. Mon dos était affreusement courbaturé. J'avais besoin d'une bonne douche brûlante, de six semaines de sommeil environ — et de passer entre les mains vigoureuses de Rafael, le masseur le plus bronzé et le plus redoutable de tout Seattle.

— Je reconnais que vous êtes joliment convaincante, repris-je.

Marie eut une drôle de petite moue désabusée. Gary émit un gloussement, et je ne pus m'empêcher de sourire. Ce qui eut pour conséquence de rouvrir ma plaie. J'allais saigner toute la journée… Super, vraiment !

— Je veux dire que vos propos sont… enfin… qu'ils ont l'air sérieux, corrigeai-je.

Marie se mit à rire.

— Je préfère ! Vous savez, j'avais à peu près huit ans quand je me suis rendu compte que mon physique était… « convaincant », comme vous dites. Alors, je me suis efforcée de prouver qu'il y avait quelque chose derrière.

Le ton de sa voix me fit penser que Marie était de ces personnes qui se servent de leur physique autant que de leur cerveau pour avancer dans la vie. Et qui utilisent la beauté comme une arme. Je ne pouvais l'en blâmer.

— Bon..., dis-je en soupirant. Reprenons. Vous êtes poursuivie par un ancien dieu celte qui a besoin de vous. Vivante ou morte. Juste ?

— Juste, répondit Marie.

Tout ceci était absurde, non ?

— Et que puis-je faire pour vous aider ? lui demandai-je.

Elle me considéra un instant en silence.

— Le pouvoir de Cernunnos s'accroît jusqu'au 6 janvier, date à laquelle il est renvoyé dans l'Autre Monde. Il reviendra ensuite à Samhain. Tel est le cycle auquel il est soumis.

— Samhain ?

— Halloween, répondirent en chœur Gary et Marie.

Interloquée, je regardai Gary qui haussa les épaules et avala un morceau de bacon. Je me tournai vers Marie. Elle avait toujours l'air parfaitement normale.

— Euh... et le 6 janvier ?

— C'est l'Epiphanie.

Et si on arrêtait les frais, maintenant ? Je commençai à en avoir ma claque de tout ce folklore !

— Rien que ça ! lançai-je d'un ton excédé.

Marie se renfonça dans son siège et sirota paisiblement son jus d'orange.

— Dans le calendrier catholique, l'Epiphanie

marque la fin de la période de Noël, expliqua-t-elle d'un ton patient. Et c'est pendant ces douze jours, entre le 25 décembre et le 6 janvier, que la puissance de Cernunnos est au plus haut.

Je me penchai vers elle.

— Vous voulez dire que votre dieu païen est prisonnier du calendrier chrétien ?

Cette fois, je me permis d'être franchement sarcastique. Elle haussa les épaules.

— Ces dates sont en réalité reliées au solstice d'hiver et au cycle de la lune, précisa-t-elle d'une voix calme. Il n'existe bien sûr aucun témoignage écrit, mais j'ai toujours pensé que ces deux phénomènes étaient déterminants dans l'apparition de la Meute sur terre.

Une fois de plus, elle m'avait bluffée. D'un signe de main, j'avouai ma défaite.

— O.K., j'accepte l'explication.

En fait, j'étais purement et simplement en train de *tout* accepter. Mais pourquoi est-ce que je n'étais pas au fond de mon lit, à dormir tranquillement ?

— Que vous veut-il ? demandai-je d'un ton las.

Marie secoua la tête.

— Je ne sais pas. J'essaie de l'éviter depuis Halloween. Je change sans arrêt de lieu. Mais il finit toujours par me retrouver, ajouta-t-elle en frissonnant. Où que je sois. Depuis Noël, il se rapprochait. Je… ce matin, c'était la première fois que…

Elle se tut et se recroquevilla sur elle-même.

— … que je le voyais vraiment. La première fois que je le touchais.

Elle plongea la main dans sa poche et en retira

la dent qu'elle posa au centre de la table, sur une serviette.

— Je ne pensais même pas qu'il était possible de lui faire… ça, reprit-elle, songeuse.

J'eus une moue de dégoût.

— Beurk… Je n'avais pas vu que vous l'aviez ramassée.

— Pendant que Gary faisait votre pansement, répondit-elle. C'est une bonne chose de l'avoir. De la sorte, nous pourrons établir une sorte de connexion physique avec lui. Et construire un bouclier.

— Construire un quoi ? s'exclama Gary, le couteau en l'air.

Il avait englouti les deux tiers de son assiette. Je tendis la main et chipai un autre morceau de bacon. Au même instant, Gary piqua négligemment sa fourchette, comme s'il ne m'avait pas vue. Je grimaçai, mais ne lâchai pas mon butin. Hmm… Le bacon était fondant et croustillant tout à la fois. Derechef, j'en piquai une autre tranche.

— Ça suffit comme ça, lança-t-il. Faut que je fasse attention à ma ligne.

— Un bouclier, répéta Marie. Une protection.

— Euh… Comment peut-on vous protéger d'un dieu ? m'enquis-je. J'ai peut-être la possibilité de vous faire mettre en prison pour quelque temps. Le 6, c'est quand ? Dans trois jours ? Il ne peut quand même pas passer à travers des barreaux, non ?

— Dans deux jours. Nous sommes le 4, répondit Marie. Non, il ne peut pas, mais il…

— … peut envoyer quelqu'un qui en est capable, terminai-je à sa place.

Je poussai un soupir.

— Donc, il nous reste trois jours à tenir en comptant aujourd'hui, résumai-je. Que faire ?

— Construire autour de moi un cercle de protection.

Je haussai les sourcils.

— Vous voulez que je rassemble des gens avec des croix de fer dans la main, et que je les dispose autour de vous ?

— Non, je...

Marie se tut brusquement. Je la regardai, saisie. Des éclats d'un bleu sombre, presque violet, sortaient de ses yeux. Sa pupille disparut. Le bleu, soudain, vira au blanc. Un blanc aveuglant. Elle cligna des yeux. Son iris devint totalement noir, avec çà et là quelques pointes dorées. Elle se tourna vers moi.

— Vous allez mourir, chuchota-t-elle d'une voix rauque et monocorde.

4.

Rien de tel pour vous couper l'appétit que l'annonce d'une mort imminente. La vôtre en particulier. La boule d'angoisse au creux de mon estomac se réveilla. Et se contracta douloureusement autour des morceaux de bacon. Je sentis une terreur froide m'envelopper de ses rets.

La part rationnelle de mon esprit fit bloc. Foin de tout cela !

Malheureusement, mon esprit comportait aussi une part irrationnelle. Et d'un seul coup, la panique m'emporta. Je compris soudain pourquoi Gary n'avait guère apprécié le don de Marie. Je serrai les dents et tâchai de réchauffer mes mains. Elles étaient glacées.

— Quelque chose a changé, reprit Marie dans un souffle. A présent, il vous faut mourir.

Ses yeux d'un noir opaque me fixaient sans ciller. Son visage était d'une mortelle immobilité. Angoissée, je baissai la tête.

— Je... je vais donc mourir à cause de vous !

La note de défi que j'avais voulu mettre dans ma voix se mua en un lamentable gémissement apeuré. Marie acquiesça, les yeux démesurément agrandis.

— Je serais ravie de vous aider, mademoiselle,

repris-je en me levant, mais pas au point de mourir pour vous.

Magnifique ! Voilà que je me mettais à parler comme Gary. Du coin de l'œil, je vis mon compagnon jeter un regard désapprobateur à Marie et se lever à son tour. Je fourrageai dans mon sac à dos, et en retirai un billet de cinq dollars et trois pièces de monnaie irlandaise. Je jetai le billet et ramassai le couteau.

— Gary, complétez, voulez-vous ?

Je me dirigeai vers la porte, en essayant d'ignorer les spasmes qui secouaient mon estomac — exactement comme lorsque j'avais aperçu Marie du haut de l'avion. Dieu merci, Gary n'émit aucune protestation et sortit son porte-monnaie.

— Attendez !

La voix de Marie s'éleva, plaintive. Je ne m'arrêtai pas.

— Je peux peut-être vous aider !

La main sur la barre de cuivre de la porte, je me retournai. Derrière le comptoir, la blonde fatiguée eut l'air de s'animer et nous regarda tour à tour, Marie et moi.

— Vous dites vouloir m'aider, rétorquai-je. Mais… N'étiez-vous pas précisément en train de m'expliquer que j'allais mourir ?

Marie se leva.

— Tout change si rapidement, murmura-t-elle. Si je vous accompagne, peut-être les circonstances seront-elles différentes. Peut-être saurai-je ce que vous devez faire pour éviter la mort.

Rapidement, elle jeta à son tour un billet sur la table. La serveuse aurait droit à un pourboire royal.

— C'est quoi, votre truc ? La prémonition ? Faire peur aux gens ? demandai-je d'un ton acerbe.

Voilà que j'étais toujours à la porte, en train de discuter. C'était plutôt mauvais signe.

— Comment prévoir la mort, si ce n'est par prémonition ? répliqua Marie. Mais je pensais que vous ne croyiez pas à ces choses-là.

— Je n'y crois pas, ce qui ne m'empêche pas de savoir comment on appelle… *ces choses-là*.

Avec détermination, je poussai la barre de cuivre et sortit dignement. Le carillon de la porte retentit.

Aussitôt, un missile me frappa de plein fouet. Sous le choc, je valdinguai en arrière. Mes reins heurtèrent la barre de cuivre, la vitre éclata en mille morceaux et la porte à tambour se mit à tournoyer, m'emportant avec elle. Un tel numéro aurait dû être réservé aux acrobates du Cirque du Soleil — dont je ne faisais malheureusement pas partie, par manque caractérisé de souplesse.

Je finis par glisser contre la barre. Mon crâne rebondit sur la partie vitrée encore intacte de la porte, pour venir s'étaler en bout de course parmi les bris de verre qui jonchaient le linoléum. Au contact du sol, la balafre de ma joue se rouvrit. Du verre tomba en pluie sur mes cheveux et sur le sol autour de moi. On aurait dit de minuscules étoiles filantes.

Je songeai à tomber dans les pommes — mais pas avant de voir *qui* s'amusait à tirer des missiles en plein Seattle. Je relevai la tête. Une infinité de muscles, dont je ne soupçonnais même pas l'existence, se manifestèrent aussitôt douloureusement. Je serrai les dents pour retenir un gémissement. A dire vrai, gémir me semblait manquer de classe. Qui, dans les films, a jamais l'idée de gémir après avoir été propulsé dans une porte vitrée ?

Je n'aperçus aucun lanceur de missiles sur le parking. Juste de gigantesques sabots, à quelques pas de la porte d'entrée, ou de ce qu'il en restait. Tandis que je m'efforçais de donner un sens à cette vision saugrenue, je vis les sabots disparaître. Pour réapparaître, plus près de moi.

Connaissez-vous le bruit de la tôle froissée — un bruit suraigu, qui hérisse le poil des bras ? Pour le mécanicien dans son garage, c'est un son familier. Mais ici, dans le vacarme assourdissant dont je ne parvenais pas à identifier toutes les composantes, c'était proprement incompréhensible. De nouveau, les sabots disparurent. Je me demandai où était mon couteau. Un véritable chaos de bois, de verre et de poussière régnait autour de moi.

Soudain, une secousse violente ébranla le sol et, dans un crissement qui vrilla mes tympans, un sabot se posa à quelques centimètres de mon nez. Je tournai la tête. Mon cou craqua de manière sinistre et, malgré moi, je laissai échapper un gémissement. A un mètre de mon visage se dressait un gigantesque poitrail, qui se cabra. Ce qui me parut étrange, mais je remis à plus tard l'examen de cette question. Je roulai frénétiquement sur le sol. Le verre craqua sous moi et je sentis mille coupures sur mes bras.

J'achevai ma course près du comptoir, auquel je m'adossai en haletant. Hébétée, je laissai le monde reprendre peu à peu forme autour de moi. Derrière le comptoir, la blonde fatiguée hurlait avec la régularité et le volume sonore d'une sirène de voiture.

Gary s'était éloigné de la table de quelques pas. D'où je déduisis, en dépit de l'état de stupeur de mon cerveau, que l'attaque s'était produite très rapidement. Marie criait, dans un langage que je ne connaissais pas. Pour autant que je pouvais en juger, ce n'était pas de l'italien.

Je compris pourquoi le cheval avait pu se cabrer : après m'avoir frappée en pleine poitrine, il avait entièrement détruit la porte et emporté une partie du toit — l'autre était en feu. J'ignorais comment l'incendie avait pu prendre, mais le cheval semblait s'en soucier comme d'une guigne.

Enfin, quand je dis « cheval »… La bête qui se tenait en face de moi avait la taille d'un Clydesdale, multipliée par deux au bas mot. Il était d'un gris liquide, un gris argenté si fluide qu'il donnait envie d'y plonger les mains. Je levai les yeux vers sa tête, surprise de n'y voir aucune corne spiralée. En somme, c'était le cheval de Platon : l'idéal d'où découlent tous les autres modèles.

Il venait d'essayer de me tuer. Et je n'étais occupée que d'une chose : l'admirer !

Soudain, il poussa un hennissement, du moins une sorte de cri perçant et profond. La blonde du comptoir se tut. Et ce fut moi qui hurlai, en une espèce de réponse primale, inarticulée.

Pendant quelques secondes, tout s'arrêta. Y compris le cavalier juché sur ce gris liquide. Lui-même était vêtu de gris, d'une nuance si proche de celle du cheval qu'il était impossible de dire où s'achevait la première couleur et où commençait la seconde. La croyance des Indiens selon laquelle tout homme blanc sur un cheval n'était qu'une seule et même créature exotique me parut tout à coup pleine de sens.

Lentement, le cavalier tourna la tête et me dévisagea. Sa lourde chevelure brune semblait poudrée d'étoiles. On eût dit qu'elle crépitait de vie. Maintenue par un cercle, elle retombait souplement en arrière, dégageant un visage pâle aux traits fins et coupants. Les pommettes étaient hautes, le nez long, les yeux étroits et enfoncés.

L'homme tout entier donnait l'impression d'être en vif-argent. Je plongeai mes yeux dans les siens, m'attendant à y retrouver ce métal fluide. J'y vis un vert ardent, brûlant, malfaisant — un vert inhumain et terriblement dangereux.

Il sourit et me tendit une main. Sa bouche était belle, fine et expressive, dévoilant des dents aussi acérées que celles d'un carnassier. M'appuyant au comptoir, je me redressai en chancelant. Il m'invitait à venir vers lui. J'humectai mes lèvres desséchées. Marie avait raison. J'allais mourir. Il voulait mon âme, et j'allais la lui donner, sans même combattre. Simplement à cause de ce sourire, et de ces yeux inhumains. J'avançai d'un pas.

Ce fut alors que le second missile de la matinée me frappa en pleine poitrine. Tout se remit à tournoyer. Je chutai lourdement, entraînée par le corps de Gary. De concert, nous glissâmes sur le linoléum jonché de bris de verre. Notre glissade prit fin quand ma tête heurta brutalement le mur du fond. Ouvrant les yeux, j'aperçus le couteau à quelques centimètres de mon nez. De nouveau, le cheval poussa son affreux hennissement et se mit à ruer, manquant d'un poil mon visage.

Gary sentait le sirop et le bacon.

— Vous êtes cinglée ou quoi ?

S'agenouillant en hâte, il me tira en arrière par un pan de mon T-shirt. Mais je parvins à m'emparer du couteau avant que la créature ne rue une nouvelle fois — à l'endroit précis où se trouvait ma tête une seconde auparavant. Je levai les yeux vers le cavalier. Un sabot m'atteignit brutalement dans les côtes. Un sinistre craquement se fit entendre. Le souffle coupé, je me contentai d'émettre un grognement.

De très loin, j'entendis Marie hurler un avertissement, en anglais, cette fois. Avant même que les mots ne fassent sens pour moi, Gary me prit dans ses bras et roula sur le côté. J'eus tout juste le temps d'apercevoir un éclair argenté qui fendit l'air dans un bruissement soyeux avant de se ficher dans le mur, à l'endroit où se trouvait ma gorge avant que mon compagnon n'intervienne... Haletante, étourdie, je regardai le cavalier : il avait l'air à la fois surpris et peiné d'avoir manqué son but. Ses yeux s'étrécirent soudain et, d'une pression des genoux, il fit entrer son cheval plus avant dans l'auberge. L'homme et le cheval étaient tout bonnement énormes : ils emplissaient tout l'espace. M'agrippant au bras de Gary, je me remis péniblement debout et posai une main sur mes côtes. Respirer me faisait mal.

— Laissez-les.

Marie vint se placer près de moi. Elle avait l'air exsangue. Pourtant, elle trouva la force de défier du regard le cavalier.

— Je vais partir avec vous. Laissez-les. Ils essayaient seulement de me venir en aide.

Lâchant le bras de Gary, je m'avançai en vacillant.

Le cavalier m'observait avec attention. Ni Gary ni Marie ne firent un mouvement. Derrière moi, j'entendais la serveuse blonde bégayer dans le combiné téléphonique : « Allô ! Allô ! Police ? »

— Quoi qu'il arrive, il nous tuera, proférai-je lentement, sans quitter l'homme des yeux.

Et, le souffle court, je me tus.

— Parce que…, repris-je péniblement. Parce que c'est votre… mission. Rien de personnel dans toute cette histoire, n'est-ce pas ? Vous conduisez la Meute, et quand la Meute est en liberté, elle tue… jusqu'à ce qu'on l'enferme de nouveau. Cernunnos…

Je fermai les yeux un instant. La terrible certitude qui émanait de ma voix me troublait. Vingt minutes auparavant, je n'avais jamais entendu parler de Meute ni de Cernunnos. Et voilà que j'en parlais comme si c'était la seule chose au monde dont je sois sûre. Je n'aimais pas cela du tout.

Les yeux de l'homme s'agrandirent, semblables à ceux d'un chat. Il me sourit et inclina brièvement la tête.

— Le Dieu Cornu.

Involontairement, mes yeux se fixèrent sur le cercle qui maintenait sa chevelure. En réalité, ce n'était pas du tout un cercle. On eût dit plutôt une couronne impériale, mais qui aurait poussé naturellement sur son crâne. Prenant naissance de part et d'autre des tempes, deux cornes s'élançaient élégamment vers l'arrière où elles s'entremêlaient. Très pratique, en somme. Aucun risque de s'accrocher aux branches. Je me demandai si elles tombaient chaque année, pour repousser ensuite, ou si elles étaient là de toute éternité.

— Elles croissent avec mon pouvoir.

Je frissonnai. Non parce qu'il venait de répondre à une question que je n'avais pas formulée à voix haute, ce qui me parut d'ailleurs parfaitement normal, mais à cause de sa voix, si dense et profonde qu'un seul hurlement de sa part aurait pu secouer le monde. Sans compter qu'il n'avait parlé ni en anglais, ni en aucune langue que je connaisse.

— Que dit-il ? questionna Gary dans un murmure.

Du coin de l'œil, je vis Marie hocher la tête.

— Vous ne m'arrêterez pas, reprit Cernunnos d'une voix presque inaudible.

— Que voulez-vous ?

Je haletai. Le souffle me manquait pour donner à ma voix toute la fermeté voulue. Il s'esclaffa, et il me fallut faire appel à toutes mes forces pour ne pas partir en courant.

— Chevaucher et chasser librement, répondit-il. C'est ce que nous voulons tous.

— Tous ?

— Mon Armée et moi.

Nonchalamment, il agita la main en direction du parking. Je n'aurais pas dû, je sais, mais je tournai quand même la tête.

— Jésus, Marie, Joseph ! s'exclama Gary.

— Pas exactement, répliqua Cernunnos avec un sourire.

Cette fois, Gary comprit. Il tressaillit et reporta son regard sur Cernunnos. En ce qui me concernait, pour tout l'or du monde je n'aurais pu détacher mes yeux de la scène qui se déroulait sur le parking. Tout ce à quoi je ne croyais pas s'était matérialisé là

— là où, quelques instants auparavant, n'existaient que de banales voitures sur un parking tout aussi ordinaire. C'était comme si une main venait de déchirer le voile de la réalité, découvrant un monde dont je ne pensais pas qu'il pût exister, même en Technicolor.

Les Cavaliers se déplaçaient trop vite — ou pas assez, peut-être, dans ce nouveau monde — pour que je puisse les dénombrer. Il y en avait, au jugé, une douzaine, ainsi qu'un splendide cheval couleur d'or pâle, dépourvu de cavalier. Bêtes et hommes semblaient comme estompés par la lumière du soleil naissant qui les traversait. Autour d'eux gambadaient d'immenses chiens blancs au poil soyeux, le bout des oreilles du même rouge sanglant que leurs yeux. La troupe évoluait gracieusement entre les voitures, sur lesquelles étaient perchés des oiseaux à longs becs que je n'avais jamais vus, et dont le cri déchirant rappelait celui des enfants perdus. De loin en loin, les chiens retroussaient les babines et jetaient un aboiement en direction du soleil. Les sabots heurtaient l'asphalte avec régularité, mais, étrangement, le harnachement ne faisait aucun bruit. Tout aussi silencieux étaient les Cavaliers.

— Impossible, murmurai-je.

Cernunnos rit de nouveau.

— Tu m'appelles le Dieu Cornu et tu ne crois pas à mon Armée ? Qui es-tu, misérable mortelle ?

Pointant le bout de son épée contre ma gorge, il m'obligea à lever la tête vers lui. Je demeurai parfaitement immobile, tandis que nos yeux se défiaient mutuellement.

Il faut croire que je n'apprenais pas vite. Ce fut

une terrible erreur que de croiser une seconde fois son regard. Sa puissance de séduction était phénoménale, promettant à la fois le pouvoir, la passion et l'éternité. Je ne voulais plus qu'une chose au monde : appartenir à son monde, *lui* appartenir. Son épée glissa doucement le long de ma joue intacte, semblable à la caresse d'un amant. De toute mon âme, je désirai être à lui.

— Ce serait possible, murmura-t-il en réponse à mon vœu muet. Mais alors, misérable mortelle, tu serais un obstacle. Et je suis las des obstacles qui se dressent sur ma route. Quel dommage, certes, d'anéantir tous les pouvoirs, qui, en toi, attendent d'être réalisés… Mais quel dommage plus grand encore que d'être de nouveau enfermé dans la prison de la nuit !

Il faut, dit-on, regarder son ennemi en face, avant d'engager un combat. Il y a des gens capables de maîtriser le langage des yeux. Cernunnos n'était pas de ceux-là : il n'en avait pas besoin. Tout juste cilla-t-il avant de retirer son épée pour la plonger de nouveau dans ma gorge. Il ne m'en fallut pas plus.

Au lieu de reculer, j'avançai à la rencontre de la lame, en me tournant pour présenter mon épaule, et protéger ainsi les organes vitaux. Mon mouvement ne fut pas assez rapide. Le métal froid et dur transperça mon buste au niveau des poumons, et une douleur fulgurante envahit tout le côté droit de mon corps. Cette douleur était d'une violence telle que mes genoux fléchirent. Durant quelques secondes, la lame fut tout ce qui me maintint debout. Nul doute que j'allais cracher du sang à la prochaine expiration.

Mais à présent, je la tenais, cette épée.

Et je possédais du métal…

Le cliquetis du couteau Butterfly qui se dépliait dans ma main me parut assourdissant par-dessus le battement des veines dans mes oreilles. Je toussai, ce qui eut pour effet de faire pénétrer la lame un peu plus avant. Je crachai de la salive rougie en direction de Cernunnos et le vis, avec plaisir, reculer. Poursuivant ma progression, je saisis à pleine main un pan de sa chemise, m'attendant presque à ce qu'elle se désagrège comme du sucre fondu. Le tissu résista, et tandis que le cheval se cabrait et ruait de nouveau, je tirai vers moi de toutes mes forces. Le corps bascula, et son poids, plus lourd que je ne l'avais imaginé, m'entraîna dans sa chute. Je plongeai le couteau dans sa poitrine.

Il poussa un hurlement.

Les vitres se brisèrent. Mes tympans se brisèrent. Etourdie par le vacarme infernal de son cri, continuant à cracher du sang, je tentai de me dégager. Ses yeux avaient perdu tout pouvoir de séduction : bouillonnant de rage, ils lançaient des éclats verts semblables au feu de l'enfer. Un instant, je crus qu'ils allaient m'enflammer. Et soudain, je sentis l'odeur, écœurante, fade, atroce… L'odeur de la chair qui brûlait.

Littéralement statufiée, je mis un temps infini à abaisser le regard, pour m'apercevoir que c'était sa chair, à l'endroit de la blessure, qui brûlait. Autour du couteau, la soie roussissait et s'effilochait, empuantissant l'air. Des bulles sortirent de la peau calcinée. Hurlant à mon tour sans retenue, je tirai ma main en arrière, et le couteau avec elle. Cernunnos tomba à terre. Alors, je sombrai dans un lent évanouissement, l'épée toujours fichée dans mes poumons. J'aperçus, comme à travers une brume, ses lèvres qui remuaient, et j'entendis sa voix, au-delà du vrombissement continu dans mes oreilles :

— Tu paieras, misérable mortelle…

Et le sol, soudain, me heurta durement.

5.

Pendant quelques instants, tout fut noir. Très noir. Puis tout devint lumineux. Excessivement lumineux. « C'est donc ça, la mort ? » pensai-je. Je n'avais pas la moindre envie de croire à ces histoires de tunnel incandescent !

Je fronçai les sourcils. En fait, cette lumière ne ressemblait pas vraiment à celle d'un tunnel incandescent. Elle était aussi aveuglante que le soleil de midi en plein été. Je fermai les yeux et une énorme boule verte se mit à danser sous mes paupières. Elle vira au rouge, puis au bleu. Je rouvris les yeux. La lumière blanche m'aveugla de nouveau. Progressivement, cependant, je finis par discerner une sorte de ciel bleu.

Et sous ce pseudo-ciel, je perçus soudain un battement de tambour — un battement faible, erratique, comme si le joueur ne savait pas ce qu'il faisait. Je tournai la tête en direction du son, écorchant au passage ma joue blessée contre un sol brûlant. Des larmes jaillirent de mes yeux éblouis par le soleil, coulèrent le long de mon nez et finirent leur course dans du sable.

Ma joue ne me faisait pas mal. Je la frottai de nouveau contre le sol. Rien. Je ne sentais rien, ni là, ni ailleurs. Quelque chose clochait. N'étais-je pas censée être horriblement blessée ?

Quoi qu'il en soit, ne pas souffrir était une bonne chose. En outre, le soleil était chaud, le sable moelleux. Je fermai de nouveau les yeux et me laissai aller. Le tambour manqua un battement.

— Ce n'est pas le moment de dormir, je crois.

Je rouvris les yeux et m'aveuglai une nouvelle fois. Je poussai un juron. Me soulevant sur un coude, je scrutai les alentours. Personne. Etrangement, je n'éprouvai aucune surprise. Avec un soupir, je me rallongeai sur le dos.

— Entendez-vous le tambour ?

— Et comment ! grognai-je.

Le battement eut une brutale accélération, avant de ralentir de nouveau.

— Je vous conseille de vous lever et de le suivre.

— Je suis très bien ici.

Et je fermai les yeux, bien décidée à ne pas discuter avec un interlocuteur invisible.

— Je ne suis pas invisible. Simplement, vous ne pouvez pas me voir.

Belle logique, ma foi ! Je m'assis et examinai de nouveau le paysage.

Si c'était là l'image inconsciente que je me faisais du paradis, mon cerveau avait besoin d'une bonne réparation. Des dunes couleur de soufre ondulaient sous un ciel lapis-lazuli, çà et là interrompues par de vastes rochers rouges. Le vent tournoyait en sifflant et je sentais, sur ma peau, son souffle chaud et immémorial. Mes doigts s'enfoncèrent dans le sable qui crissa doucement. N'étais-je pas dans quelque coin reculé de l'Arizona ?

— Mais je n'appartiens même pas aux tribus de cette région ! protestai-je.

Le battement s'intensifia brusquement. Je tendis l'oreille en me demandant s'il fallait vraiment le suivre.

— Mais oui, vous devez, murmura la voix, encourageante.

— Et pourquoi ça ? Je ne vous vois pas. Pourquoi devrais-je vous écouter ?

Je plissai les yeux et cherchai à déterminer l'origine de la voix.

— Pourquoi suis-je capable de vous entendre ? De vous comprendre, je veux dire... Qui êtes-vous ?

— Hmm, que de questions... Vous ne me voyez pas parce que vous ne croyez pas en moi. Vous m'entendez et me comprenez parce que vous êtes en train de mourir. Ce qui est précisément la raison de ma présence ici.

Il dit cela comme si c'était la chose la plus évidente au monde. En dépit du soleil brûlant, je frissonnai. Le battement s'affaiblit.

— Suis-je réellement en train de mourir ?

— Vous êtes réellement en train de mourir.

C'était proféré sur le ton compatissant que seuls savent prendre les médecins.

— Mais vous pouvez choisir de ne pas mourir.

— Et pourquoi choisirais-je de mourir ? rétorquai-je, ulcérée, en me mettant debout.

Bon sang, il devait bien être quelque part, cet homme invisible !

— Parce que vivre vous demandera de modifier

complètement votre vision du monde. Ce qui peut être très difficile.

Je me tournai vers le nord. La voix venait de la même direction que le battement.

— Parce que mourir est facile ? demandai-je, acerbe.

— Mourir est remarquablement facile. Il suffit que vous cessiez de marcher vers le battement et, d'ici quelques minutes, il se taira définitivement.

— Et je serai… morte ?

Je ne me mis pas à courir, mais j'accélérai le pas. Le battement accrut sa cadence.

— C'est mon cœur, n'est-ce pas ?

— Oui, répliqua la voix.

— Etes-vous un guide spirituel ?

Un temps de réflexion, puis :

— Oui, reprit la voix laconiquement.

C'était bien ce que je pensais.

— Y a-t-il loin jusqu'à…

Impossible de dire « mon cœur ».

— Jusqu'au battement ? achevai-je.

— Pas trop, non. Voulez-vous que je vous y conduise ?

J'inspirai profondément.

— S'il vous plaît. Je ne veux pas mourir.

Alors, un petit coyote jaillit devant moi, comme s'il avait toujours été là. Je jetai un coup d'œil par-dessus mon épaule : sur le sable chaud, ses empreintes étaient mêlées aux miennes.

Il poussa un cri, et je reportai mon regard sur lui. Il me sourit — d'un sourire de coyote. Soudain, il bondit sur le sable et se lança dans une longue course régulière.

— Je ne peux pas rivaliser à la course avec un chien !

— Je ne suis pas un chien. Venez.

Il allongea le pas. Je jurai entre mes dents, mais commençai à courir. Le battement s'accéléra. Mes foulées se firent plus longues, plus souples. Le sable jaillissait en gerbes sous mes pieds. A quelques mètres devant moi, le coyote suivait la crête d'une dune.

Je lui emboîtai le pas sans réfléchir. Bientôt, une terre craquelée et crevassée remplaça le sable. Une sorte de cratère, semblable à celui d'un astéroïde, s'ouvrit devant nous. Nous dévalâmes la pente. En abordant la remontée, de l'autre côté, je chutai, cul par-dessus tête. Le battement se fit entendre une nouvelle fois, puis s'arrêta. Je relevai la tête. Le coyote poursuivait sa course, infiniment plus gracieuse que la mienne. Il se contenta d'aboyer dans ma direction.

— Vite. Vous n'avez pas de temps à perdre.

— Mais je suis tombée !

Retroussant ses babines, il me lança des grognements d'encouragement, tandis que je me redressais en chancelant et que je reprenais ma course. Un nouveau grognement, de satisfaction cette fois, et le coyote accéléra la cadence.

Le cratère se mit à rétrécir, jusqu'à n'être plus qu'un étroit couloir plongeant dans l'obscurité. Sans même ralentir sa course, le coyote s'y jeta. Je doutais, quant à moi, d'avoir les mensurations requises. Impossible de passer par là...

Notez qu'a priori, il était tout aussi impossible que je sois en train de courir dans un paysage du genre de l'Arizona, plaisamment engendré par mon esprit.

Cela, pourtant, semblait bel et bien avoir lieu, hors de toute considération sur le possible ou l'impossible.

Prenant une profonde inspiration, je me lançai donc à la suite du coyote… et le trou s'agrandit. Ou alors je rétrécissais. Il se transforma en un tunnel qui descendait en pente douce. Un filet d'eau apparut et je sautai par-dessus. Je me mis à courir à quatre pattes comme si c'était la chose la plus naturelle du monde. A chaque foulée, je voyais mes mains — ou plutôt mes pattes — agripper le sol de leurs griffes, comme celles du coyote. Le cours d'eau s'élargit, devint un ruisseau. Je courus sur son bord, à la suite du coyote, cinglant l'air de ma queue. Une terre riche et noire apparut, bientôt remplacée par du granit dur où l'eau se frayait un chemin. Le battement résonnait sur la roche autour de nous.

— Est-ce le temps qui ralentit ?

— Non, c'est votre cœur.

Le cours d'eau disparut sans avertissement sous la roche, et le tunnel remonta abruptement. Je lacérai la roche dure de mes griffes toutes neuves, à la recherche de prises, et parvins à ramper le long de la paroi. Au moment où je réussissais enfin à rejoindre le coyote, le tunnel s'élargit soudain, et je chutai dans un bassin d'eau glaciale. Affolée, je frappai vigoureusement le fond pour remonter à la surface. Quelques secondes plus tard, je m'affalai en haletant sur la berge. Mes mains étaient redevenues des mains. Je n'étais plus un coyote. Une étrange sensation m'envahit.

Le battement — mon cœur ! — résonnait autour de moi avec une force extrême. Le coyote émergea à son tour de l'eau et se secoua furieusement sur la rive.

Puis il se mit à trotter à travers un jardin austère, et s'arrêta près d'une masse étrangement immobile sur le sol. Roulant sur le ventre, je m'agenouillai pour observer mon guide.

Doucement, il renifla la masse, puis s'assit à côté et tourna la tête vers moi, les yeux pleins d'espoir.

— Médecin, soigne-toi toi-même.

Frissonnant de tout mon corps, je rampai vers la masse.

J'eus un brusque mouvement de recul.

Cette masse, c'était moi… Un beau gâchis ! Mes cheveux, déjà pas très propres à l'origine, étaient souillés de sang coagulé. La balafre sur ma joue se distinguait à peine parmi les innombrables plaies et écorchures qui striaient mon visage. J'avais du verre partout. La croix de mon nouveau collier d'argent baignait dans une véritable mare de sang, au creux de ma gorge. Mes côtes gauches étaient enfoncées, et l'épée était toujours fichée dans mon poumon droit.

Je fis demi-tour — moi, pas la masse informe — en hurlant.

— Je suis en train de mourir !

— Je pensais que c'était une chose établie, répliqua sévèrement le coyote.

Sautant par-dessus… *mon corps*, il attrapa un pan de ma chemise entre ses dents, et me tira en arrière.

— Soignez-vous. Vous en êtes capable.

— Je suis mécanicienne, pas médecin !

Avec une force insoupçonnée, le coyote m'attira à lui, en dépit de ma résistance.

— Je ne sais pas ce qu'il faut faire !

Enfin, il lâcha ma chemise et s'allongea, le museau sur les pattes antérieures.

— Vous savez réparer les voitures, n'est-ce pas ? Vous connaissez la place de chaque pièce ?

J'acquiesçai sans mot dire. Il soupira.

— Bon, alors, imaginez que vous êtes une voiture. Belle analogie, non ?

Le coyote grimaça un sourire dans ma direction. Pourtant, il me semblait bien ne pas avoir ouvert la bouche. Puis il plissa les yeux d'un air soucieux.

— Vous n'avez pas de temps à perdre.

Soit. Imaginons donc… que je sois une voiture. Bien. Avec hésitation, j'approchai de mon corps. Les lèvres serrées, je l'examinai.

— Une voiture, hein ? Commence par le plus évident, ma vieille…

Mes collègues me charriaient gentiment parce que j'avais la manie de parler toute seule quand je travaillais. En fait, je ne m'en étais jamais rendu compte jusqu'à maintenant.

— Donc, je fuis. D'où vient la fuite ? Du filtre à huile. Formidable : j'ai un filtre à huile.

Posant une main sur ma poitrine, j'empoignai le pommeau de l'épée de l'autre, et je tirai. Bloquée par les côtes, la lame résista. Le battement s'arrêta.

— Noooon !

Rassemblant toutes mes forces, je tirai de nouveau, d'un coup sec. L'épée glissa, puis sortit avec un bruit mou et liquide. Déséquilibrée, je basculai et l'arme partit en arrière. J'entendis — je m'entendis — tousser. Du sang noir gicla. Et le battement reprit, misérable, hésitant, mais il reprit.

— Pansez la plaie, maintenant, ordonna le coyote.

— Mais comment ? murmurai-je, épuisée.

Fermant les yeux, je visualisai un réservoir à huile en train de se vider sur le sol. Mentalement, j'entrepris de le changer : je dévissai le tuyau, huilai le joint de culasse du nouveau filtre, le vissai sur le tuyau. Perplexe, je tentais de superposer ces images à celle de mon corps : j'imaginais que mon poumon déchiqueté était un vieux filtre hors d'usage et que j'en glissais un neuf à la place.

Un cliquetis se fit entendre à l'intérieur de mon corps, juste au-dessus du diaphragme, à l'endroit même où était née la nausée qui m'avait poussée à venir en aide à Marie. On eût dit le claquement d'un cartilage — un claquement lourd et douloureux, semblable à celui d'une serrure rouillée qui tournait enfin, après des années d'immobilité. Ce fut très étrange de le ressentir à la fois dans le corps que j'habitais consciemment, et dans celui qui reposait là, devant moi. Un flux d'énergie jaillit de ce point sous le diaphragme et coula en moi comme une eau froide et claire. Il m'envahit tout entière avant de se propager au corps qui se mourait dans l'herbe, reliant mes deux moi. L'espace de quelques secondes, j'eus l'impression de devenir transparente et de voir mon poumon en train d'être réparé par cette ridicule analogie du filtre à huile.

Le flux d'énergie se répandit dans la cavité endommagée qui se mit à cicatriser. Puis la sensation s'évanouit et je chancelai, prise de vertige.

— Je crois que j'ai échoué, murmurai-je, épuisée.

— Regardez, murmura le coyote.

Je relevai la tête et tournai les yeux vers le corps immobile. Timidement, je tendis la main vers la poitrine couverte d'un épais sang noir, et écartai la chemise déchirée : la plaie avait littéralement disparu. La peau était comme neuve.

Le coyote gloussa.

— Bon, le poumon, maintenant. Regonflez-le.

— Le… regonfler ? Comme un pneu ?

Le coyote se contenta d'opiner de la tête, avec assurance.

Un pneu, donc, qui serait à plat. Je grimaçai, horrifée à l'idée que mon poumon exploserait si je le « regonflais » trop fort… Je visualisai un pneu et commençai, lentement, à le remplir d'air. Le battement autour de moi s'apaisa et prit une allure moins erratique. Je continuai doucement. De nouveau, le flux d'énergie jaillit sous ma clavicule et envahit les deux corps. J'aspirai profondément et, sous mes mains, je sentis la poitrine de mon autre moi se gonfler à son tour. Puis le flux disparut, aussi soudainement que la fois précédente, me laissant une sensation non plus d'étourdissement, mais de vie. Ténue, fragile, réelle. Je haletai, à bout de souffle.

— Que… que s'est-il passé ?

— Vous avez fait face à votre destinée, répliqua tranquillement le coyote.

Le battement manqua une pulsation, mais, globalement, il était plus ferme, plus assuré. Je laissai échapper un rire aigu.

— Ma destinée ! Je suis une voiture et je joue au mécanicien pour me réparer, et c'est ça que vous appelez ma « destinée » ? Génial, tout simplement génial, et complètement surréaliste, si vous voulez mon avis !

— Les côtes, maintenant.

Le coyote ne semblait pas le moins du monde impressionné. Je poussai un grognement et me remis au « travail ». Immédiatement, je cherchai à libérer le flux d'énergie et ris de nouveau, de manière un peu hystérique, je l'avoue, quand je le sentis réagir.

— Bon sang, c'est quoi, ce micmac ?

Mes côtes étaient tordues, comme un châssis accidenté. Lentement, précautionneusement, je les dépliai et les réalignai, avant de ressouder les parties entaillées. Je respirai soudain plus librement et une pression, dont je n'avais pas soupçonné l'existence jusque-là, se relâcha doucement. Tout mon corps semblait retrouver sa force et sa stabilité, à la manière d'une voiture pourvue d'un solide châssis.

L'énergie que j'utilisais semblait sourdre littéralement de mes os, de ma chair, comme si elle faisait partie de mon être. Pourtant, je n'avais jamais rien ressenti de semblable auparavant.

— Vous êtes en train de reprendre la voie que vous avez abandonnée voilà bien longtemps, commenta le coyote avec un soupir. Vous êtes douée, Joanna Walker, et votre esprit aspirait à exploiter ces dons ignorés. Soigner est le premier d'entre eux.

— Je ne comprends pas, répliquai-je avec la voix d'une enfant effrayée.

Mais tout en protestant, je me concentrai, sans avoir reçu aucun ordre, sur le travail suivant : donner un bon coup de « peinture » sur les éraflures de la carrosserie, à savoir les mille plaies et écorchures qui entaillaient mon visage. L'analogie du coyote avait du bon : elle me permettait de canaliser l'énergie froide qui jaillissait de mes entrailles. C'était étonnamment facile, et presque instinctif. Cette réparation-ci requérait moins de force que les précédentes. Sans même comprendre ce que je faisais, je ne ponctionnai qu'une partie de l'énergie qui bouillonnait au cœur de ma poitrine — juste ce qu'il fallait pour cicatriser les balafres. Quand la « peinture » fut achevée, la fraction d'énergie prélevée disparut, aspirée par la source originelle sous la clavicule. J'avais l'impression d'être une batterie en train de se recharger.

Incertaine, j'ouvris les yeux et me contemplai. Pour les vêtements, je ne pouvais rien faire.

— Je pense que tout va bien, à présent.

— Et celle-ci ?

Du bout du museau, le coyote désigna la blessure faite par le couteau de Marie. La réparation n'avait pas été efficace à cet endroit : je posai une main dessus, mais au lieu de s'amenuiser, elle s'élargit, semblable à un fin liseré argenté coupant ma joue. Je finis par grimacer.

— Rien à faire.

Les chiens très intelligents peuvent parfois avoir l'air approbateur. C'était le cas de mon guide, en cet instant.

— Je ne suis pas un chien, lança-t-il en retroussant les babines.

— C'est quoi, cette manie de lire dans mon esprit comme dans un livre ouvert ?

Haussant les épaules, je revins à mon corps gisant dans l'herbe. J'avais toujours une allure à faire peur : pâle comme un fantôme famélique, les narines pincées, les yeux creusés. En temps normal déjà, mon visage n'était pas particulièrement rebondi : un nez droit, des pommettes hautes, des joues plates. Mais telle que je me présentais là, j'avais vraiment l'air d'être à deux doigts de la mort.

Quant au battement, malgré de nettes améliorations, il restait dangereusement hésitant. Posant une main sur mon buste, je me mordillai la lèvre supérieure.

— Il y a quelque chose qui ne va toujours pas, marmonnai-je. Comme… comme…

L'analogie de la voiture me revint à l'esprit.

— … comme si le pare-brise était fendu et abîmé.

Le coyote approuva énergiquement.

— C'est là le plus difficile.

Nerveuse, je lui jetai un regard en coin.

— Le plus difficile ?

Il tourna la tête vers le corps immobile.

— Il faut changer votre vision du monde.

— Ah ! Parce que je ne l'ai pas déjà assez fait, peut-être ? répliquai-je avec un peu trop de véhémence.

Le coyote rabattit ses oreilles en arrière et s'assit avec un air de dignité offensée.

— Ah oui ? Croyez-vous vraiment à ce qui s'est passé ici ?

Je baissai la tête. Mon cœur battait lentement, beaucoup trop lentement.

— Je ne sais pas, murmurai-je. Tout semble réel, mais comme dans les rêves.

— Nous sommes ici en un lieu qui a beaucoup de points communs avec le rêve.

Le timbre de la voix avait changé, passant du ténor au baryton. Intriguée, je relevai la tête pour découvrir un homme assis en tailleur, l'air parfaitement détendu. Vêtu d'un jean déchiré aux genoux, il était entièrement rouge, d'un rouge dense et profond, très différent de la couleur que peut prendre la peau brûlée par le soleil. De longs cheveux noirs tombaient en masse égale de part et d'autre de son visage, et ses dents étaient plus étincelantes encore que celles de Gary. Ses yeux avaient l'éclat mordoré de ceux du coyote.

Je battis des cils, et le coyote revint.

— Je me demande si le Coyote des légendes cherokee est réellement une… légende, murmurai-je.

Je battis des cils de nouveau, espérant voir réapparaître l'homme rouge. Coyote ne broncha pas. Et ne se métamorphosa pas.

— C'est un peu plus complexe, murmura-t-il. Le temps presse, Jo. Est-ce réel ?

Je regardai mon corps évanoui dans l'herbe. « Si c'est un rêve, décidai-je in petto, au prochain regard, c'est l'homme que je vois. Normal, non ? Puisque je suis consciente, il s'agit d'un rêve éveillé, et s'il s'agit d'un rêve éveillé, je peux le modifier. Donc, je verrai l'homme parce que j'en ai décidé ainsi. »

Je levai les yeux. Coyote attendait patiemment, le museau pointé vers moi.

Un sifflement semblable à celui de la soie qui se déchire me traversa et disparut. Le battement manqua une longue et effrayante pulsation, avant de prendre un rythme naturel, rassurant.

— Temps de rentrer ! lança Coyote.

Et le jardin disparut.

6.

La lumière continuait à frapper mes paupières. J'ouvris les yeux. L'infirmier penché sur moi éteignit sa lampe.

— Elle revient à elle, annonça-t-il à quelqu'un qui se trouvait hors de mon champ de vision.

— Oui, je reviens…, marmonnai-je en refermant les yeux.

Avec un peu de chance, peut-être que je repartirais.

— Jouer avec ce battement n'attendrira pas le patron, et ne l'empêchera pas de te virer, Joanie ! lança le « quelqu'un » en question, avant d'ajouter à l'intention de l'infirmier : Laisse tomber l'électrocardiogramme, puisqu'elle est de retour parmi nous. En fin de compte, c'est l'autre type qui aura le plus morflé.

Il se pencha sur moi.

— Où est-il passé, ton gars ? Emporté par son gang ?

Je levai mon bras qui pesait au moins une tonne, et le laissai lourdement retomber sur ma poitrine. Maladroitement, je tâtonnai à la recherche de la blessure faite par l'épée. Je finis par sentir un accroc dans la chemise, poissé de sang durci. La plaie devait être là. Tout doucement, je promenai mes doigts sur la peau. Rien. Pas la moindre entaille.

Je fis rouler ma tête sur le côté, surprise de constater qu'elle répondait à mes ordres, et grommelai :

— Gary ?

Je n'avais devant moi que des pieds. Je ne connaissais pas le type de chaussures portées par Gary, mais ce n'était certainement pas les sandalettes en cuir bleu, parfaitement inadaptées à Seattle en plein mois de janvier, qui s'agitaient sous mon nez.

— Qui diable est Gary ?

Je ramenai ma tête et tentai de discerner l'infirmier.

— Oh, Billy ! articulai-je après un moment. Chauffeur… chauffeur de taxi, ajoutai-je dans un souffle.

— Perdu, chérie. Billy Holliday, détective pour te servir. Tu n'as jamais bien su faire la différence.

Et, se penchant de nouveau sur moi, il releva ma paupière pour examiner la pupille.

— Combien de doigts vois-tu ?

— Je ne vois rien, Billy ! Quelqu'un vient de mettre son pouce dans mon œil. Que fais-tu là ?

— Comment as-tu deviné que c'était moi ?

Il ôta son pouce et me considéra, perplexe.

— Les sandales.

Billy Holliday était, à ma connaissance, le seul détective à s'habiller en femme. Je l'avais rencontré trois jours après avoir été engagée : le commissariat m'avait envoyée aider un inspecteur dont la voiture était en panne. En omettant de préciser que le flic en question portait une robe à fleurs jaune pâle et arborait des biceps plus gros que ma tête. Indéniablement, Billy portait la robe mieux que moi.

D'autant que je ne me souvenais pas précisément de la dernière fois que j'avais enfilé une robe. Billy baissa les yeux.

— J'ai fourré mes pieds dans la première paire venue, grommela-t-il. Elles te plaisent ?

Je décidai que je me sentais mieux et tentai de me redresser. Billy me repoussa en arrière d'une main ferme.

— Elles sont magnifiques, rétorquai-je aimablement.

Et, de nouveau, je tentai de m'asseoir.

Le compliment ne l'avait pas amadoué. Nous luttâmes un petit moment avant que les genoux de Gary n'entrent à leur tour dans mon champ de vision. Le temps que son visage apparaisse près du mien, je me demandai à quoi j'avais reconnu les genoux de Gary.

— Vous devriez être morte, jeune fille.

Laissant la victoire à Billy, je me renversai sur le dos.

— Et qu'est-ce que dit Marie de tout ça ?

— Que vous devriez être morte, répondit une voix fraîche tombant du ciel.

Je levai légèrement le menton pour observer sa silhouette en contre-plongée au-dessus de ma tête.

— Voilà qui est réconfortant, commentai-je en fermant les yeux. Que s'est-il passé ?

Je sentis les regards embarrassés que Marie et Gary lançaient en direction de Billy.

— Billy…, dis-je sans ouvrir les yeux. Va changer de chaussures, s'il te plaît.

— Pour que vous puissiez tranquillement vous raconter vos petites affaires ? répliqua-t-il d'un ton plein de dignité offensée. Pour quel genre de détective me prends-tu ?

— C'est un peu plus compliqué que ça.

J'avais l'impression d'avoir déjà entendu ça... Ah oui ! Coyote, bien sûr. J'ouvris les yeux et me dressai sur un coude. Mes tempes battaient douloureusement.

— Je te demande ça en amie, Billy. Ou je te vole ta tête de Delco.

Il fit la grimace.

— Ça ne se fait pas, de voler la tête de Delco des amis. Ecoute, poursuivit-il d'un ton sérieux, tu es sûre que tu te sens bien, Joanie ? Tu as une sale mine, tu sais.

— Je me sens bien. Et je te jure que je te raconterai.

— Bon, répliqua-t-il à contrecœur.

Il se leva. Gary aussi. Les deux hommes se mesurèrent du regard, tandis que je me hissais péniblement sur mes pieds. Puis Gary fit un rapide signe de tête et Billy partit. Il y avait comme une vague odeur de testostérone dans l'air. Je m'efforçai de l'ignorer.

— Que s'est-il passé ? demandai-je de nouveau.

Prise d'un vertige, je tendis les bras pour retrouver mon équilibre, et j'eus soudain la conviction que c'était exactement ce que Coyote attendait de moi. Puis, lentement, je palpai mon visage. Je ne sentais rien. Ni douleur, ni blessure. Rien. Je poussai un soupir.

Gary fixait sur moi des yeux ronds.

— Tu as une petite cicatrice, dit-il d'une voix

hésitante. Là où elle t'a coupée. Toute fine... Elle saignait il y a à peine quelques minutes.

Je la cherchai doucement et finis par sentir une ligne mince, parfaitement cicatrisée.

— Que s'est-il passé ? questionnai-je pour la troisième fois.

Cette cicatrice avait quelque chose d'étrange. J'avais toujours eu une peau solide.

— La Meute a emporté Cernunnos, annonça Marie. Je crois bien que personne, jusque-là, ne lui avait infligé pareille blessure.

— Un point pour moi, alors.

Je continuai à me masser délicatement la joue.

— Et comment ai-je atterri dans le parking ?

— Dans mes bras, s'empressa de répondre Gary. Y avait le feu !

Je tournai la tête : bien sûr qu'il y avait le feu. On voyait des pompiers partout, et je réalisai soudain que j'entendais, depuis un bon moment déjà, le bruit des jets d'eau et les cris des hommes qui s'interpellaient. Un nuage dense de fumée et de vapeur s'élevait de l'auberge, dont une partie du toit s'effondra soudain. Brrrr ! Heureusement que Gary m'avait emportée...

— Merci, dis-je doucement. Où est l'épée ?

Gary désigna son taxi du pouce.

— Sur le siège arrière. Je pensais qu'il était préférable de la laisser dans la plaie jusqu'à l'arrivée des secours, mais Marie a insisté pour qu'on l'enlève. Et... euh... je n'ai jamais su dire non à une femme.

— Mmm..., répliquai-je. Vous m'avez tout l'air d'être le genre de type que son épouse mène par le bout du nez.

Je palpai de nouveau la chemise, à l'endroit de l'accroc. Dessous, la peau était parfaitement lisse. Je tirai sur ma chemise et regardai mon torse. Gary pouffa.

— Oh, silence ! lançai-je.

Mon soutien-gorge n'était plus qu'un lambeau ensanglanté.

— Et flûte ! grognai-je. Un soutif tout neuf…

Gary rit de nouveau. Je le fixai sévèrement.

— Ce truc m'a coûté soixante dollars ! Les hommes n'ont pas à acheter ces damnés sous-vêtements hors de prix !

Je l'examinai de nouveau. Rien n'indiquait que le sang qui le maculait était le mien. Sang, cicatrice… Et aucune plaie. Génial. J'avais l'impression de sortir tout droit d'*X-Files*.

— Vous balanciez entre la vie et la mort, intervint Marie. Je ne sais pas pourquoi, j'étais convaincue qu'il fallait ôter cette épée pour vous aider à vivre.

— Vous aviez raison.

Je détournai les yeux de mon buste. C'était trop étrange.

— J'ai donc sorti l'épée, poursuivit Gary en grimaçant. Et… euh…

Il se tut. Marie prit une inspiration et continua à sa place :

— Et alors, vous avez commencé à guérir. C'était magique.

— Magique, oui, bougonnai-je.

Gary éclata de rire.

— C'était magique, répétai-je sans conviction.

Marie eut un petit sourire suffisant. Même la suffisance lui allait bien. C'était trop injuste.

— Il me semblait que vous ne croyiez pas à la magie, intervint-elle avec tact.

Mais son sourire démentait ses précautions diplomatiques.

— Beaucoup de choses ont changé depuis, grommelai-je.

Une corde, soudain, se tendit autour de mon cœur, et se détendit, à la manière d'un arc. La vision d'un pare-brise fracassé passa devant mes yeux. Dans un sifflement semblable à celui de la soie qui se déchire, les fractures se ressoudèrent. Le verre fut de nouveau intact. Je frissonnai légèrement et refermai les bras autour de mon torse.

— Bon, allons parler à Billy.

— Attendez, dit Marie en posant une main sur mon bras. Nous avons un problème.

Ah non… Ce n'était pas du tout ce que j'avais envie d'entendre. Il me fallut un certain temps avant de parvenir à ouvrir la bouche.

— Quel problème ? articulai-je avec difficulté.

— Cernunnos n'est pas celui avec lequel je me suis battue dans l'église.

Je la dévisageai sans comprendre.

— Non, finis-je par dire lentement. Ce ne pouvait pas être Cernunnos. Vous lui avez pris le couteau.

Je me sentis particulièrement fine et perspicace, surtout quand je vis la surprise, puis l'embarras se peindre sur le visage de Marie.

— Vous avez raison. Je n'y avais pas pensé. Mais *qui* était-ce, alors ? La Meute était bel et bien après moi, insista-t-elle.

D'une main, j'arrêtai ses protestations.

— Je sais. J'ai vu. C'était peut-être un homme à ses ordres.

En mon for intérieur, j'admirais la nonchalance avec laquelle j'avançais cette hypothèse. Mon univers était bouleversé de fond en comble, secoué comme une vulgaire boule de neige, et je l'admettais sans rechigner. Avec aisance. Lucidité.

— Alors pourquoi ne m'a-t-il pas suivie à l'intérieur de l'église ?

Je la regardai, perplexe.

— Je ne sais pas. Ecoutez, dis-je en secouant la tête, prenons les choses les unes après les autres. Allons d'abord parler à Billy, puis nous tirerons le reste au clair, d'accord ?

Je jetai un coup d'œil vers Gary, qui acquiesça. Après un moment d'hésitation, Marie fit de même.

Et nous allâmes parler à Billy.

Il était une fois une sage jeune fille, moitié cherokee, moitié irlandaise, qui suivait docilement ses cours à l'école pour passer un bac d'anglais parfaitement inutile. A dire vrai, je n'espérais pas trouver du travail dans ma spécialité et n'avais jamais eu l'intention d'en chercher. J'avais déjà un petit boulot. Je savais à peine marcher que je m'intéressais déjà aux voitures et à leur mécanique. Une vraie passion.

Quand j'eus obtenu mon diplôme à l'université de Washington, je cherchai un emploi qui puisse compléter mon job à l'atelier de mécanique. Je m'engageai au commissariat de police des quartiers nord de Seattle. Le côté positif de la chose, c'est que j'ai pu conserver l'appartement que je louais depuis ma seconde année de fac.

Le hic, c'est que mon supérieur de l'époque, le commissaire Nichols, a absolument tenu à m'envoyer à l'Académie de police. C'est mon sang d'Indienne qui m'a trahie : il se voyait comme un drapeau rouge sur les photos noir et blanc qu'ils avaient l'habitude de prendre. Et Nichols n'a pas pu résister à l'idée d'avoir une vraie Indienne dans son tableau de service. C'était bien pour le commissariat. J'allai donc à l'Académie de police, parvins à y survivre et revins avec joie à mon garage, fermement décidée à ne plus le quitter.

Un an plus tard, Nichols partait en retraite, aussitôt remplacé par le commissaire Michael Morrison.

Le destin a voulu que j'apporte ma voiture au service de lavage du commissariat, et que j'y rencontre Morrison, que je ne connaissais pas encore. D'habitude, je ne faisais pas ce genre de chose. Je préférais la laver moi-même, mais le fils aîné de Billy avait tellement insisté, et j'étais tellement incapable de résister aux grands yeux suppliants de ce garçon de neuf ans, que j'ai cédé.

Et là, la question est la suivante : comment un mâle américain normalement constitué peut-il confondre une Mustang 1969 avec une Corvette, voire avec une ravissante Stingray 1963 ? Mystère. C'est pourtant ce qui s'est passé. J'avoue que j'ai ri sans aucune retenue. Et pour être vraiment honnête, je dois préciser que je me suis longuement et lourdement moquée de lui. Avant, pendant et après.

Je ne savais pas à cet instant qu'il était mon nouveau supérieur hiérarchique.

Je ne suis pas sûre que les choses auraient été différentes si je l'avais su.

Bon, je fais parfois des circonvolutions pour éviter d'admettre l'évidence. A savoir que je me suis comportée comme une andouille intégrale. J'ai basculé dans un état de régression horriblement gênant, digne d'une cour de récréation où on lance des cailloux au garçon qu'on trouve mignon. Eh bien, j'ai lancé le premier caillou, et, après, je n'ai pas su comment m'arrêter. Nos rapports, depuis ce temps, ne se sont pas franchement améliorés. Et comme nous n'avons ni l'un ni l'autre, je crois, de réelle vie privée, nous nous croisons souvent. Suffisamment souvent pour développer une animosité solide, tenace — genre Oscar et Félix sans les bons moments.

Aussi, quand je lui ai demandé un congé pour me rendre auprès de ma mère mourante, Morrison s'est empressé de m'informer que le commissariat ne pouvait accorder plus de six semaines et que, passé ce délai, ils se verraient dans l'obligation de me remplacer. Je lui ai promis d'être de retour dans un mois.

Ce mois est devenu deux, puis trois. Quand j'ai appelé pour annoncer qu'il y en aurait un quatrième, Bruce, à l'accueil, m'a déclaré d'un ton lugubre que le boss voulait me voir dans la minute qui suivrait ma descente d'avion.

Raison pour laquelle je me trouvais présentement dans le confortable fauteuil de Morrison, les pieds sur l'antique bureau métallique. Fin prête.

La pièce était assez spacieuse pour n'être pas oppressante. Dans le prolongement de la porte, une série de fenêtres laissaient entrer une terne lumière hivernale. Coincée dans l'angle, une longue table marron pourvue de trois chaises pliantes croulait littéralement sous un monceau de papiers. Tout comme le bureau de Morrison. Et de l'autre côté de ce bureau, deux fauteuils — dans l'un desquels j'aurais dû me trouver, en fait.

Une paroi vitrée garnie de stores donnait sur les autres pièces du commissariat. Quand les stores étaient baissés, cela voulait dire que l'un d'entre nous était en train de passer un sale quart d'heure. A dire vrai, je ne savais pas si j'étais soulagée ou non de constater qu'ils étaient levés…

Au-dessus du percolateur, placé contre le mur opposé, était accroché un grand tableau blanc. Enfin, il fallait faire un effort d'attention pour voir qu'il était blanc, parce qu'il était recouvert d'un fouillis de documents de travail, concernant des affaires passées ou en cours, et de trois calendriers encore pourvus de toutes leurs feuilles. Près du tableau, une horloge de Frank Lloyd Wright. Intriguée, je me demandai si c'était un cadeau. Qui diable aurait pu la lui offrir ? Je ne découvris aucune photo de famille dans le bureau de Morrison. Je doutais même qu'il en eût une.

Mon regard revint à l'horloge. Voilà soixante-dix minutes que j'attendais. Ce n'était que justice, après tout. Je l'avais bien fait patienter quatre mois et demi.

La porte claqua soudain. Je sursautai, hagarde. Pour la première fois depuis plusieurs jours, je venais de dormir. Moins de trois minutes, si j'en jugeais d'après l'horloge. Mais suffisamment pour donner la plus mauvaise impression possible. Immobile sur le seuil, Morrison m'observait.

— Fichez le camp de mon fauteuil, gronda-t-il.

Je lui décochai mon plus charmant sourire.

— Bruce a été très précis, dis-je d'une voix innocente. « Morrison veut te voir sur son fauteuil dans la minute qui suivra ta descente d'avion. »

Morrison fit un pas. Je gloussai et agitai une main tout en bondissant sur mes pieds.

— Je m'en vais ! Je m'en vais !

Je contournai le bureau en direction de la chaise où j'aurais dû me trouver. Et je m'assis. Tout au moins, j'en eus l'intention. Mon lacet en décida autrement. Je marchai dessus et, au terme d'un vol gracieux, m'étalai aux pieds de Morrison. Je hoquetai, le souffle coupé. Sur mon dos, je sentais le regard du boss.

Tout bien considéré, le sol était assez confortable. Et si je restais là ? Peut-être que Morrison m'enverrait réfléchir dans une cellule tranquille, où je pourrais dormir deux ou trois jours. Sauf que le commissariat ne comportait aucune cellule tranquille. Avec un soupir, je me poussai et m'assis sur mes talons.

— Pas de ça, Joanie ! brailla quelqu'un à travers la paroi vitrée.

Il fallut plusieurs secondes pour que la situation m'apparaisse dans toute sa réalité. Alors, je rougis, incapable même de produire un beau cramoisi tant j'étais fatiguée. Morrison se dirigea d'un pas souple vers son fauteuil, sans cesser de me considérer d'un air renfrogné. Je regagnai la position verticale par étapes, en m'appuyant sur le bureau. Et je me tournai, pour rencontrer le regard sévère de mon supérieur.

— Vous avez une sale mine, lâcha-t-il.

Pour le coup, je ne m'attendais pas à ça. Je le regardai, bouche bée. D'un geste, il me désigna un siège.

— Asseyez-vous.

Je m'assis donc. Non sans avoir la présence d'esprit de faire deux pas de côté pour tomber sur la chaise. Morrison poussa un soupir et se renversa sur son fauteuil, dont le craquement me hérissa le poil. Grand, les épaules carrées, le regard calme et inquisiteur, c'était l'image même du commissaire solide, efficace. Séduisant, aussi, même si ce n'est pas tout à fait ce qu'on est censé penser de son chef. A l'approche de la quarantaine, il portait beau — genre super-héros prêt à voler au secours des faibles et des opprimés. Il agita vers moi une main aux ongles soignés.

— Vous avez prolongé votre congé de trois mois, Walker.

— Je sais.

— J'ai engagé votre remplaçant, il y a dix semaines.

— Je sais.

Mazette, quel sens de la repartie ! Mes lentilles, collées à la rétine, me brûlaient les yeux. Je les frottai doucement. Aussitôt, des larmes jaillirent entre mes cils.

— Bon sang ! s'exclama Morrison avec effroi. Ne me dites pas que vous pleurez…

— Ce sont mes verres de contact, rétorquai-je rageusement.

— Dieu merci ! Vous ne m'aviez pas habitué au genre larmoyant.

Morrison se tut un instant. Je n'eus pas le courage de le regarder.

— On a l'air de vous faire les yeux doux, dans ce commissariat.

J'eus un petit rire pitoyable.

— Les yeux doux ?

— Les yeux doux, répéta Morrison fermement. Pour des raisons inconnues, ils vous apprécient.

— Je répare leurs voitures.

C'était vrai. Dans les mauvais jours — et celui-ci en était un, incontestablement —, je me disais que j'étais incapable de nouer des relations autrement qu'à travers la mécanique ; dans les bons, que j'adorais le boulot et que s'il me valait des amis, c'était un plus.

« Allez, Morrison ! le suppliai-je, bouche close. Prononce la sentence sacrée : *Je te renvoie*, et laisse-moi aller me coucher. » Je passai une main dans mes cheveux. Morrison crispa les lèvres.

— Je suis si horrible que ça ?

J'aurais dû jeter un coup d'œil dans un miroir.

— On dirait que vous avez croisé un rouleau compresseur. Que s'est-il passé ?

Il avait l'air intrigué.

— Je me suis battue.

J'esquissai un sourire.

Morrison se leva et contourna le bureau pour venir se planter devant moi, les bras croisés sur la poitrine. Je réprimai l'envie de me mettre debout. Nous sommes exactement de la même taille, Morrison et moi. Parfois, je m'amusais à porter des talons, pour le seul plaisir de le dépasser. Là, il éprouvait visiblement le besoin de me dominer.

— Je vous mets à la rue, me dit-il avec un air suave.

— Vous dites ?

— Je vous mets à la rue, répéta-t-il complaisamment. Agent de la circulation.

— Vous étiez censé me virer, lâchai-je étourdiment.

Vrai, je ne m'étais jamais passionnée pour mon métier de flic. Je n'avais pas cherché à l'être, non plus. Cachant mal une bonne humeur qui me troubla, Morrison se dirigea d'un pas alerte vers le percolateur.

— Le grand chef ne le permettrait pas. Vous êtes une femme, vous êtes indienne, vous êtes flic. Votre seule faute : ne pas vous présenter au boulot pendant quelques mois, et encore, pour raisons familiales graves. Ce n'est pas assez pour vous virer. Pas en cette joyeuse époque de quotas.

Il ouvrit le petit frigo placé sous le percolateur et se servit du lait.

Je fronçai les sourcils. Quotas ? Première fois que j'en entendais parler ouvertement. C'était le genre de sujet qu'on évitait habituellement d'évoquer. Morrison se tourna vers moi en levant sa tasse.

— Vous en voulez ?

— Oui, répondis-je, abasourdie.

Morrison prépara une seconde tasse de café et me la tendit. J'en bus une gorgée et me brûlai la langue.

— Donc, je vous mets à la rue, reprit-il avec une évidente satisfaction.

— Pourquoi ?

Ma voix se brisa lamentablement. Morrison me gratifia d'un sourire épanoui. C'était inquiétant. Très inquiétant.

— Parce que je ne doute pas que vous démissionnerez. Vous êtes mécanicienne, pas flic. Vous n'avez pas la vocation. Alors, faites-nous gagner du temps et démissionnez maintenant, voulez-vous ?

Je grinçai si fort des dents qu'elles crissèrent. Impossible. Pas devant ce sourire. Hors de question que je lui donne raison. Que je démissionne sans lutter.

— Non, lançai-je d'une voix sourde en me levant. Je ne le ferai pas.

Et il me fallut faire appel à toutes mes forces pour fermer doucement la porte derrière moi.

7.

Pas moins de huit policiers — dont j'avais régulièrement rafistolé les voitures — faisaient antichambre devant le bureau de Morrison, lisant ostensiblement des dossiers ou échangeant des histoires avec un entrain factice. Je refermai précautionneusement la porte derrière moi. Un grand silence se fit. Bruce, un blondinet fluet qui ne quittait guère l'accueil, s'avança, le visage sombre.

— Alors ?

— Le salopard t'a virée ! explosa Billy, avant même que j'aie pu ouvrir la bouche.

Sa sortie déclencha un véritable concert d'exclamations indignées contre le chef, et de déclarations enflammées en ma faveur. Lançant rageusement sa casquette par terre, Rex, aussi râblé et massif que son prénom, fonça vers la porte du bureau. Alarmée, je reculai d'un pas. La poignée heurta le creux de mes reins.

— Ôte-toi de là, Joanie ! gronda Rex avec la hargne d'un pitt-bull déchaîné.

Je m'écartai.

— Euh… en fait…

Rex passa comme une flèche devant moi, ouvrit la porte à la volée et la claqua derrière lui. Aussitôt, une foule furieuse et gesticulante de policiers prit rang devant la porte pour dire son fait au patron. Cela promettait.

— En fait, marmonnai-je, il ne m'a pas virée…

Personne ne m'entendit. Machinalement, je frottai mes yeux irrités qui, derechef, se mirent à larmoyer. Bruce se glissa à mon côté et me guida vers un siège.

— Ça ira, Joanie, dit-il doucement. Tu es une super mécanicienne. Tu retrouveras très vite du boulot. Et de toute façon, tu auras de quoi t'occuper rien qu'avec nos bagnoles. Pas vrai, les gars ?

— Je les répare déjà, soulignai-je, et on ne me paie pas pour ça.

Bruce n'avait qu'une passion dans la vie : la course automobile. La voiture de sa femme, un break Eagle 1987, à boîte de vitesses manuelle, rendait l'âme plus souvent que les héros de tragédie. En fait, je n'étais pas certaine qu'il sache la conduire, et moins encore l'entretenir.

— Ecoute, Bruce, je ne…

Il me tapota gentiment l'épaule.

— Elise tient à ce que tu viennes dîner vendredi. Elle va faire un foin de tous les diables si tu es virée.

Elise faisait les meilleurs *tamales* de tout Seattle, et elle était persuadée que je me tuais à petit feu en me nourrissant exclusivement de macaronis et de fromage.

— Elise est ange, répliquai-je, mais je…

Rex sortit en trombe du bureau de Morrison, le visage enflammé par l'effort. Sans attendre, Billy fonça vers la porte restée ouverte. Malgré le brouhaha, j'entendis nettement la voix du boss.

— Ça suffit !

Billy réapparut, aussitôt suivi de Morrison qui s'immobilisa sur le seuil, les bras croisés, le visage menaçant.

— Joanne Walker n'a pas été renvoyée ! tonna-t-il. Alors, tout le monde au boulot !

Et, pivotant sur ses talons, il claqua la porte derrière lui. Huit paires d'yeux me fixèrent avec réprobation.

— C'est ce que j'ai essayé de vous dire, articulai-je faiblement. Il ne me vire pas, il me rétrograde. Gardien de la paix.

Songeuse, je me demandai s'il était techniquement possible de rétrograder un mécanicien.

Tout le monde se tut, le temps que je réfléchisse au problème. Puis la cacophonie reprit de plus belle. Brièvement, je tentai de m'expliquer, avant de renoncer et de laisser Billy défendre mon honneur de policier intègre avec insigne et tout le tintouin. Je ne savais même pas où était ce badge. Je me rappelai que j'en avais reçu un à la sortie de l'Ecole de police. Hypothèses plausibles : soit il était dans mon tiroir à chaussettes, soit il se trouvait dans la boîte à gants de ma voiture, soit il avait échoué dans le fourre-tout de la cuisine. Furtivement, je m'esquivai pendant que le débat faisait rage dans l'antichambre.

Gary et Marie m'attendaient à l'accueil, avec une certaine impatience.

— Comme ça, vous êtes policière ? s'enquit Gary, tandis que je passais le tourniquet.

— Non… Oui. Et zut ! Pourquoi ?

Je m'affalai sur le banc et me frottai de nouveau les yeux.

— Hé là, jeune fille ! Ce n'était pas une question piège ! Mais pourquoi ne m'avez-vous rien dit, à l'église ? Ou même à l'aéroport ? J'ai cru que vous étiez une cinglée, moi, à la recherche d'une nana aperçue depuis l'avion !

Gary me surplombait de toute sa taille, les bras croisés. Marie se glissa derrière lui et me considéra avec curiosité.

— Je ne suis pas flic. Je veux dire…

Je soupirai en me massant l'arête du nez.

— Je suis flic. Enfin, je crois. Je suis mécanicienne. C'est mon vrai boulot. Plus maintenant. Maintenant, je dois rédiger des PV ou des trucs du genre. Euh… Je me demande quand je suis censée reprendre le travail. Et zut !

Gary et Marie continuaient à me dévisager.

— Je serai plus claire quand j'aurai dormi un peu, marmonnai-je au bout de quelques secondes.

Je me forçai à ouvrir les yeux. La glande lacrymale se remit aussitôt en route. Gary devint subitement compatissant.

— C'est bon, c'est bon, on va vous ramener à la maison. Et ce soir, nous dînerons ensemble pour réfléchir à tout ça.

Il me tapota doucement l'épaule. Exactement comme Bruce.

— « Nous » ? s'exclama Marie, surprise.

— Nous ? répétai-je plus faiblement en écho.

— Eh quoi ? Je n'ai pas envie de manquer le prochain épisode ! Non, mais qu'est-ce que vous croyez…, ajouta-t-il en grommelant.

Et, secouant la tête d'un air navré, il sortit du commissariat.

Gary me déposa devant mon immeuble. Debout sur les marches en béton, j'agitai la main dans sa direction, tandis qu'il démarrait. Puis je grimpai jusqu'à mon appartement et gagnai ma chambre en titubant, sans même allumer la lumière. De toute façon, je vivais seule, ici. Aucun risque, donc, de découvrir quoi que ce soit de nouveau, hormis quatre mois de poussière accumulée. Je m'effondrai tête la première dans ma couette, et un joli nuage s'éleva, qui me fit aussitôt éternuer. Pas d'autre catastrophe en vue. Fugacement, je songeai que j'avais oublié de retirer mes lentilles, et je sombrai.

Mon appartement ne me réservait peut-être aucune surprise. Mais mes rêves, si… Coyote m'attendait. Il m'accueillit avec un air de discrète satisfaction. Je le dévisageai, ébahie.

— Comment est-ce possible ? grognai-je. Les chiens n'ont jamais cet air-là.

— Vous n'avez jamais eu de chien, n'est-ce pas ? rétorqua Coyote. D'ailleurs, je ne suis pas un chien.

J'enfouis mon visage dans mes mains.

— Peu importe. Où sommes-nous ? Que voulez-vous ?

Je le contemplai à travers mes doigts légèrement entrouverts.

— Avez-vous décidé de troubler tous mes rêves ?

— Ce n'est pas un rêve.

Et Coyote regarda autour de lui. Je finis par faire de même, avec lassitude. Je devais avouer qu'aucun de mes rêves ne ressemblait à celui-ci. Pas même les rêves de chute, généralement assez sobres — un ciel gris, une très longue dégringolade. Ici, il n'y avait que de gros nuages sombres se succédant au hasard, sans rime ni raison. A tout prendre, je préférais les rêves de chute.

Et, subitement, je tombai. Atrocement loin. Dans un temps sans durée.

Coyote poussa un jappement mi-agacé, mi-inquiet. Je me redressai en sursaut. Retour à la case départ.

— Faites un peu attention, gronda-t-il.

— Mais je fais attention ! protestai-je. Que s'est-il passé ? Où sommes-nous ?

Où aurais-je pu chuter ? Coyote et moi dérivions au milieu de nulle part, assis sur du vide.

— Vous avez failli partir dans un rêve, reprit Coyote d'un ton patient. Quant à nous, nous nous trouvons en ce moment entre les rêves.

— Pourquoi ? Je suis si fatiguée…

Je me mis à pleurnicher comme une petite fille. Il ne manquait plus que ça. Je tâchai de me ressaisir, de me comporter en adulte. Coyote passa un coup de langue sur ses babines.

— Vous avez fait du bon travail, ce matin, dit-il doucement.

Je fronçai les sourcils.

— C'est pour m'entendre dire ça que je suis là ?

Je n'avais pas eu l'intention de me montrer aussi agressive et impolie, mais j'étais épuisée. Positivement épuisée. Coyote ignora le ton de ma question.

— En partie, admit-il. Demandez à votre amie « banshee » de vous apprendre à utiliser votre bouclier.

— Mon… bouclier ?

Je m'étais rarement sentie aussi stupide. Coyote sourit. Je ne savais pas que les chiens souriaient.

— Je ne suis pas un chien, murmura-t-il. Elle comprendra. Maintenant, dormez.

Un clin d'œil mordoré, et il disparut.

Disons plutôt que je cessai d'avoir conscience de sa présence. Pour entendre des coups sourds qui heurtaient la porte d'entrée avec la régularité obtuse d'un métronome. Je demeurai parfaitement immobile pendant un temps infini. Les coups redoublèrent. Au bout d'une éternité, je finis par me laisser glisser à bas du lit, pour ramper sur le sol en direction de l'entrée.

Quelque part au milieu du salon, je me dressai sur mes pieds au prix d'un monstrueux effort. Je percutai du menton la table basse, puis portai simultanément une main à mon menton et l'autre sur la poignée. J'ouvris ensuite la porte en me cognant le front contre le battant.

M'effondrer lamentablement en gémissant me parut être la seule chose à faire. Des larmes perlèrent entre mes cils, et les décollèrent. J'en déduisis que je n'avais pas ouvert les yeux. Successivement, je frottai mon menton, mon front, mes yeux.

Une voix tomba sur moi.

— Dieu du ciel, Jo ! On dirait qu'un train vous est passé dessus, dans un sens, puis dans l'autre.

— Ravie de vous voir, Gary...

En fait, je ne voyais rien du tout. Du bout des doigts, je palpai ma gorge. J'avais l'impression qu'un bulldozer venait d'y déverser une tonne de gravier.

— Quelle heure est-il ?

— 19 h 30.

Je devinai, au son de sa voix, plus proche, qu'il venait de s'accroupir. Je réussis à décoller une paupière.

— Impossible. Je viens seulement de me mettre au lit.

Je levai le poignet et m'efforçai de distinguer ma montre. Peine perdue. De toute façon, elle était déréglée.

— Impossible.

— Si. Et nous sommes censés retrouver Marie chez elle, dans un quart d'heure.

Gary se redressa. Je réussis à écarquiller l'autre œil.

— Bon... Alors, allons-y.

Je déglutis pour m'éclaircir la gorge et tentai une station approximativement verticale.

— Waouh ! s'exclama Gary.

Je n'étais capable de faire qu'une seule chose à la fois. J'arrêtai mon ascension.

— Quoi ?

— Si vous preniez une douche, et que vous changiez de tenue ?

Je le regardai sans comprendre. Puis, lentement, j'abaissai les yeux vers mon corps. Horreur et damnation.

— Immonde, finis-je par admettre.

Si dormir dans des vêtements déchirés et maculés de sang ne suffit pas à vous donner l'air d'un épouvantail, rajoutez une bonne couche de poussière par-dessus et vous aurez l'air d'un cadavre desséché : moi, en l'occurrence.

— Installez-vous, dis-je en désignant le divan. Je vais prendre une douche.

Et je filai vers la salle de bains.

Un quart d'heure plus tard, le miroir me renvoyait un reflet à peine plus engageant. Mes cheveux étaient propres, légèrement hérissés avec du gel. J'étais toujours aussi pâle, mais uniquement par manque de sommeil, non plus à cause du bariolage de poussière et de sang dont je m'étais gracieusement fardée. J'avais enfin réussi à retirer mes lentilles, et je portais une vieille paire de lunettes ovales à fine monture dorée. L'or adoucissait mes yeux… quand ils n'étaient pas atrocement injectés de sang.

Sans quitter mon reflet du regard, je suivis du doigt la fine cicatrice blanche qui barrait ma joue. Elle commençait au coin de l'œil, sous la branche des lunettes, et s'achevait par une ligne pâle près de ma bouche. Ce n'était pas laid, à franchement parler. Mais je n'y étais pas encore habituée. Je me détournai du miroir et gagnai la chambre pour m'habiller.

Le premier T-shirt que je trouvai était noir, ce qui n'était pas le plus seyant avec un teint quasi cadavérique. Mais enfin, il était propre, et son col en V me permettait de l'enfiler sans me décoiffer. Et puis, il était idéal avec un collier — mon nouveau collier. Sauf qu'il fallait que je renonce à l'idée, tant que je n'aurais pas sévi avec du produit à nettoyer. Le sang ne s'harmonisait pas très bien avec l'argent.

Pour une fille qui ne porte jamais de bijoux, je me sentais étrangement nue sans ce collier. Je farfouillai à la recherche du seul autre bijou en ma possession : un large bracelet en cuivre que mon père m'avait donné quand j'étais au lycée. Je le glissai au poignet gauche et laissai la montre sur la tablette de la salle de bains. Les ciselures qui l'ornaient représentaient des nœuds celtiques. Je ne m'en étais jamais aperçue jusque-là. Mon père l'avait-il fait exprès ? Je restai là un bon moment, les yeux fixés sur le bracelet, sans penser à rien. Rêveusement, je caressai les délicats animaux gravés entre deux séries de nœuds — les animaux favoris des Cherokee. Puis je me secouai. Il était temps que je m'habille.

Je partis à la pêche dans le premier tiroir de la commode. J'en retirai une paire de chaussettes, un string, et le badge de policier. Je rejetai le badge et considérai le string. Ce n'était pas mon genre de sous-vêtement préféré. Mais c'était mieux que rien. J'enfilai un jean et me dirigeai vers le salon, mes chaussettes se balançant au bout de mes doigts.

Affalé sur le divan, Gary avait mis la main sur l'une de mes faiblesses secrètes : les magazines culturels. Celui-là était vieux de quatre mois. Je m'assis sur le pouf et commençai à enfiler une chaussette.

— On est en retard ?

— Non.

Gary me jeta un coup d'œil par-dessus le journal.

— Elle habite tout près d'ici. Hé, pas mal, la remise en ordre !

Mon cerveau mit une minute à percuter.

— Merci. Je trouve aussi.

Deuxième chaussette. Les chaussures, maintenant. Toutes les paires convenables se trouvaient dans mes bagages, à la consigne de l'aéroport. Je finis par dénicher une paire de bottes qui n'étaient pas trop mal. Je revins dans la chambre, cherchai une paire de chaussettes plus fines, mieux adaptées aux bottes, et laissai les autres par terre. Les joies de la vie en solitaire… Personne pour rouspéter.

— Je suis prête, annonçai-je. Quand vous voulez.

— Une seconde, grommela Gary, le nez dans le magazine.

— Vous pouvez l'emprunter.

Je souris et allai me remplir un verre d'eau dans la cuisine. Quand je revins, Gary était debout, à m'attendre.

— Mazette ! émit-il avec un sifflement, les yeux fixés sur mes pieds.

Je suivis son regard. C'étaient des bottes à talons épais et solides. Mastoc, en fait, mais j'aimais ça. J'avais de grands pieds, impossible à insérer dans de jolies chaussures sexy. Donc, je choisissais l'extrême opposé. Avec ces bottes, j'étais aussi grande que Gary. Voire un peu plus. Je lui souris.

— Jeune fille, vous m'impressionnez ! lança-t-il en ouvrant la porte d'entrée.

Et il s'effaça pour me laisser passer. Je sortis, nettement ragaillardie.

Marie habitait à dix minutes à peine de chez moi. Mon somme avait dû être réparateur. Ou alors j'avais trouvé un nouveau souffle. Je gravis quatre à quatre les marches du perron de l'immeuble, laissant Gary derrière moi.

— Elle a dit que c'était ouvert, lança-t-il au moment où je pénétrais dans le hall. Appartement 121.

Je tournai arbitrairement à gauche, dénichai la porte de Marie, et frappai quelques coups avant d'entrer.

— Hello, Marie ! C'est nous !

L'entrée, minuscule, donnait à droite sur une grande pièce, à gauche sur la cuisine. Sur le mur en face, une affiche de Néné Thomas, une femme entourée de corbeaux.

— Super, l'affiche ! commentai-je à voix haute.

Et j'entrai dans le salon.

Le corps sans vie de Marie s'étalait au beau milieu.

8.

Hébétée, je reculai jusqu'à la cuisine et heurtai Gary, qui poussa un grognement en recevant mon coude dans l'estomac.

— Qu'est-ce qui vous prend ?

— Elle est… elle est morte, soufflai-je.

Brutalement, il me fit pivoter devant lui.

— Morte ?

J'acquiesçai silencieusement.

— Vous êtes sûre ?

— Plutôt, oui, répondis-je d'une voix rauque.

J'entendais le souffle précipité de Gary, tout près de mon oreille.

Marie gisait sur le dos, un bras gracieusement relevé au-dessus de la tête, dans la pose classique de l'évanouissement. Sauf qu'il ne s'agissait pas d'un évanouissement. Le trou net sous son sein gauche le prouvait assez. Sous le sang abondant qui avait giclé, la plaie était visiblement profonde, et il ne fallait pas faire preuve de beaucoup d'imagination pour comprendre que le muscle cardiaque avait été sectionné en deux. Avec une précision chirurgicale.

L'assassin semblait avoir agi avec une extrême rapidité, frappant sa victime par surprise et repartant aussitôt. Nerveusement, je me massai la poitrine, à l'endroit même où Cernunnos m'avait frappée.

— Où est l'épée ?

— Dans le coffre de ma voiture, murmura Gary.

— Certain ?

— Oui.

— Je ne sais pas trop quoi en penser, murmurai-je, perplexe.

— On devrait peut-être appeler la police, suggéra Gary au bout d'un moment.

L'esprit vide, je contemplai le corps sans vie de Marie.

— Bon sang ! finis-je par dire. La police, c'est *moi*.

Et je partis à la recherche d'un téléphone. J'en dénichai un dans la cuisine, posé près de la dent que Marie avait ramassée sur le parking de l'église. Elle paraissait parfaitement inoffensive, maintenant qu'elle avait été nettoyée de son sang. Prête à être glissée sous l'oreiller pour attendre le passage de la souris. Je la pris et l'examinai un instant, avant de la fourrer dans ma poche. Je revins dans le salon avec le téléphone et composai le 17.

Quand la police fit irruption, une vingtaine de minutes plus tard, nous étions toujours là, Gary et moi, à regarder le corps, sidérés. Ils nous embarquèrent au commissariat, dans des voitures différentes. J'avais dans l'idée que si nous étions réellement des criminels, nous aurions abandonné les lieux, ou bien préparé une histoire crédible. Mais mon point de vue n'intéressa personne.

Gary avait un alibi : il avait travaillé jusqu'à 2 heures,

puis il avait fait une partie de poker jusqu'au moment de me retrouver chez moi.

Je n'en avais aucun. Un flic que je ne connaissais pas me cuisina une heure durant. Il était obsédé par l'idée que j'étais la première à avoir aperçu Marie, depuis un avion. A dire vrai, l'idée semblait obséder tout le monde. Je promis mentalement de m'abstenir de jouer, désormais, les Superwoman.

Il me laissa partir après avoir vérifié que j'étais bel et bien de la police. Gary m'attendait dehors, sur les marches. Silencieusement, nous regardâmes la pluie tomber sur le trottoir.

— Croyez-vous que ce soit Cernunnos ? finit-il par demander.

— L'appartement me semble un peu étroit pour son cheval, rétorquai-je en m'asseyant près de lui.

Gary me considéra avec étonnement. J'esquissai un pâle sourire.

— Je n'ai rien mangé de la semaine.

Je n'étais même pas sûre d'exagérer.

— Vous... vous êtes capable d'avoir faim ? demanda-t-il, horrifié.

— Ou je mange, ou je tourne de l'œil, au choix.

Je lui tendis la main pour qu'il m'aide à me relever. Et m'abattis dans ses bras en sanglotant. Etourdie, je le dévisageai à travers mes larmes.

— Vous savez, Gary, hoquetai-je, si vous aviez quarante ans de moins, eh bien, je crois que je pourrais tomber amoureuse de vous...

— Mouais... C'est ce qu'elles disent toutes. Bon, où va-t-on ? Mon taxi est resté près de chez Marie.

— Il y a un snack au coin de la rue.

— Pas de salon de thé ?

Je fis une grimace.

— Si, en bas de la rue. Mais j'ai besoin d'un vrai repas.

— Mazette, c'est que vous avez vraiment faim ! observa-t-il avec une pointe d'admiration.

J'opinai de la tête et descendis les marches.

Une salade de tomates-mozarella, un poulet grillé au bacon, une portion de frites et un milk-shake au chocolat plus tard, je sentis que mon cerveau était de nouveau capable de fonctionner. Je commandai pour finir un brownie au chocolat fondant, et me calai confortablement dans mon siège en attendant qu'il arrive. Gary jugea les conditions remplies pour reprendre la discussion.

— Donc, est-ce Cernunnos ?

J'ôtai mes lunettes et mâchonnai le bout de la branche.

— Je ne sais pas. Les dieux celtiques ont-ils coutume d'assassiner les gens chez eux ?

Gary haussa les épaules.

— Je n'en connais aucun intimement. Mais pourquoi ne le feraient-ils pas ?

Pourquoi, en effet ? Je plissai les yeux pour accommoder ma vue et distinguer plus nettement les contours flous de Gary. Ma vision n'est pas mauvaise — je peux même conduire sans mes verres de contact, s'il le faut — mais je suis myope comme une taupe. A plus de trois pas, le monde prend l'aspect nébuleux d'un sapin de Noël illuminé.

— Choisissons un point de départ moins… ésotérique.

— Bonne idée, opina Gary. Un rival jaloux du département d'anthropologie ?

Je plissai plus fortement les yeux. Et je finis par remettre mes lunettes.

— Pourquoi pas ? grommelai-je.

— Hmm… Vous y croyez ?

— Non, admis-je à regret. Marie était impliquée dans une histoire bien plus étrange que ça.

Gary acquiesça avec énergie. La serveuse m'apporta mon dessert et je le tripotai sans appétit, du bout de ma fourchette.

— C'était trop… net pour être le fait de Cernunnos, repris-je.

— Comment ça, « trop net » ? Vous avez vu le corps comme moi !

— Bien sûr, mais…

J'agitai ma fourchette.

— Rappelez-vous la Meute. Des chiens, des oiseaux, des cavaliers. Croyez-vous qu'il tue de ses propres mains ? Et si c'était l'autre type ?

— Quel type ?

— Celui au couteau. Selon elle, ce n'était pas Cernunnos. Mais elle y a cru jusqu'à l'épisode de l'auberge, ce matin.

Je contemplai mon brownie, et finis par en prendre un morceau. Il était bon. J'avalai une seconde bouchée.

— L'homme ?

— Je ne sais pas si c'était un homme. Je ne sais pas si Cernunnos a des complices parmi les hommes. On devrait se renseigner.

— A mon avis, la bibliothèque est fermée à cette heure-ci, Jo.

Je haussai les sourcils.

— Aucun problème. J'ai un ordinateur à la maison, répliquai-je en découpant une troisième part de brownie.

— Je ne touche pas à ces choses-là, commenta Gary avec mépris.

Je souris.

— Il suffit d'essayer. Vous aimerez ça.

J'engloutis le dernier morceau de gâteau, réglai l'addition et nous partîmes chez moi.

« Sur Internet, personne ne sait que vous êtes un chien » proclame le petit panneau que j'ai posé sur mon ordinateur. Je le dépoussiérai pendant que la machine se mettait en route. Gary se tenait quelques pas derrière moi, méfiant.

— Il ne vous mordra pas, Gary.

— Ressemble pas à ceux qu'on voit à la télé, bougonna-t-il.

Je secouai la tête.

— Je travaille sous Linux.

Gary me regarda, perplexe. Je pris mon inspiration, puis me dégonflai. Je n'avais pas le courage de me lancer dans de longues explications.

— Ça veut dire que je suis accro à l'informatique.

— Ah bon…

Il se rapprocha d'un pas. Je lançai le navigateur web, sous son regard curieux.

— Et vous savez ce que vous faites ?

— Bienvenue au XXIe siècle, Gary. Tout ce que vous cherchez, vous pouvez le trouver sur le Net. Suffit d'un clic, et hop, vous obtenez cent pour cent de réponses justes. Et cent pour cent de réponses fausses.

Posant une main sur le bureau, il se pencha pour scruter l'écran.

— Comment faites-vous le tri ?

— Parfois, je me fie à mon intuition. Mais dans un cas comme celui-là, poursuivis-je en pointant mon doigt vers l'ordinateur, je consulte une demi-douzaine de sites et je relève les données communes. Le résultat n'est pas loin de la vérité. Enfin, je veux dire… Nous nous intéressons ici à des dieux celtiques, n'est-ce pas ? Vous savez, je doute qu'il existe en la matière un expert incontestable.

Je cliquai sur un lien. Gary tira une chaise près de moi et s'assit.

Les informations abondaient sur l'origine de la Meute. Pour partie, elles correspondaient à ce que Marie nous avait dit. D'autres mentionnaient un certain Herne le Chasseur. Et elles précisaient que la Meute se composait d'hommes qui avaient été au service de Richard II d'Angleterre. D'autres sources, encore, prétendaient qu'il s'agissait d'une fable, ou bien que ces hommes étaient de grands guerriers du passé — parmi lesquels était même mentionné le roi Arthur.

— Puni pour avoir tué des enfants, murmura Gary.

— Pardon ?

J'ôtai mes lunettes et clignai des yeux.

— Le roi Arthur a assassiné des centaines d'enfants.

— Jamais entendu cette histoire.

Gary haussa les épaules.

— Elle existe, pourtant. C'est un peu celle du pharaon massacrant les nouveau-nés pour éliminer Moïse. Sauf qu'en l'occurrence, c'est Mordred que le roi Arthur voulait anéantir. Peut-être qu'en expiation de sa faute, il est obligé de chevaucher en compagnie de Cernunnos.

— Où avez-vous appris tout ça ? m'enquis-je, éberluée.

— On n'apprend rien à un vieux cheval de retour, jeune fille, rétorqua Gary en grimaçant. J'ai eu le temps de m'informer, çà et là.

Gary attrapa la souris, cliqua sur le moteur de recherche, puis sur un nouveau lien. J'esquissai un sourire.

— Je croyais que vous ne touchiez jamais à ces choses-là.

— Surtout, ne le dites à personne. Vous ruineriez ma réputation.

Plissant les yeux, il se concentra sur l'écran où apparaissait lentement une page d'accueil.

— Donc, le seul mortel mentionné en compagnie de Cernunnos est ce Herne, n'est-ce pas ? S'agit-il de notre gars ?

Je me laissai aller sur ma chaise en soupirant.

— Comment savoir ? Certaines descriptions laissent entendre qu'il pourrait s'agir, en effet, de la même personne. Ce qui ne nous avance guère. Zut et zut !

— Mince alors ! Visez ça, Jo !

Je me redressai. Une espèce de prière absurde et ridicule, écrite dans un caractère laborieusement cursif, s'affichait à l'écran.

Que la Porte de l'Est se referme sur toi et t'enchaîne
Que les dieux m'entendent
Que viennent à moi le vent, la terre et la mer
Que le feu t'enchaîne
Qu'au nom du dieu, mon incantation retombe sur toi
Et que jamais le sortilège ne se rompe
Par ma volonté et par ces mots
Par ces pouvoirs et par ma force
Je t'enchaîne pour l'éternité

— *Qu'au nom de Cernunnos, mon incantation retombe sur t...* ? commença Gary.

Sans réfléchir, je posai une main sur sa bouche. Qu'est-ce qui me prenait ?

— Wwwwf efffwa ?

Ses yeux se fixèrent sur moi, ronds comme des billes. Je regardai de nouveau l'affreux poème. Tout ceci n'avait aucun sens, et pourtant je frissonnai, décontenancée.

— Evitons de le lire à voix haute, murmurai-je en retirant ma main.

— O.K.

Comment ça, « O.K. » ? Juste « O.K. », et rien d'autre ? La surprise dut se peindre sur mon visage, parce qu'il secoua la tête en souriant.

— Vous ne vous laissez donc jamais guider par vos tripes ?

— Jamais, rétorquai-je avec une feinte assurance.

— Mmm... Et moi, j'ai l'impression que vous commencez à apprendre...

— On dirait, grognai-je.

Avec un soupir, j'attrapai mes lunettes.

— Demain, repris-je d'un ton ferme, je me réveillerai parfaitement normale et saine d'esprit.

— Et vous aurez la réponse à toutes vos questions, pas vrai ?

Je souris à contrecœur.

— Vrai.

— Beau programme, m'est avis.

Gary soupira à son tour, et passa une main dans ses cheveux. Ou dans ce qu'il en restait, et qui était tout gris. C'était le seul détail physique qui lui donnait l'air d'avoir vraiment son âge. Même ses rides avaient un côté Ernest Hemingway, comme si elles étaient dues au grand air et au soleil plutôt qu'à l'âge. Elles confortaient l'impression de stabilité et de solidité qui émanait de lui.

— Bon, jeune fille… Je suis un vieil homme, je me suis levé tôt et je travaille demain matin. Alors, je réintègre mes pénates.

— D'accord. Et moi, je…

Je laissai ma phrase en suspens et considérai l'écran, soucieuse.

— Et vous… ? s'enquit Gary.

Je haussai les épaules.

— Je vais essayer de découvrir qui a tué Marie.

— Ce n'est pas gentil, ça, de vous amuser sans moi. Mmm… Je termine à 2 heures. Je vous retrouve à ce moment-là, si vous êtes disponible.

— D'accord. Et d'ici là, ne prenez en charge aucun type brandissant une épée. Mais… votre voiture ? Vous voulez la récupérer maintenant chez… enfin… là où… ?

Je me levai brusquement pour m'empêcher de

bredouiller des idioties, et fouillai fébrilement dans ma poche à la recherche de mes clés de voiture.

— Oh, je vous en prie ! s'exclama Gary avec un air hypocrite. Ne vous donnez pas cette peine.

Je venais de passer plusieurs semaines en Irlande. Et j'y avais appris un certain cérémonial.

En Irlande, dès que vous arrivez chez quelqu'un, la première question qu'on vous pose, c'est : « Désirez-vous une tasse de thé ? » Vous dites : « Non, merci, ne vous dérangez pas. » Alors, la personne insiste : « Vous êtes sûre ? » Naturellement, vous êtes sûre, vous n'avez besoin de rien. « Eh bien, reprend-elle, de toute façon, je vais m'en faire une tasse. » « Ah, dans ce cas, répondez-vous, puisque cela ne vous dérange pas, je vous accompagnerai volontiers, et je vais vous aider à préparer le thé… » Là, vous reprenez du début, et vous vous retrouvez dans la cuisine, à papoter et siroter votre thé.

Aux Etats-Unis, on vous demande si vous voulez du thé, vous dites « non ». Et votre tasse de thé vous passe sous le nez.

Je préfère la manière irlandaise.

— Vraiment, ce n'est pas un problème, Gary, dis-je en retenant un sourire. Il fait nuit noire, il y a un fou qui se promène avec un couteau, et, de toute façon, il faut que je m'arrête à l'épicerie pour acheter mon petit déjeuner. Mon frigo est vide.

— Dans ce cas, rétorque Gary, si vous devez sortir…

Cette fois, je souris franchement.

Après avoir déposé Gary, je restai assise un moment dans ma voiture, sur le parking. J'étais fatiguée, mais de cette fatigue intermédiaire qui me donnait la sensation d'être plus légère que l'air, sans être épuisée au point de dormir. J'aimais flotter dans cet état, jusqu'au moment de sombrer vraiment. Quelque part au-dessus de moi gisait une femme morte, qui avait eu besoin de mon aide, et quelque part en moi, des événements s'étaient produits, que je ne comprenais pas.

Je posai mon front contre mes deux mains, agrippées au volant. Je sentis l'odeur du vieux cuir, et la fragrance imperceptible d'un parfum que je portais rarement.

Les voitures étaient mon refuge, ma ressource. Mon premier vrai souvenir était celui de la vitre de l'Oldsmobile de mon père, par laquelle je regardais. J'avais à peu près trois ans, et j'étais trop petite pour comprendre que je ferais souvent des voyages comme celui-ci. Papa me racontait qu'avant que je sois assez grande pour voir les voitures, je tendais l'oreille pour les écouter. Et je disais : « Whoum ! » Alors, il a pris l'habitude de me faire rire en disant : « Zoom ! » ou : « Vroum ! ».

Il arrivait que je me le murmure encore.

Le meurtre de Marie était un peu trop surréaliste pour moi. Les gens que vous rencontrez ne sont pas censés mourir brutalement, douze heures plus tard, non ? Je secouai la tête, et laissai mes pensées vagabonder.

Elles revinrent naturellement à Cernunnos, et à Coyote. Surréalisme, hein ? Je soupirai. Il était temps que je rentre. En fait, j'aurais dû être tranquillement chez moi, à consulter des légendes indo-américaines sur le Net. Des légendes indo-américaines, des textes sur l'interprétation des rêves… et le nom d'un bon psychologue. Parce qu'il ne faisait pas de doute que j'étais en train de perdre les pédales.

Du poing, je frottai machinalement ma poitrine. Là où j'aurais dû avoir une plaie. Ou du moins une cicatrice. A défaut d'être morte de mes blessures. Tout ceci dépassait l'entendement humain.

Ah, et flûte ! Je refusais de croire que l'entendement humain puisse être dépassé. Et si Dieu apparaissait sur le pas de ma porte ? Eh bien, je l'inviterais à partager mon petit déjeuner.

Un coup sec sur la vitre me fit sursauter. Je me redressai en appuyant par mégarde sur le Klaxon. Un visage rond sous une casquette bleue apparut devant le pare-brise. Je poussai un long soupir, retirai ma main du Klaxon et, de l'autre, ouvris la portière.

— Dépassement de vitesse, m'sieur ?

— J'savais pas que c'était toi, Joey ! Je faisais juste ma ronde, pour m'assurer que tout allait bien.

— Salut, Ray. Tout va bien.

J'esquissai un pâle sourire. Raymond était un garçon aussi court que large. Il aurait pu soulever une Buick d'une main. Il n'était peut-être pas vif, mais entre lui et un abri atomique, j'opterai toujours pour lui.

Il tendit une main et je la serrai par-dessus la portière.

— J'ai su, pour la bisbille, lança-t-il avec sympathie.

C'était l'expression favorite de Ray, et il l'appliquait à tort et à travers, sans souci du sens.

— J'savais pas que t'avais été à l'Ecole de Police. Mais t'es un vrai flic, s'pas ? Bon, qu'est-ce que tu fais ici ?

— Je suis un vrai flic, acquiesçai-je. Enfin, si on veut.

L'autre question était plus facile. Je pointai du doigt l'appartement de Marie.

— C'est moi qui ai trouvé le corps, il y a quelques heures.

— Et tu reviens sur les lieux du crime ? Erreur courante du criminel, tu sais. C'est le cinquième du genre en quinze jours, ajouta Ray en secouant la tête d'un air navré.

— Oh ! Je ne savais pas… Je rentre tout juste d'Europe. Des points communs ?

Ray secoua de nouveau la tête.

— Presque rien. Ages différents, races différentes, boulots différents, sexes différents, pas d'appels téléphoniques à partir ou en direction de numéros identiques, pas de restaurants communs. Différents lieux de la ville. Différences sur toute la ligne.

— Non, il doit y avoir un lien, murmurai-je d'un air absent.

J'enlevai mes lunettes et me massai l'arête du nez. Les lunettes se balançaient doucement au bout de mes doigts. Je sentis un fil qui se contractait soudain sur mon cœur. J'essayai d'inspirer lentement pour dissiper la sensation. Le fil se resserra. J'expirai en comptant jusqu'à douze, espérant qu'à treize elle aurait disparu. Je grimaçai.

— Tu sais quelque chose ?

Ray se redressa et vissa sa casquette sur son crâne, à l'endroit où ses cheveux étaient définitivement aplatis par des années d'habitude. Tout à coup, je réalisai que je connaissais sur le bout des doigts les gars du commissariat, mais que je ne me souvenais pas de la dernière fois que j'avais décroché un rendez-vous amoureux.

Mon cœur était toujours serré. Je détendis mes épaules, pour mieux respirer.

— Rien de précis, non. Je peux jeter un œil sur les dossiers ?

Le fil relâcha légèrement son étreinte et je pus respirer plus librement.

Ray esquissa une moue, qui, elle aussi, avait laissé son empreinte : une ride profonde au coin des lèvres. Le métier de flic vous marquait.

— J'sais pas, répliqua-t-il, perplexe. Tu n'es pas détective.

— Seigneur, Ray ! La femme a quasiment été assassinée sous mes yeux. Donne-moi une chance !

Ray se gratta la tête, sous sa casquette.

— Bon, finit-il par dire. Bon, j'ai une copie des dossiers dans la voiture. Je l'avais apportée pour comparer les positions du corps. Je pensais qu'il s'agissait peut-être d'un seul et même meurtrier.

— Et… ?

Il haussa les épaules.

— Rien. Pas de rituel dans la manière dont les corps gisaient. Seul point commun : l'usage d'une arme tranchante et effilée. Pour le reste, on dirait qu'ils ont été laissés tels qu'ils sont tombés.

— Bon point ? Mauvais point ?

— Je ne sais pas. L'usage d'une arme similaire est un bon point. L'absence de rituel, un mauvais. Rien à découvrir, rien à déduire. Je n'aime pas ça.

Ray se gratta de nouveau le crâne, d'un air soucieux.

— Parce que tu aimes les crimes atroces, d'habitude ?

Ray me lança un coup d'œil. Je tendis une main suppliante.

— S'il te plaît, laisse-moi emprunter les dossiers…

— Mmm… T'avais dit « jeter un œil », objecta-t-il.

— Jeter un œil, emprunter, c'est tout un ! Je ferai attention. Promis.

Et j'ouvris de grands yeux candides et implorants. Avant de me rappeler qu'ils étaient injectés de sang.

Ray fronça les sourcils et me considéra un moment, puis tourna subitement les talons.

— Que Morrison ne l'apprenne pas, dit-il en revenant avec la copie des dossiers. Sinon, la bisbille sera pour ma pomme.

Je pris les documents et les feuilletai rapidement.

— Promis, Ray, lui dis-je distraitement. Merci.

— Et euh… ma voiture aurait besoin d'une petite vérification.

Je lui décochai mon sourire le plus charmeur.

— Dès que je connaîtrai mon emploi du temps, Ray.

— O.K. pour le rencard, lança-t-il, ravi. Et surtout, ne dis pas où tu l'as eu, ajouta-t-il avec un signe de tête vers le dossier.

— T'inquiète pas.

Songeuse, je le regardai s'éloigner. Un rencard ? Je n'avais pas vraiment cherché à avoir un « rencard » avec Ray. Mais il fallait croire que je considérais la mécanique comme un moyen de décrocher un rendez-vous — ce qui expliquait que je sorte si peu. Et si je montais une société de services, genre « vérification du niveau d'huile et dîner à la carte » ? Avec un nom accrocheur, comme… Je secouai la tête. Seuls de mauvais jeux de mots me venaient à l'esprit.

Je démarrai et rentrai dare-dare à la maison.

9.

Mercredi 5 janvier, minuit et demi.

Dix minutes plus tard, je considérais les dossiers étalés devant moi, debout contre la table de la cuisine où je m'étais installée. Raymond avait raison. Les victimes semblaient n'avoir rien en commun. Pourtant, il devait exister un lien, si ténu soit-il. La sourde vibration que je sentais dans mes tympans suffisait à m'en convaincre.

Que savais-je de Marie ? Qu'elle était anthropologue, et qu'elle avait commencé à croire en ce qu'elle étudiait. Elle possédait, en outre, ce don rare de percevoir des phénomènes qu'on qualifierait poliment d'« ésotériques ». Je bâillai. Le filet qui enserrait mon cœur claqua, et se détendit si vite que je poussai un gémissement de douleur. De nouveau, je frottai ma poitrine. Imperceptiblement passa dans mes oreilles le bruissement de la soie qui se déchire.

Et si c'était là leur point commun ? Tous seraient des « banshees », en somme. Le filet se contracta de nouveau. Je soupirai.

« D'accord. Ce n'est pas ça, marmottai-je. Et si ce qui les réunissait était la conscience de l'existence, disons… d'un autre plan de l'univers… de ce genre de truc qu'on ne crie pas sur les toits ? ».

Le filet se relâcha, et me laissa de nouveau respirer. Je contemplai les papiers épars d'un air renfrogné. On était au beau milieu de la nuit et j'étais en train de marcher de long en large dans ma cuisine, en parlant avec énervement. A voix haute ! Mieux valait en rester là pour aujourd'hui.

« Option couette, lançai-je aux photos sur la table. Et si l'un d'entre vous avait l'amabilité de faire un petit tour par le monde des rêves, pour m'éclairer sur son hobby, je lui en serais éternellement reconnaissante. Sinon, poursuivis-je en réprimant un bâillement, on verra ça demain. »

J'éteignis la lumière et gagnai mon lit. Longtemps, je restai dans le noir, les yeux fixés sur le plafond, d'un blanc pâle dans l'obscurité. C'était une habitude que j'avais prise enfant. Errer dans le vague jusqu'à me mettre peu à peu à flotter légèrement au-dessus de mon enveloppe corporelle, que je réintégrais à l'instant même où je prenais conscience de la sensation. C'était dans cet état que je me trouvais à présent.

Ce n'était pas particulièrement rassurant, après une journée comme celle que je venais de vivre. Je fermai les yeux… pour m'apercevoir qu'ils étaient déjà fermés. Pourtant, le plafond blanc continuait à luire faiblement au-dessus de moi. Je battis des paupières. Elles ne bougeaient pas. Une brève secousse agita mon cœur, avec le grincement net, aigu, d'un loquet tournant dans une serrure métallique, et se propagea en ondes rapides à travers mon corps.

Et soudain, je fus libre. Je me retournai pour

observer le corps qui gisait sous les couvertures. Une impression de confort en émanait. Je baissai les yeux : à travers mes pieds — ceux sur lesquels je me tenais en ce moment — je pouvais voir le tapis.

Une seconde secousse me tira brutalement vers le haut. Je levai le visage, et me détachai complètement du sol.

Assez chic, non, de sortir de chez soi par la fenêtre ?

Dehors, le monde baignait dans la clarté crue tombant d'une demi-lune, que je ne me souvenais pas avoir vue en rentrant chez moi. Une lumière argentée glissait à travers les branches des arbres, comme de la neige fine, et faisait chatoyer les rouges et les verts vifs des feuilles. Les rues de la ville s'étiraient comme autant de rubans bleu sombre, semblables à des coulées de peinture, sur une toile, qui laisseraient transparaître çà et là les couleurs sous-jacentes.

Flottant dans le ciel, je suivais des yeux ces rubans obscurs. J'aperçus une allée qui serpentait sous un berceau d'arbres avant de disparaître soudainement sous terre. Une présence sourde vibrait au-dessous, qui semblait littéralement aspirer la lumière. Je me sentis irrésistiblement attirée par elle, comme Alice par le terrier du lapin. Je m'approchai. Au passage, j'arrachai une feuille à l'un des arbres. Elle brillait, au creux de ma paume, d'une douce lueur argentée qui s'intensifia brusquement, tandis que je m'engageais dans l'allée.

J'arrivai à l'endroit où le chemin disparaissait sous terre. L'entrée était si sombre que je levai la feuille pour m'éclairer. Un éclair perça les ténèbres et, dans un bruit formidable, un mur se dressa, fermant la caverne. Je n'osais plus bouger. Doucement, je posai ma main sur la paroi. Rien ne se produisit. Entre mes doigts, la feuille continuait à luire. La présence semblait là, toute proche, à la fois patiente et amusée. Lentement, je m'en retournai sur le chemin, et la présence se fit plus lointaine, plus distante, jusqu'à disparaître complètement.

Alors, le monde se mit à tournoyer autour de moi, changeant de forme à toute allure. Dans le tourbillon, je parvins à reconnaître quelques paysages familiers : Paris, New York — plus vrais que nature et brillant d'un éclat artificiel. D'autres m'étaient plus étrangers : plaines africaines déroulant à l'infini des vagues d'un violet cru, *outback* australien dominé par un ciel aussi rouge que la roche au-dessous… Peu à peu, les formes perdirent tout rapport avec la civilisation. Et j'aboutis brutalement dans un espace figé et silencieux, constellé d'étoiles dont la dure blancheur rejaillissait sur ma peau.

— Rien à tirer d'elle, dit une voix aigrelette. Regardez-la ! Une vraie pisseuse. Et elle ne nous voit même pas !

— En voilà des façons de parler à notre hôtesse ! gronda une voix, aussi ronde et dense que celle de James Earl Jones. C'est un long chemin qu'elle vient de parcourir vers la foi.

— Vers *notre* foi ! rétorqua la voix aigrelette, plus acide qu'une granny-smith. Elle n'en a aucune à elle !

— C'est une nouvelle, intervint une troisième voix, aussi moelleuse qu'une crème pâtissière. Bien sûr, elle nous a invités sans le vouloir, mais elle tient sincèrement à nous aider.

Deux autres voix se mêlèrent à la discussion, et toutes se chamaillèrent dans une belle cacophonie. Deux fois, j'effectuai un tour complet sur moi-même, pour tenter d'apercevoir les êtres à qui appartenaient ces voix. Mais l'éclat des étoiles m'aveuglait, et je ne discernais aucune ombre, aucune silhouette. J'éprouvai alors un étrange sentiment de familiarité.

C'était parce que enfin j'avais cru en lui que Coyote était devenu visible. Du tréfonds de mes entrailles montait l'irrépressible conviction que je devais croire à ces voix. Parce que je les avais invitées à faire ce qu'elles avaient fait — m'extraire de mon corps et m'entraîner en ces lieux hantés par ceux qui avaient été sauvagement assassinés.

Oui, j'en étais sûre.

Un calme absolu régna soudain dans la voûte céleste. Je virevoltai une nouvelle fois. Pour découvrir, derrière moi, un petit groupe de personnes qui me contemplaient avec de grands yeux curieux.

— Bon, repris-je en braquant successivement mon regard sur chacune d'elles pour deviner à qui appartenait la voix aigrelette. Vous vous êtes trompés : je *peux* vous voir. Et je n'aime pas particulièrement qu'on me qualifie de « pisseuse ».

Le bout du nez d'une femme dégingandée — un nez aussi long qu'elle — se mit à frémir. Il devait s'agir de granny-smith. Je lui décochai mon regard le plus perçant. Le nez frémit de plus belle.

— Désolée, marmonna-t-elle, après avoir reçu dans les côtes le coude de son voisin, un homme de petite taille à qui j'attribuai la voix de James Earl Jones.

Sauf qu'il ne ressemblait pas du tout à James Earl Jones, ce qui me déçut terriblement.

— Excusez Hester, proféra calmement James Earl Jones. Elle n'apprécie guère d'avoir été… interrompue.

— Interrompue ?

Je haussai les sourcils.

— Vous voulez dire « assassinée » ?

Indubitablement, les cinq personnes qui se tenaient devant moi correspondaient aux dossiers qui s'étalaient sur la table de ma cuisine. Tout coïncidait — l'allure, la taille —, même si je ne pouvais juger que d'après les photos de leurs cadavres que j'avais vues.

— Si vous voulez, concéda James Earl Jones avec une moue polie. Ce n'est qu'un détail ennuyeux, mais Hester est jeune, voyez-vous.

Jeune ? Je dévisageai Hester. Elle avait la cinquantaine bien entamée.

— Pas aussi jeune que celle-ci, lâcha-t-elle dédaigneusement en me désignant du menton.

Je lui lançai un regard maussade. Aussitôt, l'espace sembla se dilater à l'infini, et une distance immense nous sépara. Mais je vis distinctement l'inquiétude se peindre sur leurs visages.

— Bon sang, Hester ! vitupéra une femme. Tu vas nous faire mettre à la porte avant même qu'elle ait accepté de nous aider.

Sa voix cristalline me parvenait avec une clarté extrême, doublée d'un imperceptible écho. Le nez d'Hester frémit, puis s'immobilisa.

— Je suis vraiment désolée.

C'était dit avec un peu plus de cœur et de chaleur que la fois précédente.

— Roger a raison, reprit-elle. J'étais au beau milieu d'un travail important et je ne suis pas sûre d'avoir eu le temps de le rendre durable. Mais enfin, ce n'est pas une raison pour me montrer... grossière avec vous. Vous avez déjà fait preuve d'une générosité extrême en nous invitant, même si vous ne saviez pas ce que vous faisiez.

Le ton était toujours acidulé, mais plutôt du genre tarte aux pommes. Je commençai sérieusement à me demander si je n'avais pas faim.

— Voulez-vous bien rester jusqu'à ce que nous ayons eu le temps de vous raconter ce que nous savons ?

— Bon... eh bien, me voilà, grommelai-je.

L'espace se contracta aussi soudainement qu'il s'était dilaté, et je me retrouvai à quelques centimètres des cinq personnages. Autour de nous, les étoiles jetaient une lumière plus crue que jamais.

— Peut-être pourriez-vous commencer par me dire ce qui se passe ?

Le ton de ma voix était un peu trop suppliant. Je redressai les épaules en prenant un air détaché.

— Vous avez frôlé la mort, ce matin, observa une petite femme blonde.

Je me tournai vers elle. Ses joues rebondies s'accordaient aux courbes généreuses de son corps. D'après le dossier, elle s'appelait Samantha.

— Effectivement, marmonnai-je. Je crois bien me souvenir.

Machinalement, je passai une main sur la plaie absente.

— Savez-vous, poursuivit Samantha, qu'une telle expérience peut ouvrir les yeux sur l'existence d'autres mondes ?

— On le dit, grognai-je.

Samantha eut un petit sourire supérieur, qui me fit comprendre que je n'étais pas précisément en position de discuter, compte tenu de la tournure des événements.

— C'est bon, admis-je du bout des dents.

Les mots répugnaient à venir.

— Euh… On peut supposer que les yeux ne voient pas tout.

Samantha continuait à me regarder en souriant.

— O.K., lançai-je d'un ton mordant, les yeux ne voient pas tout. Et les êtres normaux ne partent pas en fumée quand vous leur plantez un couteau dans le cœur. Donc, le type de ce matin n'était pas… normal.

Hester pinça les lèvres. Et reçut un coup de coude de Roger.

— Paix, murmura-t-il. Voilà qui équivaut à un aveu, pour elle.

— C'est bien la peine de venir ici pour admettre l'évidence, commenta Hester, plus pomme verte que jamais.

L'aigreur était visiblement dans sa nature. Le moment de grâce était révolu, semblait-il. Ses excuses avaient pu me faire rester, mais elle accumulait les mauvais points.

— Pouce, Hes, intervins-je.

Elle me lança un regard furieux. Personne n'avait dû l'appeler ainsi depuis la maternelle.

— Hier, le monde avait un sens pour moi, repris-je. Aujourd'hui, me voilà au beau milieu des étoiles, à discuter avec des fantômes.

Je me tournai vers Samantha.

— Que m'est-il arrivé ?

— Vous avez fait un choix, répliqua-t-elle. A la différence de la plupart des gens.

Je tendis les mains, suppliantes.

— Mais pourquoi moi ?

— Vous avez beaucoup à donner. Ceux qui éprouvent le plus ardent besoin d'être aidés sont souvent ceux qui donnent le plus.

Frappée, je reculai d'un pas.

— Que... que voulez-vous dire par « le plus ardent besoin d'être aidé » ? demandai-je d'une voix rauque.

Elle eut le tact de ne pas répondre directement, et tendit à son tour les mains.

— Excusez-moi, je ne voulais pas vous troubler, murmura-t-elle d'un ton si déférent que toute colère disparut de moi instantanément. Mais... que connaissez-vous des chamans, Siobhàn Walkingstick ?

Je n'aurais pas été plus saisie si la foudre était tombée devant moi. Incapable d'esquisser le moindre mouvement, je la contemplai, bouche bée. *Siobhàn*... A peine mon père avait-il découvert l'improbable prénom gaélique choisi par ma mère qu'il m'en avait attribué un autre. Adolescente, je m'étais longuement interrogée sur la prononciation correcte : fallait-il dire « she-vaun » ou « see-oh-bawn » ? J'eus la réponse le jour où ma mère mourante m'avait appelée pour me demander de venir. Ce fut l'unique fois où je l'entendis dans sa bouche. Ce prénom m'appartenait donc aussi peu que mon nom — Walkingstick — que j'avais abandonné, une décennie auparavant.

— D'où tenez-vous ce prénom ?

Du bout du doigt, Samantha esquissa autour de moi le contour d'une silhouette lâche.

— Toujours, tu as renié ta vie, dit-elle doucement. Ce déni appartient à ta personnalité. Mais voilà que la vérité émane de toi comme une lumière aveuglante, éclairant le moindre de tes secrets. Pour qui sait voir, c'est simplement évident. L'ombre demande à venir au jour, Siobhàn. Regarde-la, au lieu de lui tourner le dos.

J'étais littéralement statufiée. Au bout d'un moment, je me secouai. Je me demandai comment il était possible que je réagisse physiquement, alors que mon corps reposait douillettement au creux de mon lit, loin, très loin d'ici.

— Un peu trop confus pour moi, tout ça.

Les mots étaient sortis de ma bouche avec une assurance teintée d'un zeste de nonchalance dont je fus assez fière. La vérité, c'était qu'au fond de moi, je la croyais.

— Vous n'êtes pas très bonne menteuse, n'est-ce pas ?

Le cinquième membre du groupe venait de prendre la parole. C'était un homme de grande taille, avec un magnifique nez grec et de larges pommettes. Infiniment plus séduisant que ne le laissaient supposer les photos de son dossier. Dommage qu'il soit mort, car je lui aurais bien proposé un rendez-vous.

Sa bouche esquissa un demi-sourire et j'eus la terrifiante certitude qu'il m'avait entendue. Tout comme Coyote et Cernunnos avaient perçu mes pensées silencieuses.

— Ne vous inquiétez pas, je n'en dirai rien à personne.

Son sourire s'élargit.

— Merci tout de même.

Je ne pouvais décemment rougir, étant dépourvue de toute enveloppe charnelle sérieuse. Et pourtant, j'y parvins assez bien, me sembla-t-il.

— Je pensais pourtant que je ne mentais pas trop mal, finis-je par grommeler.

Il secoua la tête.

— Peu importe… Samantha a raison. La vérité émane de vous comme une lumière. Bon, Joanne, nous n'avons guère de temps devant nous. Laissons de côté les apparences.

— Joli, Jackson, commenta Samantha avec amusement.

Il haussa les épaules. J'ouvris la bouche pour répliquer, et n'exhalai finalement qu'un long soupir.

— O.K., dis-je. Mettons que je refuse bêtement et délibérément de m'intéresser de près au… au folklore indo-américain.

J'agitai un doigt menaçant.

— Mais je déteste les stéréotypes, vous savez.

— Non, vous avez peur, murmura Jackson.

Je me redressai de toute ma taille, offensée.

— Ah ! Et de quoi aurais-je peur ?

— De la puissance, clamèrent-ils à l'unisson.

Je fis un pas en arrière.

— De la responsabilité, dit Samantha.

— Du changement, ajouta Hester.

Roger sourit, écarta les mains de l'air de dire : « Qu'y puis-je ? » et ajouta :

— De l'amour.

— De la mort, compléta la femme qui n'était pas intervenue, sauf pour rabrouer Hester.

— De la vie, souffla Jackson.

— Ah non ! Je n'ai absolument pas peur de tout ça ! lançai-je d'un ton offensif. Ce n'est pas que j'ai très envie de mourir, mais…

— Vous êtes devenue si secrète, depuis vos quinze ans, affirma gentiment Samantha.

Je sentis mon estomac se nouer.

— Le monde était plus beau avant, n'est-ce pas ? reprit-elle.

Une fêlure se produisit en moi, violente, brutale. Et, durant un instant, il n'y eut plus que la souffrance, la rage, une terrifiante sensation d'arrachement, et des souvenirs… Des souvenirs que j'avais soigneusement enfouis au plus profond de mon être.

— Comment sav…

Je m'interrompis. Hors de question d'évoquer ma vie privée avec des morts, au beau milieu des étoiles, loin de mon corps. Je sentis une brève secousse agiter mon cœur, et l'ignorai.

— Qu'avez-vous en commun, tous les cinq ? m'enquis-je d'une voix neutre.

Ils échangèrent des regards, puis Jackson prit la parole.

— Même question que Sam, tout à l'heure : que savez-vous des chamans ?

Je haussai les épaules.

— Rien, ou à peu près rien. Ce sont des guérisseurs, des magiciens. Quel rapport avec moi ?

— Le monde souffre beaucoup, ces temps-ci. Plus que jamais, il a besoin de chamans, murmura Hester.

— La mission du chaman est de soigner, expliqua Roger. Elle a été la nôtre durant nos différentes vies.

Je le fixai, sidérée, attendant la suite. Il n'y en eut pas. Je me frottai les yeux, notant au passage qu'ici, je voyais parfaitement sans lunettes ou lentilles.

— Et pourquoi s'amuserait-on à assassiner les guérisseurs cosmiques ?

— Puissance, répliqua sèchement la femme calme.

Elle avait l'air anglaise. Hester fronça les sourcils dans sa direction.

— Nous ne raisonnons pas ainsi.

— Nous, non, mais lui, oui, reprit la femme à la voix posée. Nous avons le pouvoir de l'aider, ou de le combattre. Donc, nous constituons une menace pour lui.

— Combattre ? Mais je croyais que vous étiez des guérisseurs.

Ils se turent et, de nouveau, se regardèrent.

— Il existe différentes voies, dit finalement Jackson. Certains d'entre nous sont des guerriers. D'autres sont d'humeur moins belliqueuse. Le but est le même : éradiquer la douleur, physique ou psychique, pour permettre la guérison.

Lentement, très lentement, la lumière commençait à se répandre en moi.

— Bien, répliquai-je, mais ce n'est pas la raison pour laquelle je suis ici, n'est-ce pas ?

Une façon polie de dire : « Ceci n'est pas mon

affaire. » Un peu comme lorsque vous demandez à votre voisin : « Vous n'avez besoin de personne pour repeindre votre barrière, n'est-ce pas ? » La réponse attendue est « non ».

— Nous comprenons rarement les conséquences de nos décisions au moment où nous les prenons, murmura Samantha.

Ce n'était pas exactement la réponse que j'attendais.

— Il ne me reste pas beaucoup de temps, repris-je d'un ton sec.

Une secousse plus forte que la précédente me traversa. Je posai la main sur ma poitrine et tâchai de respirer lentement. Mon corps réel faisait-il de même dans son lit ?

— Les décisions importantes sont souvent prises dans la précipitation, intervint Roger.

Lui qui semblait si doux, si correct ! Et sur qui je comptais inconsciemment pour me soutenir ! A l'évidence, mes espoirs allaient être réduits à néant.

— Il y a sûrement une solution, non ?

— Naturellement.

Hester était plus dédaigneuse que jamais. Si c'était possible.

— Ignorez tout.

— Et tout redeviendra comme avant ? m'enquis-je, pleine d'espoir.

— Non. Vous serez obligée de combattre le besoin de venir en aide qui est en vous. Et chaque fois que vous l'ignorerez, une part de vous mourra. Vous finirez par ressembler à un tronc sans branches.

Je fronçai le nez. L'idée de finir comme elle me

donnait des cauchemars, oui ! A ma grande surprise, elle rejeta la tête en arrière et se mit à rire.

— Oh, je pourrais vous en remontrer, Walkingstick, mais passons. Ecoutez-moi bien : le chaman est un illusionniste. Pour soigner, il doit changer sa façon de penser, ne serait-ce qu'un instant. Vous êtes sans armure. Un seul coup, poursuivit-elle en faisant claquer son majeur contre le pouce, et vous tombez en mille morceaux. Tenez vos promesses, et il ne vous arrivera rien.

J'ai toujours détesté les êtres soupçonneux, qui ne se privent pas de vous dire vos quatre vérités. Un autre coup secoua mon cœur et, subitement, le petit groupe parut plus distant.

— Flûte ! lança la femme posée. Nous avons perdu du temps. Voilà qu'elle est épuisée.

— Elle est jeune, intervint Roger, apaisant.

— Je sais, elle a parcouru un long chemin, mais…

Elle s'interrompit et m'observa attentivement.

— Ecoutez-moi bien…

— Attendez, dis-je. Marie n'était pas chamane, n'est-ce pas ? Alors, qu'a-t-elle de commun avec vous ?

— Je ne connais aucune Marie, répliqua la femme calme avec une certaine impatience. Trouvez-le, Siobhàn Walkingstick. Trouvez le sillage sanglant que laissent derrière lui sa douleur et son pouvoir.

— Mais *qui* est-il ?

Ma voix me revint en écho affaibli. Les secousses agitaient à présent régulièrement mon cœur. Autour de moi, les étoiles filaient et s'évanouissaient tandis que je m'éloignais.

— Je ne sais pas, mais il contrôle…

Je m'éveillai et roulai sur le côté. Un léger craquement se fit entendre. J'ouvris la main : au creux de ma paume, la feuille brillait doucement dans la pénombre. Je la contemplai en silence, puis, poussant un long soupir, je refermai délicatement la main et me rendormis.

Mon réveil sonna à 7 h 30. Le ciel était encore noir. Je me souvins que nous étions au début du mois de janvier. Et que les arbres avaient perdu leurs feuilles.

10.

Mercredi 5 janvier, 8 h 30

Je n'ai pas l'habitude de me confesser. D'une, parce que je ne suis pas catholique. De deux, parce que l'idée de recevoir l'absolution de tous ses péchés, simplement en les avouant à un prêtre, m'a toujours paru étrange. Probablement, et précisément, parce que je ne suis pas catholique.

Mais tout bien considéré, un prêtre n'a pas le droit de vous expédier à l'asile d'aliénés et se trouve lié par le secret, une fois que vous lui avez confié tous vos errements. En outre, il est moins ruineux qu'un psy.

La cathédrale St. James était la seule église que je connaissais à Seattle Downtown. Après avoir pulvérisé tous les records en mettant trente-sept minutes exactement pour venir du quartier de l'université, à l'heure de pointe du matin, j'en perdis tout le bénéfice en cherchant une place pour me garer. Que je finis par trouver au coin de la 9e Rue et de Columbia.

St. James n'avait peut-être pas l'allure classique de ses sœurs européennes, mais elle en avait la dignité majestueuse, avec ses murs de brique beige, ses deux grands clochers et son portail voûté de près de deux mètres de haut. J'éprouvai un effroi mêlé de respect quand je pénétrai à l'intérieur. Dans ma main, la feuille argentée brillait doucement. J'étais étonnée qu'elle ne se soit pas désagrégée en laissant au creux de ma paume une poussière aussi légère que la poudre d'une aile de papillon.

Je contournai les bancs, et me glissai à l'intérieur du confessionnal. La feuille jeta un éclat plus vif.

Il y eut un bruit lourd, de l'autre côté, suivi d'un long soupir.

— Ne vous est-il jamais arrivé de douter ? demanda soudain le prêtre.

L'entrée en matière me désarçonna. Ce n'était pas le genre de discours auquel je m'étais préparée, et que j'aurais fait suivre du rituel « Pardonnez-moi, mon père, parce que j'ai péché ».

— Ne vous méprenez pas, reprit-il. J'adore mon boulot. Cependant, ne vous êtes-vous jamais levée le matin en vous demandant si vous aviez fait le bon choix ? Si, réellement, vous aviez la vocation ? S'il ne s'agissait pas tout simplement d'une vaste plaisanterie ? Les catholiques ne s'intéressent guère à l'histoire de la religion. Certes, pour Dieu, des milliards d'années équivalent peut-être à une journée pour nous. Mais il se produit parfois des événements qui transforment votre foi en un satané enfer… Excusez mon langage imagé…

— Que s'est-il passé ? lui demandai-je, à peine remise de ma surprise.

A travers la grille du confessionnal, je le vis esquisser un sourire désabusé.

— N'avez-vous pas entendu les informations ? Il y a eu un massacre, ce matin, dans l'un des lycées de la ville. Quatre enfants ont été tués. Un dément avec un couteau. Un couteau ! s'exclama le prêtre, accablé. Plongé sans pitié dans le cœur de ces âmes innocentes. Comment Dieu peut-il permettre pareille chose ?

— Le meurtrier n'a pas été arrêté ?

J'entendis un petit rire amer.

— Comment est-il possible de ne pas arrêter un fou qui poignarde des enfants ? Mais non, il n'a pas été arrêté. Le professeur aussi a reçu un coup de couteau. Personne n'a rien vu.

— Personne ?

Etais-je… étais-je responsable de la situation ? Etait-ce un acte de vengeance, en représailles de la blessure que j'avais infligée à Cernunnos ? Je fermai les yeux. Combien de temps fallait-il à un dieu pour guérir ? Quel était le mobile de ces meurtres ? Etait-ce là sa façon de reprendre des forces ? Hester, pourtant, affirmait que le pouvoir ne fonctionnait pas ainsi.

— Non, dis-je à voix haute en rouvrant les yeux.

Le pouvoir *chamanique* ne fonctionnait pas ainsi. Cernunnos était un dieu, pas un chaman. Et son pouvoir à lui était probablement un pouvoir de mort. Même si aucun des sites visités sur le Net ne le précisait.

— Non, répéta le prêtre avec colère. Personne n'a rien vu.

Je le vis s'affaisser et saisir sa tête à deux mains.

— Si Dieu permet de telles ignominies, comment avoir foi en lui ?

Lentement, je me levai et m'approchai de la grille.

Le prêtre leva les yeux vers moi — des yeux d'un brun intense. Dans la pénombre du confessionnal, son visage était lisse, sans rides. Il ne devait pas être beaucoup plus âgé que moi.

— N'ayez crainte, mon père.

Je pris une inspiration.

— Si Dieu permet de telles horreurs, il a aussi le pouvoir d'envoyer sur Terre des êtres capables de les combattre.

— Où sont ces êtres ? demanda doucement le prêtre.

Je posai ma main contre la claire-voie de bois. La feuille craqua imperceptiblement et s'effrita dans un rayon de lumière.

— Je suis là.

Sans un mot, il se leva à son tour et posa sa main contre la mienne, de l'autre côté du guichet. Un instant, je redoutai qu'il ne se mette à rire de mon arrogance. Mais un sourire doux et généreux éclaira son visage : le sourire d'un prêtre animé par la sereine croyance en l'existence d'un monde meilleur.

— Que Dieu soit avec toi.

Et il quitta brusquement le confessionnal, me laissant seule. Au creux de ma paume, une poussière aussi légère que la poudre d'une aile de papillon dessinait la forme évanescente d'une feuille.

— Ils étaient chamans.

De tous ceux que je connaissais, Billy était le seul à qui je puisse oser tenir de tels propos. Il croyait dur comme fer au paranormal — c'était notre Mulder à nous. Au commissariat, les nouveaux commençaient toujours par le charrier — et moi-même, je ne m'en étais pas privée — avant d'accepter ces excentricités, qui faisaient partie du charme du personnage. Et question excentricités, Billy ne manquait pas de ressources. Pour l'instant, je lui étais simplement reconnaissante de me prêter une oreille attentive, et de m'éviter d'être expédiée chez les fous par Morrison.

Je pris l'air le plus triomphant et le plus assuré dont j'étais capable, et lançai les dossiers sur le bureau de Billy. Ses sourcils se relevèrent, telles de petites chenilles soyeuses partant à l'assaut de son front.

— Où les as-tu dégotés ?

Telle fut sa première question, qui faisait honneur à son souci des procédures de sécurité en vigueur.

— Qui ça ?

Ce fut la seconde question.

— Je les ai trouvés dans une poubelle, rétorquai-je.

Il fixa la pile de documents.

— Tu es flic. Pas inspecteur.

— Je suis au commissariat depuis trois ans. J'ai les qualifications requises pour enquêter.

J'accompagnai ma déclaration d'un sourire ingénu.

— Soit, grommela Billy au bout d'un instant. Es-tu censée te trouver ici, ce matin ?

Je lançai un regard hésitant vers le bureau de Morrison.

— Le chef n'a pas précisé à quelle équipe j'étais affectée. Il devait attendre ma démission.

— T'est-il jamais arrivé de démissionner de quoi que ce soit dans ta vie ?

— Euh, non... Je ne crois pas. Ecoute, la relève est à 11 heures, n'est-ce pas ? Il est 10 h 30. Mettons que je sois arrivée pleine d'entrain et en avance, au boulot. Je répète : les cinq personnes assassinées ces deux dernières semaines étaient toutes des chamans.

Et j'appuyai mon doigt si fortement sur les dossiers que mes jointures en devinrent toutes blanches.

— Comment le sais-tu, Jo ?

Je redressai les épaules, pris une inspiration et lançai d'une voix un peu trop ferme :

— Je les ai rencontrées dans mes rêves.

Je regardai Billy par en dessous. Il fixait sur moi des yeux calmes, sans mot dire. Soudain, je voûtai les épaules et détournai la tête.

— Ecoute Billy, je..., commençai-je avec lassitude.

— Je te crois.

J'avais beau le connaître, je fus estomaquée.

— Tu me... *crois* ?

— Allons boire un café dehors.

Nerveusement, je mordillai ma lèvre inférieure, puis, avec un soupir, enfonçai les mains dans mes poches et suivis mon coéquipier.

— Tu es probablement la personne la plus rationnelle que je connaisse, observa-t-il d'un ton égal, tandis que nous descendions la rue.

J'eus l'impression de retrouver un peu de ma dignité perdue.

— Merci.

— J'ai pour toi de l'amitié et du respect, bien que tu rigoles de moi en douce, depuis des années.

— Il y a des années que je ne rigole plus, Billy, protestai-je. Je pense simplement que...

— ... que je suis fou.

— Non, Billy, pas fou. Original.

Je poussai un soupir.

— Ecoute, pourquoi crois-tu au… paranormal ?

Jamais je n'aurais pu poser une telle question, auparavant. Il me lança un regard en coin, puis détourna les yeux, impassible.

— J'avais une sœur. Plus âgée que moi.

— Tu… avais ?

Hormis le prénom malheureux dont ses parents l'avaient affublé, je ne connaissais rien de l'enfance de Billy.

— Elle est morte quand j'avais huit ans. Elle s'est noyée.

— Oh, je suis vraiment désolée…

Je le regardai à la dérobée. Il se tenait droit, le visage paisible. Sur le seuil du café, il s'immobilisa et se tourna vers moi.

— Une nuit — j'avais onze ans —, je me suis éveillé brusquement, pour fuir un rêve oppressant. Caroline était là, assise sur le bord de mon lit, les poings serrés sur ses genoux. Elle m'annonça que mon meilleur ami, Derek, était tombé dans le lait de ciment préparé par un voisin pour des travaux de construction. J'ai réveillé toute la maisonnée, et nous avons couru dehors en pyjama.

Je crispai les poings, moi aussi.

— Et ?

— Et mon père a sorti Derek du bac. Le ciment avait déjà commencé à prendre, brisant les côtes du garçon. Ma sœur morte venait de sauver la vie de mon ami.

Je relâchai mes poings.

— Bon sang, Billy ! Ne me dis pas que tu fréquentes les morts !

J'esquissai un sourire. Billy me dévisagea un instant, cherchant visiblement à deviner si je plaisantais ou non. Mais je ne me moquais pas de lui. Simplement, c'était pour moi la seule manière de soutenir cette conversation, et d'admettre… certaines choses. Sans doute le comprit-il, car son visage se détendit.

— Hmm… Pas tous les jours, en tout cas, répliqua-t-il avec un sourire. Tu te souviens de l'affaire Franklin, il y a deux ans ?

J'acquiesçai de la tête. Emily Franklin : une jeune fille de quatorze ans tuée par sa mère à la suite d'une terrible dispute. Elle affirmait être capable de voir le passé de son beau-père, qu'elle accusait d'être un violeur. L'enquête avait, par la suite, prouvé qu'Emily avait vu juste. C'était typiquement le genre d'affaires que les policiers détestaient retrouver dans les journaux. De fait, les tabloïds n'avaient pas manqué d'en faire leurs choux gras. Le coroner avait évité de préciser si la jeune fille avait été sexuellement abusée ou non, et son silence avait été considéré comme un aveu implicite. La police s'était gardée de dire que rien de tel n'avait eu lieu — le fait posant de troublantes questions sur les « dons » d'Emily.

— Une étrange affaire, n'est-ce pas ? murmurai-je.

Quand Billy avait été appelé sur les lieux, je me trouvais avec lui, en train d'écouter le moteur de sa voiture, dont il jurait qu'il ne tournait pas rond.

— Emily Franklin était là, dit calmement mon coéquipier. A côté de nous. Elle ne te quittait pas des yeux, fascinée.

Littéralement statufiée, j'ouvris et refermai la bouche comme un poisson hors de l'eau, sans émettre aucun son. Billy poussa la porte du café et s'effaça pour me laisser passer. Je déglutis péniblement.

— Emily Franklin était morte, Billy, proférai-je d'une voix rauque.

— Je sais, répliqua-t-il, imperturbable. Tu te décides à entrer, ou non ?

Je fis quelques pas, comme un automate.

— Si je comprends bien, repris-je, il y avait un fantôme qui était là, à me regarder ?

— Le fantôme d'une fillette clairvoyante, Jo. Elle disait que tu n'avais pas de passé. Qu'elle n'avait jamais rencontré quelqu'un comme toi. Qu'elle voulait voir ce qui allait t'arriver. Ce que tu allais devenir. Puis elle a disparu. Depuis, je t'observe, et j'attends.

Il commanda un grand déca et se tourna vers moi, l'air interrogateur.

— Un chocolat chaud, marmonnai-je. Avec de la crème. Beaucoup de crème.

J'avais besoin de quelque chose de réconfortant.

— Pourquoi ne m'en as-tu jamais parlé, Billy ?

— Tu m'aurais cru ?

Il souffla négligemment sur son café.

— Non, grommelai-je en direction de la table.

— J'ai attendu deux ans, reprit-il en portant la tasse à ses lèvres.

Il but une gorgée et grimaça.

— Brûlant… Donc, tu as changé. Tu es prête à croire. Parle-moi des chamans. Ton amie en était-elle une ?

On déposa devant moi une tasse de chocolat. La mousse débordait et coulait sur la soucoupe. Je plongeai la main dans ma poche et dénichai deux dollars que je posai sur la table.

— Je ne pense pas. Elle était impliquée dans une autre histoire. Ecoute, Billy..., poursuivis-je sur un ton suppliant. Je ne sais pas par où commencer. J'ai l'impression d'avoir beaucoup de boulot en retard. Que je dois rattraper, maintenant, en commençant par les dieux celtiques.

Je prononçai *keltiques*, comme j'avais entendu Marie le faire. Billy me dévisagea, à la fois surpris et impressionné.

— Tu ne dis pas : *celtiques* ? murmura-t-il.

Je m'agitai sur ma chaise, mal à l'aise.

— Je reviens tout juste d'Irlande, précisai-je, avant d'avouer : En fait, Marie prononçait le mot comme ça. Je ne sais pas pourquoi.

— La sifflante sourde n'existe pas en gaélique, observa Billy. Bon, ajouta-t-il en avalant prudemment une autre gorgée de café, parle-moi de ce... dieu. Bon sang, Joanie, tu as tiré le gros lot, hein ? Moi, je me contente de voir les morts !

— Question de veine, mon vieux.

Je soupirai et secouai la tête.

— Le type avec lequel je me suis battue n'était pas... un être humain. Il était... Marie pensait que c'était Cernunnos, un dieu celtique.

Billy se cala sur son siège et croisa les bras, l'air soucieux.

— Et qu'en penses-tu, toi ?

— Que ce n'était pas un homme.

La phrase résonna étrangement à mes oreilles. Comme si une autre parlait et pensait à ma place. Billy opina lentement de la tête.

— Est-ce lui qui a tué Marie ? Lui qui est responsable des cinq autres meurtres ?

Je haussai les épaules.

— Comment savoir ? La seule chose dont je sois sûre, c'est que je l'ai salement amoché, hier. J'ignore s'il peut guérir vite. Et puis, il y a le lycée, ce matin.

Billy acquiesça de nouveau.

— Même *modus operandi* ? C'est ton type ?

J'enserrai la tasse de mes mains et contemplai le fond de chocolat.

— Marie avait l'air de croire qu'il y avait un autre tueur. Mon intuition me dit qu'on ne peut tout mettre sur le dos de Cernunnos.

Je poussai un juron et m'exclamai aussitôt :

— Bon sang, Billy, « mon intuition » ! Non, mais, tu m'entends ?

— Je t'entends, répliqua-t-il gravement.

— C'est bien ce qui m'inquiète. Je vais finir à l'asile, à ce train-là !

Billy m'étudia un long moment en sirotant le reste de son café. J'essayai de prendre un air détaché.

Je repoussai mon chocolat, croisai les bras sur la table et posai mon front dessus.

— Au moins, ça m'évite de penser aux papillons que je devrais être en train de coller sur les pare-brise, marmonnai-je.

Je sentais les yeux de Billy fixés sur moi.

— Te rappelles-tu la première fois où tu as appris la mort de quelqu'un que tu aimais ? demandai-je d'une voix étouffée. Voilà. Ça ressemble à ça. Je n'y crois pas, et pourtant, je ne peux pas ne pas y croire. A l'heure qu'il est je devrais être dans un lit d'hôpital, avec des tubes partout. Ou dans la tombe.

Brusquement, je me redressai en frappant mon sternum du bout des doigts.

— C'est comme si le monde entier ressemblait à un moteur qui ne tourne pas rond. Je le sens là, dis-je en frappant de nouveau ma poitrine, quand ça déraille. Avec cette maudite idée que je peux le réparer !

— Le monde entier…, murmura Billy en esquissant un sourire.

— Oui, enfin… commençons par Seattle.

Je me présentai chez Morrison, cinq minutes avant 11 heures, mon chocolat froid à la main. Il me contempla comme si j'étais une extraterrestre.

— Vous ne m'avez inscrite dans aucune équipe, lançai-je avec tout l'aplomb dont j'étais capable.

Morrison continua à me dévisager.

— Et je n'ai pas reçu d'uniforme. Mais j'ai mon insigne, ajoutai-je en l'exhibant d'un air triomphant.

Ses yeux se posèrent sur le badge.

— Vous me prenez pour un idiot ? Vous voulez m'apprendre mon travail ? Me dire comment remplir la paperasse ? Vous vous croyez où ? Au cinéma ?

Hélas, non. La tornade promettait d'être grandeur nature.

— Que fichez-vous ici, Walker ?

Le ton de sa voix montait dangereusement.

— Ce que je fais… ici ?

Je ne pus m'empêcher de laisser paraître ma surprise. Je me repris aussitôt.

— Vous espériez que je ne me présente pas, et que vous pourriez ainsi me virer ? Je suis peut-être stupide, mais pas à ce point-là.

— Walker…

Morrison marcha vers moi d'un air menaçant.

J'avalai de travers ma dernière gorgée de chocolat et m'étouffai lamentablement sous ses yeux pendant cinq bonnes minutes.

— Vous êtes, reprit-il posément après que j'eus récupéré mon souffle, le suspect numéro un dans une affaire de meurtre. Pensiez-vous vraiment que j'allais vous envoyer en patrouille dans la rue ?

Mon cœur manqua un battement.

— Le… le suspect numéro un ? bégayai-je. Mais ils m'ont laissée partir !

— Vous avez poursuivi à travers tout Seattle cette femme, qui meurt douze heures après vous avoir rencontrée. Je vois d'ici les gros titres : « Un flic soupçonné de meurtre en service commandé ». Non, Walker. Le commissariat ne peut se permettre ce genre de publicité. Alors, ouste, du balai…

— Ce n'est pas ma fonction de…

Les yeux de Morrison se braquèrent sur moi.

— Puisque vous êtes là, passez prendre votre uniforme. Et fichez-moi le camp.

— Mais…

— Dehors !

Je sortis et gagnai le bureau de Billy.

— Service décommandé ?

Je haussai les épaules.

— L'agent Walker est temporairement relevé de ses fonctions : suspect numéro un dans une affaire de meurtre.

Billy me tendit les dossiers de Ray.

— N'oublie pas que tu as deux collaborateurs à ton service, dit-il avec un petit sourire. Allez, file !

Je retournai au café pour étudier les dossiers, et tenter de comprendre en quoi ces meurtres pouvaient être liés à celui de Marie. Tout me paraissait dénué de sens. La femme à la voix posée que j'avais rencontrée durant la nuit, en rêve, était morte la veille du nouvel an. Son plus proche parent s'appelait, d'après les documents, Kevin Sadler. Un numéro de téléphone suivait. Peut-être l'enterrement n'avait-il pas encore eu lieu ?

Jamais il ne m'était arrivé d'appeler une personne inconnue pour parler d'une morte. Kevin Sadler m'annonça d'une voix neutre que l'enterrement avait eu lieu, mais qu'il serait heureux de me rencontrer — « la maison est si vide et si calme, maintenant… ». Nerveuse, mal à l'aise, mais heureuse de n'être pas en uniforme, je me rendis à l'adresse indiquée.

L'homme qui s'avança vers moi était aussi éteint que sa voix. Sous une chevelure cendrée qui s'éclaircissait, son regard semblait infiniment las. Et si ses épaules n'avaient été voûtées, sans doute aurait-il été de même taille que moi. Mais en dépit des cernes qui ombraient ses yeux bruns, il me sourit.

— Kevin, me dit-il en tendant la main. Adina ne m'a jamais parlé de vous, je crois, Joanne.

— Nous ne nous sommes rencontrées qu'une seule fois, et très rapidement, répondis-je, embarrassée. Dans des circonstances singulières.

Un franc sourire éclaira soudain son visage.

— Tout était singulier, avec Adina. Entrez. Voulez-vous une tasse de thé ? La bouilloire est sur le feu.

Je ne pus m'empêcher de sourire à mon tour.

— J'accepterai avec plaisir, si cela ne vous dérange pas.

Je le suivis dans la cuisine, tout en regardant avec curiosité autour de moi.

La maison des Sadler était minuscule : un cottage douillet. Meublée de bahuts et d'un vaisselier en pin, la cuisine était de style rustique. Sur les tables et les étagères s'amoncelaient d'innombrables figurines de chats en calicot ornés de dentelles et de rubans. Seule une petite fenêtre pourvue de rideaux à fleurs laissait entrer la lumière du jour. Mais le jaune doux des murs éclairait la pièce et évitait la sensation d'étouffement.

La bouilloire, également en forme de chat, se mit à gronder.

— La première fois que j'ai entendu Adina, elle était en train de rabrouer quelqu'un, dis-je tout en continuant à regarder autour de moi. Et… euh… ce n'était pas exactement le genre d'intérieur auquel je m'attendais de sa part.

Kevin sourit en prenant des tasses dans le vaisselier. C'était de la vraie porcelaine chinoise, ornée de chats.

— Adina aimait bousculer les préjugés. Quand l'avez-vous rencontrée ?

— Je…

Comment dire de manière diplomatique à ce discret monsieur en deuil : « la nuit dernière » ?

— J'avais besoin d'aide et je pensais qu'elle pouvait répondre à certaines questions. Malheureusement, je n'ai pas eu le temps de les lui poser.

Un sifflement strident fusa. Kevin souleva la bouilloire et versa l'eau dans la théière.

— Pourquoi aviez-vous besoin d'aide ?

Il donna une petite tape sur l'un des chats en calicot, qui ouvrit l'œil et ronronna. J'eus un mouvement de recul.

— J'essaie de retrouver quelqu'un, avançai-je prudemment.

Puis ce fut plus fort que moi.

— J'essaie de retrouver l'homme qui l'a tuée, rectifiai-je.

Le sourire s'évanouit aussitôt du visage de Kevin.

— Un homme extrêmement dangereux. Un fou, lança-t-il durement.

— Je sais. Mais une amie à moi a été assassinée la nuit dernière, et la police pense qu'il s'agit du même meurtrier. En outre, quatre enfants ont été poignardés ce matin. Je crois que c'est encore lui. Je ne…

Je pris une inspiration.

— Je n'ai pas beaucoup d'indices. Il semble qu'il soit attiré par différents pouvoirs.

— Quels pouvoirs ? questionna calmement Kevin.

Bon sang… Cette fois, j'allais le dire.

— Pouvoir chamanique. Pouvoir de mort.

Kevin opina lentement de la tête.

— Adina croyait en ces choses. Vous aussi ?

Soulagée, j'expirai l'air que je retenais sans m'en apercevoir. Il n'avait pas ri, ne m'avait pas montré la porte.

— Je n'y croyais pas, à vrai dire, avouai-je, mais des événements se sont produits qui m'ont… convaincue. Adina disait qu'elle était chamane… et que je l'étais aussi.

Dieu, que je n'aimais pas dire cela à voix haute !

— Cependant, je n'en sais guère plus. J'avance à l'aveuglette.

— Mais vous pensez pouvoir arrêter cet homme.

— Je l'ai promis à un prêtre, répliquai-je en esquissant un sourire. Et on ne renie pas une promesse faite à un prêtre.

Kevin sourit à son tour, mais ses yeux restèrent froids. Il versa le thé et me tendit une tasse. Je la sirotai pendant qu'il cherchait péniblement ses mots.

— A Noël, Adina est partie rendre visite à sa famille. Dans l'Est. Elle a voulu revenir plus tôt, pour me faire une surprise, et…

Sa voix se brisa. Il se tut.

— Sacré cadeau de Noël, grommelai-je.

Aussitôt, je plaquai une main sur ma bouche, horrifée par ce que je venais de dire.

— Et bonne année ! lança Kevin en levant sa tasse, un sourire amer sur les lèvres.

11.

Je quittai la maison d'Adina et Kevin avec une liste de références bibliographiques… et pas la moindre information sur Cernunnos ou ses compères. Après un arrêt à la bibliothèque de l'université, où je dénichai à peu près tous les livres, je réintégrai mes pénates pour consulter mon courrier électronique. J'avais deux messages : le premier me promettait de perdre vingt kilos en trente jours, le second de gagner vingt mille dollars dans le même temps. Décidément, mon filtre spam mollissait. Je résistai héroïquement à ces tentations et m'assis avec l'un des livres tout juste acquis. J'étais plongée dedans quand on frappa à la porte. C'était Gary.

— Z'avez meilleure mine, lança-t-il en entrant. J'ai eu peur de vous retrouver zigouillée, vous aussi.

— Charmant ! Qu'est-ce qui me vaut l'honneur de votre visite ? Un café ?

Gary poussa un grognement de désapprobation.

— Jeune fille, vous êtes la chose la plus passionnante qui me soit arrivée depuis la mort d'Annie. Et vous pensiez que j'allais rester sagement dans mon coin, sans m'intéresser à la suite des événements ? Pas sérieux, ça.

Je lui lançai un coup d'œil par-dessus l'épaule. Appuyé contre le comptoir, Gary me contemplait avec un air de défi amusé. Jamais, je crois, je n'avais vu d'homme dont la présence parût si naturelle dans ma cuisine. Il prenait possession de l'espace avec une nonchalance élégante, et l'air semblait littéralement vibrer autour de lui. Tout comme Sean Connery.

— Alors, qu'avez-vous découvert ?

La voix grave de Gary me tira de mes rêveries. A regret, je chassai Sean Connery de mes pensées.

— Les prêtres perdent la foi, la police n'a pas besoin de mon aide et le chamanisme est, ma foi, fort intéressant, résumai-je.

Gary émit un sifflement.

— Mazette ! Je vous laisse seule quelques heures et voilà que je manque la moitié des aventures. Racontez vite !

Par où commencer ? Indécise, je regardai le comptoir où courait, à peine visible, une longue fissure. Elle était déjà là quand j'avais emménagé. Je ne m'en étais jamais souciée, mais à présent, elle était comme un témoignage de négligence. Je la suivis du doigt.

— Le truc drôle, c'est que…

Je m'interrompis, pris une inspiration et me lançai.

— C'est qu'en fait, beaucoup de choses font sens pour moi. Je veux dire, les voyages spirituels provoqués par la drogue, je n'y crois pas vraiment. C'est juste un effet de la substance chimique. Dans une transe, en revanche… c'est votre esprit qui travaille, tout seul. Enfin, d'un autre côté… Comment savoir si vous n'êtes pas influencé par ce que vous avez lu ou entendu, ou même par ce qui est caché dans votre subconscient ? Peut-être que ça n'a aucune importance, après tout. La transe est-elle moins réelle, s'il y a eu influence ?

— Jo, intervint Gary avec tact, de quoi diable parlez-vous ?

J'éclatai de rire.

— Savez-vous jouer du tambour, Gary ?

Il écarquilla les yeux.

— Euh... je peux certainement tenir un rythme...

— Bien. Ecoutez, je veux faire une expérience. Hier, quand Cernunnos m'a poignardée, je... je suis allée quelque part. Je voudrais y retourner. En tout cas, je voudrais essayer.

— Hmm, marmonna Gary. Voyage spirituel, n'est-ce pas ?

J'opinai en silence.

— Je pensais bien que vos Indiens connaissaient le truc, commenta-t-il en faisant la moue.

Je haussai les épaules.

— Z'avez un tambour ? reprit-il après un moment.

— Je me disais que vous pourriez utiliser une de mes belles casseroles inoxydables.

Gary me regarda, perplexe. Je ris de nouveau.

— Hmm, pas bien, ça, de se moquer d'un vieil homme, grommela-t-il en prenant une mine chagrine.

Mais ses yeux pétillaient de malice.

— D'abord, je ne vois pas de vieil homme ici, rétorquai-je d'un ton ferme en me dirigeant vers la chambre.

Je devinai le sourire de plaisir qu'esquissait Gary. Je revins avec le tambour que je tendis à mon compagnon, en essayant de masquer ma fierté. Je dus la masquer bien mal, parce qu'il s'en empara avec délicatesse et respect.

— D'où vient-il, l'Indienne ?

De nouveau, je m'efforçai de cacher ma fierté. Peine perdue.

— Un cadeau d'anniversaire. L'un des Anciens l'a fabriqué pour moi.

C'était sans doute le seul objet d'art que je possédais. De part et d'autre d'un cadre de bois de quarante-cinq centimètres de diamètre s'étirait une fine peau tannée sur laquelle étaient peints un corbeau dont les ailes abritaient un loup et un serpent à sonnette. Les couleurs étaient vives, et ne s'étaient pas affadies depuis quatorze ans que je possédais ce tambour. Le pourtour était orné d'os et de bandelettes de cuir. Une série de perles polies, gravées à la main, pendaient de chaque côté des courroies qui servaient de poignées. La baguette était ornée d'un nœud en cuir à l'une de ses extrémités, et d'une fourrure de lapin d'un rouge vif, à l'autre.

— Il m'a dit qu'un jour j'en aurais besoin. J'ai pensé qu'il était fou. En tout cas, c'est le plus bel objet qu'on m'ait jamais donné. Et c'était la première fois qu'on faisait quelque chose spécialement pour moi.

Délicatement, je promenai mes doigts sur la peau.

— Pas même un amoureux ? s'étonna Gary.

— Je ne restais jamais assez longtemps au même endroit pour avoir un amoureux.

Les demi-vérités valent parfois mieux que la vérité

toute crue. Gary fit rouler la baguette sur le tambour, qui vibra doucement.

— Dommage pour les amoureux, commenta-t-il.

— Vous êtes trop âgé pour flirter, Gary, répliquai-je en retenant un sourire.

Depuis que je connaissais cet homme, j'avais reçu plus de compliments que dans toute l'année écoulée.

— Voyez-vous ça. Il y a une minute, il n'y avait pas de vieil homme ici ! grommela-t-il. De plus, jeune fille, le jour où je cesserai de flirter sera le jour où ils cloueront mon cercueil. Rien de tel pour vous garder en forme, ajouta-t-il avec un sourire.

Il pointa la baguette sur ma poitrine.

— Tenez-vous ça pour dit, jeune fille. Bon… On ne va pas déranger les voisins ?

Je haussai les épaules.

— Je supporte leurs cochonneries sexuelles à 2 heures du matin. Ils peuvent bien supporter du tambour à 2 heures de l'après-midi.

Gary s'installa sur le canapé.

— Comment savez-vous que c'est cochon ? s'enquit-il d'un air innocent.

— Je suis sûre que ça ne vous intéresse pas, répliquai-je avec fermeté. Pouvez-vous imiter le rythme cardiaque ?

Pour toute réponse, j'obtins une série de battements reproduisant les pulsations du cœur. Je m'emparai d'un coussin du canapé et le glissai sous ma tête tandis que je m'allongeais à terre, sur le dos. Yeux mi-clos, j'écoutais les battements. Ils coïncidaient avec ceux de mon cœur. Je frissonnai.

— Pendant combien de temps ? demanda Gary.

— Une demi-heure après que ma respiration aura changé.

En mon for intérieur, j'admirais la conviction dont je venais de faire preuve. Comme si je savais de quoi je parlais.

— Je m'éveillerai quand le battement s'arrêtera. Enfin, c'est ce que disait le livre…

— D'accord.

Je me laissai aller.

Cette fois, je savais où je voulais me rendre. J'ignorais si j'y parviendrais, mais je savais ce que je cherchais. Un instant, je m'interrogeais sur l'idée d'inviter une personne que je connaissais à peine, qui me regarderait partir en transe dans mon salon. Pourtant, cela ne déclencha aucun signal d'alarme en moi.

Un courant d'air glacé me fit frissonner. La pièce n'était pas exactement à bonne température pour ce genre d'exercice. Trop tard pour aller chercher une couverture.

Pourtant, le sol était étonnamment confortable. J'y avais dormi les deux premiers mois de mon emménagement. A l'époque, j'étais trop fauchée pour pouvoir m'acheter un lit. La moquette était moelleuse et je m'y enfonçai, comme si j'allais passer à travers.

En fait, c'est ce que je fis… Je chutai dans un tunnel de la taille d'un coyote — un tunnel par lequel j'étais déjà passée. Il devint de plus en plus étroit, et je me mis à rétrécir d'autant. Jusqu'à n'être pas plus grosse qu'une souris.

Une rivière surgit soudain devant moi. Je sautai sur la feuille de palmier qui dansait à la surface de l'eau et me laissai porter. La rivière déboucha subitement sur une cascade et j'étendis mes ailes — des ailes de faucon — pour voler jusqu'à la berge, où j'atterris… sur mes pieds. Mes vrais pieds. Toutes ces métamorphoses me grisaient, même si je ne savais pas comment elles se produisaient. J'étirai les bras, comme pour vérifier qu'ils pouvaient à volonté se transformer en ailes. Puis je les laissai retomber avec un soupir.

— Vous voilà bien vite de retour, dit une voix familière.

Coyote venait de surgir de nulle part. A dire vrai, je n'en fus guère surprise. Il trottina et vint s'asseoir près de moi. Je grattai doucement ses oreilles, et ses babines se retroussèrent de contentement. Je lui souris et levai les yeux pour regarder autour de moi.

Le jardin semblait plus florissant que la veille. Je le trouvais plus fonctionnel qu'esthétique. Les arbres étaient parfaitement taillés et l'herbe paraissait avoir été tondue : on aurait dit un gazon anglais. Mais les feuilles jaunissaient comme si l'eau manquait, et l'on ne voyait aucune fleur.

Avec un immense étonnement, je me rendis compte de la précision de mes souvenirs. J'avais dû observer les lieux avec plus d'attention que je ne pensais, la veille…

— C'est votre jardin, murmura Coyote. Vous savez donc nécessairement à quoi il ressemble.

Je sentis sa truffe froide contre ma main. De nouveau, je souris. L'invite était claire et je recommençai à lui gratter les oreilles.

C'était un jardin austère. D'étroits sentiers serpentaient entre des bancs de pierre, et j'aperçus de jeunes pousses qui verdissaient dans les plates-bandes vides. Une brise légère balaya les feuilles mortes. En regardant mieux, je vis, sur les arbres parfaitement taillés, de petites branches rebelles qui en détruisaient subtilement la rigoureuse symétrie.

Un silence total régnait.

— Tous les jardins sont-ils aussi calmes ? demandai-je. Il n'y a ni oiseaux, ni écureuils, ni rien du tout...

— Certains le préfèrent ainsi.

Coyote agita la queue et regarda ma main avec insistance.

— Je ne pensais pas que vous reviendriez si vite, reprit-il. Que s'est-il passé ?

Je m'assis en tailleur près de lui et, docilement, caressai son crâne.

— Euh..., demandai-je. N'est-ce pas indigne de caresser le crâne de son guide spirituel ?

— Pas si le guide apprécie, rétorqua-t-il avec assurance en s'allongeant.

— J'ai rendu visite à tout un tas de gens... morts.

Les oreilles de Coyote se redressèrent brusquement.

— Oh, mais voilà qui est dangereux, murmura-t-il, alarmé.

Je haussai les épaules.

— Vous avez fait de moi une chamane, et vous le saviez, n'est-ce pas ?

Coyote croisa lentement ses pattes antérieures.

— Je n'ai rien fait. Vous étiez en train de mourir. Vous avez choisi de vivre, et ce choix a éveillé en vous des... possibilités.

— Mais vous saviez que cela se produirait, n'est-ce pas ? demandai-je d'un ton suppliant.

Coyote décroisa ses pattes.

— Il y a tant de nouveaux chamans, dit-il d'une voix triste. Et pourtant, le Vieil Homme n'était pas satisfait.

— Le Vieil Homme ?

— L'Engendreur de Toutes Choses, le Grand-Père Ciel, appelez-le comme vous voudrez. Il a des centaines de noms. Ce n'est pas évident de façonner de nouvelles âmes. Pour vous, il a travaillé dur. Alors, je savais que si vous choisissiez de vivre, tout ce qui était en vous jaillirait.

— Ah non ! grommelai-je. J'aime mes tripes là où elles sont !

Coyote fit entendre un claquement de réprobation et rabattit ses oreilles comme pour chasser une mouche importune.

— O.K., dis-je en soupirant, ce n'était pas ce que vous vouliez dire. Vous…

Je m'interrompi- vous dire, au juste ? demandai-je lentement. Qu'on m'a… créée ? Et dans quel but ?

Je secouai la tête, incrédule.

— C'est absurde ! Il y a des milliards d'âmes nouvelles, chaque jour. Et puis, qui pourrait me faire, *moi* ?

Coyote croisa de nouveau ses pattes antérieures.

— Le Vieil Homme, répliqua-t-il d'un ton patient. Oui, il y a plus d'âmes que d'êtres. Elles se réincarnent.

Je haussai les sourcils.

— Vous, bouddhiste ? Vous n'en avez pourtant pas l'air.

— Croyez-vous en quelque chose ? s'enquit Coyote avec un agacement perceptible.

Je fronçai le nez.

— Je pourrais dire : « Je crois que je reprendrais volontiers un autre cookie », mais... ce n'est pas le moment, ajoutai-je précipitamment devant l'air renfrogné de mon guide spirituel.

— Impossible de discuter avec vous ! soupira-t-il en rabattant ses oreilles.

— Coyote, soupirai-je à mon tour, à quoi rime tout cela ? Qu'est-ce que je viens faire là ? Je ne suis quand même pas la nouvelle âme qui va éclairer le monde...

— Hmm... Le Vieil Homme voulait unir deux anciennes cultures, et, pour cela, il lui fallait un enfant qui fasse le lien. Certes, nombreux ont été par le passé les croisements entre Cherokee et Irlandais, mais il voulait une âme qui puisse développer entièrement le potentiel de chacune des cultures. Il fallait donc éviter les histoires du passé.

— Les histoires du passé ?

— Le passé laisse en nous des cicatrices. Il pensait qu'une création *ex nihilo* serait plus... efficace.

Je pliai les genoux et y posai ma tête, songeuse.

— J'ai beaucoup de cicatrices, murmurai-je.

— Je sais, dit doucement Coyote. Je crois que le Vieil Homme a oublié que le passé nous lègue aussi sa sagesse.

Je n'aimais pas la tournure que prenait la discussion. Je relevai la tête et plongeai mes yeux dans ceux de Coyote.

— Et qu'est-ce que je fais de tout ça, moi ?

Coyote resta silencieux un moment, une oreille rabattue, l'autre levée.

— Un levier, dit-il enfin.

— Un levier… Vous ne ressemblez pourtant pas à Archimède, Coyote. Et d'abord, je parie qu'il était plus grand que vous.

Combien de temps faut-il pour qu'une image s'imprime sur la rétine, puis dans votre cerveau ? Eh bien voilà, dans ce temps-là exactement, j'eus devant moi l'Indien aux yeux mordorés, nonchalamment étendu sur le ventre, le menton dans les mains, qui me contemplait en souriant.

— Pas sûr, rétorqua Coyote en relevant sa deuxième oreille.

— Cessez ce petit jeu, voulez-vous ?

Il sourit, et découvrit une superbe rangée de dents blanches.

— D'habitude, il faut plus qu'un battement de paupière pour que les choses changent de forme, non ? demandai-je, agacée.

Cette fois-ci, il se mit à rire — un mélange de rire humain et de jappement de chien.

— Question de pratique. De plus, je ne suis pas un chien.

Je lui jetai un regard maussade.

— Un levier, Joanne Walker. Siobhàn Walkingstick. Vous pouvez faire bouger le monde. Ce n'est pas facile, je vous l'ai déjà dit. Vous avez le pouvoir de soigner.

Coyote s'assit et, du bout du museau, donna un coup sur mon épaule.

— Mais qui suis-je ? Un médecin, ou un chirurgien ? Je ne comprends pas, Coyote.

— Les deux, répliqua-t-il en penchant la tête de côté.

Je haussai les épaules.

— Le patient doit être soigné. Le patient…

Le battement s'arrêta et j'ouvris les yeux en poussant un soupir.

— … est le monde.

— Pardon ?

Gary posa le tambour et se pencha sur moi, les yeux ronds comme des billes.

— Le patient est le monde, répétai-je.

Et, lentement, je lui souris.

Soudain, je pris conscience de l'euphorie dans laquelle m'avait plongée le battement de tambour. Les couleurs m'apparaissaient plus vives, les sons plus nets. Même Gary avait l'air différent. Il se dégageait de lui un sentiment de satisfaction — la satisfaction d'une vie bien remplie.

— Bon sang, Gary, je me sens bien !

Il eut un petit rire qui me fit songer au ronronnement d'un moteur huit cylindres. J'imaginai son Annie comme une quatre cylindres. Je soupirai. J'aurais aimé la rencontrer.

— Alors, ce voyage ?

Gary prit le tambour et s'en fut le poser délicatement sur mon bureau.

— Bien, répliquai-je. Vraiment bien.

Et je me levai en sifflant *I Am a Believer.* Gary prit un air pincé, comme s'il retenait un fou rire.

— Silence ! lui lançai-je joyeusement.

Un bruissement soyeux siffla dans mes oreilles, et une sensation de chaleur et de bien-être m'envahit. Du poignet, je frottai ma poitrine.

— Silence, répétai-je. Laissez-moi flotter un petit instant. C'est que je navigue entre deux mondes, moi. Pas évident, ça… Alors, du calme.

Gary se mit à rire. Je levai le menton, et me rendis dans la cuisine pour préparer du café.

— J'aimerais savoir…, commença Gary en s'appuyant sur le chambranle de la porte.

— Quoi ?

— Comment se fait-il que vous ne sachiez rien de votre… héritage ?

La cafetière démarra en grondant et je me tournai vers mon compagnon. Par où commencer ? Mon euphorie baissa d'un cran, mais je me lançai quand même.

— J'avais douze ans quand j'ai annoncé à mon père qu'on allait choisir un endroit et y rester jusqu'à ce que j'aie passé mon bac. Je n'avais connu jusque-là que la route : tous les trois ou quatre mois, on déménageait, et j'en avais ras-le-bol. Il m'a regardée comme s'il me découvrait pour la première fois. Quand nous avons repris la voiture, nous sommes allés en Caroline du Nord, où il avait grandi. Dans la patrie du Peuple des Cherokee de l'Est.

Je me tus et contemplai le sol de la cuisine.

— Je savais qu'il était cherokee, mais jamais il ne parlait de son enfance. C'est lui qui m'a enseigné les principales matières de l'école primaire : les maths, les sciences, l'anglais. J'allais à l'école bien sûr, mais comme on ne restait jamais assez longtemps au même endroit, je ne terminais jamais l'année. Bref, il ne m'a rien appris sur le Peuple.

J'enfonçai mes mains dans mes poches.

— Donc, je suis allée en Caroline du Nord, et je ne ressemblais pas du tout aux autres gosses. Je n'avais pas du tout connu ce qu'ils avaient vécu. Et j'étais aussi affreusement pâle que ma mère. Bien sûr, il y a des enfants indiens qui sont pâles, mais moi, j'étais particulièrement sensible à ça.

Je haussai les épaules. Une odeur de café commençait à se diffuser.

— Je me suis donc appliquée à ne rien apprendre. A ne m'intéresser à rien.

— Vous avez l'esprit de contradiction.

Je haussai de nouveau les épaules.

— Je suis comme ça.

— Où était votre mère ?

La cafetière fit entendre le borborygme caractéristique qui annonçait que l'eau avait fini de passer.

— En Irlande. Je suis le résultat d'une nuit d'amour, pendant des vacances aux Etats-Unis.

J'attrapai deux tasses sur l'étagère et les posai sur le comptoir. Mon Dieu… J'étais bel et bien le fruit d'une unique rencontre… mais mes parents n'y avaient aucune part, ou presque. Je déglutis péniblement en essayant de me faire à l'idée.

— Et ? s'enquit Gary.

— Et… Elle m'a ramenée aux Etats-Unis quand j'avais trois mois, m'a remise à mon père. Puis elle est retournée vivre en Irlande.

— Je croyais que votre père était tout le temps sur la route ? Comment l'a-t-elle retrouvé ?

— C'était la dernière fois où il a passé plus de cinq mois sur place.

Gary hocha la tête d'un air désolé.

— Mais vous êtes allée à son enterrement. Elle avait donc changé d'avis ?

Je poussai un soupir.

— Bon, et si on arrêtait le jeu des vingt questions sur la vie de Joanne ?

Ma question n'avait pas le ton acerbe que j'aurais voulu lui donner. Je planais encore un peu et je n'avais pas vraiment envie d'être désagréable. Et puis, j'essayais toujours d'assimiler ce que Coyote m'avait dit.

— Je crois qu'elle correspondait avec mon père, repris-je. Une fois tous les trente-six du mois. Elle envoyait les lettres chez ses parents en Caroline, qui faisaient suivre.

— Votre père n'en parlait pas ?

— Non.

Je n'avais pas envie d'ajouter quoi que ce soit.

— Maman a appelé un jour, repris-je au bout de quelques instants, disant qu'elle était en train de mourir et qu'elle voulait me revoir une dernière fois. J'étais furibarde. Je veux dire… Qui était-elle pour réapparaître comme ça, après m'avoir ignorée toute ma vie durant ?

Gary me regarda intensément.

— Votre mère ? articula-t-il lentement.

Je baissai la tête et opinai silencieusement.

— C'est ce que je me suis dit. Longtemps, je me suis appliquée à…

Je me tus.

— … à lui en vouloir, repris-je en choisissant

soigneusement mes mots. Peut-être même à la détester. Elle m'avait abandonnée ! Alors, j'éprouvais ce que peut éprouver tout gosse qui se dit que sa vie aurait été différente, si sa mère s'était occupée de lui. Et puis, j'ai pensé que si je n'allais pas la voir, je ne saurais jamais. Et que c'était peut-être mieux ainsi.

— Et ?

— Je ne sais toujours pas.

Je remplis les tasses et en tendis une à Gary.

— Elle s'appelait Sheila Mac Namarra. Je lui ressemble. Irlandaise pur jus. Elle adorait les cachous.

Je fermai les yeux.

— Nous avons passé quatre mois ensemble, et tout ce que je sais, c'est qu'elle adorait les cachous. Je ne l'aimais pas vraiment. Je ne la détestais pas vraiment non plus.

Machinalement, je promenai mes doigts autour de mon cou.

— Elle m'a offert un collier. Je le portais hier.

— Le truc avec la croix ?

— Oui. En fait, ç'a été son dernier geste, de me donner ce bijou. Pourquoi elle l'a fait ? Mystère. Après toutes ces semaines passées en compagnie d'une étrangère, lui offrir un cadeau personnel…

Je soufflai sur ma tasse.

— Elle ne m'a guère posé de questions, elle n'a guère parlé d'elle. De ce point de vue, elle était comme mon père. Pas des bavards.

Gary esquissa un demi-sourire.

— La pomme ne tombe pas du poirier.

Je le regardai, ahurie.

— Vous ne causez pas volontiers, non plus. Mes questions sont banales, et pourtant vous choisissez précautionneusement vos réponses. Peut-être ne savait-elle tout simplement pas comment vous parler ?

J'avalai une gorgée et grimaçai. J'avais oublié le lait et le sucre.

— C'était ma mère.

— Cela veut-il dire qu'elle était censée savoir comment vous parler ? Vous êtes une adulte, Jo. Comment s'adresser à une enfant qu'on a laissée derrière soi, il y a près de trente ans ?

Gary agitait sa tasse devant lui.

— Vous allez renverser votre café, grognai-je. Donc, c'est ma faute si je n'ai rien appris sur elle ?

Cette fois, Gary but d'un trait sa tasse avant de l'agiter de nouveau sous mon nez.

— Certainement pas. De quoi est-elle morte ?

Je tournai mélancoliquement ma petite cuillère.

— D'ennui, je crois.

Gary haussa un sourcil.

— Elle en était parfaitement capable. Elle avait fait le tour de ce qu'elle voulait voir, coché toutes les cases de sa liste.

Je hochai la tête.

— C'était le genre. Méticuleuse. Précise. Sans concession.

Gary haussa son deuxième sourcil.

— J'ai l'impression que vous éprouvez encore un peu de… ressentiment. Ce n'est pas facile à porter, ça, une mère qui ne vous considère pas comme une raison suffisante de rester en vie…

— Merci, Gary, voilà qui me remonte le moral. Bon, et si on passait à vous, hein ? Des enfants, je suppose ?

— Non, lâcha-t-il négligemment.

— Comment ça, non ? Je croyais que vous aviez dû épouser votre femme après l'avoir mise enceinte ?

— Oh, c'était pour dire !

Gary esquissa un sourire désarmant et s'avança vers la cafetière pour se resservir. L'air offensé, je m'écartai d'un pas pour le laisser passer.

— Vous en voulez encore ?

Je tendis ma tasse, dans un silence indigné. Gary soupira, prit la cafetière et s'installa à table.

— Allez, dit-il d'un ton conciliant, venez vous asseoir.

Plantant mes coudes sur la table, je posai un doigt sur chacune de mes tempes. Ce qui aussitôt me flanqua la migraine. Au lieu de retirer mes doigts, je me mis à masser doucement.

— Bon, revenons à nos moutons, murmurai-je. A Cernunnos, je veux dire. Il ne cadre pas avec le meurtre de Marie.

— Pourquoi ne cadrerait-il pas, si c'est un dieu de la mort ?

Je fronçai les sourcils.

— Des chamans, une « banshee », des gosses… Quel est le lien ?

— Ça c'est votre job de le découvrir, non ? Vous êtes flic.

Je cessai momentanément de froncer les sourcils pour regarder mon compagnon.

— Je suis mécanicienne, Gary. Je répare les voitures. Pour diverses raisons, l'élucidation des crimes ne fait pas partie de mon CV.

— Mon garage a besoin de quelqu'un.

Je fronçai de nouveau les sourcils.

— Je ne peux pas démissionner maintenant. C'est ce que voudrait Morrison. Mais si je ne tiens pas, promis, j'irai voir votre garage. Cette semaine...

Je fixai sévèrement la table.

— Cette semaine, je dois apprendre à être chamane et résoudre une affaire de meurtres.

— Si vous pensez pouvoir y arriver..., proféra lentement Gary.

Je relevai les yeux et le dévisageai, incrédule. Un large sourire, dévoilant ses parfaites dents blanches, s'étalait sur son visage.

— Vous, dis-je entre mes dents, vous êtes un beau salaud.

Gary posa une main sur son cœur, l'air choqué.

— Oh ! Ma mère doit se retourner dans sa tombe.

— Votre mère, rien que ça...

Gary s'empara de la cafetière et se resservit une énième tasse.

— Vrai, lançai-je, vous avez le foie le plus résistant de toute la terre.

— Question d'entraînement. Essentiellement à la bière, pour moi.

Je me mis à rire. Il me regarda, impassible.

— Les meurtres ne cadrent pas et vous n'avez plus de café. Que fait-on ?

— Je n'ai pas l'habitude de faire du café pour plus d'une personne, rétorquai-je en fronçant les sourcils.

Je devenais la championne du froncement de sourcils.

— Je crois que je vais faire un tour au lycée.

— Il sera vide. Les élèves ont certainement été renvoyés chez eux.

— Je sais. J'aurais dû y aller, ce matin. Adina disait qu'une odeur de pouvoir entoure le… le type. Peut-être pourrai-je la sentir.

— Un fin limier, hein ?

— Oui. Je crois que j'ai du nez.

Je me sentais assez sûre de moi.

— Si c'est Cernunnos, je le sentirai. Une fois qu'on a tâté du dieu à cornes, impossible d'oublier.

— Vous ne l'avez pas senti, pour Marie.

Je haussai les épaules.

— Non. Je ne savais pas ce que je devais faire. Maintenant, je sais. Je ne dois laisser passer aucune chance de récupérer le moindre indice qui me mette sur la piste.

— Qui est Adina ?

— Une des chamans que j'ai rencontrés la nuit dernière, dans mes rêves.

Je regardai Gary par-dessus ma tasse, d'un air de défi. Sa mâchoire se décrocha visiblement. Mais il ne fit aucun commentaire. Souriant dans la barbe que je n'avais pas, je partis en quête de chaussures.

12.

Mercredi 5 janvier, 15 h 35

Quand j'avais neuf ans environ, mon père m'expliqua qu'il était plus facile d'obtenir le pardon qu'une permission. A l'époque, déjà, je m'étais interrogée sur la nécessité de tenir de tels propos à une enfant… Rétrospectivement, c'était intelligent de sa part : j'eus l'occasion de mettre en œuvre le précepte, d'en vérifier la pertinence, et de m'éviter sans doute, ainsi, de nombreux problèmes. Quelque dix-sept ans plus tard, il me permettait de marcher, l'air dégagé, dans la cour de la Blanchet High School, comme si ma présence en ces lieux était parfaitement naturelle. Autorisation ? Quelle autorisation ? Je me sentais dans mon bon droit.

Tant qu'il n'y avait pas d'anicroches, ce n'était pas grave.

Le premier hall, dont un cordon jaune placé par la police interdisait l'entrée, était rempli à craquer de journalistes, d'infirmiers, de policiers et de professeurs encore sous le choc. Personne ne fit attention à moi. J'observai un instant la cohue, puis me dirigeai vers le second hall et commençai à déambuler dans le lycée, le nez au vent. Sans rien chercher de particulier.

Je n'avais pas mis les pieds dans un lycée depuis l'année de mon bac, dix ans auparavant. Tout ici respirait un confort et un luxe bien éloignés de ce que j'avais connu. Les halls étaient spacieux, les sols recouverts de moquettes, et les murs, au-dessus des vestiaires bruns, étaient d'un blanc lumineux qui semblait avoir été peint la veille. Des éclairages fluorescents jetaient une lumière douce sur les affiches invitant les étudiants à participer aux différents tournois sportifs du week-end. Les fontaines d'eau étaient plus basses que dans mon souvenir. Soit j'avais encore grandi depuis ma sortie du lycée, soit les élèves de Blanchet étaient de petite taille…

Je poussai une porte de bois massif et pénétrai dans un petit théâtre, entièrement sombre à l'exception d'une ampoule blanche dans la cabine de son. Une vague odeur de maquillage et de sueur flottait dans l'air. Me déplaçant sans bruit, j'atteignis les marches qui menaient à la scène.

— *La longue note froide d'un saxophone ténor…*

Je m'immobilisai. C'était une voix de jeune fille, claire, précise. Je scrutai l'obscurité. Une ombre pâle émergea sur la scène. De longs cheveux blonds, presque blancs, d'une incroyable finesse, enveloppaient un corps étroit, à demi mangé par les ténèbres. La tache claire du T-shirt faisait écho à celle des tennis.

— *Brève chandelle de la vie, instant dans le noir, s'étirant sous la lame du son.*

La jeune fille serra frileusement les bras autour de son buste, comme si elle se tenait elle-même. Sa voix de soprano, pure et cristalline, s'élevait et s'abaissait au rythme du poème. Un léger tremblement, parfois, la traversait, qu'elle n'essayait pas de maîtriser. Les mots s'entrechoquaient jusqu'à n'être plus qu'un long murmure.

— *Laisse-moi façonner mille crânes de papier, en rêvant à ce désir qui ne peut être.*

Un frisson me parcourut. J'eus le sentiment d'être une intruse. Je n'avais pas le droit de rester là, à écouter ce chant intime et douloureux. Mais j'avais peur de révéler ma présence et d'effaroucher la jeune fille.

— *Pure est la perte en sa première heure, lassée par le temps.*

La fragile silhouette s'affaissa lentement sur la scène. Les cheveux blonds se répandirent autour d'elle, comme une tente soyeuse. La jeune fille se ramassa en boule et un sanglot poignant déchira le silence.

Je reculai sur la pointe des pieds et, faisant demi-tour, quittai le théâtre aussi discrètement que possible.

Une fois revenue dans le hall, sous la lumière fluorescente, je haletai, oppressée. L'air semblait poissé de tristesse. Fermant les yeux, je m'adossai contre le mur immaculé, laissant mes larmes couler jusqu'à ce qu'elles se tarissent, et mon cœur retrouver progressivement une course normale. Un nœud de rage froide, cinglante, s'était formé en moi, accentué par la tristesse de la jeune fille et la rude beauté du poème.

Toutes mes blessures intérieures s'étaient brutalement ravivées, et je sentais chacune des fêlures de mon bouclier. Le besoin de comprendre, la nécessité de savoir s'imposèrent à moi. Nouant mes mains derrière la nuque, je glissai le long du mur. Une furie terrible, immense, m'emplissait, débordait de moi, envahissait tout alentour. Jamais une telle colère ne m'avait embrasée. L'horreur, la tristesse, le désespoir se succédaient en moi et me submergeaient.

« Tout ceci doit cesser. »

La pensée traversa le tourbillon d'émotions avec une fulgurante clarté. Je levai la tête et contemplai, sans le voir, le hall qui s'étendait devant moi.

« Tout ceci doit cesser. Et je le ferai cesser ».

Alors, je compris. Plus forte que la promesse faite au prêtre, il y avait désormais la détermination farouche qui m'habitait. Et la colère… la colère serait l'outil de ma mission. Un outil puissant que je devrais apprendre à utiliser.

Le flux de rage commença à s'effilocher, à s'étirer en longs filaments rouges projetant hors de moi leur brûlante morsure. Des rubans bleus — rubans de compassion apaisant la fureur — enveloppèrent le nœud de rage. Et ils libérèrent ma respiration. La réserve d'énergie au creux de mon sternum emmagasina cette force brute, pour une utilisation future.

La colère continuait à déferler, en vagues plus lentes mais tenaces. Un sentiment d'humanité et de pitié la tempérait, transformant mon désir de vengeance en besoin de soigner. Quel qu'il fût, celui qui avait agi de la sorte était profondément malade. D'une maladie qui pouvait se guérir.

— Joanie ?

La voix de Billy, lourde d'inquiétude, me fit sursauter. Je levai les yeux. Il était accroupi devant moi, ses larges mains posées sur les genoux, me regardant d'un air soucieux.

— Ça va ? Je t'ai appelée trois fois, déjà.

Je secouai la tête, encore un peu hébétée.

— Ça va, je te remercie, articulai-je d'une voix rauque.

— Que fais-tu ici ?

— Que fais-tu ici, toi ? La fête se passe de l'autre côté, non ?

Si je pensais arriver à détourner la conversation, j'avais tout faux.

— J'enquête. C'est mon boulot.

Emphase subtile sur le dernier mot. Je fermai les yeux.

— En revanche, reprit-il, insistant, ce n'est pas le tien. Tu es suspendue.

— Merci de me le rappeler, Billy. Je crois bien l'avoir entendu hier.

— *Ce matin*, Joanie, rectifia Billy en me tendant une main.

— C'est bien ce que je craignais, marmonnai-je.

— Pas eu le temps de dormir, hein ?

J'esquissai un pauvre sourire et fit non de la tête.

— Bon…, dit-il d'une voix apaisante. Peux-tu me dire ce que tu fais ici ?

Flûte ! Je n'avais pas réussi à le distraire suffisamment.

— Essayer de sentir…

— Quoi ?

Je haussai les épaules.

— Les traces de celui qui a perpétré cette horreur, dis-je sèchement.

Billy me lança un regard perplexe.

— Essayer de sentir la… la présence du pouvoir qui…

Je m'interrompis, mal à l'aise.

— C'est peut-être Cernunnos, repris-je à voix basse. Et je voudrais me rendre compte…

— Tu penses en être capable ? me demanda gravement Billy.

Je baissai les yeux et acquiesçai imperceptiblement.

— Viens.

Sans attendre ma réponse, il fit demi-tour et s'éloigna dans le hall. Je le suivis, d'un air maussade.

— J'ai besoin d'une escorte de police pour traverser le hall ?

Il me lança un coup d'œil par-dessus son épaule et continua à marcher. Je réalisai alors que nous nous dirigions non pas vers la porte d'entrée, mais vers la scène du crime. Une vague de reconnaissance me submergea et je me hâtai de venir à sa hauteur.

— Tu as toujours ta carte ? me demanda-t-il en soulevant le ruban jaune pour me faire passer.

— Morrison a pris mon insigne, marmonnai-je.

De mieux en mieux… Tantôt, je clamais que je ne voulais pas être flic, tantôt je pestais parce que je ne l'étais pas.

— Mais j'ai ma carte.

Je plongeai la main dans ma poche et en retirai un papier que j'ouvris à l'endroit de la photo. Un policier dont le visage ne m'était pas familier y jeta un bref coup d'œil et nous fit signe de passer. La moitié du commissariat semblait s'être réunie ici. « Bon moment pour commettre un crime », me dis-je.

Je fronçai aussitôt les sourcils. Travailler pour la police n'avait pas eu précisément une bonne influence sur moi… C'était la première fois qu'une telle pensée me traversait. Deux gars que je connaissais me considérèrent avec surprise, mais ne firent aucun commentaire. Billy alla parler avec le flic posté à l'entrée de la salle de classe. J'en profitai pour observer les reporters qui s'examinaient copieusement les uns les autres.

— S'il apprend ça, Morrison me passera un savon, grogna Billy en revenant près de moi. Viens. Je leur ai dit que tu enquêtais sur un serial killer et que tu voulais savoir si cette série de crimes avait un lien avec ton affaire.

Je souris.

— On dirait que ce n'est pas la première fois que tu arranges la vérité, Billy.

Il me fit une grimace et, d'un geste de la main, m'invita à entrer dans la salle.

Une lumière d'après-midi hivernal tombait par les grandes baies vitrées. Sur le long tableau blanc, des inscriptions au feutre de couleur — rouge, vert, bleu. Plus propre que la craie de mon adolescence. Juste devant, le bureau du professeur. D'inégales rangées de tables et de chaises s'étiraient jusqu'à l'estrade. Durant un bref instant, tout me parut normal.

Puis l'odeur me frappa.

Une odeur douceâtre, piquante, épaisse, que l'air conditionné ne parvenait pas à chasser. Alors, la salle perdit son bel ordonnancement, et je vis, au centre, un véritable enchevêtrement de tables renversées, à demi cachées par les rangs précédents. Du seuil où je me tenais, figée, je pouvais apercevoir de larges taches de sang séché.

J'étais incapable d'avancer.

— Joanie ?

Billy m'attendait, visiblement inquiet. Je frissonnai.

— Tout va bien, Billy, murmurai-je, me dirigeant vers lui.

Sur le sol couraient des empreintes de pas sanglantes, entremêlées et confuses. Celles des enfants qui avaient fui, terrifiés.

J'avais l'impression de les entendre hurler.

Toute illusion de normalité disparut définitivement. Devant moi, quatre corps, trois garçons et une fille. Sur chaque visage, une expression d'incrédulité et d'horreur. Les cheveux de l'adolescente étaient coagulés par le sang. Tous avaient été tués de la même manière que Marie. Un coup de couteau dans la poitrine, au niveau du cœur.

Je m'arrêtai de nouveau, pour tenter de contrôler ma respiration et la nausée qui montait en moi. Il n'aurait plus manqué que je me mette à vomir sur la scène du crime… L'odeur était déjà assez atroce.

— Joanie ?

— Ça va, Billy, rétorquai-je sur un ton plus agressif que je ne l'aurais voulu. Donne-moi juste une seconde.

Mon compagnon acquiesça et se recula sur le côté, me laissant seule face aux corps qu'entourait un autre cordon jaune, attaché aux tables.

— Puis-je passer le cordon, Billy ? m'entendis-je demander.

Ce qui n'était pas du tout ce que j'avais envie de faire.

— Est-ce nécessaire ?

J'opinai sans réfléchir. Le mal était si perceptible, si

présent que j'avais l'impression de pouvoir le toucher de la main.

— Quelles chaussures portes-tu ?

Je baissai les yeux. Des bottes à semelle épaisse, sans talons.

— Allez-y, lança une autre voix du fond de la salle.

J'y allai.

Il ne se passa rien. Seule l'horreur me fit reculer d'un pas.

— Joanie ?

Cette fois, Billy avait l'air vraiment alarmé. De la main, je lui fis signe que tout allait bien. Je me sentais étrangement distante. La voix de Coyote résonna en moi, ténue et lointaine : « Demandez à Marie de vous aider avec votre bouclier. Vous en aurez besoin. »

Un bouclier… Il me semblait que j'en avais un. Le mal était là, palpable autour de moi, et pourtant il ne me touchait pas. Soudain, je compris que c'était ma présence qui le repoussait et le tenait à l'écart.

Donc, j'avais un bouclier. Il suffisait que je débloque le mécanisme pour comprendre comment il fonctionnait.

« Imaginez que vous êtes une voiture. » Coyote, toujours. Je faillis tourner la tête pour voir s'il était là. Imaginons… Que fait-on quand une voiture est bloquée ? Je fermai les yeux. On s'intéresse au tableau de bord parce que c'est le truc le plus compliqué et le plus délicat à assembler. Et à ouvrir. Je visionnai l'enchevêtrement de fils et d'écrous, et dévissai le tableau. C'était comme d'ouvrir le sommet de mon crâne.

Alors, un abominable micmac s'échappa de mon cerveau.

Pendant une éternité, la douleur, la rage, le chaos bouillonnèrent dans mon esprit, hurlant l'horreur de la mort, la gloire du meurtre, la joie pure de la puissance. Je sombrai, oubliant l'analogie de la voiture. Il y eut les ténèbres, zébrées de gris, couleur de l'absence. Et je tombai sans fin, emportée par le poids du désespoir. Ma chute devint vertigineuse. J'essayai d'attraper les rais de lumière pâle et neutre. Mais quand je les touchai, elles virèrent au rouge et coulèrent, gluantes, épaisses sous mes doigts. La douleur, la rage, le chaos hurlaient sans répit.

Il fallait que je cesse de tomber. Avec Coyote, il suffisait que je me concentre. Dans le vacarme et la tourmente qui m'emportaient, je m'entendais à peine penser. Peu importait, de toute façon, puisque j'allais mourir. Comme les gosses. Je les sentais autour de moi, fantômes froids et évanescents, si différents des chamans que j'avais rencontrés en rêve — ces hommes et ces femmes appartenaient au cycle de la vie. Ces enfants pensaient, continuaient à penser qu'ils étaient immortels. Seul le choc de la mort les avait métamorphosés en ombres. Des ombres privées de leur âme, volée par le meurtrier.

« Par le salaud qui s'était attaqué à des gosses… ».

Les ténèbres mouvantes et hurlantes se figèrent si brutalement que je rebondis sur elles. Elles étaient aussi dures que la pierre. Et pendant un instant merveilleux, ce fut le silence.

« Oh non…, murmurai-je en moi-même. Oh, non, tu ne m'auras pas si facilement ! »

Le hurlement reprit. Mais je n'étais plus seule.

Quatre enfants, à peine visibles, à peine présents, me regardaient, suppliants, avec ce qui restait de leur âme.

« Je le trouverai. »

Ma voix trancha le vacarme avec force et netteté. L'un après l'autre, les enfants me sourirent ; l'un après l'autre, ils s'évanouirent — tout comme la lumière grise s'était dissipée.

Et cette fois, je les suivis.

Je poussai un soupir et ouvris les yeux. Eblouie, je baissai la tête. Le soleil n'avait pas disparu, les policiers n'avaient pas été remplacés. Le monde n'avait pas changé. Et pourtant, une éternité s'était écoulée.

Je sentis la présence de Billy, juste derrière moi, de l'autre côté du cordon jaune, prêt à intervenir. Frissonnant, je regardai les corps étalés à mes pieds, trois d'entre eux se touchant, les bras de l'un posés sur les chevilles de l'autre. Oui, je savais ce que le meurtrier avait voulu faire.

— Ils ont eu de la chance, m'entendis-je dire calmement. Le cercle a été interrompu.

— De… de la chance ? demanda Billy, la voix hésitante.

Je m'accroupis et touchai les cheveux du corps qui n'avait pas été joint aux autres.

— Ce devait être un cercle de puissance, murmurai-je. Oui, je sens l'exaltation du meurtrier devant ce quatrième corps. Et sa rage subite. Quelque chose s'est produit qui a rompu l'alliance parfaite. Nord, est, sud sont clos. L'ouest est resté ouvert. Leur âme, leur essence, il…

Je m'interrompis. Ma voix tremblait, les mots s'entrechoquaient dans ma bouche.

— Il les a volées, aspirées. Pour les lier à…

Je secouai la tête et me redressai en chancelant. Des larmes ruisselaient sur mon visage.

— Je ne sais pas à quoi. Mais le cercle n'a pu être achevé et les âmes se sont échappées.

Un souffle léger, comme un soupir, passa près de mon oreille, modifiant momentanément l'air de la pièce, le rendant plus dense et plus chaud. C'était aussi infime et aussi puissant que le battement d'ailes du papillon déclenchant une tornade en Chine. Tout ce qui vivait dans cette pièce, je pouvais le sentir. A travers la moindre parcelle de mon être.

— Saurais-tu reconnaître désormais la présence du… de l'assassin ? demanda Billy d'une voix grave, frémissante.

J'inspirai profondément et sentis sur ma langue un goût de cuivre, de mort, de pouvoir — la joie sauvage et la fureur du meurtrier.

— Oui, répondis-je laconiquement. Je le reconnaîtrais.

13.

J'aurais dû m'attendre aux flashes des appareils photo, qui nous accueillirent, Billy et moi, quand nous sortîmes de la salle de classe. Le fait de ne pas y avoir songé prouvait que j'étais une vraie novice — au cas où j'aurais eu encore quelques doutes à ce sujet. Un micro recouvert de mousse grise s'agita sous mon nez, exactement comme dans les films. Sauf que je n'étais pas dans un film. Je clignai des yeux devant les éclats blancs, et parvins à distinguer, à l'autre bout du micro, une présentatrice de la télé locale. Laura Corvalis. Une superbe créature exotique, mi-philippine, mi-africaine, avec probablement un peu de sang blanc. Ce qui donnait des yeux bleus légèrement bridés et un teint café au lait.

Elle était en train de crier dans ma direction. Elle n'était pas la seule.

— Inspecteur Walker, pouvez-vous nous dire…

— Inspectrice Joanne Walker, êtes-vous prête à faire une…

— …qui a fait cela ?

— … déclaration ?

— … trois ans d'ancienneté au commissariat…

— … la vague d'attentats qui secoue Seattle…

—… vient d'arriver sur les lieux…

— … commis par celui qu'on surnomme le « tueur de Noël »…

Effrayée, je reculai. La voix de Billy trancha soudain ce brouhaha.

— Mesdames, messieurs, silence, je vous prie. Le commissariat a déjà fait toutes les déclarations utiles, à ce stade de l'enquête.

J'admirai le calme et la politesse de mon coéquipier. Le vacarme s'apaisa subitement. Laura Corvalis fit un pas en avant, le micro sous sa bouche.

— Détective Holliday, pouvez-vous au moins nous fournir quelques détails sur la série de meurtres qui se sont produits ces deux dernières semaines à Seattle ? S'agit-il du même tueur ? Etes-vous sur le point de l'arrêter ? Et vous, détective Walker ?

— Je ne peux…, dit Billy.

— Je ne suis pas…, dis-je au même moment.

Il y eut un petit instant de désarroi. Billy se tourna vers moi et hocha imperceptiblement la tête. Laura Corvalis semblait se délecter de cette confusion. Elle s'apprêta de nouveau à passer à l'attaque.

— Vous n'êtes pas « quoi », détective Walker ?

Et je me retrouvai avec le micro sous le nez. Elle l'y laissa assez longtemps pour qu'il me chatouille les narines, puis le ramena à elle.

— Qu'avez-vous à dire, détective Holliday ?

— Madame Corvalis, répliqua Billy avec la patience d'un homme rodé à ce genre d'exercices, je vous ai donné toutes les informations dont je disposais…

— Je ne suis pas détective, marmonnai-je pendant qu'il parlait.

Un éclair d'exaspération passa dans les yeux de

Billy, qui, pourtant, ne se départit pas de son sang-froid. J'aurais probablement dû fermer ma bouche.

Laura propulsa une nouvelle fois le micro vers mon visage.

— Vous n'êtes pourtant pas une simple citoyenne, madame Walker ! Depuis quand le commissariat de Seattle autorise-t-il la venue de simples citoyens sur les lieux du crime ? Et dans ces conditions, poursuivit-elle avec un délicieux roucoulement, pourquoi ne pas me laisser entrer ?

Les rires fusèrent parmi les journalistes. La présentatrice eut l'air très satisfaite d'elle-même.

— Je suis inspecteur de police, repris-je calmement, pas détective. Je voulais être sûre que vous ne diffusiez pas de fausses informations.

La main de Billy se referma sur mon bras.

— Ce sera la conclusion de l'entretien, madame Corvalis, intervint-il d'une voix glaciale mais toujours polie.

Et il me poussa devant lui, telle la proue d'un navire fendant la foule des photographes et des journalistes.

— Attendez ! lança Laura Corvalis. Pourquoi êtes-vous là aujourd'hui, inspecteur Walker ? Avez-vous des informations sur les crimes d'aujourd'hui ?

De dépit, elle se tourna vers son cameraman.

— Coupe. On pourra peut-être tirer quelque chose de ça.

Billy me jeta dans sa voiture. Et il se mit aussitôt à hurler :

— C'était quoi, ce cirque ?

Je lui jetai un regard maussade, tout en massant mon front à l'endroit où il avait heurté la portière.

— Je ne suis pas détective. Je vois d'ici Morrison fonçant sur moi tel un taureau furieux, quand il apprendra que je me suis octroyé une promotion grâce à la télé. De toute façon, je n'ai rien dit de grave.

Du moins, je *pensais* n'avoir rien dit de grave.

— Et puis, ça ne passera même pas aux infos…

Billy avait du mal à se contenir.

— Tu n'aurais rien dû dire, rien du tout. Tu as été sus-pen-due, Joanne ! Bon sang ! Tu te pointes ici et tu n'imagines pas une seconde que Laura Corvalis fera sa petite enquête sur toi ! Bien sûr que ce sera aux infos ! « Un inspecteur suspendu et suspecté de meurtre se rend sur les lieux du crime. » Bon sang de bon sang !

Je me fis toute petite sur mon siège.

— Je… je suis désolée.

Billy me lança un regard furieux, avant de pousser un long soupir.

— Après tout, c'est ma faute autant que la tienne. J'aurais dû te prévenir et te demander de ne rien dire.

Il se tut, puis soupira une nouvelle fois, plus violemment.

— Bon, qu'as-tu découvert ?

Je m'enfonçai dans le siège.

— Mmm… Des choses positives, et des négatives.

— Commence par les positives.

— Ce n'est pas Cernunnos.

Billy frappa le volant du plat de la main.

— Les négatives ?

— Ce n'est pas Cernunnos.

Nous roulâmes un moment en silence.

— Bon…, reprit mon coéquipier. C'est déjà quelque chose. Pas de dieu celte dans cette affaire. C'est très bon, ça. Formidable, même !

Il eut un sourire sarcastique.

— Tu sais, Joanie, je suis heureux que tu ne me considères pas comme un fou, mais…

— Tu penses que moi, je suis folle, maintenant.

Il me lança un regard en coin.

— Disons que tu aurais pu choisir une voie d'entrée plus… enfin… *moins extrême* dans le monde du paranormal.

Je caressai la fine cicatrice qui barrait ma joue.

— On a une description physique du type ? demandai-je.

— Environ un mètre quatre-vingt-dix, la trentaine, type caucasien, cheveux bruns longs, yeux verts, épaules larges, taille mince. Porte un couteau très aiguisé.

— L'âge, c'est un adolescent qui l'a estimé ?

Je me souvenais parfaitement de cette période où vingt-cinq ans me paraissait être un âge avancé. A quinze ans, je n'aurais pas su reconnaître une personne de trente ans.

— Non, c'est le professeur, Mme Potter, qui nous a fourni la description.

— Où est-elle ?

— A l'hôpital. Tu disais, poursuivit-il d'un ton hésitant, qu'ils avaient eu de la chance, que le cercle n'était pas clos… C'est probablement grâce à elle. Elle a bousculé le type, et reçu deux coups dans l'abdomen.

— Une femme courageuse, murmurai-je.

Songeuse, je regardais les rues défiler.

— Je voudrais la rencontrer, repris-je.

— Tu ne pourras pas entrer sans une escorte de la police.

Je lui lançai un regard insistant.

— De toute façon, commentai-je avec un léger sourire, tu es déjà dans de sales draps.

Les antiseptiques utilisés à l'hôpital sont chimiquement conçus pour masquer les odeurs de sang, de vomi, d'urine et de mort. J'éternuai si fort que je me mis à pleurer.

Gary était arrivé à temps pour assister à l'explosion nasale, au côté de Billy. Ils me contemplèrent en grimaçant tandis que je me retournais pour les regarder, avec des yeux larmoyants.

— Oh, ça va ! lançai-je devant leur mine dégoûtée.

Gary me tendit un énorme mouchoir rouge, qui semblait propre. J'en fis bon usage et le fourrai dans ma poche, doutant que son propriétaire ait envie de le récupérer en l'état.

— Merci, dis-je de ma voix la plus polie. Que faites-vous ici, Gary ?

— Il m'a appelé en route, rétorqua-t-il en désignant Billy de la tête. Pour que je m'occupe de vous pendant qu'il retournerait au commissariat se faire hacher menu.

— Ah…

Dès l'instant où Billy avait accepté de me conduire à l'hôpital, je m'étais endormie. Une fanfare aurait pu jouer près de mes oreilles que je ne l'aurais pas entendue, bercée comme je l'étais par le doux ronronnement des roues sur le bitume.

Mme Potter avait été placée dans une aile spéciale, à laquelle on accédait par un labyrinthe de couloirs et de portes vitrées. Billy s'arrêta pour parlementer avec un garde qui finit par nous guider le long d'un couloir à la sinistre allure de prison. Du gris uniforme sur les murs, aucune fenêtre, des néons blafards. Mes bottes résonnaient lugubrement sur le linoléum.

— Ils enferment les gens ici, pour les inciter à mourir plus vite ?

— Assez morbide, hein ? commenta Billy. C'est censé décourager les curieux et éviter qu'ils ne s'aventurent dans les parages.

— Faudrait déjà qu'ils arrivent à passer les gardes, grommela Gary. C'est quoi, cet endroit ?

— Autrefois, c'était l'aile psychiatrique.

— Oui, dis-je. Les fous avaient besoin d'une raison supplémentaire de déprimer.

Billy fit une grimace dans ma direction.

— Ils ont converti les lieux, il y a dix ans environ. La peinture leur a été offerte par une entreprise. Aujourd'hui, les chambres accueillent les célébrités, les criminels et les urgences. L'isolement permet de tenir à distance les chasseurs de faits divers.

— Et les visiteurs, complétai-je. J'aurais perdu tout courage, trois couloirs plus tôt. Que se passe-t-il si tante Sally veut rendre visite à sa star de neveu, malencontreusement blessé sur un tournage ?

— D'abord, on vérifie l'identité de tante Sally, puis un policier l'emmène à travers les couloirs. Comme toi.

Nous pénétrâmes dans un hall. Deux gardes s'approchèrent aussitôt. Etaient-ils toujours sur le qui-vive, ou venaient-ils de dissimuler un jeu de poker ?

— Vous avez donc vérifié mon identité ? s'enquit Gary, d'un air innocent.

Billy ignora la question et s'avança vers les gardes. Gary haussa les épaules.

— Je suppose que ça veut dire non.

Par-dessus son épaule, Billy lui lança un regard noir. Puis il ouvrit la porte et s'effaça pour nous laisser entrer.

Dans mon esprit, j'avais imaginé Mme Potter comme une jeune femme d'une trentaine d'années, pourvue d'une foisonnante chevelure blonde attachée en queue-de-cheval.

Une femme d'une soixantaine d'années reposait dans le lit, un masque à oxygène de travers sur son visage, qu'un infirmier essayait de lui faire remettre, manifestement sans succès.

Ses cheveux étaient parsemés de mèches blanches visiblement naturelles, et non provoquées par un traumatisme quelconque. Elle était grande et musclée, et une étonnante sensation de solidité émanait d'elle.

— Mes poumons, jeune homme, fonctionnent parfaitement bien ! vitupérait-elle. Je n'ai pas besoin de cet attirail ridicule, et ne le porterai pas. Le médecin a pu vérifier que mon cerveau répondait aux paramètres normaux. Si vous insistez, je signerai un papier déchargeant l'hôpital de toute responsabilité, même si mes poumons devaient lâcher, entraînant la mort par suffocation. Mais j'en ai assez de porter ce masque.

— Vous regardez *Star Trek* ? m'enquis-je, surprise.

Mme Potter détourna son attention de l'infirmier qui soupira, de soulagement ou de résignation.

— Effectivement, lança-t-elle sèchement. Comment l'avez-vous deviné ?

Je souris et avançai de quelques pas.

— À cause des « paramètres normaux ». Seule une fan de *Star Trek* emploierait l'expression. Mais... je me présente : Joanne Walker.

Je m'approchai de son lit et tendit la main. Elle avait une poigne vigoureuse.

— Bonsoir, Joanne. Mon nom est Henrietta Potter. A quoi dois-je le plaisir de faire votre connaissance ? Et qui sont ces deux ruffians ?

Des yeux bleus perçants se posèrent sur Billy et Gary.

— Qui est *le* ruffian ? corrigea-t-elle. Je vois que notre détective au nom malheureux est de retour. Vous êtes un enquêteur très poli, jeune homme.

Avec une modestie souriante, Billy s'inclina à demi.

— Je m'efforce de l'être, en tout cas, madame. Voici Gary Muldoon.

Gary recula vers la porte et essaya de se faire tout petit. Pari perdu d'avance.

— Eh bien, Gary Muldoon, j'avoue que je préfère être plus séduisante quand je reçois la visite de gentlemen. Néanmoins, vous pouvez entrer.

Henrietta se tourna de nouveau vers moi.

— Vous alliez m'expliquer la raison de votre présence ici, me rappela-t-elle. Comme c'est la première fois que je vous rencontre, j'en déduis que vous êtes soit impliquée dans l'enquête de police sur les meurtres de ce matin, soit une arnaqueuse espérant soutirer quelques sous à une vieille dame mourante.

Sa voix resta ferme et claire, mais un éclat de

douleur passa dans ses yeux quand elle évoqua la tragédie du lycée.

— Je ne crois pas que vous soyez en train de mourir, proférai-je lentement.

Une détermination sans faille émanait d'elle — un refus de capituler devant les blessures. Cette force était-elle réelle, ou n'était-elle qu'une façade ? Combien devait-elle prendre sur elle-même ?

— Et puis, sans doute êtes-vous d'un certain âge, mais « vieille » ne me paraît pas un qualificatif pertinent, madame Potter. D'autre part, si j'étais une arnaqueuse, je serais en mauvaise posture face à vous.

Elle me gratifia d'un léger sourire.

— C'est donc le terrible drame de ce matin qui vous amène ici. Asseyez-vous, mon enfant, et parlez-moi de vous. Et vous, poursuivit-elle d'un ton impérieux en se tournant vers les trois hommes, allez nous chercher du café.

D'un même mouvement, Billy, Gary et l'infirmier obtempérèrent, et se dirigèrent vers la porte. L'infirmier fut le premier à reprendre ses esprits.

— Madame, vous n'avez pas droit à la caféine pendant au moins quarante-huit…

— Alors, faites-nous un décaféiné, suggéra-t-elle avec un sourire enjôleur.

Les trois hommes se bousculèrent devant la porte et il y eut une courte lutte, avant que l'infirmier ne passe finalement le premier, suivi de Gary et Billy. La porte se referma en claquant.

— Waouh ! dis-je, impressionnée. Comment faites-vous ?

— Oh, quelques années de pratique, voilà tout,

répliqua-t-elle d'un ton modeste. Il m'est arrivé d'avoir six soupirants à la fois. Il fallait que je parvienne à m'arranger avec eux. Bon, que puis-je pour vous, Joanne Walker ?

Je l'étudiai un instant avec curiosité, essayant d'imaginer une jeune femme entourée de six soupirants. A dire vrai, ce n'était pas bien difficile : l'ovale de son visage était resté parfait, avec de hautes pommettes et un menton volontaire. Je réalisai soudain qu'elle ressemblait de manière frappante à…

— Katharine Hepburn, je sais, dit-elle d'un ton patient. Et ne croyez pas, poursuivit-elle tandis que je la regardai, bouche bée, que je lis dans les pensées. Il se trouve simplement que, depuis mes quinze ans, tout le monde prend le même air ou presque avant de me dire ça. Et je jure que je n'ai jamais rencontré Spencer Tracy !

Elle se redressa contre ses oreillers, le visage légèrement contracté par la douleur.

— Bon, alors, dites-moi…, reprit-elle.

Je ne savais par où commencer.

— Une amie à moi a été tuée, la nuit dernière, finis-je par dire.

Etait-ce seulement la nuit dernière ? J'avais l'impression qu'une éternité s'était écoulée. Le visage d'Henrietta s'assombrit.

— Je suis désolée, murmura-t-elle.

— Moi aussi, rétorquai-je.

Je contemplai farouchement mes mains pendant un instant.

— Je… Par le même homme, je crois.

Puis je me tus, incapable de continuer. Henrietta

attendit discrètement que je reprenne la parole. Mais ma gorge était nouée.

— Jeune fille, dit-elle doucement, l'homme qui a assassiné mes élèves est entré dans ma classe sans que personne le voie. Mark est mort avant même de comprendre ce qui lui arrivait. Quelle que soit la façon dont vous cherchez à me présenter les événements, rien ne peut me rendre cette journée plus pénible.

Je levai les yeux.

— Excusez-moi. Il faut que je le retrouve. Je dois l'aider.

Ses sourcils, aussi blancs que ses mèches de cheveux, se levèrent.

— *L'aider ?*

— Il est malade. Très malade.

Le souvenir de ma chute dans les ténèbres me revint à l'esprit. Je me levai pour chasser ces images.

— L'aider, l'arrêter, je pense que c'est tout un… Pourriez-vous me dire tout ce que vous savez de lui ?

— La police a déjà enregistré mes déclarations, répliqua-t-elle avec lassitude en s'adossant à ses oreillers. Vous devez connaître la description physique : grand, brun, yeux verts…

J'acquiesçai de la tête.

— Bon, dit-elle en fermant les yeux. La porte de la classe était fermée. Je ne l'ai pas entendue s'ouvrir. Je ne sais pas comment il est entré. J'étais en train d'écrire au tableau. J'ai cru que le crissement que j'avais entendu venait du feutre. C'était un son aigu, qui hérisse les poils, mais pas spécialement alarmant. Puis les enfants se sont mis à hurler…

Sa voix trembla. Je sentis remuer la boule d'énergie,

au creux de mon sternum, me pressant de venir en aide à Henrietta, de soulager sa peine. Je m'assis de nouveau près d'elle, et lui pris la main.

Le contact ouvrit une porte en moi, par laquelle les souvenirs entrèrent à flots, reléguant la voix d'Henrietta dans le lointain.

— Je me suis retournée.

Oui, elle s'était retournée, pour découvrir l'horreur. Mark, un rouquin passionné de basket et élève paresseux, gisait à terre, la poitrine couverte de sang. Jennifer, à demi étranglée par la main qui la tenait, se démenait en l'air. Puis l'homme l'avait jetée de côté, et son corps avait heurté une chaise. Le sang se répandait lentement sur sa chemise tandis qu'elle se recroquevillait. Les enfants hurlaient, renversant les tables devant eux, dans leur fuite.

Les enfants… Dans l'afflux de souvenirs qui pénétraient ma mémoire, je compris soudain ce qui me gênait : ce n'étaient pas des « enfants », pour moi. Des adolescents, plutôt. Mais Henrietta les voyait autrement. Je vacillai, prise de vertiges. Non tant à cause de la scène qui se déroulait sous mes yeux qu'à cause du bouleversement de mes sensations. Je frissonnai. Mais était-ce moi ou Henrietta qui frissonnait ?

L'homme qui se dressait au milieu des élèves n'était pas de stature particulièrement impressionnante. Mais ses épaules larges, et ses mains couvertes de sang, le rendaient terrifiant.

A une vitesse proprement inhumaine, il se déplaça et attrapa le bras d'un autre garçon.

— Oh non…, gémit Mme Potter. Pas Anthony !

Avait-elle parlé à voix haute ? Ou était-ce seulement sa pensée qui résonnait en moi ?

Brutalement, sauvagement, l'homme plongea son poignard dans le cœur d'Anthony, et le ressortit aussitôt. L'adolescent tomba à terre, heurtant le corps de Jennifer et roulant dans ses cheveux épars.

Cinq secondes, peut-être, s'étaient écoulées depuis le crissement du début. A travers les yeux horrifiés d'Henrietta, j'aperçus, plaquée contre le mur du fond, la jeune fille blonde du théâtre. Les élèves passaient en hurlant devant elle. Les yeux dilatés, la bouche ouverte, elle était incapable d'articuler un son. Un garçon lui prit la main et l'entraîna à terre. Elle disparut dans un nuage de cheveux fins.

Au centre de la salle, le tueur enfla démesurément, comme si sa force et sa présence étaient démultipliées par les vies volées. Soudain, je compris les propos d'Adina sur le sillage de sang et de douleur.

« Mon Dieu, il faut que j'agisse… »

La paralysie quitta mes muscles — les muscles d'Henrietta — et je me jetai de toutes mes forces contre le dos de l'homme. Une seconde trop tard. Il chancela et lâcha l'enfant qu'il venait de tuer. Un cliquetis étrange résonna à travers le hurlement de rage poussé par l'assassin et mes propres hurlements incohérents. Le cliquetis d'une plaque d'identification militaire que portait Adrian, fils unique dont le père était mort à la guerre, quinze ans auparavant.

Je plongeai mes yeux dans ceux du tueur. Sa voix, distordue par la colère, envahit mon esprit.

— Idiote, hurla-t-il. Le cercle est brisé !

Ses yeux verts brillaient d'un feu incandescent,

semblables à ceux de Cernunnos. Un rictus dévoila ses dents, aussi acérées que celles d'un carnassier…

Puis une douleur fulgurante déchira mon ventre. Je hurlai. Et mes souvenirs se détachèrent de ceux d'Henrietta.

« Oh non ! Pas de nouveau… » Ce fut ma dernière pensée consciente.

14.

J'étais entourée de chênes majestueux, si nettement espacés les uns des autres que je me mis à les compter. J'en étais à trente-cinq quand je réalisai que les arbres cachaient peut-être une forêt... Je me secouai et regardai plus attentivement autour de moi.

Entre les chênes, des arbres plus modestes tendaient leur cime étroite vers un ciel couleur d'ardoise. Une bruine fine tombait, à demi filtrée par le feuillage dense. Un tapis de mousse verte ondulait doucement sur le sol. Nuages et mousse se conjuguaient pour étouffer le moindre son, feutrant l'atmopshère. Alors seulement, je me demandai ce que je faisais là.

J'inspectai de nouveau les alentours. Au vu de ma courte expérience, quand je posais ce genre de questions, quelqu'un aussitôt surgissait pour me renseigner.

Personne ne surgit. J'attendis encore une minute.

— J'aimerais bien rentrer à la maison, lançai-je, pleine d'espoir.

Une bourrasque ébouriffa mes cheveux. Mais ce n'était pas précisément la réponse que j'attendais. Avec un soupir, j'enfonçai mes mains dans mes poches et me mis à marcher. C'était la première fois que je me promenais dans les bois depuis que j'avais quitté la Caroline du Nord. Je fus surprise de constater à quel point le bruit du vent et de la pluie sur les feuilles me manquait. En dix ans, pas une seule fois je n'y avais pensé.

Mais il y avait tant de choses auxquelles je n'avais pas pensé depuis dix ans... J'étais sûre qu'elles me reviendraient bientôt. Chassant cette idée de mon esprit, je continuai à marcher.

Un cerf émergea devant moi, si paisible que je crus, un instant, qu'il allait se mettre à parler. Il me fixa longuement avant de détourner subitement la tête et de bondir en avant, disparaissant aussi silencieusement qu'il était apparu. Je grimaçai.

Une branche craqua près de moi. Je tournai la tête.

Un monstre, deux fois large comme moi et qui m'arrivait à la taille, sortit des fourrés, labourant furieusement le sol. De féroces yeux noirs, en boutons de bottine, se posèrent sur moi. Baissant la tête, il chargea dans ma direction. J'allais finir empalée au bout de défenses en ivoire.

Poussant un hurlement, je me jetai sur le côté. Je venais de comprendre pourquoi la chasse aux sangliers était considérée comme dangereuse. Le monstre dévia une nouvelle fois sa course, manquant de me piétiner et de m'encorner. Et il disparut dans les bois aussi silencieusement que le cerf.

Je me redressai sur mes coudes en haletant.

Un cheval, soudain, bondit au-dessus de ma tête et je me roulai en boule en hurlant de nouveau. Contre ma joue, je sentais le sol vibrer sous le heurt de multiples sabots. Des voix d'hommes, rudes et joyeuses, dominèrent le grondement de la calvacade. Je levai prudemment la tête. Six cavaliers au visage animé dessinaient un demi-cercle autour de moi, chacun me faisant face. Je me figeai. Ils allaient et venaient, changeant régulièrement de place sans que je parvienne à comprendre le motif de ces déplacements.

Ce que je compris, en revanche, c'est que personne ne paraissait faire attention à moi. Laissant échapper un soupir de soulagement, je me dépliai.

— Tenez-vous prêt, seigneur, lança un homme. Le sanglier arrive.

Je bondis sur mes pieds et fonçai me mettre à l'abri d'un arbre, au moment même où la bête sortait des fourrés, poursuivie par une demi-douzaine d'hommes surexcités. A sa place, j'aurais été terrifiée. Le sanglier avait un regard furieux, comme s'il savait qu'il allait mourir, et qu'il ne périrait pas sans emporter avec lui, dans l'autre monde, quelques-uns de ces hommes vêtus de vert. Poussant l'hallali, les hommes en question donnèrent l'assaut final. Les lances jaillirent, les chevaux bondirent. Le sanglier plongea sous l'un des chevaux et l'éventra d'un coup de ses défenses. Bête et cavalier tombèrent ensemble.

Un chasseur sauta près de son compagnon qui gisait à terre. Lançant une sorte de couinement strident, le monstre se retourna vers lui, zébrant son estomac d'une longue entaille sanglante.

La forêt, soudain, s'estompa autour de moi. Des arbres plus jeunes remplacèrent les chênes. L'homme qui avait volé au secours de son compagnon était à cheval, une corde autour du cou.

— Est-ce ainsi que vous me remerciez de vous

avoir sauvé la vie, seigneur ? demanda-t-il avec amertume.

Quelqu'un frappa l'arrière-train du cheval, qui s'élança brusquement en avant.

— Aimez-vous les pendaisons, gente dame ?

Je ne tressaillis pas. Non, je bondis littéralement. L'homme pendu se tenait à mon côté et regardait en souriant son propre corps, qui se balançait doucement au bout de la corde.

— Non, répondis-je, partagée entre la fascination et l'horreur. Que s'est-il passé ? Qui êtes-vous ?

— C'était il y a six cents ans, répondit l'homme.

Ses yeux étaient verts. Sur ses larges épaules, de longs cheveux bruns flottaient librement. Le mal émanait irrésistiblement de lui. Je frissonnai.

— On m'appelle Herne. Herne le Chasseur. L'homme que j'ai sauvé pendant la chasse est mon seigneur et roi, Richard. Marchons, voulez-vous ? me proposa-t-il en arrondissant le bras avec élégance.

Malgré moi, je glissai le mien dessous. A son contact, je tressaillis de nouveau et tentai de me libérer. Un mince sourire étira les lèvres de Herne.

— Vous êtes ici dans mon jardin, poursuivit-il. Par ma volonté, non par la vôtre. Par conséquent, vous m'accompagnerez.

Et je l'accompagnai. Nous nous éloignâmes du corps qui pendait, inerte — son propre corps. La forêt disparut, laissant place à des champs d'herbe soyeuse parmi lesquels serpentait un sentier. Ma peau était moite et picotait désagréablement au contact de la sienne. Mais il m'était impossible de me détacher.

— Qu'est-ce que je fais-je ici ? Que voulez-vous de moi ?

Un rictus tordit sa bouche.

— Vous êtes un obstacle. Un obstacle dont j'ai l'intention de me débarrasser maintenant, et pour toujours. Ici, où mon pouvoir est absolu.

— Ici…

Je frissonnai de nouveau.

— Dans votre jardin… Ce doit être l'Angleterre, mais où… ?

— Nous sommes sur mes terres.

— Il vous a pendu sur vos propres terres ?

Herne me dévisagea.

— Oui, gente dame. Telle est la magnanimité du prince.

— Et comment vous êtes-vous retrouvé à Seattle ?

Question parfaitement idiote, mais je voulais qu'il continue à parler. Le temps que se précise l'idée qui venait de germer dans mon esprit.

— J'ai navigué sur un voilier, puis j'ai marché vers l'ouest, pendant de nombreuses années. A pied.

— Quand avez-vous quitté l'Angleterre ?

Il haussa les épaules.

— Il y a deux siècles, peut-être. Je n'ai pas compté les années. Je dois rentrer.

Un éclat vert sombre passa dans ses yeux.

— Je ne veux pas laisser mes terres sans protection.

— Comment… ?

Je me tus. Le sentier que nous suivions s'était brusquement interrompu, pour reprendre quelques pas plus loin. Il y avait un accroc dans le jardin de

Herne. Le chemin se reconstitua progressivement sous nos pas. Je fronçai les sourcils et rassemblai ma volonté pour la propulser en avant sur le sentier. La boule d'énergie au creux de mon sternum frémit et se répandit doucement dans mes veines.

— Comment se fait-il que vous soyez toujours en vie ? demandai-je.

La déception se peignit visiblement sur le visage de Herne.

— Ne devinez-vous pas ? Ah, vous ne voyez en moi que l'homme ordinaire. Regardez…

Il lâcha mon bras, fit deux pas en avant et se tourna vers moi, avec une certaine solennité. Sous la pression de ma volonté, le sentier disparut de nouveau sous ses pieds. Je retins un sourire, puis fronçai les sourcils. Qu'étais-je censée remarquer ?

Peu à peu, je notai de subtils changements dans la physionomie de Herne. Tout, en lui, semblait s'être légèrement allongé : ses pommettes étaient plus fines, son menton plus étroit. Ses yeux verts s'étaient imperceptiblement étirés et des sortes de cornes étaient apparues le long des tempes. Une impression de transparence émanait de lui. Sa peau paraissait translucide. Il esquissa un sourire et je m'avançai, fascinée.

— Mon Dieu…, murmurai-je. Vous êtes son fils. Le fils de Cernunnos.

— Un dieu auquel vous ne croyez pas, mais qui n'en est pas moins un dieu. Vous comprenez maintenant pourquoi vous devez mourir.

A vrai dire, je ne comprenais pas.

— Attendez ! lançai-je. Ne devriez-vous pas parler français ?

Là, je battais tous les records en matière de questions stupides. Même par ruse, je ne pouvais trouver plus stupide. Pourtant, la manœuvre réussit. Herne me dévisagea, stupéfait.

Frénétiquement, je cherchai des yeux l'accroc que j'avais aperçu dans son jardin et qui m'avait permis de redonner forme au sentier. Le fils de Cernunnos avait dit quelque chose… quelque chose d'important. Si seulement je savais quoi en faire !

— Je suis un propriétaire terrien, pas un gentilhomme. L'anglais est ma langue natale. Et puis, en quelque six cents ans, *gwyld*, n'aurais-je pas eu le temps d'apprendre toutes les langues que je voulais ?

— Oui…, répondis-je en jouant l'embarras. C'était une question absurde.

— Effectivement, rétorqua Herne.

Ce fut alors que sa volonté déferla sur moi comme le tonnerre, m'enveloppant, me métamorphosant. Mes bras et mes jambes raccourcirent, et je tombai à quatre pattes. Mon corps épaissit et se couvrit de poils rêches. Prise de panique, je balançai ma tête de droite et de gauche. Elle était si lourde, et ma nuque si raide ! Ma vision se brouilla. Mue par un instinct inconnu, je chargeai. Herne éclata de rire et fit un saut de côté.

Je me mis à courir, et courir, à travers les champs, à travers la forêt. Derrière moi, les hurlements de joie des cavaliers se rapprochaient dangereusement. Je poussai un cri de rage et de douleur, et fonçai.

Je débouchai dans une clairière. Des hommes à cheval me faisaient face. L'un d'eux s'approcha, et je reconnus avec angoisse la scène qui s'était produite quelques instants plus tôt. C'était la Chasse de Richard. Celle qui avait coûté la vie à Herne.

Sauf que, cette fois, j'étais le sanglier.

Brusquement, ma vision redevint nette. J'aperçus le sourire narquois de Herne. Alors, je repris ma fuite désespérée, cependant qu'un plan se formait dans mon esprit. Je pouvais faire tomber le roi en blessant son cheval. Je donnai un coup de défense. Herne sauta à bas de sa monture et vola au secours du roi. Je me retournai vers lui et entaillai son ventre. Vu de loin, quand je me tenais sous les arbres, c'était bien plus impressionnant.

Rapide comme l'éclair, Herne plongea un couteau dans mes côtes. Je hurlai de douleur. Une lueur de triomphe passa dans ses yeux. Roulant sur le sol, il se remit debout et tira son épée du fourreau.

Je chancelai et soufflai bruyamment. Le sol se déroba sous mes pattes et je tombai sur Richard, qui grogna. J'eus l'absurde envie de m'excuser. Mais il n'était plus temps. Herne levait son épée au-dessus de moi.

Je fermai les yeux. Et je choisis.

Je choisis d'être là, dans ce jardin. Par ma volonté, non plus par la sienne. C'était ce qu'il avait dit — la porte étroite qui allait me permettre de sortir. La forme dans laquelle il me tenait enfermée se dissipa et je basculai sur le côté en haletant.

L'épée de Herne vint se ficher à l'endroit où je me trouvais une seconde auparavant, frappant Richard en plein cœur.

— Désolée, murmurai-je en grimaçant de douleur.

Le sang coulait à flots de la plaie ouverte par le couteau de Herne, et se mêlait à celui du roi. Nous

nous regardâmes un instant en silence, avant qu'un cri de rage ne déchire l'air. Je levai péniblement la tête et cherchai les yeux de Herne.

— Non, siffla-t-il, non ! Ce n'est pas possible. Dans mon jardin, sous mon pouvoir…

Pressant deux mains sur la blessure, je tentai de me redresser. La douleur était si violente que je dus rester légèrement voûtée pour pouvoir respirer. Je plantai mes yeux dans les siens.

— Votre… volonté, soufflai-je. Je ne suis pas là… par votre volonté… Choisi… d'être ici…

Je haletais. Les vagues de souffrance me submergeaient, m'empêchant de parler.

— Choisi… d'être ici.

J'hésitai. Je ne savais pas si cela marcherait.

— De partir maintenant…

Et je m'effondrai sur le corps figé de Richard, roi d'Angleterre. Le hurlement de fureur de Herne résonna longuement en moi.

Quand je rouvris les yeux, j'étais à genoux dans mon jardin, un bras tendu sur le sol, l'autre replié contre mon ventre.

— C'est un peu plus compliqué, cette fois-ci, murmura Coyote. Les sentez-vous ?

Je levai la tête. Des gouttes de sueur coulaient dans mes yeux. Je ne sentais rien. Rien que le feu blanc dans mes entrailles. Et le sang qui s'épanchait entre mes doigts.

— Essayez encore, dit Coyote d'un ton encourageant.

Allongé sur le ventre, le museau sur ses deux pattes antérieures, il me fixait attentivement de ses yeux mordorés. Je gémis sans retenue. Puis je tâchai de reprendre mon souffle. Sous la douleur, je perçus une sorte d'amusement, mêlé de patience et d'inquiétude.

— Plus loin, lança Coyote. Au-delà de moi.

Je grognai et crispai mes doigts sur l'herbe comme pour m'aider à avancer mentalement. A dépasser Coyote. Pendant un instant, il n'y eut que des bribes de sensations. Puis le sentiment d'une présence qui attendait se précisa. C'était la présence de mon rêve. Je cherchai à me rapprocher. Le museau froid de Coyote effleura ma main.

— Plus loin encore, chuchota-t-il.

J'inspirai profondément et avançai de nouveau. Un vertige me saisit et, l'espace de quelques secondes, je ne sentis plus rien que la pulsation fulgurante de la douleur.

La nausée monta en moi, mais j'étais trop épuisée pour y faire même attention. Dans un ultime effort, je m'élançai par-delà Coyote, par-delà la présence. Alors, je vis. Deux lignes argentées qui déroulaient leur fil mince, nouées l'une à l'autre, coulant en moi. Agitées de soubresauts désordonnés, aussi erratiques que mon pouls, elles s'étiraient sans fin. L'une s'éloignait de moi, disparaissant dans les ténèbres. L'autre se rapprochait, et j'eus la sensation que si je tendais le bras, je pourrais toucher le corps auquel elle était rattachée.

— C'est en vous qu'elles sont nouées, dit Coyote d'une voix presque inaudible, comme s'il craignait de rompre le contact avec les lignes. Les voyez-vous ?

— Mémoire..., murmurai-je. D'Henrietta. Mémoire... de Herne. Volonté. Liées... liées à moi. Vie... vie de Richard.

Et je compris. La boule d'énergie au creux de mon sternum bouillonna, envoyant de la force dans mes veines.

— Encore… encore de la mécanique, marmonnai-je, avant de commencer à soigner Henrietta et le roi.

Puis je sombrai dans un tunnel de six siècles.

J'ouvris les yeux et me redressai en sursaut sur la chaise.

— Vous les avez sauvés, lançai-je.

Henrietta Potter me dévisagea.

— Anthony et Mark. Jennifer et Adrian. Vous avez brisé le cercle de Herne. Vous avez sauvé leurs âmes. Il n'a pas pu les prendre. Vous leur avez donné une autre chance.

Mon corps tout entier était douloureux. J'étais épuisée au-delà de toute limite. Mes pensées étaient lentes, épaisses. J'éprouvai le besoin de m'asseoir dans un coin et de réfléchir calmement. A ce qui était arrivé. A ce que cela signifiait. Je me mis debout en chancelant et me dirigeai vers la porte.

Dans le couloir, je heurtai Gary qui arrivait en sens inverse, deux tasses de café à la main. Les deux tasses tombèrent, il jura et me rattrapa par les épaules au moment où mes genoux fléchissaient, m'empêchant de suivre le même mouvement que le café.

— Bon sang, que vous est-il arrivé ? On dirait que vous venez de croiser un fantôme !

— Mauvaise journée au bureau.

Je gloussai. Gary échangea un regard avec Billy qui venait d'arriver. Billy pénétra dans la chambre d'Henrietta.

— Bon, marmonnai-je en direction de Gary. Il est temps de rentrer à la maison. Je suis… fatiguée.

— Vous alliez bien, il y a deux minutes, jeune fille.

Je lui souris et lui tapotai la joue.

— Oh, mais c'est qu'il s'inquiète…

Mes genoux se dérobèrent une seconde fois et je m'affalai sur le sol comme une poupée de chiffon. Dans la mare de café, où je trempai mes doigts.

Je tendis les bras et Gary me remit sur mes pieds. A cet instant, Billy s'approcha, le visage décomposé.

— Qu'est-ce que tu as fait, bon sang ?

Je le regardai sans comprendre.

— Ne me dis pas qu'elle est morte…

— Pas vraiment, répliqua une voix claire.

Henrietta apparut derrière l'épaule de Billy, qui se décala pour la laisser passer. Elle était incroyablement digne dans sa blouse d'hôpital, les pieds nus.

— Vous devriez être dans votre lit, dit Gary sévèrement, tout en passant une main solide autour de ma taille.

— Je vais m'occuper des formalités de sortie dès que j'aurai trouvé des vêtements décents, annonça calmement Henrietta.

— Vous pouvez emprunter les miens, rétorquai-je d'une voix un peu trop forte. Ils sentent le café, maintenant.

Je la contemplai à travers une brume de fatigue. Si Gary ne m'avait pas tenue, je me serais effondrée illico pour dormir d'affilée pendant deux semaines. Mais il fallait d'abord que je réfléchisse. J'acquiesçai plusieurs fois énergiquement, puis ma tête continua toute seule.

Mme Potter me regarda, amusée.

— Je sais que je suis grande pour ma génération, mademoiselle Walker, mais je risque de trébucher sur vos manches.

Etonnée, je cessai d'opiner mécaniquement.

— Mais elles sont courtes !

Henrietta sourit.

— Effectivement.

— Qu'as-tu fait ? demanda de nouveau Billy.

J'agitai une main dans sa direction.

— Juste un petit tour dans les limbes… Pas un gros. Un petit trou dans le ventre au passage… Pour tuer un roi. Oui ! Pour tuer un roi !

Je poussai une sorte de hennissement.

— Pas drôle, ça ?

— Détective Holliday, dit Gary d'un ton impérieux, Jo a besoin d'aller dormir.

— Oooooh, bonne idée, ça !

J'oscillai vers l'avant, puis fronçai les sourcils et hochai la tête à grands mouvements, de droite et de gauche.

Et, de nouveau, je me mis à acquiescer vigoureusement. Je perdis l'équilibre. Gary renforça son étreinte. Je gloussai et lui tapotai l'épaule.

Voilà qui devenait embarrassant. Je le repoussai et m'aventurai avec précaution dans le grand hall vide. Au bout de quelques pas, je basculai sur le côté et mon épaule heurta le mur. Je réalisai que c'était très pratique pour marcher en ligne droite. M'appuyant plus confortablement sur le mur, je me concentrai sur mes pas. Gauche. Droite. Gauche. Pas difficile du tout. Il suffisait que je garde les yeux fixés sur mes pieds. Très fière de moi, je me permis une petite accélération.

— Joanie…

La voix de Billy se répercuta sur les murs gris. Au même instant, une autre paire de chaussures fit irruption dans mon champ de vision. Je n'allais pourtant pas à une vitesse bouleversante, mais je fus incapable de m'arrêter. De la tête, je heurtai la poitrine qui appartenait aux chaussures.

Lentement, je relevai le nez. Qui se trouva face à celui du commissaire supérieur Michael Morrison.

15.

Morrison était si proche que j'aurais pu l'embrasser. Ses yeux étaient cernés, et des fils argentés couraient dans ses cheveux — ce que je n'avais jamais remarqué jusque-là. Nous nous regardâmes, en louchant presque. Puis il prit une longue et profonde inspiration, préambule menaçant à la tirade qui allait suivre. Je posai une main sur sa bouche. Ses sourcils se levèrent.

— Chhh…, murmurai-je. Il y a beaucoup de gens malades, ici. Hurler ferait très, très mauvais effet, et vous ne voudriez causer la mort de personne, n'est-ce pas ?

— Perdez-vous la boule ? lança Morrison, d'une voix aussi contenue que vibrante de colère.

Je me balançai sur mes talons, perdis l'équilibre et fis un pas pour me rattraper. La main de Morrison se referma sur mon bras, me ramenant à la verticale. J'étais trop saisie pour articuler un mot.

A dire vrai, il n'attendait pas de réponse.

— Qu'est-ce que vous foutez là ? chuchota-t-il férocement. J'ai eu un rêve, ajouta-t-il, au moment où j'ouvrais la bouche pour répliquer. Le rêve qu'un jour, je me lèverais et que ce fichu monde serait devenu raisonnable. Comme je suis un homme doué de sens pratique, je sais que rien de tel ne se produira jamais.

Le volume sonore augmentait dangereusement.

— En revanche, ce que je pouvais raisonnablement attendre, c'était de rendre visite à un témoin clé dans une affaire de meurtres, sans tomber précisément sur la mécanicienne que j'avais suspendue la veille, vadrouillant dans un hôpital gardé par la police !

Je tendis une main tâtonnante, trouvai le mur et m'y adossai en attendant que l'orage ait fini de déferler. Après avoir tourné ma langue trente fois dans ma bouche, j'articulai prudemment :

— Je pensais pouvoir vous aider.

Ma voix était épaisse et confuse, comme si j'avais du coton dans la bouche.

— Aider ? Mais vous ne savez même pas ce qu'« aider » veut dire, dans une enquête !

Je me laissai aller contre le mur et fermai les yeux. S'il avait opté pour un niveau sonore constant, j'aurais pu m'endormir, là, debout, mais les fluctuations de ton me forçaient à écouter.

— De plus, Walker, je ne veux pas de l'aide d'un suspect. Si vous détenez des informations susceptibles d'aider la police, faites une déclaration au commissariat. C'est la procédure, et vous le savez. Il n'y a rien que vous ne fassiez que nous ne puissions faire, nous.

— Je ne crois pas.

J'ouvris les yeux et découvris le visage calme de Mme Potter, debout près de Morrison.

— Merci, madame, reprit le chef, mais je n'ai pas besoin de votre avis pour le…

Il se tourna brusquement vers elle, abasourdi.

— Vous ? Mais… vous devriez être dans votre lit. Que faites-vous là, debout ?

— Comme je vous le disais, reprit Henrietta paisiblement, je crois que Mlle Walker a des capacités que vous n'avez pas.

Les heures suivantes furent quelque peu nébuleuses, pour moi. Des tas de gens me posèrent des questions, dans l'ordre, puis dans le désordre et, parfois, plusieurs en même temps. Je me souviens d'avoir levé la tête, étonnée de ne découvrir aucune ampoule blanche et nue suspendue au-dessus de moi. Je ne pensais qu'à une chose : partir. Pour réfléchir. Il était impossible de penser dans ce vacarme, ce va-et-vient, au milieu des questions en rafale. Il fallait que je dorme, et alors le monde reprendrait son allure normale.

Mais je dus subir le regard inquisiteur de Morrison, et des médecins qui voulaient absolument savoir comment j'avais fait. Je crois que je me suis mise à hurler :

— Je ne suis pas une sorcière ! Je ne parle pas à Dieu ! Je suis mécanicienne et son satané moteur était cassé !

Après quoi, ce fut le grand calme. Tous se retirèrent. Je m'attendis à voir débarquer de charmants jeunes hommes sanglés dans des blouses blanches. Mais ils ne débarquèrent pas et je ne résistai pas à la tentation de m'allonger sur le lit de Mme Potter, resté vide. Les charmants jeunes hommes n'auraient qu'à me réveiller.

— Debout, jeune fille, murmura une voix familière. Jo ?

— « Dame Jo », grommelai-je dans l'oreiller. « Gente dame »... comme disent les chevaliers.

Gary cessa de me secouer doucement l'épaule.

— Vous lisez des romans de chevalerie ?

— Allez-vous-en.

— Impossible. Les infos de 10 heures viennent de passer. Faudrait lever le camp avant que votre chef revienne.

J'essayai courageusement de soulever une paupière. Rien à faire. Les lentilles collaient de nouveau.

— Quoi ? demandai-je vaguement.

— On ne parle que de vous. Allez, venez..., insista Gary.

— Dieu du ciel..., soupirai-je.

Et j'enfouis illico mon visage dans l'oreiller.

— Je m'en fiche. Qu'il me tue s'il veut, mais qu'il me laisse dormir avant, rétorquai-je d'une voix étouffée.

— Vous avez dormi cinq heures, lança Gary sans aménité. Et vous n'avez plus qu'une journée pour résoudre l'affaire.

Je me détournai à regret de l'oreiller, et parvins à décoller une paupière. Qui se referma aussitôt, d'autorité.

— Que me chantez-vous ?

— La plupart des meurtres qui n'ont pas été élucidés dans les quarante-huit heures restent impunis, affirma Gary avec assurance.

— Le cas des serial killers est différent. Laissez-m...

Une pensée alarmante me traversa l'esprit. J'ouvris des yeux ronds.

— Quel jour sommes-nous ?

— Le 5 janvier.

Je basculai sur le dos.

— Le 6, c'est demain…

— Ça, c'est une déduction brillante, dit Gary avec conviction.

— Son pouvoir sera au plus haut, la nuit prochaine.

— Le pouvoir de qui ?

— De Cernunnos. Le jour de l'Epiphanie. C'est ce que disait Marie. Puis son pouvoir s'affaiblit de nouveau jusqu'au solstice d'été, et il est banni… euh…

— Là où sont habituellement bannis les dieux celtes, proposa aimablement Gary.

— Jusqu'à Sam… euh… jusqu'à Halloween.

— Samhain. « Sow-ehn ».

Je le regardai, éberluée.

— Comment connaissez-vous la prononciation ?

— Vous savez, je suis un vieux singe… Bon, c'est quoi le problème ? Demain, vous prenez l'avantage, et le tour est joué.

— Oui, si je réussis à survivre.

Je sentis une vague de nausée monter en moi. C'était une perspective tout à fait réaliste, au vu des expériences précédentes qui avaient bien failli se montrer concluantes.

— Venez, reprit Gary avec insistance. Vous ne survivrez pas ce soir, si vous croisez votre ami le commissaire.

Je grognai et roulai à bas du lit.

— Voilà une perspective rassurante.

— Je m'efforce toujours d'être rassurant, rétorqua Gary d'un ton modeste.

Je gloussai. Dans l'état de fatigue où je me trouvais, un nombre inquiétant de choses me paraissaient drôles. Je me demandai si j'arriverais à dormir assez pour recouvrer, un jour, un semblant de sérieux.

— Allons-y. De toute façon, je n'ai rien dit de compromettant à cette journaliste. Pourquoi me tuerait-il ?

Je décidai d'ignorer le miroir au-dessus du lit et me dirigeai vers la porte. Je l'ouvris pour me heurter à Morrison. Cette fois, je parvins à reculer d'un pas.

— Il faudrait qu'on cesse de se rencontrer comme ça…, grognai-je au mur impassible qui se dressait devant moi.

— Vous êtes en état d'arrestation, lança-t-il en avançant d'un pas.

De nouveau, nous fûmes nez à nez. Autre conversation intime en vue. Je baissai les yeux et penchai légèrement la tête sur le côté.

Les semelles de ses chaussures étaient aussi épaisses que les miennes. Pour un peu, j'aurais pensé qu'il l'avait fait exprès.

— Pour quel motif ?

Je sentis Gary se rapprocher de moi, ce qui me réconforta. Morrison paraissait l'ignorer.

— Pour entrave à enquête.

— Moi, j'ai entravé… ?

— Vous m'avez fait perdre mon temps, et celui d'un de mes officiers pendant sept bonnes heures, en nous coinçant ici, à l'hôpital.

Je haussai les sourcils.

— J'ai dormi pendant cinq heures. Alors comment aurais-je pu vous coincer ici ? Bon sang, Morrison, vous ignoriez ma présence quand vous êtes arrivé ! Ce n'est pas ma faute si vous êtes encore là !

— Vous avez influencé le principal témoin de l'affaire, Walker.

— Influencé ?

Je le dévisageai fixement.

— D'ailleurs, comment va-t-elle ?

— Elle n'a plus aucune cicatrice. Que lui avez-vous fait ?

— Je l'ai soignée, et aussi Richard II d'Angleterre, grâce au lien psychique que j'ai établi avec un demi-dieu celte sorti tout droit du récit que m'a fait Henrietta Potter, expliquai-je avec désinvolture, parfaitement consciente qu'il ne me croirait pas, même si c'était la pure vérité.

Je vis son poing se contracter, puis se détendre. J'en venais presque à souhaiter qu'il me frappe.

— Je vous ai toujours appréciée, Walker, lança-t-il à brûle-pourpoint.

Ma mâchoire se décrocha.

— Faux, rétorquai-je.

— Faux, admit-il avec un petit rire. Néanmoins, vous sembliez avoir la tête sur les épaules. Aucun tact, mais une tête. Voilà que vous parlez comme Holliday, maintenant. Que s'est-il passé ?

Subitement, j'eus l'impression d'avoir cent ans.

— J'aimerais bien en discuter avec vous autour d'une tasse de café, mais vous ne me croiriez pas. Je viens de passer deux journées éprouvantes. Et je pense qu'un événement terrible aura lieu demain soir. Il faut que je l'empêche.

— Ce n'est pas…

— … mon boulot, achevai-je avec lassitude. Je

sais. C'est le vôtre. Simplement, je crois que vous n'en avez pas les moyens. Je ne sais pas si moi, je les ai, mais en tout cas, ils me parlent.

— « Ils » ?

— Les dieux celtiques, répondis-je. Les morts… Bon sang ! jurai-je entre mes dents. Je ne l'ai pas cherché !

— Et que cherchez-vous ?

— A vivre une journée de plus, c'est tout. Je ne pensais pas que ce serait si compliqué.

Je fermai les yeux et me pinçai l'arête du nez. Ce qui eut pour effet de faire larmoyer mes yeux, et de décoller enfin mes lentilles.

— Bon, vous m'arrêtez, ou je peux rentrer chez moi ?

— Vous rentreriez vraiment chez vous ? demanda-t-il avec hargne.

— Oui, promis-je.

— Et vous n'en bougerez plus ?

— Pour qui vous prenez-vous ? Pour ma mère ? Je vais vous dire, Morrison… Je resterai chez moi jusqu'à la fin de mes jours si vous m'envoyez chaque mois un chèque pour vivre.

J'avançai d'un pas. A ma grande surprise, il s'écarta pour me laisser passer. Waouh ! Je m'impressionnai moi-même.

— Je rentre, Morrison, ajoutai-je. Bonne nuit.

Et je sortis, Gary sur les talons, tel un ange gardien. J'étais parvenue au milieu du hall, quand la voix du boss retentit.

— Walker…

A regret, je me tournai.

— Walker, restez chez vous. Ce type est dangereux.

— Arrêtez, Morrison, vous allez me faire pleurer. Bonne nuit.

Les portes vitrées se refermèrent bruyamment.

— Il vous aime bien, observa Gary.

Je haussai les épaules.

— Il m'aimerait bien si je disparaissais définitivement de son champ de vision. Ça lui serait plus facile de me tolérer.

— Vraiment, il vous aime bien, répéta Gary avec obstination. Mais vous lui faites peur.

Il s'effaça pour m'ouvrir une autre porte. Je le dévisageai en passant.

— Peur ? Pourquoi aurait-il peur de moi ? Je n'ai rien d'effrayant. Je ne vous fais pas peur, à vous.

Gary esquissa une moue. Je m'arrêtai et le regardai, bras croisés.

— Vous avez accompli des choses effrayantes, depuis que je vous ai rencontrée, finit-il par lâcher.

Je poussai un grognement.

— Hmm… Disons que j'ai commencé à fréquenter les morts-vivants *après* vous avoir rencontré. Il faut croire que vous avez cet effet-là sur les gens. Et puis, Morrison n'a pas peur de moi. Il me hait depuis la nuit des temps.

Et je repris ma marche, d'un air maussade.

— Où êtes-vous garé ?

— Parking des visiteurs. On ferait mieux de sortir par le hall principal. Vous n'avez pas besoin de bouder, Jo. Les gens effrayants trouvent assez facilement du boulot. Service de sécurité, par exemple.

— Les gardes du corps ressemblent à des lutteurs

professionnels. Osez dire que je ressemble à un lutteur professionnel !

Je le défiai du regard. Gary leva les mains en signe de reddition et, sagement, ne pipa mot. Je hochai la tête d'un air satisfait.

— Bien. Puis-je rentrer chez moi, maintenant ?

Non seulement Gary me ramena jusqu'à ma voiture, mais il m'accompagna jusque chez moi. Etait-il mère poule de nature ? Ou était-ce un de ces chiens perdus qui se collent à vous et ne vous lâchent plus ? Je préparai du café, et m'installai devant l'ordinateur. J'avais deux messages, l'un émanant d'une association politique à laquelle j'appartenais, l'autre de Kevin Sadler. Je l'ouvris.

« Je suis heureux de vous avoir rencontrée. Adina aurait aimé que je vous vienne en aide. Si vous éprouvez le besoin de discuter, n'hésitez pas à m'appeler. »

— Il vous aime bien, commenta Gary avec satisfaction.

— Oh, je vous en prie… Sa femme vient d'être assassinée. Il n'a certainement pas envie de badiner. Et puis, cessez de jeter dans mes bras chaque homme que je croise, nom d'un chien !

— Vraiment ?

— Vraiment, rétorquai-je avec fermeté.

Je tapai ma réponse.

« Cher Kevin, je vous remercie de votre offre. Pourrions-nous déjeuner ensemble ? Demain, par exemple ? Joanne. »

— Et moi, alors ? Vous me jetez à la poubelle ?

Je lui lançai un regard réprobateur. Puis je tapotai nerveusement sur la table en attendant la réponse de Kevin.

— Il est 23 heures, observa Gary. A cette heure-ci, il est probablement couché.

Je haussai les épaules et réprimai un bâillement. Mes yeux larmoyèrent et je me souvins que je devais enlever mes lentilles. Je filai à la salle de bains.

— J'ai horreur de voir flou, annonçai-je en revenant avec une paire de lunettes sur le nez.

— Au moins, vous avez eu le temps de vous y habituer, lança Gary. Moi, j'avais dix sur dix, et un beau jour, je me suis aperçu que je ne pouvais plus lire : mes bras étaient devenus trop courts.

— Arrêtez d'écrire sur vos bras, et tout ira bien, rétorquai-je aimablement. Et puis, vous avez lu mes magazines sans problème, et l'écran d'ordinateur ne vous a pas rebuté.

— Il faut un peu de temps avant que le mal de crâne s'installe, grommela-t-il. Depuis quand portez-vous des lunettes ?

— Depuis l'âge de neuf ans. Le plus drôle, c'est que je croyais que c'était une tare affreuse de ne pas voir, et j'ai pensé qu'on rirait de moi quand je débarquerais à l'école avec des lunettes. Eh bien personne n'a rien remarqué ! Depuis ce jour, j'ai cessé d'avoir peur qu'on se moque de moi. C'est bien moins catastrophique que de passer inaperçue.

— Les gosses sont égocentriques.

— Les *êtres humains* sont égocentriques, rectifiai-je. Ne laissez pas tout le bénéfice aux mômes.

— Comment se fait-il que vous soyez devenue cynique si tôt ?

Je plissai le nez.

— Un de ces jours, je vous présenterai à mon père.

— Pourquoi pas ? répliqua Gary d'une voix neutre.

Je l'observai plus attentivement. L'avais-je vexé ? Son visage resta impassible.

— Bon, dis-je finalement, ne commencez-vous pas votre boulot à 5 heures, demain matin ?

Gary consulta sa montre.

— 6 heures et demie. Ça ira.

— Qu'est-ce qui vous fait croire que je m'inquiète pour vous ? rétorquai-je avec une moue. C'est pour vos clients que je me fais du souci. Vous conduisez de manière terrifiante, quand vous êtes réveillé.

— Vous êtes vivante, non ?

— Pas grâce à vous, en tout cas ! repartis-je gaiement.

Gary se mit à rire.

— Je ne vous ai pas poignardée, moi, souligna-t-il.

— Oh, des détails, tout ça… D'ailleurs, où est l'épée ?

— Chez moi. Je ne pouvais décemment pas la garder dans le coffre de mon taxi. Vous la voulez ?

Je me mordillai la lèvre.

— Mmm… Pouvez-vous l'apporter demain ?

— Avant ou après le boulot ?

Je remordillai ma lèvre.

— Mmm… Avant.

— Bien, dit-il en se levant. Je serai là à 5 heures et quart.

— Ooh… J'essaierai d'être debout.

— Vous êtes jeune. Vous pouvez survivre à quelques nuits blanches.

— Facile à dire. Vous n'avez pas reçu deux blessures mortelles en deux jours, vous.

Les sourcils broussailleux de Gary se levèrent.

— Deux ?

J'acquiesçai en massant machinalement mon ventre.

— La seconde fois, c'était à l'hôpital. Disons que ce n'est pas arrivé sur ce plan-là de la réalité.

Je tiquai en prononçant ces mots. Gary ne rabaissa pas ses sourcils, mais ne prononça aucune des paroles sarcastiques que Morrison n'aurait pas manqué de me lancer à la figure.

— Je me suis retrouvée mêlée à la vie de différentes personnes que j'ai dû soigner, marmonnai-je. Si je n'y étais pas parvenue, vous m'auriez retrouvée morte en revenant avec vos cafés.

— Richard II, dit Gary de sa voix neutre.

— Oui ! lançai-je en me renfrognant. Il a mis à mort Herne le Chasseur.

— Herne le Chasseur…

J'opinai de la tête.

— Celui que mentionnait l'ordinateur.

J'opinai de nouveau. Gary secoua la tête.

— Que vient-il faire là ?

— Le lycée, ce matin, c'était lui, répondis-je avec impatience. J'ai… euh… *emprunté* la mémoire d'Henrietta Potter, et Herne en a profité pour m'attirer dans sa propre mémoire.

J'étais persuadée de lui avoir déjà raconté tout ça. Son expression me prouva que mon esprit me jouait des tours.

— « Emprunté » ?

— Mme Potter était en train de me décrire le

carnage, et j'ai voulu l'aider à surmonter sa peine. Un lien s'est établi entre elle et moi. Sa mémoire s'est connectée à la mienne, comme si elles faisaient un tout. C'est alors que Herne m'a attirée dans son univers. Je me suis retrouvée au beau milieu d'une scène qui s'est déroulée il y a six cents ans. Comme si j'y étais réellement.

— Comment est-ce possible ?

— Je ne sais pas.

Gary avait l'air parfaitement calme. Je levai les yeux et croisai son regard sérieux.

— Pourquoi n'avoir rien dit à votre patron ?

— Je… Je…

Je plissai le front.

— Ne lui ai-je rien dit ?

— Non.

— Ah…

Je réfléchis une minute.

— Je ne lui ai rien dit parce que c'est un sale moralisateur.

— Je comprends, dit Gary tranquillement. Vous l'aimez bien.

— Pour l'amour du ciel, Gary, rentrez chez vous. Le manque de sommeil vous fait délirer.

Puis je me souvins que Morrison se tenait à… un baiser de moi. Je grognai.

— Rentrez, répétai-je plus doucement.

Gary avala son café et posa la tasse dans l'évier. Il me regarda d'un air soucieux que je commençais à connaître. L'air d'un ours polaire en proie à une indigestion.

— Tout ira bien, Jo ?

— Tout ira bien, promis-je, absurdement touchée

par sa sollicitude. Je vais lire un peu, puis j'irai me fourrer sous la couette. Pas de fantaisies celtiques, ce soir. Je l'ai promis à Morrison, ajoutai-je avec une moue.

— Vous ne lui avez rien promis.

— Non ? Il n'aura pas remarqué.

— N'y comptez pas. Bon, je serai là à 5 heures et quart, me rappela-t-il. Et fermez votre porte à double tour.

J'acquiesçai et le suivis diligemment pour pousser le verrou derrière lui.

16.

Rien ne se produisit.

Je veux dire que rien ne se produisit au moment où je sombrai dans le sommeil, appuyée contre la porte. Mes genoux flanchèrent brusquement, ce qui me réveilla en sursaut. A demi hébétée, je me dirigeai vers l'ordinateur. Il fallait que je me renseigne sur Herne, pour tenter de comprendre ce qui se tramait. Ce qui n'existe pas n'est pas sur Internet, n'est-ce pas ? Donc, je devais logiquement trouver des informations sur le très inquiétant fils de Cernunnos. Affalée sur ma chaise, je cliquai sur un nouveau site tout en me demandant combien de chaussures j'avais fait tomber

« Chaussures… », proférai-je à voix haute, songeuse. Je regardai mes pieds. Mes bagages… Je n'avais pas promis à Morrison de rester sagement chez moi. Et je n'avais plus de culottes. Sur l'écran, les pages chargeaient à une lenteur mortelle. Réprimant un bâillement, j'allai dans la chambre et retournai mon sac à dos pour retrouver le ticket de consigne. Quand je revins, le site n'était toujours pas affiché à l'écran. Je mis l'ordinateur en veille, le laissant pédaler tout seul, et sortis, attrapant mes clés au vol. Les aéroports, c'est connu, sont des endroits paisibles et agréables. Ils sont abondamment pourvus de détecteurs de métal, qui empêchent tout porteur d'épée de courir impunément après les jeunes femmes — moi, par exemple. Abondamment pourvus, aussi, d'agents de sécurité dénués de tout sens de l'humour, et prêts à interpeller toute personne réfractaire aux détecteurs.

Même s'ils n'étaient probablement pas de taille à maîtriser un réfractaire du genre de Cernunnos. Ou de Herne, en l'occurrence, puisque c'était visiblement lui qui courait les rues pour assassiner les habitants de Seattle. Je changeai de voie et l'asphalte chanta sous les pneus. Les phares des voitures venant en sens inverse trouaient régulièrement la nuit, et le vrombissement des moteurs rythmait le silence.

« Quand toute cette histoire sera terminée, me promis-je, je ferai une longue balade et j'irai dans un coin tranquille pour méditer sur l'étrange vie qui m'attend… »

Bien sûr, je me l'offrirais grâce aux mirifiques économies accumulées sur mon compte d'épargne, et je profiterais des moments de loisir que me laisserait la rédaction des contraventions.

Une vieille Cadillac aussi large qu'un bateau me doubla. Soudain, je me rappelai l'église et ouvris la boîte à gants. Le couteau Butterfly en tomba avec un bruit mat, assourdi par un flot de paperasses. J'y jetai un coup d'œil.

Marie jurait que celui qui l'avait attendue à l'église n'était pas Cernunnos. Je la croyais aisément : impossible de confondre le dieu celte avec qui que ce soit d'autre ! Il s'agissait donc vraisemblablement de Herne, et il ne faisait guère de doute que c'était son meurtrier. Je fermai les yeux et tâchai de me remémorer la silhouette de l'homme que j'avais aperçu depuis l'avion. Puis je me souvins que j'étais en train de conduire. Mieux valait que je cesse de penser à tout ça tant que je ne serai pas arrivée.

Je me garai, et laissai le Butterfly dans la voiture. Les vigiles ne pouvaient peut-être pas arrêter Herne, mais moi, assurément. « De retour dans un quart d'heure », annonçait le petit panneau posé sur le comptoir de la consigne. Avec un soupir, je pris l'Escalator pour gagner l'étage supérieur où se trouvaient les cafés, histoire de me mettre quelque chose sous la dent. Tout en déambulant, je jetais des regards furtifs autour de moi, m'attendant à croiser quelqu'un que je connaissais. Les aéroports me font toujours cet effet-là.

Je commandai un hamburger hors de prix, mais qui se révéla étonnamment délicieux. Et je l'accompagnai d'une tasse de café — brûlante, bien sûr. Munie de mon précieux plateau, je naviguai vers une table placée devant les immenses baies vitrées, par lesquelles je pourrais regarder décoller les avions.

— Vous attendez quelqu'un ?

Je fronçai les sourcils en direction du reflet qui se détachait sur la vitre. C'était un homme, aussi large d'épaules qu'étroit de hanches, les longs cheveux bruns noués par un catogan dans le dos.

— Mmm..., grommelai-je en me retournant. Mon copain.

— Un copain très méchant, très musclé et très jaloux ?

— Mmm..., répétai-je. Bien plus grand que toi.

Un vrai Samoan, ajoutai-je sous le coup de l'inspiration.

— Puis-je m'asseoir ?

Je le dévisageai.

— Je ne suis pas en train de racoler, je n'ai pas envie de draguer et j'ai eu une très mauvaise journée, l'avertis-je. Alors, si tu m'embêtes, je te botte les fesses et je t'envoie jusqu'en Caroline du Nord.

— Content de te voir, Joanne.

— Que fiches-tu ici, Casey ?

Je me levai pour l'embrasser. Il me serra si fort que je laissai échapper un « ouf ».

— Je suis en quête d'âmes perdues, me chuchota-t-il au creux de l'oreille. En aurais-je trouvé une ?

— C'est drôle que tu dises ça, rétorquai-je en fronçant légèrement les sourcils. En tout cas, tu as bonne mine, et on dirait que tu as forci.

— Tu sais, en deux ans, on change…

— Trois et demi, rectifiai-je. De toute façon, tu as toujours eu bonne mine.

Avec son visage rond et paisible, Casey n'était pas vraiment mon type d'homme, mais il avait de très belles mains, que je lui enviais affreusement quand nous étions au lycée. Et il ne se tenait pas droit, ce qui avait le don de m'exaspérer : il me dépasse de trois centimètres, mais on dirait qu'il est plus petit que moi !

— Tu charries, répondit-il en s'asseyant en face de moi.

Avec un sourire, il posa ses mains sur les miennes. Et je continuai à les lui envier…

— Que fais-tu ici ? demanda-t-il.

— Hmm… ?

Je quittai ses mains des yeux et le regardai.

— Ah oui... Je viens récupérer des bagages que j'ai laissés en consigne, il y a deux jours. Et toi ?

— Je rentre en Alaska. Pour le boulot.

— Félicitations. Hé, lançai-je soudain, tu ne connaîtrais pas, par hasard, une certaine Marie d'Ambra ?

— Pas personnellement, mais j'ai entendu parler d'elle. Une espèce de sonnée qui affirme être capable de prévoir la mort des gens. Elle a probablement dû lire trop de contes de fées.

Casey retourna ma main et fit glisser son pouce le long de ma ligne de vie.

— Tu l'as rencontrée ?

— Oui, lâchai-je laconiquement. Elle est morte.

Choqué, Casey me fixa de ses yeux bleus délavés.

— Tu plaisantes ?

— Non. Je l'ai recontrée hier matin. Elle a été assassinée la nuit dernière.

Casey hocha la tête.

— Je sais que tu es une impulsive, Joanne, mais tu n'as pas besoin d'assassiner les gens que tu n'aimes pas, tu sais ?

Malgré moi, je me mis à rire.

— C'est peut-être mon erreur. Il faudra que je corrige ça.

Je secouai la tête, retrouvant subitement mon sérieux.

— Elle pensait qu'on la traquait. Ecoute, tu es anthropologue, toi aussi. Penses-tu...

Je m'interrompis, hésitante.

— Penses-tu que le fait d'étudier de vieilles civilisations puisse rendre sensible aux croyances qu'elles véhiculent ?

— Tu ne t'adresses pas à la bonne personne. Je suis archéologue, je ne m'intéresse pas à l'anthropologie culturelle.

Casey fronça les sourcils.

— Un anthropologue ne doit pas ignorer la réalité de l'objet qu'il étudie. De là à clamer qu'on peut prévoir la mort des gens… N'aurait-elle pas dû savoir mieux que quiconque ce qui allait lui arriver ?

— Elle le savait, admis-je. Elle pensait…

Non. Impossible de dire à Casey : « Elle pensait qu'un dieu celtique lui en voulait. » Même si c'était vrai. Et j'étais d'autant plus encline à y ajouter foi que je m'étais trouvée face à face — lame contre lame — avec un être qui n'avait rien de très humain.

— Elle pensait, repris-je, que j'allais mourir…

— Eh bien, tu as l'air en forme, pour une morte.

Casey m'observa attentivement, avant de prendre mon menton et de faire pivoter doucement mon visage.

— D'où vient cette cicatrice ? Je ne l'avais pas remarquée.

Je l'effleurai machinalement.

— J'espère que je ne suis pas trop défigurée. Une entaille faite par Marie, avec un couteau.

Casey laissa échapper un petit sifflement.

— Et pour quelle raison ? Je croyais que tu l'avais rencontrée hier ?

— En effet.

— Pourtant, la plaie est déjà cicatrisée.

— Je sais, dis-je en soupirant. As-tu déjà vécu

une semaine où tout est inexplicable, complètement irrationnel ?

Casey fronça les sourcils.

— Je ne crois pas.

Je soulevai ma tasse de café.

— Eh bien, c'est ce qui m'arrive. Si je survis à tout ça, je te raconterai.

Le café était à bonne température et j'en avalai une gorgée avec plaisir.

— Dis-moi..., repris-je. Crois-tu que le monde ait besoin d'être sauvé ?

— Besoin ? Je ne suis pas sûr. Le mérite-t-il ? Je ne sais pas non plus.

Il tendit la main et me chipa une frite. Comme elles étaient froides, je le laissai faire.

— Les êtres humains sont insupportables. Peut-être qu'il faudrait les tuer tous, recommencer de zéro.

— C'est vraiment ce que tu penses ?

Casey piqua une autre frite, qu'il se mit à mâchonner pensivement. Je poussai l'assiette vers lui.

— Parfois, finit-il par avouer. Et toi, que penses-tu ?

J'avalai une seconde gorgée de café et regardai l'immense zone sombre des pistes, dans le lointain. Il n'y a pas si longtemps, j'aurais ri, et j'aurais été d'accord.

Mais j'avais expliqué à Billy que je me sentais... capable de sauver le monde — ou, à tout le moins, la ville de Seattle. J'avais promis au prêtre d'arrêter le fou furieux qui tuait des adolescents. J'avais juré à Kevin de retrouver l'assassin de sa femme.

— Je ne crois pas que les êtres humains soient

insupportables, déclarai-je. Je pense… Je ne sais pas ce que je pense.

Je plantai mes coudes sur la table et, prenant ma tête entre les mains, je tâchai de préciser ma pensée.

— Le monde ne sait plus où il va, murmurai-je. Nous avons besoin…

Je relevai les yeux et, à cet instant, un éclat vert passa dans les yeux de Casey. Comme un reflet.

Un froid glacial m'envahit, en dépit de la douce chaleur du café que je venais d'ingurgiter.

— … que nous avons besoin de soigner ceux qui sont malades.

Je repris ma tasse de café et, tout en la portant à mes lèvres, me détournai à demi pour regarder derrière moi. Pas la moindre source de vert — pas même un panneau « Exit ».

— Ceux qui risquent de commettre le plus de mal, en premier lieu, poursuivis-je. Puis, progressivement, les autres.

Je plongeai mes yeux dans les siens.

— Nous commencerons par vous.

— Moi ? Depuis quand est-ce que je fais partie des « méchants » ?

— Depuis toujours, je crois, murmurai-je. Herne, fils de Cernunnos.

Je savais que les noms possédaient un pouvoir secret. Je l'avais lu. Casey se leva. Simultanément, je tendis une main et l'attrapai par sa chemise. Nos regards se défièrent.

— Rendez-moi mon ami. Immédiatement.

Le bleu délavé des yeux de Casey s'évanouit, laissant place à un vert cruel et violent. Une partie de moi contemplait la scène, paralysée de terreur. Mais une autre voyait défiler le visage sans vie de Marie, et les âmes douloureuses des adolescents. Une rage infinie m'envahit, plus forte que tout.

Je vis son regard s'assombrir : il n'avait pas imaginé que je résisterais à la peur. Je l'attirai à moi.

— Rendez-moi mon ami, grondai-je d'une voix hargneuse.

— Et s'il n'avait jamais été là ?

La voix était légèrement nasillarde, et le ton arrogant. Elle n'avait pas la profondeur et la densité de celle de Herne, et pourtant les intonations étaient identiques.

— Parfait, lançai-je froidement. Alors, vous serez la seule victime à déplorer.

— Vous n'aurez pas la force, rétorqua-t-il avec assurance. Guérisseuse…

Dans sa bouche, le mot était une injure. Je raffermis ma poigne et, m'étant levée, je contournai la table pour être face à lui. La bulle d'énergie s'ouvrit et coula dans mes veines, me réchauffant de sa puissance. Du coin de l'œil, j'aperçus quelques clients qui s'étaient retournés pour nous observer. D'autres, au contraire, s'efforçaient de nous ignorer. Je ne voulais pas qu'on nous voie.

J'avais, jusqu'à présent, utilisé mon pouvoir pour soigner. Mais mon corps se sentait comme blessé par la lumière qui le touchait. Après tout, l'invisibilité n'est qu'une question de courbures d'ondes autour d'un objet. J'expulsai l'énergie hors de moi et la dirigeai de manière à ce qu'elle nous enveloppe entièrement, Herne et moi. Je la sentais qui miroitait et frémissait autour de nous. C'était comme si toutes les règles de l'univers étaient subtilement modifiées dans l'espace qu'elle délimitait. Si j'en jugeais par l'expression ahurie des clients du café, ces règles devaient bel et bien s'être modifiées ! En quelques secondes, les gens se détournèrent, estimant sans doute que ce qu'ils avaient vu était impossible. L'énergie vibrait sous mes doigts.

Et elle entrait en résonance avec celle de l'aéroport, avec la somme des vies qui allaient et venaient en ces lieux, quittant leur maison ou y revenant. En concentrant toutes ces forces vives ici, je pourrais détruire Herne, le consumer littéralement sur place, sans témoin. Lentement, je commençai à aspirer l'énergie, avec la même facilité que si c'eût été de l'air — même si l'idée me faisait trembler.

Un mince sourire étira les lèvres de Herne.

— Guérisseuse ! cracha-t-il de nouveau.

Il n'avait plus rien de Casey. Ses dents s'étaient acérées, sa silhouette s'était encore élargie aux épaules, et affinée aux hanches.

— Vous ne pouvez rien, ici. Qu'adviendra-t-il de tous ces êtres, si vous attirez toute l'énergie ? Combien d'avions se heurteront quand le radar cessera de fonctionner ? Combien d'enfants hurleront quand les lumières tomberont en panne ? Je sais choisir mes terrains d'affrontement, guérisseuse. Tu ne peux rien.

Mon cœur manqua un battement. Mon Dieu, il avait raison. La cause et l'effet… Oui, je pouvais le détruire ici, physiquement, mais au prix de centaines de vie. Alors, je serais aussi mauvaise, voire pire que lui. Je relâchai l'énergie qui nous maintenait dans l'invisibilité, sans savoir si elle pouvait avoir également des effets néfastes.

— Pourquoi ne vous ai-je pas immédiatement reconnu ?

Je ne desserrai pas mon étreinte sur sa chemise.

— Pourtant, j'étais sûre de pouvoir vous identifier. Après ce qui s'est passé aujourd'hui… Après le lycée. Votre sillage est différent de celui de Cernunnos. Je croyais vous connaître.

Il posa sa main sur la mienne. Elle était glacée, et bien plus grande que tout à l'heure. Au bout des doigts, les ongles étaient courbes et épais, telles des griffes.

— Parce que je peux me dissimuler sous des masques trop puissants pour vous, misérable guérisseuse. Et le temps vous manque pour apprendre à les dévoiler.

— Mais je suis déjà allée plus loin que vous ne vous y attendiez.

Je ne le quittais pas des yeux. Son regard paraissait sans fond, mais il n'avait pas la force de séduction de celui de Cernunnos. Tout comme Cernunnos, cependant, il le trahissait. Et sous l'assurance, je vis de la crainte. Oui, je l'inquiétais. A l'instant même où je découvris cette peur, sa puissance déferla sur moi, rugissante. Levant le menton et raffermissant mes doigts sur sa chemise, je laissai passer l'assaut furieux des vagues, tel Moïse face à la mer Rouge.

Terrible était l'histoire de Herne. Moins qu'un dieu, il était cependant plus qu'un mortel. Sa vie sur terre avait eu un but : protéger ses terres. Une image passa, lointaine et pâle : ces terres, autrefois, lui obéissaient. Il était alors l'Homme Vert, divinité protectrice de la nature. Mais il était écartelé entre deux mondes, et une faille courait en lui depuis cet instant où il avait plongé son épée dans le cœur de son roi — et non dans le mien.

Un choc me parcourut. Cet instant avait été réel… *Réel !* Par son pouvoir, il m'avait attirée dans les méandres du temps. Si j'avais perdu la vie là-bas, je l'aurais perdue ici aussi. Et Henrietta serait également morte.

Richard II d'Angleterre n'aurait pas pendu le Chasseur. Dès le début de sa vie immortelle, Herne avait été moins que ce qu'il pouvait être. Et cette pensée le torturait, l'empoisonnait comme…

Herne tourna brusquement la tête, rompant le contact de nos yeux. D'un coup sec, il arracha ma main de sa chemise. Les souvenirs s'évanouirent, et je ne vis plus rien du demi-dieu qui se tenait devant moi.

— Je suis plus forte que vous ne le pensez, murmurai-je.

— Pas assez, rétorqua-t-il en ricanant.

Ses yeux, à présent, étaient impénétrables.

— Et vous n'avez pas le temps d'apprendre, reprit-il.

— Il me reste une journée, dis-je calmement.

Un éclair passa dans ses yeux, et je souris.

— Vous voyez ? J'en sais plus que vous ne l'imaginez.

Je me demandai si je ne venais pas d'abattre mon atout. Je savais si peu de choses, en réalité. Ses yeux se plissèrent de méfiance.

Nous nous défiâmes du regard. Un vigile, soudain, se matérialisa à mon côté.

— Tout va bien ? s'enquit-il avec désinvolture.

D'un même mouvement, nous nous tournâmes vers lui.

— Très bien, dis-je sèchement, avant de murmurer : Dépassement de vitesse, monsieur ?

Le vigile me regarda, interloqué. Je haussai les épaules.

— Ne faites pas attention, repris-je plus haut. Tout va bien…

— Sans doute avez-vous un avion à prendre. A moins que vous ne soyez sur le chemin du retour ? Il est tard, et nous ne voudrions pas avoir de problèmes.

Je me tournai vers Herne.

— 23 heures, Siobhàn Walkingstick, siffla-t-il.

Je sursautai. Encore un qui lisait dans mes pensées, et je n'aimais décidément pas ça. Lui avais-je donné autant que je lui avais pris, en plongeant, tout à l'heure, dans sa mémoire ? Il allait falloir que je m'occupe du problème. En admettant que je sois encore en vie après-demain. C'était curieux comme arriver à vivre une heure, ou une journée, ne m'avait jamais paru difficile jusque-là.

— 23 heures, Chasseur. Désolée pour le dérangement, monsieur l'agent.

Et je passai devant eux pour aller récupérer mes bagages.

17.

Après un bref regard sur mon ticket, le préposé à la consigne me remit mes bagages et, en moins de dix minutes, je me retrouvai sur l'autoroute, en direction de la maison. Mais tout s'était si facilement passé que c'en était louche. Et ce qui était encore plus louche, c'était de trouver ça… *louche*. Pas de doute, j'aurais besoin d'une solide thérapie de fond quand toute cette histoire serait terminée.

Je passai devant un accident affreux — deux voitures encastrées dans la barrière de sécurité. Deux hommes portaient une civière sur laquelle reposait un corps, qu'ils glissèrent dans l'ambulance. La remarque de Herne sur les effets de mon récent pouvoir me revint à la mémoire. Frissonnant convulsivement, je ralentis et finis par m'immobiliser sur la bande d'arrêt d'urgence. Mes mains étaient si fortement crispées sur le volant qu'elles en étaient toutes blanches. Lentement, je les desserrai et les secouai jusqu'à ce que le sang revienne.

Mes doigts commencèrent à fourmiller. J'enveloppai mes bras autour du torse pour tenter d'arrêter les frissons, et posai mon front sur le volant. J'inspirai et expirai profondément en veillant à ne pas m'oxygéner outre mesure. Mon Dieu, j'étais si sûre de pouvoir reconnaître Herne ! Or, seul le hasard d'un éclat de lumière m'avait permis de l'identifier, ce soir. Et c'était lui, le tueur, qui m'avait avertie de la conséquence de mes actes. Je me sentais nulle à en pleurer. Je n'étais pas à la hauteur — et je risquais d'y laisser la vie.

Je ne voulais pas mourir.

Des faisceaux de lumière bleus et rouges balayèrent la chaussée. Je redressai la tête en clignant des yeux. Une voiture de police venait de s'arrêter devant moi. Une femme en descendit, que je ne reconnus pas. Mais je ne connaissais pas tous les flics de Seattle.

Je baissai la vitre et, basculant sur l'appuie-tête avec un soupir, attendis que se déroule le rituel.

— Tout va bien, madame ?

Je me redressai en soupirant et la regardai. Elle était jolie, avec ses yeux bleus et ses cheveux blonds sagement rangés sous la casquette.

— Tout va bien.

Aucune explication ne me vint à l'esprit pour justifier la raison de ma présence sur la bande d'arrêt d'urgence. En conséquence, je n'ajoutai rien.

— Des problèmes de mécanique ?

— Non, madame.

— Boisson ?

Aurais-je été assez idiote pour acquiescer, si effectivement j'avais bu ?

— Non, madame, répétai-je. Je reviens de l'aéroport.

— Vol de nuit ? Fatiguée, alors…

Elle sourit, d'un sourire charmant, si éloigné des dieux celtes et des chamans. Je lui souris en retour.

— Oui. J'avais juste besoin d'une petite pause. Je repars tout de suite.

— Bon, soyez prudente sur la route. Et surtout, passez une bonne nuit.

— J'essaierai, merci.

Elle repartit vers sa voiture. Soudain, je passai la tête par la vitre.

— Madame !

Elle se retourna.

— Oui ?

— Vous êtes très forte au jeu des questions-réponses !

Elle eut un rire aussi agréable que son sourire, et remonta en voiture. Je la regardai s'éloigner en songeant que le monde n'était pas si mauvais que ça, après tout. Puis, réprimant un bâillement, je posai une main sur le levier de vitesse et fermai les yeux.

Cette fois, des rayons argentés illuminèrent l'habitacle et caressèrent mes paupières. Impalpables et frémissants, ils évoquaient autant la lumière des phares que des plumes de paon. Je refusai de regarder. Si je ne voyais pas la source de la lumière, elle ne pouvait me voir. Logique, non ?

— Ce n'est pas si simple, susurra une voix.

L'avais-je entendue dans ma tête, ou dans mes oreilles ? Peu importait. Je la connaissais. Et puisque « ce n'était pas si simple », j'ouvris les yeux.

L'Armée de Cernunnos entourait ma voiture, aussi évanescente que les personnages d'un vieux film muet. Les chevaux se déplaçaient avec grâce sans même frôler le véhicule. Entre leurs pattes évoluaient les immenses chiens aux yeux rouges qui, retroussant les babines, dévoilaient des canines d'un blanc immaculé. Un cavalier se pencha sur le pare-brise. Sous la barbe, le visage était taillé à la serpe. Pour un mort-vivant, il n'était pas si mal…

— Ce n'est pas un mort-vivant ! lança Cernunnos en approchant sur son gigantesque étalon. Les morts-vivants ne saignent pas.

La haine sourdait à travers les derniers mots. Il se redressa et je vis qu'il tenait un bras plaqué contre son buste. Son corps était aussi tendu que la corde d'un arc, et ses mâchoires crispées faisaient saillie sur l'élégante ligne de son visage. Il était d'une pâleur extrême, visible même sous la lumière blafarde de l'autoroute.

— Oh, vous n'êtes pas guéri…

Un chien, soudain, sauta vers la vitre ouverte. Je reculai vivement. Ses crocs se refermèrent avec un claquement sinistre, à quelques centimètres de mon bras. Puis il glissa contre la carrosserie et heurta le cadre de la vitre. Avec un jappement de douleur, il s'éloigna de la voiture et se mit à gronder dans ma direction.

— Nous ne guérissons pas facilement des blessures dues au métal, reprit Cernunnos.

La fureur déformait sa voix grave. Le chien jeta un regard soumis vers son maître et s'allongea, babines retroussées, entre les pattes de l'étalon.

— Donc, je vous ai réellement blessé, murmurai-je.

Le dieu celte eut un rire bref. Je cherchai ses yeux. La distance et l'incessant mouvement du cheval empêchaient son regard d'avoir la force de séduction qui m'avait valu tant de déboires à l'auberge. Pourtant, en dépit de la lueur orangée des lampadaires, ils étaient d'un vert flamboyant, crépitant de rage.

— Oh oui, répliqua-t-il d'un ton frémissant.

Il éperonna son cheval pour le faire avancer. Le chien bondit et se réfugia plus loin, dardant sur moi ses yeux injectés de sang, aussi effrayants que ses canines acérées. Je reculai légèrement dans la voiture.

— Suis-je en sécurité ici ? me demandai-je à voix haute. Le métal…

Soudain, je me félicitai de n'avoir jamais aimé les voitures telles que les Corvette, informes engins en fibre de verre. La mienne était entièrement en acier solide. Elle paraissait sûre.

Cernunnos éclata d'un rire qui aurait pu faire voler en éclats le pare-brise. Des doutes affreux me saisirent.

— Elle vous protège, en effet. Juste un peu. Nous ne craignons pas le verre, et votre vitre est ouverte.

Il leva la main dans un mouvement élégant. Ses narines palpitèrent à peine sous la douleur que le geste avait dû provoquer. Un des cavaliers s'avança et tendit un arc aussi grand que moi. Glissant le long de l'étroite flèche, son regard se fixa sur moi.

Je me souvins d'un reportage que j'avais vu à la télévision : pour montrer la puissance de tir d'un arc, un Gallois s'était placé à une distance plus grande que celle qui me séparait actuellement de Cernunnos. Sa flèche était venue se ficher dans un mannequin, traversant l'armure qui le recouvrait et ressortant de l'autre côté…

Subitement, la voiture me parut moins sûre. Cernunnos s'écarta pour laisser le champ libre à son archer. Grand et élancé, d'une blondeur extrême, celui-ci affichait une expression ennuyée. Tirer sur d'insignifiants mortels coincés dans une boîte de conserve devait lui apparaître comme un exercice de faible intérêt.

Je lançai ma voiture sur la route. Dans un rugissement, elle bondit en avant. Une sensation de brûlure courut le long de mon dos, cependant que la flèche venait se planter, avec un crissement affreux, dans la portière côté passager. Je grimaçai. Toute blessure infligée à ma voiture m'était plus douloureuse qu'à moi-même. Deux chiens fantomatiques disparurent sous les pneus. La Mustang cahota horriblement, et fonça vers un cavalier qui refusait de s'écarter. C'était l'homme au visage taillé à la serpe, monté sur un cheval rouan. Nos regards se croisèrent. Je me ramassai sur moi-même en attendant le choc. Je savais que personne n'y survivrait — ni le cheval et son cavalier, ni la voiture et sa conductrice…

Le cheval se rassembla souplement, à la manière d'un chat, et s'élança en avant si rapidement que j'eus à peine le temps de le voir s'envoler. Des sabots argentés passèrent devant le pare-brise. Je me demandai avec quel métal étaient ferrées ces créatures fabuleuses. Dans le rétroviseur, je vis le rouan atterrir avec grâce, l'arrière-train levé au-dessus du coffre de la voiture, tandis que celle-ci bondissait en avant. Le cavalier arrêta sa monture d'une main solide plaquée sur son encolure, et se tourna pour me regarder avec indifférence.

Dans le rétroviseur, j'aperçus mon reflet, les yeux écarquillés de surprise. Puis je me concentrai de nouveau sur la route. Avec un juron, je braquai brutalement pour éviter un de ces maudits chiens, assez idiot pour se jeter à l'assaut de la Mustang. Les pneus crissèrent, et l'animal rebondit contre la carrosserie avec un hurlement de douleur.

La voiture crissa une nouvelle fois quand je passai de zéro à cent à l'heure en cinq secondes, sur l'autoroute. Je montai jusqu'à cent cinquante avant de me rappeler l'avertissement de la jeune femme, et, sagement, redescendis aux alentours de la vitesse autorisée. De toute façon, la Meute ne pouvait pas me rattraper.

La Mustang toussa — un affreux petit toussement —, et, durant quelques secondes, elle perdit de la vitesse.

— Oh non ! murmurai-je d'un ton pressant. Sois une bonne fille !

L'indication sur la jauge d'essence était plus basse que dans mon souvenir. Après tout, la route était longue, jusqu'à l'aéroport. La voiture hoqueta de nouveau, avant de se mettre à ronronner avec satisfaction. Je me détendis sur mon siège.

— C'est bien, mon bébé.

Surtout, ne me dites pas qu'il ne sert à rien de parler aux voitures ! Un troisième hoquet raviva néanmoins mes inquiétudes. Je perdis encore de la vitesse.

— Quoi ? Qu'est-ce que j'ai fait ? O.K., je t'ai laissée dormir dans un garage pendant quatre mois… Bon, mais c'est le pied, non, de rouler à toute allure sur l'autoroute ? Allez, bébé… Qu'est-ce qui ne va pas ?

J'obliquai vers le bas-côté. La Mustang eut un ultime toussotement pathétique et cala avec un soupir d'excuse. J'appuyai mon front contre le volant.

Plissant les yeux, je scrutai le tableau de bord. Le

niveau d'huile semblait parfait ; en revanche, la jauge indiquait qu'il n'y avait plus d'essence.

— Oh, bébé ! Quelle soif !

J'allumai les feux de détresse et sortis de la voiture. L'odeur d'essence était si forte que je me demandai comment j'avais pu ne pas la sentir.

« Adrénaline, peut-être ? » murmura une voix sarcastique dans ma tête. La carrosserie violette était percée d'un trou rond et net, comme s'il s'était agi de vulgaire plastique et non de métal. Fronçant les sourcils, j'ouvris le coffre. Il y avait, bien sûr, un autre trou, juste dans la direction du réservoir d'essence. Nul besoin de sortir la lampe de poche pour voir que le réservoir était touché. Une flèche était fichée dedans. Elle s'était arrêtée à quelques centimètres de l'asphalte. Si sa course s'était tant soit peu prolongée, les étincelles que sa pointe aurait fait jaillir nous auraient directement expédiées au ciel, la Mustang et moi, dans une mirifique explosion.

M'allongeant sur le dos, je me glissai sous la voiture et passai méthodiquement en revue toutes les injures que je connaissais. Quand j'eus épuisé mon répertoire, je tirai la flèche d'un coup sec et me tortillai pour revenir à l'air libre.

J'observai un instant mon malheureux trophée, avant de le briser en mille morceaux, de jeter les morceaux par terre et de sauter dessus en hurlant de nouveau tout mon chapelet d'injures. Des voitures passèrent. L'une d'elles ralentit, et le flash d'un appareil photo jaillit, projetant une ombre noire et grotesque sur la barrière de sécurité. Je partis d'un rire hystérique et piétinai plus furieusement encore les vestiges de la flèche. Il se passa bien une minute avant que ce petit jeu ne perde tout intérêt à mes yeux. Du bout des pieds, je balayai les morceaux de bois vers le fossé, avant de sortir du coffre le cric et le chatterton.

Je soulevai la voiture de manière à pouvoir atteindre le réservoir. Le chatterton n'est certes pas « la » solution, mais c'est cependant une excellente solution temporaire. J'appliquai deux bandes sur le trou, que je maintins par quatre autres bandes. Satisfaite, j'émergeai de dessous la voiture. Pour voir descendre du ciel Cernunnos et sa Meute, conduite par un cheval sans cavalier. Je restai plantée là sans y croire. C'était tout bonnement impossible.

Et pourtant, les Cavaliers approchaient. Frénétiquement, j'arrachai le cric. La Mustang retomba avec un lourd bruit de reproche.

— Désolée, bébé..., marmonnai-je, avant de lancer le cric dans le coffre et d'attraper un vieux bidon d'essence.

Je dévissai le bouchon et, dans ma hâte, en renversai une bonne partie sur mes chaussures et mes mollets.

— Bon sang de bon sang !

Au moins, j'étais sûre qu'il n'y aurait pas d'eau dans le carburant que je verserais. Je vidai le reste dans le réservoir, jetai le bidon dans le coffre, courus vers mon siège... et faillis m'empaler sur l'épée de Cernunnos.

— Oh ! lançai-je. Vous en avez une nouvelle ! Et moi qui n'ai pas mon couteau...

Je plongeai, tête la première, dans la voiture, au moment où le cheval bondissait en avant et heurtait la portière.

Fébrilement, je cherchai du pied les pédales et tendis la main vers la clé. Mais ma tête se trouvait du côté passager, où il n'y avait ni pédales ni clé. Au prix de redoutables contorsions, je me redressai juste à temps pour voir une hache s'enfoncer dans le pare-brise. Bouche bée, je regardai le verre se fendre, mais résister. A moitié sonnée, je tâtonnai pour mettre le contact. La lame étincelante oscilla, avant de glisser, dans un cri suraigu, le long du pare-brise qui éclata en mille morceaux. La Mustang rugit et bondit en avant.

J'appuyai sur le champignon. Dans le rétroviseur, j'aperçus le cavalier au rouan. Stupéfait, il agitait la main en direction de l'endroit où la subite accélération de la voiture avait envoyé la hache. Puis, s'emparant de ses rênes, il fit tourner sa monture pour rejoindre la Meute qui avait commencé à me donner la chasse.

Je n'avais pas du tout envie d'être la proie.

Cela risquait pourtant d'être mon dernier rôle sur cette terre.

Les renards se terrent quand ils sont pourchassés. J'avais beau réfléchir, je ne trouvai aucun endroit où je puisse me terrer. Et puis, Cernunnos était parvenu à retrouver ma trace sur l'autoroute. Me perdre dans la foule risquait donc de ne pas être très efficace. La Meute, en outre, ne craignait visiblement pas les « dommages collatéraux », ce que je ne voulais provoquer pour rien au monde.

Le compteur dut monter à cent cinquante avant que les cavaliers ne perdent du terrain. Cernunnos ralentit, son visage tordu par la fureur, et toute la troupe l'imita d'un seul mouvement.

Soudain, je vis le cheval sans cavalier se détacher du groupe. Sa course était souple et rapide, et ses foulées incroyablement longues. Dans le rétroviseur, je parvenais à distinguer le jeu des muscles sous le poil doré, se contractant et s'étirant à chaque galop.

Je jetai un coup d'œil sur le compteur et appuyai sur l'accélérateur. Je n'étais pas loin de cent soixante.

Pourtant, le cheval continuait à gagner du terrain.

Mon estomac se noua subitement. Je venais de comprendre que si Cernunnos n'avait pas été blessé, la Meute m'aurait poursuivie, et rattrapée sans problème. J'appuyai une nouvelle fois sur l'accélérateur, et la Mustang vrombit. Par respect pour ma pauvre voiture blessée, je n'allai pas au-delà de cent quatre-vingts, bien qu'elle en fût tout à fait capable. D'un bond, le cheval arriva au niveau de ma portière.

La jument, plutôt... Aussi gigantesque que l'étalon de Cernunnos, elle était la perfection même. J'éprouvai presque de l'admiration et de l'envie. Des étincelles jaillissaient sous ses sabots à chaque foulée et elle courait sans effort, s'étirant et s'étirant encore, si bien que sa tête se trouvait presque au niveau de la mienne.

Elle me lança un regard — ce regard si émouvant qu'ont les chevaux —, et la puissance de sa course l'emporta. Pour la seconde fois en une heure, je me préparai au choc, mais pour la seconde fois aussi, le cheval l'évita. Gracieusement, elle sauta par-dessus ma voiture, qu'elle effleura avec l'un de ses sabots, et obliqua pour rejoindre la Meute dans le ciel. Me laissant seule sur la route.

18.

Jeudi 6 janvier, 5 h 13

Je m'éveillai en sursaut. Mon cœur battait la chamade, en rythme avec un bruit sourd et régulier que je ne voulais plus entendre. Toutes les lumières étaient allumées, et mes lunettes semblaient littéralement incrustées dans mon visage. Il fallut quelques secondes avant que je ne reconnaisse mon appartement, et que je ne déduise, des empreintes au creux de l'oreiller, que j'étais en train de dormir. Le détail de mon retour à la maison était assez flou et fragmenté, mais enfin, si j'étais là, c'était que j'avais réussi à rentrer, non ? Le bruit angoissant reprit de plus belle, et je finis par reconnaître la sonnette. Je me dirigeai en titubant vers la porte d'entrée, que j'ouvris tout en réajustant mes lunettes. Gary se tenait dans l'embrasure, frais et dispos… A ma vue, il se mit à rire.

— Bonjour, jeune fille de mon cœur ! Vous m'aviez promis d'être réveillée à cette heure-ci.

— J'ai dit ça, moi ? articulai-je d'une voix rauque.

J'agitai vaguement une main dans sa direction et me dirigeai vers la cuisine. J'avais besoin d'un grand verre d'eau. Gary arriva sur mes talons, en brandissant l'épée de Cernunnos. Brusquement, il se mit en garde — ou quelque chose du genre, mon ignorance en matière d'escrime pouvant remplir une bibliothèque entière.

— Absolument, rétorqua-t-il en esquissant une feinte dans ma direction.

Sans réfléchir, je lançai mon bras en avant pour répliquer. Je ratai mon coup, et m'en réjouis parce que je venais de me rappeler que la lame était tranchante… Gary se redressa. Curieux, tout de même… Les gens d'un certain âge ne sont pas censés avoir cette forme physique. Je méditai cette pensée tout en buvant mon verre d'eau. A dire vrai, je ne connaissais pas beaucoup d'hommes d'un certain âge, mais ceux que j'avais rencontrés avaient l'air… plus fragiles.

— Je voudrais vous ressembler, quand je serai grande, dis-je d'une voix pâteuse.

Gary se mit à rire de nouveau.

— Vous voulez dire… *quand vous serez vieille* ! Je vais vous dire, jeune fille : si vous continuez à faire joujou avec votre voiture comme ça, vous risquez de ne jamais devenir vieille. Que s'est-il passé ? ajouta-t-il d'un ton plus sérieux.

— Cernunnos et moi avons fait la course sur l'autoroute. J'ai gagné, mais il a mis ma voiture en pièces. Je pense que c'était une démonstration de force. Vous voulez un verre d'eau ?

Très détendue et nonchalante, cette réplique. N'empêche que si je m'étais mise à penser aux blessures infligées à mon « bébé », j'aurais éclaté en sanglots. Au risque de ne plus pouvoir m'arrêter.

Gary m'observa un moment, les sourcils froncés.

Comme je ne trouvais rien d'autre à dire, il reprit la parole :

— Il n'est peut-être pas très sage que vous restiez seule, ici.

— Mais si. Tout va bien. D'ailleurs, nous voilà au jour J. Il suffit que je reste en vie jusqu'à demain.

Les mots étaient embarrassés, dans ma bouche. Pour me donner une contenance, je versai le reste de mon verre d'eau dans le réservoir de la cafetière et furetai dans les placards en quête de café moulu et de filtre. Ma tasse était déjà placée sous la cafetière. Je ne me souvenais pas l'y avoir mise.

— Vous êtes sûre que c'est le jour J ?

— Herne le dit, en tout cas.

Sous l'effort que je fis pour articuler mes pensées, je plissai le nez. Gary me regardait, dans l'expectative.

— J'ai vérifié, poursuivis-je. Marie me l'a dit. Elle *nous* l'a dit. Elle avait raison.

Gary n'eut pas l'air plus avancé. Je poussai un grognement.

— Je vous expliquerai tout…

Je regardai mes doigts, l'esprit vide, comme si la date était inscrite dessus.

— Nous sommes mercredi, n'est-ce pas ? demandai-je avec une moue. Donc, je vous expliquerai tout samedi.

Voilà qui devait me laisser assez de temps pour combler un peu mon retard de sommeil.

— Jeudi, rectifia Gary, impassible.

— Samedi, répétai-je fermement.

Il grimaça.

— Nous sommes jeudi.

Je le regardai avec lassitude. Il esquissa un sourire et leva les mains en signe de paix. L'épée de Cernunnos se balançait au bout de ses doigts.

— Bon, j'arrête de vous taquiner. Vous partez au quart de tour. Aucun sens de l'humour, hein ?

Il agita l'épée dans ma direction.

— Que dois-je en faire ?

J'écartai les deux premières suggestions qui me vinrent à l'esprit. Trop grossières. Gary fit la moue comme s'il avait compris et posa l'épée sur la table de la cuisine.

— Je la laisse ici.

— Bonne idée.

Cependant, il ne fit pas mine de vouloir s'en aller. Je lui lançai un regard embrumé.

— Je déteste les gens matinaux, grommelai-je.

Il rit de nouveau et s'inclina légèrement.

— Je me retire, gente demoiselle. Je sais comprendre à demi-mot. Bon… tâchez de rester en vie, voulez-vous ?

— Je ferai tout mon possible, répliquai-je avec le plus grand sérieux.

Et je le laissai repartir tout seul vers la porte d'entrée. Après tout, il connaissait le chemin, et la porte n'était jamais qu'à trois mètres.

L'eau passait lentement dans la machine et tombait, goutte à goutte, dans la tasse. Une tasse rose. Je ne suis pas particulièrement portée sur le rose, mais il y a mon prénom gravé dessus — raison pour laquelle je l'ai achetée. Quand elle fut aux trois quarts pleine, je glissai à la place le pot à eau, et la remplis abondamment de lait et de sucre. Puis je retournai à l'ordinateur.

Sur l'écran chevauchait la Meute. Saisie, je restai un moment à admirer la finesse des détails. Je songeai que je n'oserais mettre sur le Net une œuvre aussi parfaite, sans la déformer légèrement pour la rendre plus difficile à copier. Mes mains commencèrent à trembler, et je dus poser ma tasse pour ne pas inonder le clavier.

Le tableau était non seulement d'une facture extraordinaire, mais aussi d'une précision remarquable. Les yeux de Cernunnos étaient de ce vert terrible, furieux, que je ne pourrais jamais plus oublier et qui hanterait à coup sûr mes cauchemars... si je parvenais à dormir assez longtemps pour rêver. Ses élégantes cornes retombaient souplement dans le dos, et il souriait tout en pressant sa monture. Le cheval était si vivant que je m'attendais presque à voir palpiter sa somptueuse poitrine argentée.

A côté de Cernunnos, presque en avant de lui, galopait une jument couleur d'or pâle. La même que celle qui avait chevauché près de moi, il y avait une heure ou deux à peine.

Ici, pourtant, elle portait un cavalier. Un enfant au regard sauvage dont les cheveux couleur de blé avaient exactement la même teinte que ceux de Cernunnos. Fièrement assis sur son cheval qu'il éperonnait, il ouvrait la bouche pour pousser un cri de joie.

Descendant du ciel à leur suite, les autres membres de la Meute émergeaient progressivement du brouillard. Les corbeaux jetaient sur eux une ombre noire, cependant que la fine silhouette blanche des chiens apparaissait à l'arrière-plan. En dépit de la brume, je parvins à distinguer le cavalier au rouan et l'archer. Me renversant sur mon siège, je pris ma tasse pour la siroter, et pour me donner le temps d'assimiler tout ce que je venais de voir. Mmm… pas assez de sucre. Je bus une autre gorgée. Le tableau était intitulé : « Et l'Enfant les conduira ».

Celui qui l'avait peint avait manifestement vu la Meute de ses propres yeux.

Il avait vu ce que je n'avais pas vu, moi. C'est-à-dire l'enfant chevauchant au côté de Cernunnos. Je cherchai l'adresse électronique de l'artiste et gribouillai un mot. Euh… Peut-on gribouiller sur un clavier ? Ma main tremblait encore si fort que le message ne pouvait être que gribouillé.

« Bonjour. Je viens de découvrir votre tableau de la Meute. Il est incroyable. J'ai vraiment eu peur, vous savez. Mais la peinture est si réelle que vous ne me prendrez sûrement pas pour une folle si je vous dis que j'ai rencontré Cernunnos. Et qu'il a failli me tuer. Pourtant, je n'ai vu aucun enfant dans sa troupe. Pouvez-vous me dire qui est cet enfant ? C'est important. Merci. Joanne. »

A peine avais-je envoyé le message que je le regrettai. Frénétiquement, je cliquai sur l'icône « répondre », comme si je pouvais le faire revenir de l'univers éthéré du cyberespace. Finalement, je me calmai et avalai la moitié de mon café. Encore quelqu'un qui allait penser que j'étais timbrée. Je ne pouvais pas lui donner tort, cela dit.

Je bus deux autres tasses de café, en attendant la réponse. Lentement, l'idée se fit jour dans mon cerveau embrumé qu'il était 6 heures du matin, et qu'aucune personne sensée ne serait debout. Je grimaçai. A moins que l'artiste n'habite sur la côte Est, voire plus loin encore — en Irlande, peut-être ?

Auquel cas il serait pour lui quelque chose comme 2 heures de l'après-midi, ce qui est une heure raisonnable pour répondre à un mail. Que fabriquait-il ? Voulait-il ma mort ?

Je décidai de me rafraîchir les idées avec une bonne douche, et d'en profiter pour reprendre mes esprits.

La température bouillante de l'eau et la vapeur eurent au moins le mérite d'apaiser les angoisses provoquées par le café. Glissant le long de la cabine, je m'assis par terre et tâchai de redonner un peu de sens au capharnaüm qu'était devenue ma vie. En relevant la tête, j'eus la surprise de découvrir Coyote, assis droit sous le jet, les oreilles lamentablement aplaties à chaque giclée d'eau.

— Quel terrible contrôle !

Ses oreilles s'écrasèrent misérablement, et se redressèrent aussitôt.

— Que faites-vous dans ma douche ?

Je croyais bien m'être promis de prendre un chien. Pourquoi pas lui ?

— Je ne suis pas un chien, répliqua-t-il avec toute la dignité dont il était capable. Je suis dans votre douche parce que vous estimez être réveillée, et maîtriser votre environnement. Pourriez-vous arrêter cela ?

— J'adore prendre des douches.

Et je m'agrippai obstinément à l'idée que j'étais bien réveillée, assise dans ma douche avec un chien. Je faillis glousser. Coyote poussa un long soupir, presque affecté.

— Vous pourriez vous transformer en homme, suggérai-je avec espoir. Comme ça, vous pourriez laver vos cheveux métaphysiques.

Coyote haussa les sourcils. Je n'avais jamais remarqué, jusque-là, qu'il en avait de vrais.

— Métaphysiques ?

Je haussai ostensiblement les épaules.

— Nous baignons en pleine métaphysique, non ? demandai-je. A ce propos, que faites-vous dans ma cabine de douche ?

— Vous m'avez appelé.

Je le regardai, incrédule, cependant que l'eau ruisselait sur mon visage.

— Moi ?

Durant un bref instant, j'eus la sensation très nette qu'il aurait désespérément aimé avoir des doigts pour se pincer le nez.

— Ecoutez ! lançai-je d'un ton révolté. C'est vous qui m'avez fichue dans ce pétrin... Si je m'étais écoutée, je serais morte.

Coyote haussa de nouveau ses sourcils métaphysiques.

— Vraiment ?

J'acquiesçai vigoureusement.

— Les gens ordinaires ne s'amusent pas, de leur plein gré, à faire l'expérience de la mort, répliquai-je.

— Pfff..., soupira Coyote. Il vous reste beaucoup à apprendre.

Je le contemplai en clignant des yeux.

— Les guides spirituels sont-ils censés dire « pfff » ?

— Ecoutez, rétorqua-t-il avec impatience, les guides spirituels peuvent dire tout ce qui leur passe par la tête.

Une goutte d'eau tomba dans son œil. Soudain, il s'ébroua furieusement. Quand il s'arrêta, il était entièrement sec et l'eau coulait dans l'air au-dessus de lui, comme retenue par un parapluie invisible. Avec hésitation, je tendis la main et tapotai le parapluie. C'était dur. Vivement, je retirai ma main et la secouai, incrédule.

— Je suis venu ici de mon plein gré, expliqua-t-il tranquillement. Ce qui me donne la possibilité d'affecter la forme de votre monde. Comme vous dans le jardin de Herne.

— Vous avez appris ça ?

Il affecta un sourire supérieur.

— Il y a quelques avantages à être guide spirituel.

Je me sentis soudain très seule, et très vulnérable.

— Et quels avantages y a-t-il à être le nouveau venu de la classe ? murmurai-je. Les gens meurent, Coyote, et je ne sais comment y mettre fin. Je croyais avoir trouvé, et puis j'ai découvert que ce n'était pas si simple.

— Vous avez vaincu Herne une fois, rétorqua doucement Coyote. Vous saurez le faire une seconde fois.

— J'ai triché.

Coyote esquissa un sourire. Vraiment, je ne savais pas que les chiens souriaient.

— Nous trichons tous, Joanne. La première tâche du guérisseur est de bouleverser nos perceptions. Rendre possible l'impossible.

— Est-ce que je survivrai ?

Coyote posa délicatement le bout de son museau sur ma main.

— Oui, vous survivrez. Vous y arriverez, Jo. Ecoutez…

— Non, l'interrompis-je avec force. Je ne veux pas entendre un truc du genre : « Ecoutez votre âme ou votre cœur. »

Il lécha doucement ma main.

— Ecoutez les bruits de la ville, reprit-il sans tenir compte de mon intervention. Ecoutez le cœur des autres. Suivez-les et vous trouverez ce que vous cherchez.

— Et qu'est-ce que je cherche ? demandai-je d'une voix plaintive.

Coyote haussa les épaules : un geste très humain, pour un chien aussi élancé que lui. L'eau devint soudain glacée et je me redressai en hurlant. Rapidement, je me lavai les cheveux et me savonnai. Puis je bondis hors de la douche et m'enveloppai de toutes les serviettes que je pus trouver. J'avais sans doute l'air d'un Bibendum, mais au moins j'avais chaud.

Je me sentais étrangement réveillée. Je notai mentalement d'essayer la combinaison douche froide-conversation avec guide spirituel, la prochaine fois que j'aurais le cerveau en compote. Je frottai mes cheveux et allai vérifier mes mails.

J'avais un message.

« L'Enfant les guide vers les âmes à moissonner, et les remmène dans l'Autre Monde lorsque la Chevauchée prend fin. Si l'Enfant n'est pas là, rien n'empêche la Meute de chevaucher éternellement sur Terre. Je ne crois pas que vous soyez folle. Je pense simplement que vous allez mourir. »

Longtemps je restai là, à regarder le message. Les serviettes ne parvenaient plus à me réchauffer.

Je pense simplement que vous allez mourir…

Vous allez mourir…

Mourir…

Coyote avait dit exactement le contraire. Quelqu'un devait avoir tort.

A tout prendre, je préférais parier sur Coyote. J'éteignis l'écran. J'avais mieux à faire que de mourir. C'était drôle comme j'avais eu cette révélation une bonne demi-douzaine de fois, ces derniers jours. Et chaque fois, mon optimisme avait été réduit à néant. Mais si je n'avais pas persisté à croire à ma survie, je serais déjà la victime de Cernunnos ou Herne. J'esquissai un pâle sourire. Je n'avais guère l'habitude de penser qu'il fallait croire pour vivre.

Je me rendis dans la cuisine. Le café était vieux d'une heure et demie : il était horriblement âcre, mais encore chaud, ce qui me suffisait amplement. Je le noyai de lait et de sucre, et regagnai ma chambre pour regarder par la fenêtre.

Au moins, je savais à présent ce que je cherchais. Herne, Cernunnos, mais, surtout, un enfant… Il suffisait que je le retrouve.

Tout simplement !

Je m'habillai, imprimai une copie du tableau et filai au commissariat.

19.

En route, je m'arrêtai au Missing O pour y prendre un beignet aux pommes. J'eus droit non seulement à mon beignet, mais aussi à un comité d'accueil du commissariat.

— Je connais encore le chemin ! protestai-je, encadrée par quatre gars, dont Bruce.

Sans répondre, Bruce posa une main sur ma tête et me fit pivoter en direction de la rue. Ainsi escortée, je fus littéralement propulsée dans le couloir qui longeait l'antre de Morrison.

— Tu vas avoir des problèmes, chuchotai-je à Bruce, tandis que ses trois compères disparaissaient vers leurs bureaux respectifs.

— Ma voiture aurait besoin d'une petite vérification, lança-t-il en ignorant ma remarque.

Je me mis à rire. Il me regarda en coin.

— Joanie, reprit-il, pourquoi ne monterais-tu pas une petite entreprise ? Tu serais la mécanicienne du commissariat. C'est mieux que de patrouiller dans la rue, non ?

— En échange de repas ? demandai-je, amusée. Tu sais, j'ai un loyer à payer.

— Pas besoin de faire ça… officiellement. Tu pourrais nous ouvrir des comptes.

— Bien sûr, sauf à toi, parce qu'Elise fait les meilleurs *tamales* de tout Seattle. Sauf à Billy parce que Melinda et lui m'emmènent faire du shopping. Sauf à…

Bruce leva une main.

— C'est bon, j'ai compris, répliqua-t-il en riant.

— Et puis, les gars qui n'auraient pas de compte seraient jaloux, poursuivis-je avec une gaieté un peu forcée. Et pour finir, le Service de la répression des fraudes me tomberait dessus…

Je me tournai vers lui.

— J'atterrirais ici, mais du mauvais côté des barreaux. Alors non seulement vos voitures seraient en panne, mais, en plus, je deviendrais toute grise et desséchée, et plus personne ne m'apporterait en douce des beignets. Non, tout ça finirait en véritable tragédie, crois-moi, ajoutai-je en hochant la tête, d'un air faussement grave.

Bruce éclata de rire.

— Grise, desséchée et… grosse, si on te nourrit de beignets. Nous n'avons pas de salle d'exercices, au commissariat.

— Ah non, j'ai dit que vous ne m'apporteriez pas de beignets ! Et voilà que tu te proposes de m'en offrir, sans me permettre de faire ma gymnastique matinale ? Tu vois où on en est ? On se croyait amis, et vlan…

Arrivé au bout du couloir, Bruce ouvrit la porte du Bureau des personnes disparues.

— Tu es de bonne humeur, ce matin, constata-t-il en s'appuyant contre le battant.

— Tu veux dire que je suis plutôt gaillarde pour quelqu'un qui a été rétrogradé, puis suspendu et qui se retrouve, en prime, impliqué dans une affaire de meurtres ? m'enquis-je en haussant les sourcils.

Il fit la moue.

— Hmm... Je ne l'aurais pas dit comme ça, mais oui, c'est à peu près ce que je pense. Morrison était déjà dans son bureau, quand je suis arrivé ce matin. Il est apparu en coup de vent pour m'interdire de te laisser entrer ici. Il porte les mêmes vêtements qu'hier.

Eprouvant une pointe de culpabilité, je fis claquer ma langue pour masquer mon trouble.

— Il devrait laisser sa mère l'habiller. Je l'ai toujours dit. Pourquoi m'as-tu fait passer en douce, s'il te l'a interdit ?

Bruce leva trois doigts, tel un scout.

— Je ne l'ai pas vue, chef, juré. Elle a dû entrer pendant que j'étais... aux toilettes ! lança-t-il en ouvrant de grands yeux innocents.

Je ris.

— Et les autres ? Que diront-ils ?

— Quels autres ?

— Tu es un amour, Bruce. Si je n'avais pas peur d'Elise, je te plaquerais un gros baiser sur la joue.

Bruce tendit sa main à un mètre cinquante du sol environ, et me considéra en penchant la tête.

— Peur d'Elise ? De la petite Elise ?

— « Petite » n'est pas synonyme de « douce », rétorquai-je avec un sourire. Elle me réduirait en morceaux, si elle savait !

— Bah ! dit-il en haussant les épaules. Il te suffit de lui plaquer une main sur le front, et elle ne pourra pas approcher de toi.

Un silence suivit. Puis Bruce se racla péniblement la gorge.

— Tu n'as pas… besoin de lui répéter ce que je viens de dire.

Je gloussai.

— Dans ma prochaine lettre anonyme, je saurai quoi mettre !

Bruce sourit, puis redevint grave.

— Tu es sûre que tout va bien, Joanie ?

— Si l'on excepte quelques meurtres, quelques expériences paranormales et un job aussi nouveau que passionnant, tout va parfaitement bien !

Une lueur d'inquiétude passa dans ses yeux.

— Vraiment, Bruce, repris-je plus doucement, je vais bien. Trop de caféine, pas assez de sommeil et pas mal de travail en perspective aujourd'hui, mais c'est tout.

Le visage de mon compagnon se rasséréna quelque peu.

— Bon. Tu viens toujours dîner, demain ?

Dieu du ciel ! J'avais complètement oublié.

— Euh, oui… Appelle-moi avant de quitter le commissariat. Il est possible que je sois en train de dormir. Je risque d'avoir une longue nuit.

Je n'osais même pas espérer que toute cette affaire serait résolue avant minuit. La perspective, pourtant, était agréable.

— Tire la sonnette d'alarme si tu crains de rencontrer Morrison. Il ne veut vraiment pas te voir.

— Je sais. Mais j'ai besoin de renseignements, répondis-je en entrant dans le Bureau des personnes disparues.

A côté du chaos qui régnait ici, l'antre de Morrison

était un modèle d'organisation. Mais c'était un chaos efficace. Le moindre centimètre de mur était recouvert de photographies ou de dessins, vieux parfois de plusieurs années. Des dossiers étaient ouverts sur les bureaux. Les armoires métalliques débordaient de papiers.

Cette pièce était, pour moi, la plus déprimante de tout le commissariat. Le désespoir y était palpable, surtout dans l'angle qui concernait les enfants. Et il était plus fort que dans aucun autre service du commissariat — même dans celui des homicides. Non que l'homicide n'ait rien de désespéré, mais il est aussi habité par d'autres émotions, telles que la colère, la passion et la jalousie.

Le Bureau des personnes disparues était lugubre à souhait.

— Tu entres ou tu sors, Joanie ? Dépêche-toi de choisir, il y a un courant d'air.

La femme qui venait d'apparaître devant moi était aussi brune que séduisante.

— Salut, Jen. Je te cherchais.

— Tu ne devrais pas être là, répondit-elle en me tendant la main.

Jennifer Gonzalez saluait toujours en tendant la main. Je me demandai soudain si ce contact ne lui permettait pas de mieux jauger la personne.

— Ne serais-tu pas médium, Jen ?

— Pas besoin d'être médium pour savoir que tu as été suspendue. On ne parle que de ça, depuis hier.

— Ça fait plaisir d'apprendre que je n'ai même pas besoin d'être là, en chair et en os, pour fiche la pagaille. Morrison doit être ravi.

— Laisse Morrison tranquille, veux-tu ? Il est dans tous ses états. Surtout après le carnage du lycée.

Jen s'assit à demi sur une table.

— Bon. De quoi as-tu besoin ?

— De retrouver la trace d'une personne qui a… peut-être disparu, dis-je avec hésitation. J'ai eu une semaine un peu étrange, Jen, et…

Elle pointa un doigt vers la cicatrice qui barrait ma joue.

— Il paraît, oui. Les paris sont ouverts, ici, pour savoir si on t'a déjà expédiée chez le psy.

— Hé là, minute ! Pas encore.

— Alors, j'ai gagné mon pari. Qui a disparu ? Pas ton esprit, j'espère…, ajouta-t-elle avec des yeux pétillants de malice.

J'eus un petit rire qui sonna faux.

— Non, ça fait longtemps que je l'ai perdu. Je m'en occuperai plus tard.

Je sortis de ma poche l'image que j'avais imprimée le matin même et la lui tendis.

— C'est un tableau, Joanne, observa-t-elle en plongeant ses yeux dans les miens.

— Jolie déduction, Jen, rétorquai-je en m'asseyant à mon tour sur une table.

— La personne disparue, c'est le… le gosse sur le cheval à la robe dorée.

Je retins ma respiration un instant.

— En fait, je ne suis pas sûre qu'il soit réel, lançai-je dans un souffle.

— Pour commencer, c'est « elle », pas « il ». Qu'elle soit réelle ou non, mieux vaut déjà chercher dans la bonne moitié de la population, non ?

Je la regardai, les yeux écarquillés. Elle me rendit l'image avec un sourire amusé.

— Comment sais-tu que c'est « elle », et pas « il » ? demandai-je en fixant mon regard alternativement sur le tableau et sur Jen.

Elle se pencha vers moi.

— Regarde, répondit-elle en dessinant du doigt le contour du buste. C'est une adolescente. Les épaules et la clavicule sont trop délicates pour être celles d'un garçon, même mince. Elle tient ses bras serrés contre son torse, mais le tissu est légèrement renflé et fait des plis au niveau de la poitrine. Un jeune garçon, de carrure aussi étroite, ne pourrait être suffisamment charnu ou musclé à cet endroit, pour justifier le renflement et l'ombre légère qui apparaît au-dessous des seins. Elle est androgyne, je l'admets, mais c'est une fille. De quand date le tableau ?

Sourcils froncés, j'examinai la silhouette. A présent que Jen l'avait soulignée, l'évidence sautait aux yeux. Sans son aide, j'aurais couru après un garçon jusqu'à la fin de mes jours.

Je détachai mon regard de l'enfant.

— Il y avait un copyright, je crois, répondis-je en cherchant à rassembler mes souvenirs. Il datait de l'année dernière.

— Bon. En supposant qu'elle existe…

Jen s'interrompit et me dévisagea.

— Bon sang, Joanne, tu te rends compte que c'est une hypothèse assez hasardeuse ! s'exclama-t-elle.

— Je sais, dis-je avec lassitude. Mais c'est le seul indice dont je dispose pour l'instant.

Jen opina lentement de la tête.

— Admettons qu'elle existe. Tu cherches donc une

jeune fille d'environ douze à quinze ans, peut-être un peu plus âgée, mais pas beaucoup plus. A ton avis, quand aurait-elle disparu ?

Je haussai les épaules.

— Quelque part entre le solstice et… aujourd'hui. En fait, je ne sais pas.

Jen m'étudia attentivement.

— Tu ne me facilites pas la tâche, Joanne. Pourquoi n'es-tu pas sûre que cette enfant soit… *réelle*, comme tu dis ?

Je fermai les yeux. Ma langue était paralysée. Une longue minute s'écoula avant que je ne parvienne à ouvrir la bouche.

— Les autres personnages du tableau existent. Mais ils ne sont pas…

Je me tus.

La seule personne avec qui j'avais osé être directe, jusque-là, était Billy. Je l'avais été aussi, sans ménagement, avec Morrison, mais je n'attendais rien de lui. Or, en cet instant, je voulais désespérément que Jen me croie, et je savais qu'à sa place, je me serais montrée plus que sceptique.

— Ils ne sont pas humains, repris-je posément.

Jen ne répondit pas immédiatement. Serrant les dents, je me contraignis à relever la tête et à la regarder dans les yeux. Elle me considérait avec une expression de sympathie que je trouvai plus atroce que la franche moquerie.

— Ecoute, je ne suis pas folle…

Elle leva une main pour m'arrêter, et reprit l'image.

— Je vais préparer une fiche de signalement et

lancer la recherche sur les deux dernières semaines. La couleur des yeux et des cheveux est-elle exacte ?

J'inspirai profondément.

— Celle des autres personnages correspond à la réalité, je suppose donc que celle-ci aussi.

— Bien, dit-elle en regardant sa montre. Je n'aurai probablement pas de résultats avant 10 heures. On peut aller boire un café à ce moment-là.

J'esquissai un faible sourire.

— Pour éviter que je rencontre Morrison, hein ? Au café du coin ?

Jen acquiesça.

— Disons 10 heures et demie, alors. Tu as un téléphone portable ?

Je fis un geste de dénégation.

— Je m'arrangerai pour t'appeler vers 10 heures et quart, et vérifier que le rendez-vous tient toujours.

— O.K. A tout à l'heure.

Jen attrapa, sur le bureau, un carnet de croquis et disparut dans le capharnaüm. Je restai plantée là. J'aurais voulu lui demander pourquoi elle me croyait, mais j'avais peur de sa réponse — peur d'apprendre qu'elle ne me croyait pas et qu'elle cherchait seulement à me faire plaisir. Je préférais rester dans l'ignorance. Tournant les talons, je me dirigeai vers la porte que j'ouvris prudemment. Devais-je me glisser furtivement le long du couloir, ou passer effrontément devant le bureau de Morrison ? Comment éviter le plus possible de me faire remarquer ?

— Le courant d'air, Joanne !

Honteuse de mes tergiversations, je m'engageai dans le couloir et refermai la porte derrière moi.

Je gagnai tout à fait normalement le garage du commissariat, sans croiser l'affreux Morrison que j'avais réussi à énerver presque autant que Cernunnos. Pourtant, en dépit de sa révoltante ignorance en matière de voitures, le chef n'avait jamais planté d'épée dans ma poitrine. Un très bon point pour lui.

— Vous cherchez quelque chose ?

Un type blond, à peine plus âgé que moi, apparut derrière une voiture, un démonte-pneu posé sur l'épaule à la manière d'une batte de base-ball.

Je m'immobilisai et l'examinai.

— Vous avez été engagé il y a trois mois ? m'enquis-je.

— Ouais. Si c'est pour la redevance informatique, j'ai déjà mis le chèque dans la boîte aux lettres.

Je haussai un sourcil. C'était bien la première fois qu'on me prenait pour un inspecteur des impôts. Je haussai un second sourcil. Les inspecteurs des impôts portent-ils des jeans et un pull sur leur lieu de travail ? Pourquoi pas, après tout ?

— Je suis mécanicienne, rectifiai-je avec un sourire aimable.

Dans le garage où je travaillais, à l'époque du lycée, il y avait un téléphone. La règle voulait que ce soit la personne la plus proche qui décroche. Quand c'était mon tour, et que je répondais à l'interlocuteur que le mécanicien, c'était moi, un très long silence suivait généralement.

Le type blond me considéra en silence. L'envie de lui botter les fesses me démangea.

— Vraiment, repris-je, insistante. Vous avez eu mon poste.

Il écarquilla les yeux.

— C'est vous, Joanie ?

On lui avait donc suffisamment parlé de moi pour qu'il connaisse déjà mon prénom.

— Je suis Joanie, confirmai-je. Et vous êtes ?

— Incompétent, je suppose, comparé à vous. Faites-moi plaisir et marchez sur l'eau, voulez-vous ? Les gars d'ici jurent que vous pouvez le faire.

J'étais ravie de découvrir que j'avais un nouvel ami dans ces lieux.

— Désolée, vieux, seulement à Pâques. Ils vous ont embêté ?

Il me lança un regard noir.

— La situation a empiré, il y a deux jours environ. Quand vous êtes revenue.

— Désolée, répétai-je. Je crois que je suis un peu leur mascotte, ou quelque chose dans le genre. La « nana mécanicienne », quoi.

Je le regardai plus attentivement. Il était séduisant, plutôt grand et large d'épaules. Ses longs cheveux blonds ondulaient souplement. Genre Thor, si vous voyez ce que je veux dire. Un genre qui ne me déplaît pas du tout.

— Vous êtes tout seul ?

— Ils sont allés boire un café.

— Vous n'aimez pas le café ?

— Je n'aime pas la foule.

Charmant, ce garçon.

— Et comme deux, c'est déjà la foule, rétorquai-je, je vous débarrasse le plancher.

Un plancher que j'aurais bien partagé, pourtant. J'avais besoin d'une autre douche froide ! Je jetai un coup d'œil vers la voiture qu'il était en train de réparer.

— C'est celle de Mark Rodriguez, observai-je. Vérifiez l'essieu. Je ne connais personne qui déglingue autant ses roues.

Thor était visiblement déterminé à me détester. Flûte. Morrison avait trouvé un copain pour me casser du sucre sur le dos.

— Et vérifiez aussi les freins. Il a le pied lourd.

Thor me lança un regard par-dessus le toit de la voiture.

— Ouais. Il l'a amenée parce qu'il a cassé son frein.

J'eus mon petit moment de vanité.

— Et ensuite ? me demanda-t-il, légèrement hargneux. Vous me montrez ce que vous savez faire ?

Je minaudai.

— Jamais au premier rendez-vous.

Et, assez satisfaite de moi, j'enfonçai mes mains dans mes poches et sortis en sifflotant.

Le destin avait, bien sûr, décidé de planter Morrison à l'angle de la rue. Il ouvrit la bouche, et je levai une main.

— Acoquinez-vous avec Thor, le gars que vous avez engagé, lui lançai-je en désignant du pouce le garage. Il ne m'aime pas non plus.

Et, prenant un air dégagé, je passai devant lui.

— J'adore les beignets, dis-je avant qu'il ne reprenne son souffle. Rien à faire, je suis accro. Et il n'y en a pas de pareils à ceux du Missing O. Morrison, je jure devant Dieu que c'est l'unique raison de ma présence ici. Un beignet bien croustillant.

J'allongeai le pas pour mettre le plus de distance possible entre lui et moi. Et si je continuai à baratiner comme ça, sans lui laisser placer un mot ? C'était une bonne idée, non ?

— Je vous en paie un, répliqua-t-il avec un sourire un peu crispé.

Ma mâchoire se décrocha. Non seulement mon plan machiavélique était à l'eau, mais, en plus, il me faudrait manger un beignet, alors que celui de ce matin m'avait calée pour le reste de la journée.

D'un autre côté, je ne pouvais laisser passer une si belle occasion d'obliger Morrison à débourser un dollar vingt-neuf.

— Je vous prends au mot, répondis-je. Mais les gens vont jaser…

Bruce avait raison. J'étais de bonne humeur. En me concentrant un peu, si je fermais les yeux, je pouvais sentir les vibrations de la ville, le murmure incessant et effréné des vies humaines qu'elle abritait. Si je voulais, je pouvais appeler à moi cette énergie.

Je m'apprêtais à traverser la rue.

La solide main de Morrison se referma sur mon épaule et me tira vers le trottoir. Je levai les yeux vers lui, ahurie.

— Qu'est-ce qui vous prend ? aboyai-je en même temps que lui.

La parfaite synchronie de nos exclamations ne fit rire personne.

— Vous faites comme les génies qui marchent la tête dans les nuages, et oublient de s'en servir au moment de traverser ?

— Seriez-vous en train d'insinuer que je suis un génie ? m'enquis-je d'un air ingénu.

— Oh, pour l'amour du ciel, Walker !

Libérant mon épaule, il s'engagea entre les voitures.

Je retins une envie d'esquisser un petit pas de danse, et courus derrière lui. Si je devais mourir ce soir, je mourrais presque contente : j'aurais eu le meilleur de Morrison trois ou quatre fois en une journée. Un record.

Le Missing O était en pleine ébullition. Tout le quartier se retrouvait là pour prendre son petit déjeuner. L'équipe du garage était au complet. Je laissai Morrison faire la queue pour aller saluer tout le monde. Après force embrassades et exclamations, je me retrouvai soudain seule, l'équipe ayant déserté devant Morrison, qui revenait non seulement avec un beignet, mais aussi une tasse de chocolat pour moi.

— Pourquoi tant de gentillesse ? demandai-je d'un ton suspicieux.

Je pris le beignet et mordis dedans. Il n'avait sûrement pas eu le temps de l'empoisonner.

— Pour m'avoir évité de remplir la paperasserie qui me serait tombée dessus si vous aviez été écrasée, répliqua-t-il en s'asseyant.

D'un geste, il m'invita à faire de même. Après tout, il n'avait fait que m'offrir un petit déjeuner.

— Ravie de savoir que vous n'avez agi que par intérêt. Durant une seconde, j'ai cru que vous vous inquiétiez de mon sort. Que voulez-vous, Morrison ?

— Je m'inquiète toujours pour les gens qui risquent de se faire écraser. Et vous, que voulez-vous ?

Je haussai les sourcils.

— Amour, justice et paix dans le monde. En attendant ce jour magnifique, je me contente d'essayer de résoudre un meurtre.

— Vous êtes…

— Suspendue, je sais. C'est une affaire réglée. Alors, comment voyez-vous les choses ?

— Je pourrais vous renvoyer pour insubordination.

— Parfait. Renvoyez-moi. J'irai illico proposer mes services de détective privé à Henrietta Potter.

Je hochai la tête. A y songer, ce n'était pas une mauvaise idée du tout.

Morrison but une gorgée de café en m'examinant. Puis il reposa sa tasse et tendit la main.

— D'une, dit-il en dépliant son pouce, vous n'avez pas de licence de détective. De deux, ajouta-t-il en levant l'index, vous ne savez pas enquêter. De trois, vous en faites une affaire personnelle, ce qui est très mauvais pour l'impartialité. Et de quatre, vous m'énervez prodigieusement.

A mon tour, je tendis la main, petit doigt replié.

— Et de cinq, pour une question de principe, dis-je en relevant le petit doigt.

Morrison esquissa un sourire.

— Ne me tentez pas. Que faisiez-vous au commissariat ?

— Pourquoi est-ce que vous me trouvez si embêtante ?

Ce n'était pas franchement le moment de poser la question, mais j'éprouvai tout à coup une intense curiosité.

Morrison haussa les sourcils.

— Sincèrement ? dis-je. Je sais que nos relations ont mal commencé, et je ne comprends toujours pas comment vous pouvez confondre une Mustang et une Corvette.

— Les voitures ne m'ont jamais intéressé.

— C'est clair. Et qu'est-ce qui vous intéresse ?

Il prit sa tasse et but lentement une gorgée.

— Le métier de flic.

— Depuis que vous avez... quoi ? Neuf ans ? Quinze ? Vous n'avez jamais eu envie de conduire des voitures rapides et de draguer les filles ? Vous vouliez être flic ?

Avec une incrédulité rageuse, je mordis dans mon beignet.

— Oui, j'ai toujours voulu être flic, comme vous dites. C'est même précisément la raison pour laquelle vous m'énervez, Walker.

Un conflit s'était visiblement déclaré dans le corps de Morrison. D'un côté, il s'efforçait d'être détendu sur son siège ; de l'autre, le ton crescendo de sa voix le projetait en avant vers moi.

— Ce métier-là, c'est ma vie. Vous m'énervez parce que je pense qu'être flic, c'est une vocation, et que vous portez un insigne qui ne signifie rien pour vous. A vos heures de loisir, vous traînez avec mes inspecteurs, vous, une jeune femme séduisante, sympa, qui parle mécanique, boit de la bière et joue au bras de fer. Personne ne se souvient que vous étiez parmi les meilleurs de votre promotion, à l'Ecole de police. Et personne ne s'offusque de ce que vous gaspilliez vos talents à tripoter des moteurs chez Motor Pool. Je l'avoue, tout ça m'énerve prodigieusement.

Bouche bée, je le considérai. Morrison expira bruyamment et regarda ailleurs.

— Que faisiez-vous au commissariat ? demanda-t-il, d'un ton faussement dégagé.

Dieu soit loué, il avait repris l'initiative de la conversation. Parce que, là, j'étais partie pour garder la mâchoire décrochée jusqu'à la fin de la journée. Séduisante ? Morrison pensait que j'étais séduisante ? Moi ? Morrison savait quel avait été mon classement à l'Ecole ? Je n'en parlais jamais. Il avait dû consulter mon dossier.

Et Morrison estimait que je pouvais faire mieux ? J'eus envie de m'excuser de l'avoir ainsi déçu.

— Comment saviez-vous que j'étais là ? demandai-je d'une voix un peu incertaine.

Une question idiote. Mais c'était déjà mieux que de s'excuser.

Morrison me regarda sans répondre et je finis par hausser les épaules. Pour me donner une contenance, j'avalai une gorgée de chocolat et manquai m'étouffer. Un peu rouge, j'eus un claquement de langue approbateur. Le chocolat était bon — à la menthe avec de la crème fouettée. Exactement comme je l'aimais. Avec le beignet, c'était un peu lourd, mais, surtout, je ne me souvenais pas d'en avoir jamais commandé en présence de Morrison. Perplexe, je regardai alternativement la tasse et mon chef, qui avait l'air parfaitement impassible. Refoulant ma curiosité, je m'interdis de poser aucune question et avalai une autre gorgée. Avec indifférence.

— Je venais consulter un dossier aux Personnes disparues, expliquai-je en reposant ma tasse.

Je n'avais trouvé rien de mieux que de lui dire la vérité. De toute façon, Jackson estimait que je n'étais pas bonne menteuse. Si un mort pouvait lire dans mes pensées, comment aurais-je pu les dissimuler à Morrison ?

— Cela ne donnera peut-être rien, mais je devais essayer.

— Qui cherchez-vous ?

— Une jeune fille, semble-t-il. Je veux dire…

Je fermai les yeux. Et voilà : ça recommençait.

— Elle a disparu, mais je ne sais pas si elle est… réelle.

Quand je rouvris les yeux, le boss me regardait comme si j'avais perdu les pédales.

— Une jeune fille, qui ne serait pas réelle, aurait été portée disparue ? Je résume bien votre pensée ?

J'eus envie de rentrer sous terre.

— Elle est réelle, repris-je en soupirant, mais disons qu'elle n'est pas ordinaire. Je ne suis pas sûre qu'elle ait une « vie » comme vous et moi.

Enfin, comme celle de Morrison, parce que la mienne, depuis le début de la semaine, avait pris un tour… irréel. Je caressai doucement la fine cicatrice sur ma joue, et sentis, au creux de ma poitrine, la sensation d'une plaie qui n'y était pas. Cette sensation disparaîtrait-elle jamais ? Je lançai un regard furtif en direction de Morrison qui m'observait attentivement.

— Il y avait des caméras vidéo, à l'auberge, saviez-vous ?

La gorgée de chocolat que je venais d'avaler eut du mal à passer.

— Et… ? m'enquis-je d'une voix faible.

Un atroce pressentiment m'envahit : les bandes étaient vierges, effacées, brouillées par des parasites…

— J'ai regardé les enregistrements ce matin. Depuis le moment où vous entrez, avec vos amis, jusqu'à celui où vous revenez de chez les morts. Avant de les avoir vus, je ne vous croyais pas.

— Et maintenant ? demandai-je d'une voix de plus en plus faible, où perçait pourtant une pointe d'espoir.

Morrison finit sa tasse de café et la reposa.

— Vous devriez avoir une plaie.

— Voulez-vous que je vous prouve que je n'en ai pas ?

A ma grande surprise, Morrison esquissa un sourire.

— Une autre fois, peut-être.

Je le regardai, sidérée. J'ignorais que le boss fût capable de draguer. Avec moi, en plus !

— Je ne croyais pas non plus Henrietta Potter, reprit-il.

— En dépit de l'évidence ? Vous êtes un sacré entêté !

— Preuve indirecte. Je n'ai rien vu de mes propres yeux. Sur les bandes de l'hôpital, vous vous endormez à son côté. Quelques minutes plus tard, vous vous levez et vous sortez. Mme Potter se lève à son tour et vous suit.

— Et vous avez besoin d'une preuve directe ? Allez, Morrison !

Voilà que je me retrouvais à débattre d'un événement qui m'aurait paru proprement incroyable trois jours auparavant.

— En tout cas, cela joue en votre faveur.

Morrison regarda le fond de sa tasse vide, d'un air pensif.

— Et c'est la raison pour laquelle j'ai décidé de considérer que vous pouviez être utile.

Mon estomac se noua désagréablement et une

sensation de froid m'envahit, glaçant le bout de mes doigts.

— Utile ? Que s'est-il passé, Morrison ?

— Henrietta Potter est morte ce matin.

20.

Un brouillard noir tomba soudain devant mes yeux, et je ne discernai plus qu'avec peine Morrison, qui paraissait flou et lointain. Les yeux pétillants de vie d'Henrietta Potter, sa voix claire et précise me revinrent à la mémoire. Une lumière blanche succéda aux ténèbres, et j'aperçus de nouveau la salle du café avec tous ses clients… avant que cette image elle-même ne disparaisse brutalement, me projetant dans l'immensité silencieuse de l'espace interstellaire. J'étais seule. J'appelai à l'aide, mais personne ne me répondit.

Dans les profondeurs opaques, pourtant, je sentis une attente avide, vorace. A chacun de mes appels, elle s'approchait insensiblement, semblable à un félin guettant sa proie et l'étudiant avant de bondir sur elle. Je me souvins de Coyote, m'avertissant du danger qu'il y avait à parler avec les morts. Oui, j'en étais sûre, il y avait là, derrière ces ténèbres, un danger terrible. Je lançai un dernier appel dans cet espace infini d'où l'écho même était banni. Les étoiles pâles s'évanouirent, remplacées par un tourbillon d'images qui défilèrent à une allure trop vertigineuse pour que je puisse les comprendre. Et, brusquement, le café se concrétisa devant mes yeux. Penché sur moi, Morrison me secouait doucement.

—... oanne ? Joanie ?

Sa voix me parvenait comme étouffée. Puis son intonation redevint précise.

— Walker ? Nom de Dieu, qu'est-ce qui vous prend ?

Je clignai des yeux, et ma vision retrouva progressivement sa netteté. Je gémis et portai une main à mes tempes. J'avais l'impression d'avoir une horrible gueule de bois.

— Elle allait bien la nuit dernière, soufflai-je.

Morrison se redressa et me considéra, du haut de sa taille.

— Il est apparemment dangereux de vous fréquenter en ce moment.

Et sans cesser de me regarder d'un air soucieux, il contourna la table pour revenir à sa place.

— Sans votre tour de passe-passe, l'autre nuit, à l'hôpital...

— Elle serait toujours en vie, protégée par des policiers, achevai-je dans un misérable murmure.

Morrison hocha la tête.

— Non. Elle était sous surveillance. Sans votre tour de passe-passe, reprit-il gravement, les médecins auraient probablement conclu qu'elle était morte des suites de sa blessure. Or, ils ont tous pu constater sa guérison. Le coup qui l'a tuée est quasiment identique au premier.

Un long silence suivit.

— Comment diable avez-vous fait ? finit-il par demander.

Je fermai les yeux, me rappelant l'absurde analogie de la voiture.

— Vous tenez vraiment à savoir ?

— Oui.

Pour me donner du courage, j'avalai une gorgée de chocolat, puis commençai à parler, le nez dans la tasse.

— Lundi matin, j'ai fait l'expérience de la mort. Il semble que ce soit chose courante, pour les chamans, de prendre conscience de… leurs dons de cette manière-là. En fait, il y a des rituels… Peu importe, poursuivis-je en haussant les épaules. Les chamans sont des guérisseurs.

Ça, au moins, je l'avais compris.

— Mais guérir suppose de croire.

Je levai les yeux.

— Je n'ai jamais été très forte, question croyance.

Il eut un petit grognement amusé.

— Mais vous n'imaginez pas ce qu'un coup d'épée dans la poitrine peut faire pour la croyance d'une fille.

— Peut-être, dit-il prudemment avant d'agiter vers moi son beignet au sirop d'érable. Continuez.

— Non seulement le chaman doit croire, mais celui qui est soigné également.

Je remuai machinalement mon chocolat.

— Elle était inconsciente. Sans doute est-ce difficile d'avoir une opinion à ce sujet quand on est inconscient. Elle est… vraiment morte ? ajoutai-je d'une voix blanche.

Morrison acquiesça lentement.

— Je l'aimais, murmurai-je.

Et je me mordis les lèvres. Pas question de pleurer devant le chef. Surtout que je ne pourrais pas en rejeter la faute sur les verres de contact, vu que je n'en portais pas, ce matin.

— C'est la vie, déclara-t-il.

Je levai la tête, indignée, mais l'éclat de colère qui passa dans ses yeux me fit penser qu'il ne vivait pas la situation aussi bien qu'il le prétendait. S'il excusait mes petites dissimulations, je lui pardonnerais les siennes. Nous nous regardâmes un moment en silence, le temps de maîtriser nos sentiments.

— Pourquoi dites-vous cela ? demandai-je finalement.

Avec une méticulosité compulsive, Morrison se mit à ranger devant lui les couverts qui étaient sur la table. Je l'observai, fascinée. Le commissaire divisionnaire n'avait pas la réputation d'être particulièrement maniaque.

— Vous êtes nerveux.

N'était-ce pas merveilleux de voir le grand chef devenir enfin nerveux ? Un grand moment !

— Suis-je toujours suspectée ? repris-je.

La question eut visiblement pour effet de le rendre à son humeur habituelle. Il se redressa et me foudroya du regard.

— Où étiez-vous ce matin à 5 heures ? Avez-vous un alibi ?

— Mais oui. Ça vous en bouche un coin, hein ? Gary est passé chez moi vers 5 h 10.

Il me contempla froidement.

— Non, ce n'est pas bon. Qui est Gary ?

— Mon amant secret, bien sûr. Qui d'autre ? C'est le type qui était avec moi quand j'ai rencontré Marie.

Qui était avec moi, aussi, quand j'ai découvert le corps de Marie. Le chauffeur de taxi. Un type baraqué. Il était à l'hôpital, la nuit dernière. Qu'est-ce que ça peut vous faire ?

— Ah, M. Muldoon… Je ne savais pas que vous en étiez déjà à l'appeler par son prénom.

— Oui, parce que vous, je vous connais depuis trois ans et que je ne vous ai jamais app…

Subitement, je me souvins qu'il avait murmuré mon prénom, quelques instants plus tôt. Jamais je n'aurais cru qu'il le connaissait.

— Ma vie a pris un tour étrange, ces derniers temps, lançai-je, un peu désorientée. Bon, je crois qu'il faut que j'y aille…, ajoutai-je en me levant.

— Asseyez-vous.

Je m'assis.

— Que faisait M. Muldoon chez vous, ce matin à 5 heures ?

— C'est une question personnelle ou professionnelle ? demandai-je d'un ton sarcastique pour masquer mon trouble.

— Professionnelle, rétorqua-t-il d'un ton glacé.

— Alors, je ne répondrai qu'en présence de mon avocat. Bon sang, Morrison, il m'apportait quelque chose que je lui avais demandé, avant de prendre son service !

— Quelle chose ?

— Du travail, dis-je d'un ton nonchalant. Vous savez, ce truc qu'un salaud m'empêche de faire en ce moment, parce qu'il m'a suspendue…

Morrison devint cramoisi. Je me sentis nettement ragaillardie.

— Que vous a apporté M. Muldoon ? martela-t-il en détachant ses mots.

— Cela, répliquai-je en martelant aussi mes mots, ne vous regarde pas. Qu'avez-vous, Morrison ? Il y a cinq secondes, je n'étais plus suspectée, et voilà que vous agissez comme si je l'étais toujours.

D'après Gary, le grand chef m'aimait bien. L'idée était absurde, mais l'occasion était trop belle pour la laisser passer.

— Si ce n'était pas un non-sens, je dirais que vous êtes jaloux, lâchai-je négligemment.

Morrison écarquilla les yeux.

— Bon sang, vous m'avez découvert ! lança-t-il d'un ton sarcastique. Que vous a-t-il apporté ? enchaîna-t-il d'une voix neutre.

— Une rapière, rétorquai-je. Celle avec laquelle Cernunnos m'a frappée. Je la voulais comme souvenir. Si Mme Potter a reçu une blessure similaire à la première, alors, ce n'est pas votre arme. J'ai horreur de vous décevoir, chef. Bon, et maintenant, qu'attendez-vous de moi ?

— Je voudrais que vous retrouviez le type, lança-t-il sèchement.

Je préférais nettement quand on se disputait. Au moins, c'était clair : nous étions deux adversaires. La sympathie embrouillait vraiment trop les choses. Je pris mon ton le plus persifleur.

— Oui, chef, bien sûr, chef. Mais pourquoi ce revirement ? lui demandai-je en ouvrant de grands yeux innocents.

— Parce qu'il a tué une femme, ce matin, en passant devant deux gardes qui n'ont absolument rien vu.

Morrison frappa la table d'un coup sec.

— Dites-moi, Walker… Si je vous donne la responsabilité de cette enquête, vous la mènerez à bien ?

Je le regardai un instant en silence.

— Non, répondis-je laconiquement.

Choqué, Morrison eut un petit mouvement de recul. Mais je vis au fond de son regard une légère admiration.

— Pourquoi non ? finit-il par dire.

— Parce que je ne sais fichtre pas ce que je suis en train de faire. Parce que je me retrouve au beau milieu d'un jeu dont je ne connais pas la moindre règle. J'apprends à toute allure, ça oui, parce qu'il y va, entre autres choses, de ma vie.

Je frappai à mon tour la table.

— Je ne suis pas assez forte, résumai-je, mais vous n'avez pas le choix.

Morrison agita la main pour m'inciter à poursuivre. Je repoussai ma tasse.

— Il y a Cernunnos, et il y a Herne. Tous deux sont au cœur de l'affaire. Avez-vous entendu parler d'eux ?

Morrison poussa un grognement.

— Bon, je ne les connaissais pas, moi non plus… Le premier est un dieu celte, pas fondamentalement mauvais. Plutôt…

Je fermai les yeux et visualisai l'étroit visage, le corps évanescent.

— Primitif, repris-je. Le second est son fils. Le mal est en lui. C'est notre meurtrier. Mais j'ignore ce qui le pousse à tuer. Ce que je sais, c'est que Cernunnos a voulu se débarrasser de moi parce que je le gênais, tandis que Herne semble me haïr pour des raisons que je ne comprends pas. Quoi qu'il en soit, je suis la seule à pouvoir agir, parce que c'est à moi qu'ils en veulent.

— Etes-vous capable de vous protéger ?

Une onde de choc me parcourut. La course du sang dans mes veines s'accéléra brusquement, diffusant une chaude force de vie jusqu'au bout de mes doigts qui fourmillèrent. Je perçus avec netteté le battement de mon cœur, et le mouvement de mes poumons. Ma vision se brouilla momentanément. Quand elle s'éclaircit de nouveau, je vis que mes mains étaient devenues comme transparentes. J'apercevais clairement les épaisseurs de peau, les tendons, les os. Si je continuais à regarder, j'allais bientôt apercevoir aussi les cellules de la chair, se heurtant inlassablement les unes aux autres. Effrayée, je relevai la tête.

— J'ai décidé ce matin que je ne mourrais pas, murmurai-je en frissonnant.

Morrison semblait littéralement statufié sur place.

— Vos… vos yeux ont changé de couleur, articula-t-il d'une voix rauque.

— Vous dites ?

— Ils sont… ils étaient dorés.

J'inspirai lentement.

— Ce doit être la lumière, avançai-je d'une voix incertaine.

Morrison parvint à hocher la tête. Je n'y croyais pas beaucoup, moi non plus. Formidable. Voilà que j'imitais Marie. Pourvu que je ne fasse pas le coup de la pupille qui disparaît !

— J'ai décidé de ne pas mourir, dis-je de nouveau en espérant détourner l'attention de Morrison.

Et, prudemment, j'évitai de regarder mes mains.

L'idée de voir mes os ne me plaisait qu'à moitié. Au bout d'un temps qui parut infini, Morrison se secoua et poussa un long soupir.

— Personne ne se lève le matin en se disant qu'il va mourir, Walker, lança-t-il, se laissant aller contre le dossier de son siège. Enfin… presque personne.

— Non, vous ne comprenez pas, répondis-je en hochant la tête.

— Eclairez ma lanterne, voulez-vous ?

— Je peux voir mes os à travers la peau, dis-je doucement en osant regarder mes mains.

Elles avaient l'air parfaitement normales.

— Je ne risque pas de mort cérébrale, pour l'instant, ajoutai-je.

— Vous voulez dire que vous êtes immortelle ?

— Non, répliquai-je avec irritation. Je vous dis que je saurai me protéger.

— Ah… Pourquoi ne le disiez-vous pas simplement ?

Je regardai le mur. Il était trop loin pour que je me cogne la tête dessus.

— Donc, je ne suis plus suspendue ?

— Non, répondit Morrison avec une moue crispée, comme s'il venait de mordre dans un citron amer.

— Puis-je récupérer mon insigne ?

— Oui.

— Et que pensez-vous d'une petite augmentation ?

Une autre crispation tordit la bouche de Morrison.

— Les détectives sont mieux payés que les mécaniciens, non ? demandai-je.

J'eus droit, cette fois, à un regard vaguement dégoûté.

— Décidément, je ne vous apprécie pas.

Je lui décochai un sourire épanoui.

— C'est bon d'être de retour, chef.

Une demi-heure plus tard, j'arborai de nouveau mon insigne. Il fallut encore trois quarts d'heure d'exercices de tir, au sous-sol, pour prouver à Morrison que je ne blesserais personne involontairement, moi y compris.

— Ça ira ? lui demandai-je en retirant les protège-oreilles.

— Ça ira, répliqua-t-il froidement. Vous tirez bien.

— Merci. J'ai appris avec mon père. Je préfère les fusils, mais, malheureusement, ça ne rentre pas dans l'étui.

Maladroitement, je glissai le revolver dans ledit étui. Morrison afficha un petit air de satisfaction. Etrange individu… Moi, à sa place, j'aurais préféré que mon inspecteur soit parfaitement à l'aise avec ce truc-là, mais le chef avait déjà eu une matinée assez éprouvante comme ça. Une fois n'est pas coutume, je ne relevai pas.

— Je peux sortir protéger le faible et l'innocent, pourvue de mon arme fidèle et de ma rutilante étoile ?

— Si vous saviez comme je le regrette déjà ! marmonna-t-il.

J'eus un soupir de plaisir.

— Non, je ne le sais pas, mais vous pouvez essayer de me l'expliquer.

— Ce n'est pas un jeu, Walker, répliqua-t-il d'un ton grinçant.

— Pas de baratin, s'il vous plaît.

— Walker…

Son ton était menaçant. Je cessai d'arranger l'étui sous mon bras et me frottai machinalement la poitrine. C'était en train de devenir un tic, mais je n'arrivais pas à me défaire de la déplaisante sensation de l'épée dans ma chair.

— Je sais, Morrison, repris-je. Je n'ai jamais eu l'intention de me mettre au service des forces de l'ordre. Je voulais vraiment être mécanicienne. Je ne prends pas cette affaire à la légère.

— Vous vous payez ma tête.

J'enfilai ma veste pour voir quel effet cela faisait, avec l'étui. Un peu étrange, mais je m'habituerais.

— Ça, c'est ce que vous croyez, répliquai-je en le regardant.

J'aperçus une lueur de satisfaction dans ses yeux. Ah non, pas ça ! Surtout pas ça… Agacée, je tirai une dernière fois sur ma veste pour masquer la bosse du revolver.

— Autre chose ? demandai-je en contemplant mes chaussures.

C'étaient des bottes imperméables, parfaitement ordinaires. Morrison portait à peu près les mêmes. Et nous étions à peu près de la même taille. Je souris.

— Evitez la presse, Walker.

Je baissai ma voix d'un ton.

— Détective Joanne Walker au micro, pour Tabloïd TV. Un dieu celte et son fils sont impliqués dans la série de meurtres qui secouent Seattle. Rendez-vous ce soir, à 11 heures, pour de plus amples informations.

Morrison essaya de ne pas rire et produisit à la place une espèce de petit sourire malicieux. Bon, ce n'était pas James Dean, mais ce n'était quand même pas mal.

— Je ne veux rien de tout ça, dit-il.

Je haussai les épaules.

— Qui me croirait ?

— Ceux qui lisent les tabloïds et regardent les émissions télé du même acabit. Evitez de mettre le commissariat dans l'embarras. De *me* mettre dans l'embarras.

— Vous me demandez une faveur ?

Il me lança un regard noir. Drôle comme les regards de Morrison me réconciliaient avec l'humanité tout entière ! C'était une sorte de continuité, de stabilité, et j'en avais sacrément besoin en ce moment, vu mon existence. Je levai une main.

— O.K., ça va, dis-je. Tout sera terminé ce soir, chef. Pour les détails, on verra lundi.

— Lundi, répéta Morrison en écho.

J'opinai vigoureusement.

— Je me suis promis de dormir jusqu'à vendredi après-midi, une fois l'affaire réglée. Et vendredi soir, j'ai un dîner. Donc, nous reparlerons de tout ça lundi matin. Bon, maintenant, je vais voir si Jen a quelque chose pour moi.

— Avec qui, le dîner ?

Je penchai la tête et le considérai avec un sourire moqueur.

— Vous tenez vraiment à le savoir ?

Et je filai vers la porte. En passant devant lui, j'eus

la nette impression qu'il aurait bien aimé savoir. Mon sourire s'agrandit et je grimpai quatre à quatre l'escalier pour regagner le rez-de-chaussée. Morrison m'emboîta le pas et s'enferma dans son bureau en grommelant. Joyeuse, je me dirigeai vers le Bureau des personnes disparues.

— Rien trouvé ! lança Jen au moment où je pénétrai dans la pièce.

Je pris un air déçu.

— Trop tôt, peut-être ? m'enquis-je en refermant soigneusement la porte derrière moi.

Elle agita une poignée de papiers vers moi.

— C'est trop tôt, ou ta jeune fille n'a pas disparu. J'ai réalisé un croquis d'après le tableau, que j'ai envoyé à travers toute la ville. Aucun retour, pour l'instant. De toute façon, tu es en avance.

Je jetai un coup d'œil sur l'horloge. Il était 10 h 5.

Je jetai mon insigne sur son bureau. Il fallait que je m'achète un de ces petits porte-documents en cuir. Je venais tout à coup de comprendre leur intérêt : non seulement ils vous évitaient de fouiller lamentablement dans vos poches, mais, en plus, ils avaient un côté très théâtral.

Jen posa les papiers et prit l'insigne.

— Où l'as-tu trouvé ?

Je gloussai sans répondre.

— Dans une boîte de corn-flakes ?

Je gloussai de plus belle.

— Dans la délicate petite main de Morrison lui-même, répondis-je.

Jen colla un stylo dans sa bouche et me dévisagea. Depuis qu'elle avait arrêté de fumer, deux mois auparavant, elle collait toujours quelque chose dans sa bouche.

— Qu'èche que tu lui as...

— Morrison n'est pas du tout mon genre, répliquai-je en hâte.

Jen sourit.

— Perchonne n'est ton chenre, Choanne, dit-elle en mâchonnant son stylo. Comment l'as-tu convaincu ?

— C'est lui qui a voulu. Ecoute, puisqu'il n'y a rien pour l'instant, je reviendrai... mettons dans quelques heures, pour voir si j'ai plus de chance. 14 heures, ça te va ?

— O.K., j'espère avoir des retours...

Elle retira le stylo de sa bouche.

— ... détective Walker, ajouta-t-elle en souriant.

Je gloussai. Parti comme c'était j'allais glousser jusqu'à la fin de la journée. Peut-être jusqu'à la fin de mes jours. Je lui lançai un petit salut enjoué et me dirigeai d'un pas vif vers la porte d'entrée du commissariat. Morrison me jeta un regard noir quand je passai devant son bureau. J'agitai gaiement la main dans sa direction. J'avais l'impression de partir à la conquête du monde.

21.

Je quittai le commissariat dans un tel état d'euphorie que j'étais fermement convaincue de ressortir indemne de cette aventure — ce qui était un indéniable progrès depuis mon réveil, ce matin.

— Mon nom est Walker, dis-je tout haut, avec un sourire béat. Je porte un insigne.

Mon insigne et moi-même descendîmes la rue, le moi-même en question sifflotant allègrement. Après avoir dépassé le Missing O de quelques pâtés de maisons, je me rappelai que j'avais proposé un déjeuner à Kevin Sadler. Je rebroussai chemin en direction du café, pour consulter mon courriel. Avec un sourire amusé, la serveuse m'offrit un autre beignet aux pommes, et je m'aperçus que mon estomac n'avait plus envie de rien.

De toute façon, il n'était absolument pas l'heure de déjeuner. Kevin m'avait renvoyé un mot en proposant une rencontre dans un restaurant près de chez lui. Je notai les indications qu'il me fournissait, confirmai le rendez-vous et regagnai la rue.

La fatuité et la gloriole dissimulent souvent le fait qu'en réalité, vous ne maîtrisez pas du tout ce que vous faites. Je continuai à marcher avec énergie pendant quelques centaines de mètres, avant de me demander où diable j'avais fourré ma voiture, et ce que je comptais faire exactement.

Retrouver la voiture était assez simple. Il suffisait que je revienne sur mes pas. C'était une voiture de location, un récent modèle Ford avec autant de personnalité qu'un lacet de chaussure. J'avais laissé la Mustang au garage : elle était trop mal en point pour que je la sorte. Je grimpai sur le capot en espérant que Cernunnos ne s'acharnerait pas après celle-là. Mon salaire allait en prendre un coup, avec les réparations de la Mustang, et ne supporterait pas les frais de l'agence de location si j'abîmais leur voiture. Et j'étais presque certaine que mon assurance ne couvrait pas les dommages infligés par les dieux, fussent-ils celtes.

Je contemplai le mur qui se dressait en face du parking. Depuis plusieurs jours maintenant, je fonctionnai quasi exclusivement à l'adrénaline et à l'intuition. Il me restait quatorze heures jusqu'à ce soir, minuit. En somme, l'affaire arrivait à son terme. L'idée d'un somme ininterrompu me berça un instant. Puis je me secouai. J'avais passé trop de temps à réagir, plutôt qu'à agir et à anticiper. Je devais penser. Le mur se montra assez peu coopérant et n'éveilla dans mon esprit qu'une sorte de brume.

Pourquoi avais-je décidé que le dénouement se produirait à minuit, plutôt qu'à midi ou même, fort civilement, à 4 heures ? Je ne sais pas. Minuit me semblait assez théâtral.

Et puis, cela correspondait au dernier quart de la

journée, tout comme l'hiver était le quart final de l'année. Voilà qui me suffisait amplement.

J'avais lu quelque part que les chamans peuvent pressentir l'avenir. Il leur suffisait de s'ouvrir au monde et d'en accepter toutes les possibilités. Plus ces possibilités étaient radieuses, plus elles étaient faciles à discerner. Il fallait simplement ignorer le temps et faire confiance à l'univers. Je connaissais déjà l'effet que produisait le glissement dans le temps, même si c'était dans le passé et sous le contrôle de Herne. Avec intrépidité, je fermai les yeux et m'élançai.

Je me fis l'effet d'être un chat qui s'efforce de sortir d'un sac de toile. Je donnais des petits coups à droite, à gauche, dans mon esprit, avec pour seule conséquence de m'empêtrer un peu plus. La seule information que je fus capable de recueillir, c'était que Manny — le grand type en train de maçonner, à l'arrière du parking — pensait qu'il était sous-payé, exploité et prêt à aller déjeuner. Et encore, ce fut son soliloque à mi-voix, quasi ininterrompu, qui me la fournit, et non quelque brillante pratique ésotérique. Avec un soupir, je rouvris les yeux. C'était Herne qui avait guidé mon dernier voyage dans le temps. De moi-même, je ne savais pas sur quels boutons appuyer.

Il me restait un tout petit peu de ce bien si précieux : la logique. La logique et un insigne de police.

Je fronçai les sourcils. Outre que Cernunnos et son rejeton cherchaient tous deux à m'occire, ils avaient un autre point commun : Marie.

Mais quel rôle Marie pouvait-elle bien jouer dans tout ça ? Délicatement, je sortis de ma poche la dent qu'elle avait « empruntée » à Herne. Je l'examinai.

J'aurais aimé pouvoir dire que je l'étudiai avec une concentration féconde, mais je crois que mon regard était plutôt vide. On fait comme on peut, et avec ce qu'on a, non ? La dent resta parfaitement muette, se contentant de luire doucement de son blanc d'ivoire. Je refermai mes doigts dessus, et fixai de nouveau le mur.

« Elle voyait les morts », dis-je au bout d'un moment, à voix haute. Heureusement, personne ne pouvait m'entendre. Manny excepté, bien sûr. Mais Manny parlait aussi à voix haute, donc il ne me prendrait pas pour une folle.

« Billy voit les morts. Marie voit le moment où ils vont mourir. Bien… Et alors ? »

Le mur était toujours aussi récalcitrant. Je massai doucement l'arête de mon nez et m'allongeai sur le capot. Je fis des grimaces vers le ciel pendant quelque temps. Puis, d'un seul coup, mon estomac se contracta, me renvoyant instantanément à la position assise.

Bon sang !

Manny me jeta un coup d'œil perplexe par-dessus son épaule. D'un signe, je le rassurai, et restai là, à agiter la main avec excitation.

« Cernunnos est primaire, mais pas fondamentalement mauvais. » Voilà ce que j'avais déclaré à Morrison. Et ce que le dieu celte m'avait déclaré, à moi, c'est qu'il voulait chevaucher sans contrainte. Ce à quoi il pouvait s'adonner *en l'absence* de la jeune fille à la jument dorée. Pourquoi, dès lors, la remplacer par un autre Cavalier ?

Parce que, sans le compte exact de Cavaliers, la Meute était incapable d'accomplir sa mission « sacrée ». Parce que, sans guide pour leur indiquer qui allait mourir, elle ne pouvait chasser, autrement dit moissonner son lot d'âmes.

En l'absence de la jeune fille, la Meute pouvait chevaucher librement jusqu'à la fin des temps. Le mail que j'avais reçu ne disait pas autre chose, même s'il n'était pas recommandé d'accorder sa confiance à un message anonyme. Pourtant, son auteur avait su peindre la Meute avec précision, et, pour cette raison, j'inclinai à le croire. De toute façon, je n'avais pas d'autre option.

Je fermai les yeux et pressai mes mains contre les tempes. Mon esprit semblait aussi épais qu'un pudding.

« Donc, pensai-je, la jeune fille les guide vers les âmes à moissonner, puis les ramène dans l'Autre Monde. Non, minute… »

De la paume de la main, je me martelai le front. Il fallait croire que je n'avais pas eu mon compte de coups et blessures, ces derniers jours. Ou bien que j'avais peur de perdre le rythme. En fait, ça ne m'aidait pas du tout à réfléchir. J'arrêtai donc.

« C'est elle qui les lie à l'Autre Monde. »

J'ouvris les yeux et fixai le mur. Mais comment pourrait-elle les lier, si elle vit ici ?

Le mur était toujours aussi peu bavard.

« Elle ne vit pas ici, pensai-je en désespoir de cause. J'ignore pourquoi elle n'est pas avec Cernunnos, mais ce n'est pas parce qu'elle se trouve ici… »

J'avais envoyé Jen sur une fausse piste. Basculant en arrière, j'appuyai mon crâne sur le pare-brise et posai les mains sur mes paupières.

« Alors, où est-elle ? Comment est-il possible qu'un Cavalier se perde ? »

« Il n'est pas perdu. On l'a enlevé ! » Je poussai un cri et me rassis brusquement sur le capot.

Cette fois, Manny se retourna complètement pour me dévisager. Je me fis toute petite et lui décochai un sourire contraint, mais quand il se détourna pour reprendre son travail, je frappai du poing dans ma paume, avec une mimique de triomphe. Je commençais à prendre sérieusement l'habitude de parler à voix haute. Mais j'étais trop excitée pour m'en soucier.

« Il contrôle l'Enfant. Par conséquent, il contrôle... Bon sang ! »

Il contrôle la Meute. Ni plus ni moins. En contrôlant la jeune Cavalière, il contrôlait la Meute. Cernunnos le savait. C'est la raison pour laquelle il avait besoin de Marie : pour remplacer l'Enfant et guider la Meute. Elle pouvait choisir les âmes, mais comme elle n'était en rien liée à l'Autre Monde, Cernunnos et son Armée pouvaient chevaucher librement à tout jamais.

Je pressai plus fermement mes paupières, et tâchai de poursuivre mon idée.

« Herne contrôle le vrai Cavalier — la jeune fille. Il ne pouvait donc laisser son père la remplacer par Marie, parce qu'il aurait ainsi perdu l'avantage acquis. Mais qu'est-ce qui... ».

Soudain, je revis son expression lorsque j'avais échappé à l'emprise de sa magie et retrouvé ma forme première. Une expression de choc et d'horreur, quand il avait réalisé qu'il venait de poignarder son roi... C'était cette même incrédulité que j'avais retrouvée sur son visage au moment de la pendaison — sur le visage de celui qui était à cheval, la corde au cou, comme sur celui de l'homme qui contemplait le spectacle de sa mémoire, à mon côté.

Cette même incrédulité, encore, lorsque Henrietta Potter avait brisé le cercle des corps. Née d'un sentiment de trahison, de surprise face à des événements qui prenaient un tour inattendu. A dire vrai, j'imaginais assez bien que telle avait dû être l'expression de mon propre visage, quand Cernunnos avait enfoncé son épée dans ma poitrine. Bien sûr, je m'y étais préparée, mais je ne m'étais pas attendue à une telle douleur ! Plus jamais je ne voulais endurer pareille souffrance.

« Bon sang, Joanne ! » J'ouvris la main, dévoilant la dent. « Il ne veut plus souffrir. *Jamais.* Il estime qu'en contrôlant la Meute, il sera désormais invulnérable. »

L'idée se mit à résonner doucement comme une corde de violon, étirant ses vibrations dans tout mon corps et, hors de mon corps, dans la ville tout entière. Les yeux clos, je la vis s'étendre, se ramifier. Sur son passage, l'air ondulait comme de l'eau. Elle s'insinua à travers la grisaille matinale de Seattle, jusqu'à une paire d'yeux verts, inhumains, qui battirent des cils avant de disparaître.

J'ouvris brusquement les miens en haletant. *Commencer par une chose indubitable...* Je ne me rappelais plus le nom de l'écrivain qui avait proféré ces mots, mais je savais qu'il commençait toujours par l'énoncé d'« une chose indubitable ». Et j'avais découvert une telle chose au sujet de Herne. Je fermai de nouveau les yeux, et rejoignis la douce vibration. Elle était là, frémissante, déployant ses ondes à travers la ville en direction de Herne. Je n'avais qu'à la suivre.

Ce n'était pas un voyage dans le temps. Mentalement, je m'élançai dans la ville, remontant le fil de la résonance jusqu'à Herne. Un sentiment d'ivresse et de fierté me transporta soudain. Enfin, j'avais trouvé un moyen d'agir !

Brutalement, je me heurtai à un grand mur de granit. Le choc fut si rude qu'il me renvoya dans mon corps ; je rebondis violemment sur le pare-brise. Des gouttes tombèrent sur mes lèvres. Je les essuyai du revers de la main : c'était du sang, coulant de mon nez. Mes oreilles bourdonnaient comme si je sortais d'un concert de hard rock. Et mon cœur battait la chamade.

— Ça va, mademoiselle ?

Manny le maçon se tenait à quelques pas de moi, son marteau à la main, un air consterné sur le visage.

— Ça va, merci, répliquai-je.

Ma lèvre inférieure était également fendue. Je la palpai délicatement.

— C'est comme si des gars vous avaient frappée, sauf que j'ai vu aucun gars…, reprit-il.

Je toussai.

— C'est à peu près comme ça que je me sens.

Je glissai du capot pour voir si la voiture avait été endommagée. Rien. Je poussai un juron, avant de me rappeler mon nouveau tour de passe-passe. Un nez cabossé ? Une lèvre ensanglantée ? Mais ce n'était rien du tout, ça… Un petit coup de peinture, et il n'y paraîtrait plus ! Je fermai les yeux et descendis en moi-même, à la recherche de la boule d'énergie. Elle répondit à mon appel, et j'eus un frisson de joie. Je laissai l'analogie opérer, me contentant de diriger les différentes étapes de la « remise à neuf ». D'abord, une couche d'apprêt, puis la belle laque brillante appliquée à l'aérosol.

J'éternuai violemment. J'avais mis un tel entrain à la réparation que j'avais oublié que je ne portais aucun masque de protection, si bien que mes narines avaient été chatouillées par d'infimes particules de peinture. Eternuer quand on a un nez en compote, ce n'est pas forcément recommandé. J'attendis que l'élancement s'estompe, et je vérifiai précautionneusement, du bout des doigts, la « réparation ». Satisfaite, l'énergie avait réintégré son foyer, sous le sternum. Il n'en restait qu'un mince filet, partant de mon centre, qui me reliait au fils renégat de Cernunnos.

Mon visage n'était plus du tout douloureux. Relâchant mes épaules, je poussai un soupir de soulagement.

— Seriez pas un peu sorcière, mademoiselle ?

Manny me regardait avec nervosité, tournant et retournant le marteau dans ses mains. Tâtant ma lèvre toute neuve, je parvins à esquisser un vague sourire.

— Si, Manny, je finis par croire que je suis un peu sorcière. Mais n'aie pas peur… Je ne te jetterai aucun sort.

Son visage se rasséréna.

— Bien, reprit-il. Je n'ai jamais causé de tort à aucune sorcière, moi. En tout cas, faites attention à vous. Y a de drôles de trucs qui rôdent par ici.

Gravement, il opina de la tête, ses yeux noirs fixés sur moi. Puis il se détourna et repartit travailler. Mon sourire s'élargit.

— Merci, lançai-je.

Je descendis du capot et m'installai sur le siège

du conducteur, les pieds au sol et les coudes sur les genoux. L'idée que je n'étais décidément pas à la hauteur me traversa de nouveau l'esprit. Cela devenait une habitude, et c'en était presque rassurant.

Une chose était sûre : j'avais repéré Herne. La vibration qui nous reliait n'avait pas faibli et continuait à se dissoudre dans le mur de granit. Pour remonter jusqu'à lui, j'allais devoir me montrer subtile. Je gloussai. Morrison aurait juré ses grands dieux que je ne savais même pas ce que « subtilité » voulait dire... A l'évidence, ma vie était en train de subir de surprenants changements.

Avec prudence, je fermai les yeux et entrepris de remonter le fil. Le monde s'obscurcit, comme si de gros nuages s'amoncelaient au-dessus de la ville. Je rouvris les yeux : il faisait sombre ici aussi. Un instant, je flottai dans l'incertitude. Voyais-je avec mes vrais yeux, ou avec mes yeux astraux ? Question qui entraîna illico la suivante : suis-je un être humain en train de rêver qu'il est un papillon ? Le monde retrouva sa clarté habituelle, comme si je l'avais irrité.

« Désolée », marmonnai-je.

Et les nuages refluèrent définitivement, avec un soupir d'exaspération.

Mon corps ne bougea pas, mais mon moi intérieur se leva et s'avança vers l'avant de la voiture. A ma gauche, Manny avait repris son interminable soliloque. A présent, il frappait joyeusement sur les briques, un air heureux sur le visage. J'aperçus sa famille aussi distinctement que si elle se tenait près de lui — ses jumelles de quatre ans, son petit garçon joufflu qui savait tout juste marcher, et sa femme, mince et souriante. Il avait l'intention de rentrer déjeuner chez lui, pour leur raconter qu'il avait vu une sorcière et qu'elle ne lui avait pas jeté de sort. Ce qui équivalait, dans son esprit, à recevoir une bénédiction.

Je n'étais pas vraiment du genre à répandre les bénédictions, et il était peu probable que je le devienne jamais. Mais si un jour je m'en sentais capable, je lui en enverrais une.

Je me tournai vers la ville. Seattle ressemblait à une simulation sur ordinateur : les édifices n'étaient plus que des lignes minces se dressant vers le ciel, et je pouvais les voir en enfilade, se succédant les uns aux autres. Des couleurs éclatantes, à faire pâlir d'envie un arc-en-ciel, désignaient les habitants, et je notai une importante proportion de rouges et d'orangés. J'essayai de deviner ce que signifiaient les couleurs, avant d'y renoncer. Ce n'était pas le moment. Je balayai du regard toute la ville, en quête d'un lieu qui me demeurerait invisible.

Je finis par découvrir un quartier, au sud-est. Il n'était pas ceint du mur de granit auquel je m'étais attendue. Cependant, il était opaque, impénétrable. Les couleurs y étaient pâles et ternes. Et quel que fût le côté par lequel je l'approchais, il refusait de laisser percer son secret. Pourtant, son opacité n'était pas dense au point que je ne puisse sentir la présence du demi-dieu, protégé par la barrière qu'élevait sa volonté.

Je réintégrai mon corps et restai songeuse, un long moment. C'était précisément dans ce quartier que je devais déjeuner. Je pourrais profiter du fait d'être sur place pour pousser Herne dans ses retranchements, l'obliger à reculer et à opacifier un espace de plus en plus étroit autour de lui. Assez satisfaite de mon plan, je remontai en voiture et partis pour mon rendez-vous, avec une légère avance.

22.

Evidemment, ce n'était pas si simple. J'étais à la fois en avance et en retard. En avance sur les bouchons de l'heure du déjeuner, et en retard sur ceux provoqués par les banlieusards. Pour autant, l'absence de voitures sur la route ne m'aidait pas à percer l'obscurité dont s'était enveloppé Herne. Loin de se réduire, l'opacité gardait sa densité impénétrable. J'avais l'impression d'être à San Francisco par un matin franchement brumeux.

Je mis vingt minutes à trouver une place et n'atterris par conséquent au restaurant qu'avec une demi-heure d'avance. Je laissai le pistolet dans la voiture. A peine installée à une table, je m'endormis.

— Le patron se plaint de votre attitude, murmura Kevin en prenant place en face de moi.

J'ouvris un œil vitreux.

— Mmm… ? marmonnai-je.

J'émis un petit rire fatigué et relevai la tête. Elle pesait au moins une tonne.

— Désolée.

J'attrapai le verre d'eau placé devant moi et bus à longs traits pour me rafraîchir les idées.

— J'ai eu une très, très longue nuit… Du coup, je m'endors dans les endroits les plus saugrenus.

Kevin hocha la tête.

— Vous m'avez envoyé votre mail à 11 heures, hier soir. Vous ne vous êtes pas couchée, après ?

Il portait une discrète chemise en tissu écossais, impeccablement repassée. Adina l'avait-elle repassée avant de mourir, ou s'en était-il occupé lui-même ? Il avait l'air fatigué, presque autant que moi, et ses yeux bruns étaient empreints de tristesse.

— Non, répondis-je. Pas avant 3 ou 4 heures du matin. Et je me suis levée à 5. J'ai des journées un peu rudes, en ce moment.

J'eus honte, soudain, de me plaindre devant lui. Qu'est-ce que pesaient mes soucis, face à sa souffrance ? Il esquissa un sourire sans joie.

— Je vois..., dit-il. Que vous est-il arrivé ?

Ce fut à mon tour de sourire sans entrain. La serveuse s'approcha pour prendre nos commandes, et je demandai un sandwich au fromage. Elle me lança un regard bizarre, mais ne fit aucun commentaire.

— C'est un restaurant, pas un café, observa Kevin tandis que la serveuse s'en allait vers les cuisines.

Je haussai les épaules.

— J'aime les sandwichs au fromage. C'est nourrissant et réconfortant. Exactement ce dont j'ai besoin. La nuit a pris un tour étrange, vous savez, après que je vous ai envoyé le mail.

Et je lui relatai brièvement mes aventures. Kevin pâlit et détourna les yeux.

— Que cherche ce... ce type ? demanda-t-il d'un ton de colère contenue. A tuer, à massacrer ?

— D'un point de vue statistique ? Les serial killers cherchent le contrôle. Mais Herne ne rentre pas vraiment dans le cadre. Les statistiques n'ont pas été franchement conçues pour les demi-dieux âgés de six siècles.

Kevin fronça les sourcils.

— Vous pensez vraiment qu'il s'agit de... demi-dieux ?

J'acquiesçai lentement en prenant mon verre.

— Il est plus âgé, plus fort, plus expérimenté que moi...

— Et plus intelligent ? demanda-t-il avec un sourire.

Songeuse, je fis tournoyer les glaçons dans mon verre.

— Je ne crois pas.

Les yeux de Kevin s'assombrirent.

— Alors, pourquoi ne l'avez-vous pas encore arrêté ?

— Qu'il soit plus âgé, plus fort et plus expérimenté ne compte pas ? m'enquis-je d'une voix plaintive.

— Mais si... Trop, sans doute.

La serveuse nous apporta nos boissons. Kevin la remercia d'un signe de tête poli.

— Qu'est-ce qui vous a empêchée de le maîtriser, à l'aéroport ?

Je plantai une paille dans ma limonade.

— Je sentais, murmurai-je, que j'avais en moi le pouvoir de le détruire. Mais tout est lié.

Je nouai mes doigts ensemble et les tirai vers la gauche. Mon corps s'inclina légèrement.

— Je ne peux remuer une partie de moi, repris-je, sans affecter l'ensemble.

Je tirai de l'autre côté et mon corps suivit le mouvement.

— Vous voyez ? Je bouge. La ville bouge aussi. Et

probablement le monde entier. On ne peut modifier une partie sans bouleverser le tout.

Je soupirai.

— Je ne crois pas que mon pouvoir soit immense. Simplement, j'avais en moi cette capacité d'aspirer l'énergie qui vibrait dans l'aéroport.

Amère, je laissai retomber mes mains.

— Mais cette capacité avait un coût. Sur l'environnement. Il y aurait eu comme une immense coupure de courant, qui aurait provoqué des morts.

— Le bien de la majorité l'emporte ? intervint Kevin.

— Sur celui de l'individu, oui, acquiesçai-je en soupirant. Même si l'individu en question…

Je m'interrompis et hochai la tête avec tristesse.

— Même si l'individu en question est Adina ou Henrietta Potter, achevai-je à voix basse. Je suis désolée. Je n'avais pas le choix.

— Il y a toujours un choix, murmura Kevin.

— Alors, disons que j'ai opté pour le parti qui me semblait le meilleur.

Kevin m'observa un instant.

— Pouvez-vous vivre avec ce… ce choix ?

Je pris une profonde inspiration.

— Je suis bien obligée, non ? Je le regrette, mais si j'étais de nouveau placée devant ce choix, j'agirais exactement de même.

Kevin opina gravement de la tête.

— Bien. Vivre avec les conséquences de ses actes n'est pas toujours chose aisée. La raison échoue souvent à nous aider.

La serveuse déposa nos plats sur la table, et je

mordis à belles dents dans mon sandwich, surprise de découvrir que j'avais faim.

— Il y a quelques jours encore, dis-je entre deux bouchées, j'étais la personne la plus rationnelle de la terre.

— Et vous vous êtes convertie ? demanda Kevin avec amusement.

Je contemplai son assiette. Il avait commandé un menu végétarien — ce qui était à mes yeux la chose la plus étrange qui fût — avec les improbables jus de fruits proposant des goûts qui n'existaient nulle part dans la nature. Dame Nature, pourtant, paraissait savoir ce qu'elle faisait. Et puis, le mieux est l'ennemi du bien, non ? Enfin, je ferai quand même une exception pour la combinaison pomme-groseille : ça, c'était une bonne initiative !

Question combinaison, d'ailleurs, la limonade et le sandwich au fromage ne s'accordaient pas vraiment. Je frissonnai et grimaçai, avant d'avaler une seconde gorgée de boisson pétillante. Kevin me regardait, amusé.

— Vous aimez ça ?

— Moui…

Ma voix était aussi rauque que si je venais d'ingurgiter un whisky cul sec. De nouveau, je frissonnai de plaisir et mordis avec appétit dans mon sandwich.

— Je ne suis pas convertie, repris-je. Je suis toujours aussi rationnelle, je crois. Simplement, le monde est devenu fou autour de moi. J'ai effectué une plongée assez brutale dans le monde de l'ésotérisme. Je n'ai pas à apprécier ou à désapprouver la chose. Je dois juste faire avec.

Kevin opina silencieusement et se concentra sur son assiette pendant un temps.

— Pourquoi vouliez-vous me voir ? finit-il par demander en reposant sa fourchette.

Je plongeai une frite dans le pot de ketchup et l'engloutis voracement avant de répondre.

— Si vous étiez un demi-dieu et que vous vous apprêtiez à prendre le pouvoir, où vous installeriez-vous pour ce… ce coup d'Etat ?

Une expression alarmée se peignit sur le visage de Kevin. J'agitai une autre frite devant lui.

— Vous, bien sûr, vous ne savez pas. Mais connaissez-vous quelqu'un qui puisse me dire où se trouvent les centres de pouvoir à Seattle ?

— Vous pensez que c'est ce qu'il cherche ?

Je haussai les épaules.

— Je ne sais fichtre pas ce qu'il veut, hormis me tuer…

Ce n'était pas exactement ce que je pensais, mais je ne voulais pas accabler davantage Kevin. Il n'avait nul besoin de connaître ma théorie sur les blessures psychiques de Herne.

— J'ignore ce qu'il fera, poursuivis-je, mais cette nuit correspond normalement au retour de la Meute dans l'Autre Monde. Je crois que Herne va intervenir à ce moment-là. Comment et pourquoi, j'avoue que je n'ai pas les réponses…

Kevin eut un petit soupir d'irritation.

— Moi non plus. Je me suis toujours tenu à l'écart de cet aspect de la vie d'Adina. Elle croyait à la spiritualité… Moi pas. Voulez-vous que je regarde dans son carnet d'adresses ?

— Pourquoi ? demandai-je. Je ne sais même pas ce que je cherche.

— Peut-être contient-il les coordonnées de personnes liées à des centres de pouvoir. Le genre de choses qu'on ne trouve pas dans l'annuaire.

Je me renfrognai, et j'avalai une gorgée de limonade.

— Essayez, après tout. Qui ne tente rien n'a rien. Je sais bien que je me débats dans le vide. Je croyais le trouver ici.

L'expression de Kevin devint subitement méfiante. Il plissa les yeux.

— Ici ?

— Dans ce quartier, je veux dire. J'ai pu établir une connexion avec lui, mais il a réussi à la bloquer. S'il était dans ce restaurant, je serais incapable de le reconnaître.

Je jetai un coup d'œil autour de moi, assez désagréablement chatouillée par cette idée. Avec un choc, j'aperçus au comptoir un homme aux yeux verts. Le souffle coupé, je m'efforçai péniblement de secouer le sentiment de paranoïa qui me collait à la peau comme un brouillard moite. Je parvins à retrouver ma respiration et reportai mon regard sur Kevin. Il était très pâle.

— Je suis désolée, articulai-je d'une voix entrecoupée. Je… je n'ai pas la conversation la plus rassurante du monde. Je ne suis pas très brillante causeuse.

Il sourit faiblement.

— Je ne suis pas meilleur causeur.

— Bon…, repris-je maladroitement. Si vous voulez regarder dans le carnet d'adresses…

Il acquiesça silencieusement, et je griffonnai mon numéro de téléphone sur un bout de la nappe.

— Je vous remercie pour tout, Kevin. Laissez-moi régler l'addition.

Il mit le morceau de nappe dans sa poche, s'inclina légèrement et partit. Je payai et demandai un reçu, rien que pour le plaisir d'embêter Morrison avec des notes de frais. Le sourire aux lèvres, je sortis dans le froid après-midi d'hiver.

Le retour au quartier de l'université fut une véritable épreuve. La pause-déjeuner était passée, et tout le monde repartait au travail. La route était saturée de véhicules, pare-chocs contre pare-chocs, et les conducteurs appuyaient frénétiquement sur leur Klaxon. Il fut un temps où Seattle était une ville réputée entre toutes, aux Etats-Unis, pour sa courtoisie en matière de conduite automobile. Ce temps était bel et bien révolu.

Je m'engageai sur la rampe d'accès à la voie rapide. Des gouttes de pluie tombèrent sur le pare-brise. J'ouvris la vitre et sortis la main. Un ou deux degrés de moins, et la neige se mettrait à tomber. Voilà qui rendrait le voyage encore plus passionnant. Rien ne vaut le conducteur de Seattle sous la neige, surtout quand il n'est pas seul.

Comme en réponse à ma pensée, un flocon se déposa sur ma paume et fondit. Je sortis le visage et reçus au coin de l'œil, pour prix de mon effort, une belle étoile blanche.

Je rentrai la tête et contemplai le désastre. Les voitures s'arrêtaient tous les cinq ou six mètres, ralentissant encore leur allure à mesure que la neige s'intensifiait.

J'espérais que Kevin trouverait quelque chose. Sinon, il y avait à Seattle deux lieux qui pouvaient, à mon avis, correspondre à des centres de pouvoir. Le premier était le Space Needle — il y avait, dans cette « aiguille de l'espace », comme une évidente analogie avec la situation. L'autre était le Troll situé sous le pont Aurora. Il était étrange de penser que cette sculpture — si ma rencontre avec l'Autre Monde se produisait véritablement — ne relèverait plus de la seule imagination des artistes.

Outre ces deux édifices modernes, il devait exister à Seattle d'autres nœuds de pouvoir immémoriaux.

J'accédai enfin à la voie rapide et, durant un temps, ne m'occupai que de mes voisins pour éviter tout carambolage. Je commençai à me demander si j'avais vraiment la capacité d'influer sur leur bonne ou mauvaise conduite. Résultat de mes cogitations : j'amorçai trop vite le virage suivant et dérapai sur la chaussée détrempée.

Après quoi, je me concentrai exclusivement sur ma propre conduite.

Il n'était pas loin de 14 heures quand j'arrivai près du commissariat. Je garai la voiture dans l'emplacement réservé à la police, puisque j'en avais le droit, et gravis quatre à quatre les marches du perron. Qu'il était bon d'entrer tête haute, sans avoir besoin d'éviter le Grand Méchant Chef, que je saluai au passage et qui, pour une fois, ne se renfrogna pas en me voyant !

A peine eus-je ouvert la porte du Bureau des personnes disparues que Jen agita vers moi une pile de papiers.

— Voici ta jeune fille. J'ai réalisé ce dessin en lui donnant un peu plus de chair que sur le tableau. Puis j'ai envoyé le croquis un peu partout. Toujours aucune réponse.

Je pris les papiers sans les regarder et secouai la tête dans la direction de Jen.

— Je crains de t'avoir fait perdre ton temps, Jen, lui dis-je d'un ton contrit. Je suis désolée.

Je me dandinai d'un pied sur l'autre.

— Je crois qu'elle n'existe pas, poursuivis-je. Je veux dire… Elle existe, mais à la manière des autres personnages du tableau. Elle n'appartient pas vraiment à notre monde.

Je proférai ces mots comme s'ils étaient parfaitement sensés. Je comprenais mieux, à présent, l'expression de lassitude sur le visage de Marie. Une expression qui signifiait : « Je sais que vous pensez que je suis toquée. Je n'y peux rien, mais je ne changerai pas. » J'aurais souhaité pouvoir m'excuser auprès d'elle.

— Je suis désolée, répétai-je en agitant les papiers.

Une feuille s'échappa du lot, et je m'accroupis en soupirant.

— En tout cas, merci infiniment de m'avoir aidée à… Oh !

Mes doigts lâchèrent le dossier et des douzaines de copies du dessin se répandirent à terre.

— Que se passe-t-il ?

Jen me regarda comme si je venais de voir un fantôme. Elle jeta un coup d'œil prudent autour d'elle.

— Je la connais.

Lentement, je me relevai, un dessin à la main. Jen

recula imperceptiblement, comme si elle pensait que j'avais perdu la raison.

— J'ai vu cette jeune fille, hier. Au lycée.

Jen avait ajouté la couleur à son dessin. De longs cheveux couleur de blé encadraient un visage délicat aux pommettes hautes, au menton fin et étroit. Sa bouche était close, et non plus ouverte sur un cri de joie, comme dans le tableau. Ses yeux étaient d'un vert troublant. C'était l'adolescente du théâtre, celle qui récitait le poème.

Jen consulta sa montre.

— Si le lycée a repris les cours, ceux de l'après-midi se terminent dans trois quarts d'heure. Tu devrais te dépêcher, si tu veux la voir.

Je la considérai un instant en silence, puis bondis sur mes pieds et fonçai vers la porte.

23.

Je me ruai sur le perron du commissariat. Mes chaussures, dépourvues de crampons, dérapèrent sur la neige et je glissai, laissant un long sillage derrière moi, avant d'effectuer un magnifique vol plané. Pendant un bref instant, l'ineffable sensation d'échapper aux lois de la gravité recouvrit le sentiment de panique.

Puis la gravité me rappela rageusement à sa terrestre réalité.

Ma tête ayant pris la direction des opérations, elle percuta la première marche. Pour le reste, la logique me pousse à déduire que mes épaules, mes reins et mon coccyx heurtèrent successivement les marches inférieures. Après quoi, je tombai dans les pommes.

Je commençai à avoir une certaine habitude de ces états inconscients qui conduisaient à une perception altérée de la réalité. Cependant, les fulgurants éclats de douleur, semblables à des feux d'artifice multicolores, étaient nouveaux. A dire vrai, je ne m'arrêtai pas à cette nouveauté. Je ne m'étais pas tuée, j'en étais sûre. Alors, pourquoi souffrais-je plus que si j'avais reçu mille coups d'épée ?

— Parce que vous êtes tombée sur la tête, lâcha

négligemment Coyote. Or, c'est là que vous situez la conscience de votre être.

Je tentai d'ouvrir les yeux. De lumineuses lances vertes s'enfoncèrent dans mon cerveau. Je refermai les yeux.

— Hmmph...

— Une fort jolie gamelle, ma foi, commenta-t-il, imperturbable. Avez-vous besoin de moi en quoi que ce soit ?

— Hmmph..., répétai-je, essayant de bouger la tête.

Quelqu'un planta un pic à glace à l'arrière de mon crâne, près de l'oreille gauche.

— Bien, ajouta-t-il d'un ton sérieux.

Et il me laissa seule, au beau milieu du feu d'artifice qui redoubla d'intensité.

« Les guides spirituels, décidai-je pendant que des éclats d'obus se fichaient dans mon crâne, sont d'ignobles lâcheurs ! »

J'avais survécu à des situations pires, me semblait-il. Un petit tour de passe-passe, et tout se remettrait en place. Il suffisait que je me concentre.

Sauf que j'avais un peu de mal à me concentrer, avec le bûcheron qui s'acharnait à marteler ma tête. De vives taches lumineuses explosaient et se succédaient à un rythme aussi infernal que chaotique. J'avais l'impression d'être entourée d'étoiles, et je me demandai vaguement si j'étais en route pour quelque nouvelle destination, ou si j'avais simplement endommagé mon lobe occipital. Hypothèse peu probable, puisque c'était le haut de mon crâne qui avait heurté les marches. Mais enfin, il s'était produit des choses bien plus étranges, ces derniers temps. Tellement plus étranges, en fait, qu'il aurait été mesquin de ma part d'écarter l'hypothèse d'un simple revers de main.

Une tache de couleur se mit à grossir démesurément pour finir par se résoudre en une image cohérente.

— Et voici la Mort, sur son pâle destrier, marmonnai-je.

Le cavalier s'arrêta près de moi, un sourire dangereusement ensorcelant sur les lèvres.

— J'aime qu'il en soit ainsi, avoua-t-il.

Les étoiles continuaient à défiler. Un dense nuage de ténèbres se forma au-dessous de nous et nous emporta à travers l'espace.

— Vous avez l'air en meilleure forme, grommelai-je.

Je fermai les yeux. Mais l'image de Cernunnos persista. Contrariée, je rouvris les yeux. C'était moins déconcertant ainsi.

— Vous ne vous débarrasserez pas si facilement de moi, me lança-t-il d'un ton de reproche.

Malgré moi, je souris.

— Quelle chance ! rétorquai-je, moqueuse. Où sommes-nous ?

Cernunnos leva son poing devant moi.

— Voilà votre monde…

Il tendit l'autre, qu'il plaça sur le premier.

— Et voilà le mien.

Sous l'effet de sa respiration, les deux poings bougeaient et se frottaient imperceptiblement. Le dieu les écarta légèrement et considéra l'intervalle.

— Nous sommes là.

— Simple supposition, répliquai-je en désignant

le poing qui correspondait à mon propre monde, mais n'aurais-je pas plutôt envie d'être là ?

— C'est ce que nous voulons tous deux, approuva doucement le dieu.

Et il descendit de son cheval couleur d'argent, avant de se diriger vers le bord du nuage.

— Pourquoi ? lui demandai-je. Je veux dire… Moi, je sais pourquoi je veux être là, mais vous ?

Il s'accroupit et laissa traîner sa main hors du nuage. Des rides se formèrent à la surface des ténèbres et ondulèrent à travers les étoiles.

— Suis-je morte ? demandai-je avec une soudaine curiosité. J'ai l'impression de revenir là où j'avais rencontré les chamans.

— Vous n'êtes pas morte. Pas encore.

Cernunnos frappa légèrement l'espace du plat de la main. Des vagues clapotèrent et quelques gouttes de nuit rejaillirent sur le nuage.

— Vous n'êtes pas non plus en train de mourir, bien que votre enveloppe mortelle soit blessée.

— Je n'étais pourtant pas une gosse très remuante, vous savez… Cela ne me ressemble guère, de me blesser tout le temps.

— Le corps n'est pas seul à souffrir de ses blessures, petite chamane. Il y a une tache sombre en vous. Vous la cachez bien, mais elle a resurgi, plus sombre encore, lors de notre première rencontre. Et je la vois en ce moment même.

Le dieu agita nonchalamment ses doigts vers moi.

Dans un doux bruissement, un impalpable réseau de fils de soie se matérialisa sur mon corps. Au centre, la toile était déchiquetée. On eût dit un pare-brise fragmenté sous l'impact d'une balle. C'était mon bouclier. Les zébrures s'étendaient sur mes cuisses, s'enroulaient autour de mes mollets, descendaient jusqu'à mes orteils. Elles remontaient sur ma poitrine, mes épaules, s'étiraient le long de mes bras, enveloppaient mes mains. Fort heureusement, je ne pouvais voir les fines stries sombres qui devaient recouvrir mon visage.

Mais c'était bien ma seule consolation. La douleur avait jailli, plus forte qu'au premier jour. Les souvenirs affluaient à travers la déchirure du bouclier, que Cernunnos venait de révéler.

J'avais quinze ans à peine, et une immense dose de naïveté. J'avais quinze ans tout juste, et je croyais que rien ne pourrait m'arriver. Comme toutes les filles de cet âge qui commettent la même erreur.

Le Premier Garçon — voilà comment je l'appelais en mon for intérieur, avec des majuscules. Le Premier Garçon qui m'ait jamais remarquée. Et qui avait rejoint le peuple de sa mère quand il avait appris que j'étais enceinte.

Les bébés étaient nés quatre semaines avant terme. Sortie en second, la petite fille, si frêle, si minuscule, agrippait la main de son frère avec toute la pauvre force qui lui restait. Elle était morte quelques minutes plus tard.

Première Mort.

Je la baptisai Ayita, ce qui signifiait « Première à danser » en cherokee. Et j'appelai son frère Aidan, même si je savais que ses parents adoptifs lui donneraient un autre prénom. Il avait presque douze ans aujourd'hui, et je ne l'avais plus revu depuis la naissance. C'était mieux ainsi. Pourtant, je ne cessais de penser à lui, au plus profond de moi... Dans ces profondeurs où je ne laissais personne approcher.

Plus jamais je ne commettrais cette erreur-là.

Cernunnos pencha la tête de côté, comme un oiseau étudiant un ver de terre.

— Je peux annihiler la douleur, petite chamane.

Il sourit et se rapprocha de moi jusqu'à ce que je ne voie plus que ses yeux terriblement séduisants, terriblement puissants. Ils me promettaient la paix, la fin du désert de feu et de glace.

J'y plongeai.

Ils disent que la noyade est une mort douce. Une fois la panique passée, quand les poumons se sont remplis d'eau et que la lutte pour la vie a cessé... Alors, la mort est apaisante, réconfortante, et l'eau qui nous emporte redevient celle qui nous berça à nos premiers jours.

Bon sang, j'aimerais bien savoir comment *ils* savent pareille chose !

Le pouvoir qui jaillissait des yeux de Cernunnos était un refuge. Le plus solide refuge que j'aie jamais connu. Le Dieu Vert, le Dieu Cornu... *mon* Dieu. Je chevauchai à son côté, non pas reine, ni épouse, mais Cavalière. Cavalière de la Meute. La joie du chaos chantait dans mes veines — un chant brut, primitif qui ne connaissait nulle contrainte. Je m'y jetai, je m'y abandonnai.

— Petite chamane..., mumura Cernunnos.

Et je souris en entendant ce nom — ce nom immémorial aux accents de tendresse.

— Où veux-tu nous conduire ? poursuivit-il.

— « A Babylone et retour, à la lueur d'une bougie. »

La comptine avait littéralement jailli de ma bouche. Le dieu releva un élégant sourcil.

— Mène-nous jusqu'en ces terres, petite chamane, et nous saurons si le charme qui nous lie résistera.

Le charme ? Loin, très loin dans mon esprit, résonnait une question, mais la jument bondit sous moi et m'emporta avec une ivresse jusque-là ignorée. Hurlant de joie dans le vent qui cinglait mon visage, je me penchai sur son encolure et enfouis mes mains dans sa crinière. Je faisais corps avec elle. A peine oscillais-je d'un côté ou de l'autre que la jument effectuait de longues et gracieuses courbes. Derrière nous, la Meute galopait et Cernunnos m'accompagnait, sur la gauche.

« Cela doit être ainsi, n'est-ce pas, petite chamane ? » La question résonna silencieusement à l'intérieur de ma tête.

« Parle-moi de ta douleur », reprit-il.

Ma douleur... Un souvenir vague passa dans le lointain de mon âme. Je me tournai vers lui, et rencontrai la chaude présence du pouvoir de Cernunnos. A mon contact, cette présence se fit plus douce que la caresse d'un amant. J'oubliai la douleur ancienne et glissai dans le plaisir pur, entier, vorace. Le rire grave et satisfait du dieu m'enveloppa, semblable aux ténèbres de la nuit infinie. Je lui envoyai un sourire de bonheur et pressai plus encore la jument.

Le lieu où je me rendais était important, pour une raison qui m'échappait. L'idée voleta dans mon esprit et Cernunnos s'y agrippa, s'y enroula.

— Bien sûr qu'il est important, petite chamane,

murmura-t-il. Tu nous guides dans notre mission éternelle.

— Vraiment ? demandai-je.

J'éprouvais un sentiment d'étrangeté, et je ne comprenais pas pourquoi. Mes pensées étaient lentes et épaisses — parce que je n'arrivais pas à parler silencieusement, comme Cernunnos. Avais-je jamais su comment communiquer par télépathie ? Avais-je oublié ?

— Il suffit de vouloir, et ce sera », chuchota Cernunnos, rassurant.

Sa puissance m'enveloppait comme une chape protectrice. Je lançai un regard par-dessus mon épaule. La Meute suivait sans faiblir, chaque Cavalier penché sur l'encolure de sa monture. Tous, sans exception, fixaient leurs yeux sombres sur moi.

Il suffit de vouloir... Leur murmure vint jusqu'à moi, comme une seule voix.

De nouveau, le sentiment d'étrangeté me frappa. Je voulus le saisir, mais il s'échappa, frêle lueur fusant dans les ténèbres, aussi fugace que la flamme d'une bougie.

« Il suffit de vouloir », répétai-je, et je me demandai comment j'avais pu oublier l'extraordinaire communion des esprits se comprenant sans le truchement de la parole.

— C'est à un rude voyage que tu nous convies, reprit Cernunnos.

Et l'apaisement coula dans mon cœur.

— Depuis la nuit des temps, il en est ainsi, petite chamane. Mais ta mission, bientôt, changera et il te suffira de nous conduire.

Le plaisir m'envahit, et me réchauffa. Je répondis malgré moi :

— Je serais heureuse de porter une charge moins lourde, ô Seigneur et Maître de la Meute.

Une secousse, soudain, me traversa. Ce fut comme si des griffes s'étaient agrippées à ma colonne vertébrale, la tirant en avant. De ces griffes surgirent des images qui pénétrèrent directement mes sens. J'aperçus çà et là, dans le déchirement de la brume, un paysage de tourbe surplombé par un ciel gris. Des arbres d'un vert dense surgissaient d'une terre riche qui semblait fraîchement labourée. Un vent frais apportait avec lui une odeur d'eau salée. Le son mélodieux et cristallin d'un rire résonna dans le brouillard. Tout en moi cria soudain : « Mon pays ! »

La jument ralentit légèrement sa folle allure.

Pas encore. L'infinie puissance du dieu déferla sur moi, dans un souffle. Et la terre de brume — mon pays — se désintégra. Une douleur nouvelle, aussi violente que l'ancienne, explosa en moi.

— Rends-le-moi ! hurlai-je.

Mais le dieu m'enchaîna de ses rets plus puissants que les barreaux d'une prison, et m'emporta définitivement.

— Mène-nous à Babylone, petite chamane, ordonna-t-il.

Je me dressai sur ma selle et tendis les bras.

— La voici !

Les étoiles cessèrent brutalement de défiler autour de moi. Sous le choc, je vacillai. Puis je refermai les mains sur les ténèbres et les tirai d'un seul coup, à la manière d'un rideau. La ville apparut, dans toute son élégante décadence, et s'étendit comme si elle avait été là de toute éternité.

Partant du carré central où nous nous tenions, de larges rues bordées de maisons en pierre s'étiraient dans toutes les directions. D'immenses arbres de Josué, plus vieux que le temps lui-même, tendaient vers le ciel des cimes sinueuses, d'une blancheur éclatante. Les branches s'imbriquaient les unes dans les autres pour former des chemins suspendus.

Un fouillis de vigne vierge et de fleurs sauvages tombait de ces chemins, dont l'odeur capiteuse venait jusqu'à moi, plusieurs centaines de pieds au-dessous. Feuilles et branches frémissaient, comme si elles étaient douées de sensibilité. Par endroits, elles s'entrelaçaient et formaient des auvents naturels conviant à l'intimité. Avec un cri de joie, un enfant se jeta hors d'un sentier. Les jardins tendirent leurs bras végétaux et le recueillirent, avant de lui bâtir une échelle pour qu'il puisse grimper.

Des hommes et des femmes de toutes races, de toutes couleurs, déambulaient paisiblement sur les chemins, s'interpellant joyeusement les uns les autres. Leurs voix se mêlaient en un babil unique que le vent portait jusqu'à mes oreilles. Si j'écoutais avec mes oreilles, j'entendais toutes sortes de langues imaginables. Si j'écoutais avec l'esprit, je comprenais chaque mot prononcé.

Personne ne prêta attention à l'arrivée de la Meute, comme si nous n'étions qu'un détail négligeable. Quelques passants, pourtant, nous saluèrent discrètement de la tête, ou nous lancèrent quelques mots de bienvenue. Je vis avec curiosité un homme et une femme se prendre par le bras et s'en aller ensemble vers un arbre de Josué. Là, près du tronc, l'homme se pencha et embrassa voluptueusement la gorge de sa compagne.

Ils n'étaient pas les seuls à s'abandonner ainsi. Çà et là, à demi retirés sous les feuillages, des couples s'enlaçaient amoureusement sans se soucier le moins du monde des regards.

— Quel est ce lieu ? s'enquit Cernunnos, fasciné. Quelle est donc cette Babylone, petite chamane ?

Il mit pied à terre et, d'un claquement de doigts, envoya ses Cavaliers à travers les rues. Puis il m'offrit son bras pour m'aider à descendre.

— Une terre d'excès, répondis-je lentement.

Que les souvenirs peinaient à venir... Un voile flottait sur ma mémoire, ne laissant émerger que le désir de chevaucher avec la Meute, cachant ce monde que j'avais appelé « mon pays ».

— Une terre où tous les hommes peuvent se comprendre, une terre où la gloutonnerie et la luxure ont pris possession de la raison et de l'esprit. Pour les punir, le Dieu de colère aurait détruit la cité. Depuis ce jour, les hommes ont cessé de se comprendre et les langues sont devenues étrangères les unes aux autres. Babylone est désormais synonyme de corruption.

Je jetai un regard autour moi. Le murmure des voix enflait et s'apaisait tour à tour.

— Quel sentiment de paix..., dis-je rêveusement.

Cernunnos pointa deux doigts sur ma poitrine, à l'endroit de la plaie absente. Le brusque souvenir de l'épée me fit frissonner, et s'évanouit aussi rapidement qu'il avait surgi.

— Dis-moi, petite chamane, es-tu heureuse, à présent ?

Loin en moi, une sonnette d'alarme retentit. Il y avait une raison… une raison de ne pas être heureuse. Cernunnos sourit et ses yeux verts fouillèrent mon âme. De nouveau, l'oubli emporta tout.

— Oui, mon seigneur et maître.

— Bien.

D'une main, il leva mon menton. En dépit des gants de cuir, je sentis que ses doigts étaient glacés. Un frisson me parcourut.

— N'aie pas peur, murmura-t-il avant de m'embrasser.

La sensation d'une erreur me traversa. Aussitôt suivie d'une question : « Quand m'a-t-on embrassée pour la dernière fois ? » La puissance de Cernunnos se referma sur moi. Non plus rassurante et protectrice, mais insidieuse, impérieuse — brûlante de passion. Poussant un gémissement, je fermai les yeux sous le plaisir dévorant que je lisais dans son regard. Un feu d'émeraude s'infiltra en moi, s'enroula autour de mes jambes, de mon buste, de mes bras — un feu doux et avide. Son baiser avait un goût de liberté, un goût différent de tout ce que j'avais connu depuis l'enfance. Son baiser était un sanctuaire.

— Quel enfant sera le nôtre, petite chamane ! susurra le dieu. Quel pouvoir, quelle passion l'animera !

Mes yeux s'ouvrirent brutalement. La réalité me frappa de plein fouet, se répercuta jusque dans mes os.

— Non ! m'écriai-je.

Je le repoussai de toutes mes forces. Surpris, le

dieu recula. Ses yeux étincelèrent, et la passion se consuma en une rage froide.

— Non ! hurlai-je de nouveau. Non et *non* ! Je ne t'appartiens pas, Cernunnos, et *je ne commettrai plus jamais cette erreur*...

— Tu dois choisir, chamane, gronda-t-il. Si tu viens avec moi, tu chevaucheras pour l'éternité à mes côtés. Tu me guideras comme je guide la Meute. Sinon, à l'instant même, ce lieu et toi-même prendrez fin.

Et rejetant la tête en arrière, il poussa un cri semblable au brame du cerf blessé. Les arbres de Josué vibrèrent et, subitement, la Meute se matérialisa autour de nous, comme si elle n'était en rien assujettie à des bizarreries telles que les dimensions spatiales ou l'épaisseur du temps.

Je fixai Cernunnos. Mon sang échauffé battait encore un peu trop vite dans mes veines, et je sentais sur mes lèvres le goût de son pouvoir. Mais le voile qui recouvrait mon esprit s'était déchiré.

— Il vous manque le treizième.

Tout était clair, à présent ! J'avais cru pourtant que c'était de Marie, et de personne d'autre, qu'il avait besoin.

— Il faut remplacer l'Enfant. Voilà ce que vous m'offrez ? N'importe qui peut donc faire l'affaire ?

— Non, pas n'importe qui, rétorqua rageusement Cernunnos. Il faut un être doué de pouvoir, un être capable de supporter mon contact sans frémir. Un être capable de porter l'enfant qui remplacera celui qui est perdu.

Des larmes brûlantes jaillirent de mes yeux.

Durant un bref instant, nos peines se joignirent et un douloureux sentiment de perte nous unit. La gorge serrée, respirant avec difficulté, je me recroquevillai sous le poids des souvenirs. Le feu d'émeraude, dans les yeux de Cernunnos, devint noir de tristesse et de fureur. Vacillante, je m'enveloppai de mes bras, comme pour m'empêcher d'aller à lui et de le consoler.

— Choisis, gronda-t-il de nouveau.

Et, prenant les rênes d'une main ferme, il monta à cheval d'un mouvement souple et élégant. Il paraissait terriblement grand. La colère étirait plus encore ses traits fins, sa silhouette évanescente. Dans ses yeux assombris flottaient des lambeaux de brume verte…

Et, soudain, je me souvins de la nostalgie qu'avait éveillée en moi le paysage de brume. Haletante, je me penchai vers lui.

— C'est votre fille. La Cavalière manquante. Elle a le pouvoir de vous remmener dans votre pays. Mais moi, je ne suis pas de ce monde. Je peux résister à son appel. Pourtant, je ne suis pas…

Ma voix se brisa.

— Je ne suis pas comme Marie, repris-je d'un ton plus sourd. Nos magies fonctionnent différemment. Et vous avez besoin de moi pour…

Impossible de prononcer le mot, devant ce dieu antique dressé sur son cheval.

— Mes pouvoirs domineraient votre… pays. Vous vous serviriez de notre…

Le mot restait là, coincé dans ma gorge.

— Et vous pourriez rester dans ce monde-ci — mon monde. Guidé par un enfant doté de pouvoirs chamaniques.

— Un enfant est préférable, murmura Cernunnos, parce que le sang de mon sang est lié à moi, irrémédiablement. Parce que le sang de ton sang serait plus fortement lié à ton monde qu'aucun de mes descendants. Le sang de notre sang, ajouta-t-il avec un rictus, sera d'une puissance inégalée.

Il tendit son poing vers moi.

— Toi, petite chamane, tu fais l'affaire. Choisis !

— Il faudra que vous continuiez à me droguer !

Je secouai la tête, comme pour chasser les derniers vestiges de sa puissance en moi.

— Non et non !

Un sourire froid fendit la bouche de Cernunnos.

— Sais-tu où nous nous trouvons, en ce moment, *gwyld* ? Nous ne sommes ni dans ton monde, ni dans le mien. Aucun lien ne peut nous rattacher, ici.

Un spasme nauséeux contracta mon estomac. Le sourire de Cernunnos s'étira un peu plus et j'aperçus, dans un éclat brillant, la pointe acérée de ses canines.

— C'est une terre de paix. Peuplée d'âmes errantes et sans défense. Nous sommes au-delà des mondes.

Il rejeta la tête en arrière. Ses cheveux couleur de blé ondulèrent souplement. Il poussa un cri, plus proche cette fois du cor de chasse que de l'animal blessé. Quand il se tourna de nouveau vers moi, ses yeux s'étaient légèrement allongés et brillaient de colère contenue. Ses cornes avaient épaissi et retombaient lourdement dans son dos. Son cou et ses épaules s'étaient élargis, comme pour mieux supporter le poids accru de la tête.

— Tu as choisi, lança-t-il d'une voix sifflante.

Et son sourire cruel me fit frissonner.

— Chevauchons.

Le flacon de sels que Morrison passait sous mon nez me fit éternuer, et je m'éveillai.

24.

— Non !

Je me redressai en poussant un cri et frappai violemment la main de Morrison. Le flacon vola dans les airs et atterrit dans la neige.

— Non, non et non ! Je dois repartir, bon sang !

Morrison me dévisagea, sidéré. J'eus envie de le battre. Je savais que j'avais l'air d'une folle, mais il devait comprendre !

— Je dois repartir ! lançai-je, désespérée.

— Très drôle, grinça-t-il entre ses dents. On vous fait revenir et vous voulez repartir…

— Il faut que j'y retourne. J'ai laissé Cernunnos en liberté, là-bas !

— Je lui administre un sédatif, commissaire ? demanda quelqu'un derrière moi.

— Un sédatif, pour une blessure à la tête ? Brillante idée, vraiment, rétorqua Morrison, agacé.

Une blessure à la tête ? J'avais oublié. La douleur se rappela brutalement à moi, torturant mon crâne avec une férocité grandissante à mesure que je m'énervais. La colère et la peur me rendirent parfaitement incohérente. Morrison finit par ramasser une poignée de neige mouillée et me la lança au visage. A ma grande surprise, autant qu'à la sienne, je me tus.

— Reprenez, grogna-t-il. Avec de vraies phrases.

J'inspirai profondément et essuyai mon visage. Les muscles endoloris de mon dos se contractèrent atrocement. Pour ne pas penser aux élancements qui vrillaient l'arrière de mon crâne, je regardai autour de moi. J'étais assise sur la dernière marche de l'escalier. Visiblement, ma chute avait été suivie d'une belle glissade. Vu que le commissariat possédait des caméras de sécurité qui fonctionnaient en permanence, nul doute que je finirais dans le « best of », dès que tout le monde serait rassuré sur mon état. Je palpai précautionneusement ma tête. Mes doigts revinrent tachés de sang et de neige sale.

J'expliquai la situation en phrases aussi succinctes que possible. L'expression du chef passa de l'incrédulité à la déception, pour finir par la consternation quand il comprit que je ne considérais pas mon histoire comme une simple hallucination.

— Vous êtes toujours aussi catégorique, répliqua-t-il en se levant, visiblement exaspéré.

Je décidai de ne pas renchérir, préférant me concentrer sur le travail de réparation qui s'imposait. Mais les élancements étaient si puissants que je finis par renoncer. Impossible de faire du bon travail... Je m'aventurai vers la position verticale.

— Je dois trouver le moyen de repartir, grommelai-je en m'agrippant à la manche de Morrison.

Voilà qui manquait de dignité, mais la surprise qui se peignit sur son visage me dédommagea de mon léger sentiment de honte. Intéressant, ça... Il faudrait que je pense à travailler le genre « demoiselle en détresse ».

— Vous avez un travail à accomplir ici, rétorqua Morrison d'un ton sans appel.

Je le regardai. Je n'étais pas sûre d'avoir bien entendu. Sans un mot, il me poussa dans les bras de Bruce, qui me recueillit comme si j'étais en cristal.

— Puisque vous vous sentez l'âme d'un missionnaire, commencez par sauver ce monde-ci, lança froidement le boss. Vous y trouverez toutes les âmes perdues que vous voulez.

— Vous ne comprenez pas ! rétorquai-je en lâchant Bruce.

Ce que je regrettai immédiatement. Mais puisque le mal était fait, je continuai sur ma lancée. Et tentai de dominer Morrison de toute ma taille. Raté. Mes talons n'étaient pas assez hauts.

— Et d'un, la plupart des âmes errantes dont je vous ai parlé venaient de ce monde-ci. Si la Meute moissonne *là-bas*, beaucoup de mourants *ici* demeureront plongés dans un état de coma sans fin. De deux, ce n'est pas vraiment le problème !

Ma voix grimpait vertigineusement, phénomène de toute évidence provoqué par la présence du chef.

— Le problème, Morrison, poursuivis-je en martelant mes mots, c'est que je suis la seule à pouvoir arranger le pétrin que j'ai causé ! Il faut que je ramène Cernunnos, pour pouvoir les maîtriser, lui et Herne, dans ce monde-ci. Compris ?

J'étais nez à nez avec le commissaire divisionnaire. Si près que j'aurais pu l'embrasser.

Il fallait que j'arrête de penser à ça… La bouche crispée, Morrison me regardait droit dans les yeux, sans céder d'un pouce.

— Ce que j'ai compris, répliqua-t-il d'une voix

basse et frémissante, c'est que vous travaillez dans mon service et que vous respecterez les ordres de votre supérieur.

— Alors, lançai-je, je démissionne !

Un murmure de surprise s'éleva du rang des inspecteurs plantés derrière moi. Je retirai fébrilement l'insigne de ma poche et le jetai aux pieds de Morrison. De la neige fondue éclaboussa nos chaussures. Son regard se posa sur le badge et revint à moi.

— Vous ne le ferez pas, proféra-t-il calmement.

Il devait savoir qu'il avait raison. Je n'avais pas la moindre envie de renoncer. Mais voilà, mon insigne était par terre, mon honneur vertueusement accroché dessus, et du diable si je savais comment faire machine arrière ! La rage qui m'habitait s'éteignit d'un seul coup, comme épuisée par la fatigue et la souffrance. Mon crâne battait douloureusement, au même rythme que mon cœur.

— Laissez-moi agir à ma manière, répondis-je d'une voix assagie.

Toute combativité avait disparu en moi. Mon seul effort consistait à tenir debout.

— Vous vouliez que je fasse mes preuves. Eh bien, poursuivis-je, donnez-m'en les moyens.

Morrison contempla un instant l'insigne, avant de reporter son regard sur moi.

— Appelez-lui une infirmière, lança-t-il d'un ton sec en se détournant.

Je le regardai monter les marches et rentrer dans le commissariat. Avec mille précautions, je m'agenouillai et récupérai le pauvre symbole de mon honneur. J'étais censée avoir gagné cette manche, mais la victoire avait un goût amer.

Bruce m'empoigna d'un bras solide et me guida jusqu'à son bureau. Je m'emparai de son téléphone pendant que Linda, l'infirmière, examinait mes contusions. Chaque fois qu'elle touchait mon crâne, je hurlais, et elle poussait un juron.

— Taxis Tripoli, Keith à l'appareil, lança une voix masculine antipathique. Quelle est l'adresse ?

— Pas d'adresse, répliquai-je. Pourriez-vous, s'il vous plaît, transmettre un message à… aïe !

Je lançai un regard noir à Linda qui me le rendit.

— … à l'un de vos chauffeurs, grognai-je.

Le dénommé Keith se fit plus antipathique encore.

— Ce n'est pas un secrétariat, ici.

— C'est pour une urgence, répliquai-je d'une voix légèrement suppliante.

Un long et profond soupir s'ensuivit.

— C'est toujours pour une urgence, grommela finalement Keith. Alors, que voulez-vous ?

— Pouvez-vous dire à Gary Muldoon que Joanne a appelé, qu'il doit passer prendre le tambour chez moi et le ramener au commissariat le plus vite possible ?

— C'est une urgence, ça, un tambour ? Bon… Donc : Joanne, prendre le tambour, commissariat.

J'entendais le bruit du clavier en arrière-plan.

— Il termine à 14 heures, ajouta Keith.

Je jetai un coup d'œil à l'horloge. Il était 13 h 57.

— J'espère que vous pourrez lui donner le message. En tout cas, mille mercis, vraiment.

— Ouais, c'est ce qu'on dit toujours, mais j'reçois

jamais de chocolat. C'est que j'ai du boulot, moi, jeune demoiselle !

Je raccrochai en souriant. Etait-ce une manie chez les Taxis Tripoli d'appeler les clientes « jeune demoiselle », ou était-ce une obligation contractuelle ?

— Bruce ?

— Oui ?

Il eut l'air soulagé que je me souvienne de son prénom. Linda appliqua quelque chose de bouillant sur mon crâne. Je hurlai. Bruce fit un bond et lança un regard noir à Linda, m'épargnant la peine de le faire une nouvelle fois.

— Où commandes-tu des fleurs et du chocolat, quand tu dois te remettre dans les bonnes grâces d'Elise ?

Du doigt, il désigna le téléphone.

— Touche 9, c'est dans la mémoire, répliqua-t-il sur un ton qui me mettait au défi de rire.

Je ris néanmoins. Ce qui intensifia les élancements, mais me fit un peu de bien. Linda pesta de nouveau et m'attrapa par le menton.

— Restez immobile, ordonna-t-elle avec impatience.

Et, derechef, elle appliqua le cataplasme bouillant sur les contusions.

— Aaaaaaaïïïe ! C'est quoi ? De l'acide sulfurique ?

— Chlorhydrique, corrigea-t-elle tandis que j'appuyais sur la touche 9. Il faut que je nettoie. C'est crassouilleux. Et cessez de pleurnicher !

— « Crassouilleux » ? C'est un autre terme technique, ça ? répliquai-je en m'éloignant prudemment.

— Les Fleurs du Pardon, bonjour. Bienvenue,

Bruce, susurra une mélodieuse voix de femme dans le combiné.

— Désolée, je ne suis pas Bruce… J'ai simplement emprunté son téléphone.

Trois minutes plus tard, un bouquet de fleurs et une boîte de chocolats partaient à destination des Taxis Tripoli, l'ibuprofène commençait à faire son effet, et je me sentais en voie de réconciliation avec le monde.

— J'ai faxé le dessin au lycée Blanchet, claironna une voix derrière moi.

Je me retournai. Linda poussa un autre juron, remballa ses affaires et sortit dignement de la pièce.

— Et… ? demandai-je à Jen.

— Et le lycée compte des milliers d'élèves. Le principal ne l'a pas reconnue, mais m'a proposé de contacter le bureau des élèves. J'ai envoyé le dessin et j'attends la réponse.

Jen me fit un petit signe de la main et regagna le couloir.

— Merci, murmurai-je.

Elle se retourna et m'adressa un sourire. Je m'assis sur le bureau de Bruce et me frottai les yeux. Mille piques s'enfoncèrent dans mon crâne, mais comparé aux lances de tout à l'heure, c'était presque un massage apaisant. Je continuai donc à frotter.

— Te souviens-tu de la dernière fois que tu as dormi ? s'enquit Bruce, sévèrement.

Je fis la moue.

— Euh… non. Je crois que j'ai dormi dans ma douche.

— Tu as l'air d'une morte-vivante, tu sais, poursuivit mon collègue avec sérieux.

— Merci, rétorquai-je avec un petit rire.

Aucun feu d'artifice n'explosa dans mon crâne, ce qui eut presque le don de me rendre euphorique.

— Pourquoi ne pas faire un petit somme en attendant le tambour ? proposa Bruce.

J'admirai son ton serein et détendu, comme s'il était parfaitement normal d'attendre un tambour dans un commissariat.

— Avec une tête blessée ? lançai-je, imitant involontairement le grand chef

— Ça ne te tuera pas.

— Mmm...

Je le contemplai, songeuse. Le fait est que je ne voyais pas en quoi j'aurais pu être efficace d'ici l'arrivée du tambour. J'étais encore trop sonnée pour parvenir à me concentrer. Et puis, Jen devait m'apporter la réponse du bureau des élèves.

— Bon, acquiesçai-je. Si Jen a quelque chose pour moi, envoie-la me réveiller, d'accord ?

— Entendu. Dépêche-toi... Tu n'as pas beaucoup de temps devant toi.

Je me dirigeai vers le local aux balais faisant office aussi de pièce de repos. Trop petit pour servir de bureau, l'endroit était parfaitement aéré et d'une propreté méticuleuse. C'était bien le seul de tout le commissariat. Les flics qui croulaient sous le travail y passaient parfois la nuit et changeaient les draps du lit. Quoi qu'il arrive, la pièce était balayée deux fois par jour. Chacun savait qu'il y dormirait à un moment ou à un autre... et personne n'aime dormir dans la crasse des autres, n'est-ce pas ?

Je sombrai dans le sommeil avant même de toucher

l'oreiller. Ce qui m'épargna un autre choc à la tête, si doux fût-il.

L'âcre odeur du café me réveilla. J'ouvris un œil. Assis à la manière d'un indien près du lit, Gary agitait doucement une tasse sous mon nez. J'ouvris le deuxième œil et pris le café avec plaisir. Il venait du Missing O. C'était du moka à la menthe, aussi bon que le chocolat mais avec le double de caféine.

— Vous êtes un ange, affirmai-je après avoir bu quelques gorgées. Comment saviez-vous, pour la menthe ?

Gary se mit à rire.

— Le type blond, à l'accueil, m'a dit que c'était la meilleure manière de vous réveiller. Comme je suis poli, je ne lui ai pas demandé comment il le savait.

Je fis la grimace.

— Bruce connaît la meilleure manière de réveiller tout le monde, ici. Le boss y compris.

— Ah ! Vous prenez un mégaphone et vous beuglez dans la direction du grand patron, en vous tenant à une distance raisonnable pour qu'il ne vous tire pas dessus ?

J'esquissai un sourire fatigué.

— Probable. Je n'ai jamais essayé, pour ma part. Quelle heure est-il ?

— 14 h 30, à peu près. Je suis arrivé il y a un quart d'heure, mais ils m'ont envoyé chercher du café. En me précisant que vous aviez besoin et de sommeil et de caféine. Y a une p'tite dame espagnole qui a des papiers pour vous.

J'avalai quelques gorgées.

— Jen ? Hispanique, pas espagnole. Mmm… Elle a dû retrouver la jeune fille.

Je posai la tasse dans les mains de Gary.

— Tenez-moi ça. Je dois changer ces draps.

— Vous devez quoi ?

Je haussai les épaules. Il me regarda officier, un sourire moqueur sur les lèvres.

— Z'avez été à l'armée, jeune fille ?

— Non. Et pourquoi continuez-vous à m'appeler de cette façon ?

— Vous les faites au carré, observa-t-il avec un petit claquement de langue approbateur. Comment est-ce que je vous appelle ?

— « Jeune fille ». Je sais que ça fait plus de neuf heures qu'on ne s'est pas vus et que vous êtes âgé, mais je vous ai quand même dit mon prénom !

Je repris ma tasse en essayant de ne pas sourire devant l'air offensé de Gary.

— Ça fait partie de mon charme, répliqua-t-il d'un ton hautain.

— C'est bien ce que j'avais dit à Marie, dis-je en opinant précautionneusement de la tête.

— Je peux entrer ? Je ne gêne personne ? lança Jen en entrouvrant la porte.

Agitant une liasse de papiers, elle pénétra résolument dans la pièce. J'attrapai les documents et, tenant la tasse entre mes dents, me mis à les compulser.

— Z'avez l'air d'un lapin, commenta Gary.

Je fronçai le nez dans sa direction.

Le bureau des élèves avait faxé une demi-douzaine de photographies. On y voyait une jeune fille blonde, le plus souvent seule et penchée sur un carnet à dessins ou un livre, ses longs cheveux coincés derrière l'oreille.

— Umphum phaméun ouphelle… ?

Jen prit la tasse entre mes dents.

— Quelqu'un a le béguin pour elle, au bureau des élèves ? répétai-je d'une voix audible.

Mes compagnons sourirent.

— Lui, probablement, répliqua Jen en me tendant la photographie d'un adolescent un peu pataud.

Gauchement penché sur la jeune fille en train de dessiner, il portait un appareil photo en bandoulière. Ses cheveux en bataille lui tombaient dans les yeux, mais il avait un visage régulier qui promettait de devenir assez beau. La jeune fille le regardait en souriant.

— Il y a de l'amour dans l'air, commentai-je, attendrie.

Je reposai la photo et examinai les documents suivants. Il y avait une courte biographie : Suzanne Quinley, élève de seconde. Centres d'intérêt : art, théâtre, volley-ball. Anniversaire : le 6 janvier. Objectif : devenir Picasso.

— Bon, marmonnai-je. Au moins, elle ne veut pas devenir John Malkovich.

— Elle ne doit même pas savoir qui est Malkovich, répliqua sèchement Jen. Trop âgé pour elle.

— Et Picasso, alors ? répondis-je. C'est tout ce qu'il y a ? Pas de téléphone, d'adresse ?

Je repris l'une des photographies et la comparai au croquis de Jen. Seattle comptait sans doute des milliers et des milliers de jeunes filles blondes, mais il me semblait bien que nous avions trouvé le modèle du tableau.

Jen me tendit une enveloppe de papier bulle.

— Et j'espère que tu te prosterneras à mes pieds, lança-t-elle avec un sourire.

J'ouvris l'enveloppe. Elle contenait trois feuilles et une photo en noir et blanc qui datait d'un an ou deux. La première feuille correspondait à un extrait d'acte de naissance, la seconde à un formulaire d'adoption et la troisième à une brève biographie. Je levai des yeux admiratifs vers Jen.

— Comment as-tu eu ça ?

— Je suis une fée ! répondit-elle en claquant des doigts. J'ai un copain au Département d'Etat. Archives du FBI. Tout le monde a un dossier là-bas.

— Archives du FBI ?

— Oui. Tu ne connais pas ?

Pas le moins du monde embarrassée, Jen me contemplait avec de grands yeux innocents.

— Tu n'as peur de rien !

— Tu as eu ce que tu voulais, non ? Y compris son adresse, dont tu vas avoir besoin, puisque les cours ont pris fin il y a vingt minutes. Il faut que tu y ailles.

Je grimaçai.

— La dernière fois que tu m'as donné ce genre de conseil, j'ai fini la tête la première dans la neige. J'ai un petit boulot à accomplir avant.

Je fourrageai dans mes cheveux en me demandant dans quel état ils pouvaient bien être.

— Vous avez apporté le tambour, Gary ?

— Il est dans le taxi. Je vais le chercher.

J'inspirai profondément.

— Bien. En route pour le spectacle.

25.

Nous atterrîmes dans le garage : l'espace de détente qui y était aménagé me parut être l'endroit le plus confortable pour y accomplir ma petite performance. Un nombre surprenant d'inspecteurs nous suivirent, tous pris de la subite envie de marquer une pause. Morrison brillait par son absence, ce dont je fus à la fois contente et irritée. Après tout, il avait vu, lui, la bande vidéo de l'auberge, et il en savait assez pour me laisser la responsabilité de l'enquête. Il aurait donc pu venir jeter un coup d'œil sur les techniques d'investigation « spéciales » qu'il venait de m'autoriser à mettre en œuvre.

L'arrivée de Thor et des autres mécaniciens me détourna de mes pensées.

— Il n'y aura rien d'exceptionnel, annonçai-je à Gary.

Mon compagnon portait avec précaution un grand sac de marin en bandoulière. J'en déduisis que mon tambour se trouvait à l'intérieur, soigneusement protégé.

— Je leur demande de sortir ? proposa-t-il en désignant du menton le groupe d'inspecteurs.

Il avait l'air encore plus massif que d'habitude, tel

un coq, toutes plumes ébouriffées. Je souris intérieurement.

— Non, ça ira. Simplement...

Je regardai pensivement les deux douzaines d'hommes et de femmes qui s'entassaient dans le local.

— Non, repris-je lentement. Je crois que j'ai une idée.

J'avançai d'un pas.

— Ecoutez ! lançai-je en plantant mes poings sur les hanches.

Dans un bel ensemble, ils se tournèrent vers moi, comme s'ils venaient d'entendre la voix du sergent instructeur qui hantait leurs cauchemars. Je me retins de rire.

— Il n'y aura rien d'exceptionnel, répétai-je. Je vais entrer en transe pendant que Gary jouera du tambour.

Les regards devinrent fuyants, s'évitant les uns les autres. Etaient-ils venus là pour voir à quoi ressemblait ma vie paranormale, ou pour s'assurer que j'avais bel et bien perdu la tête ? Le rire montait décidément en moi. Rien ne voyage plus vite que la rumeur, et c'était pour cette raison qu'ils étaient tous là.

— Bien..., dis-je.

Bruce fut le seul à oser me regarder dans les yeux, avec une légère grimace qu'il ne cacha pas.

— Puisque vous êtes là, repris-je, je vais vous demander un service.

Quand j'eus achevé d'expliquer mon projet, il ne restait environ qu'une douzaine de personnes. A ma grande surprise, Thor ne bougea pas. Je le regardai en haussant un sourcil. Il se contenta de croiser les bras sur la poitrine. Je me demandai quel était son vrai nom… J'attendis un instant, constatai que plus personne ne partait et m'assis en tailleur au milieu du groupe. Gary prit place en face de moi et sortit le tambour du sac.

— J'ai apporté ça, aussi, dit-il en brandissant un fourreau de cuir.

L'épée de Cernunnos. J'ouvris de grands yeux.

— Ne me dites pas que vous aviez un fourreau qui traînait justement chez vous.

Il fit une grimace.

— Non, je ne vous le dirai pas, rétorqua-t-il en me tendant l'arme.

Je la posai sur mes genoux.

Un concert de murmures intrigués s'éleva autour de moi et retomba, sans que personne ose poser de question. Les questions viendraient plus tard, sans doute. En nombre. Ou alors, chacun trouverait une bonne raison de ne plus m'adresser la parole. Comment aurais-je réagi, pour ma part, si j'avais vu une autre personne accomplir ce genre de choses ?

— Vous ne vous allongez pas ? s'enquit Gary.

— Ça ira comme ça. Si je tombe, que quelqu'un me redresse.

Un premier battement résonna, grave et profond. Je frissonnai et me raidis involontairement.

Je savais que je pouvais accomplir mon projet. Le seul hic, c'est que j'ignorais si j'étais capable de le faire consciemment. L'énergie qui vibrait à l'aéroport — cette somme de vies en mouvement — était si présente, si dense qu'elle s'imposait presque d'elle-même.

Là-bas, le pouvoir dont j'avais besoin aurait eu des conséquences mortelles. Ici, une fraction de ce pouvoir me suffisait. Et je le demandai volontairement. Les battements du tambour s'accordèrent au rythme de mon cœur. J'expirai lentement et, dans l'expiration, quittai le corps assis sur le sol, le laissant fonctionner seul, cependant que ma conscience allait prendre l'air.

Les êtres qui m'entouraient brillaient d'un éclat semblable à celui que j'avais observé dans la ville lors de ma visite imprévue aux chamans morts. Une force identique à celle qui s'était imposée à moi m'envahit, quoique d'une intensité moindre. Et j'éprouvai une sensation de désincarnation proche de celle que j'avais eue dans le café, pendant ma discussion avec Morrison. La vie irradiait de leurs corps, en longues pulsations accordées au rythme de leur respiration. La curiosité me poussa à regarder au-delà du local, à travers les murs du garage. J'avais envie de voir à quoi ressemblait le monde, vu non plus d'au-dessus mais d'en dessous.

J'aurais dû éviter. C'était déprimant. Une succession de béton qui masquait toute vie. Les murs vibraient d'une énergie qui leur était propre, mais ce n'était pas ce que je cherchais — et je n'avais pas le temps de m'y attarder.

Je revins au local et me concentrai sur mes compagnons. Sur Thor aussi. L'aura de Billy oscillait du fuchsia à l'orange. Entre ses mains tendues devant lui brillait une boule colorée. A son côté, Jen tenait une boule identique, variant du jaune au brun.

Jamais je n'aurais cru que le brun pouvait être si lumineux.

Quelques autres encore avaient concentré de la sorte leur énergie. Mais la plupart d'entre eux se contentaient de jeter des regards curieux sur le corps que j'avais momentanément abandonné, sans savoir que j'en étais sortie. Leur énergie émergeait par vagues de leur être, aussi vive qu'une flamme. Certains parvenaient à diriger leur bonne volonté dans ma direction, et les couleurs s'étiraient sans contours bien définis. D'autres, enfin, offraient simplement leur essence.

J'aspirai d'abord les couleurs qui se donnaient spontanément. Cette bonne volonté était-elle sans limites, ou risquait-elle d'épuiser le donneur ? Dans le second cas, il me faudrait agir extrêmement vite ou trouver une manière de ralentir le flux d'énergie.

Cependant, je n'avais pas franchement le temps de méditer sur le problème. Mettant mes mains en coupe, je formai une boule avec l'énergie offerte et regardai tournoyer les points de couleur, se frôlant sans jamais se mélanger. Quand ils se touchaient, des éclats gris, noirs et blancs les soudaient sans qu'aucun d'eux perde sa spécificité. Comme la limaille de fer sur l'aimant, ils dessinèrent des motifs, tous uniques, mais tous liés par un thème commun. Je les observai un instant, fascinée, puis je me secouai. Ce n'était pas le moment de me plonger dans une telle étude… Je verrais cela plus tard. Si j'avais de la chance. Sinon, je serais trois pieds sous terre et je me moquerais éperdument de ces questions.

Aspirer l'énergie déjà concentrée de Billy et Jen fut plus aisé. A mon appel, leurs forces flottèrent vers moi et s'amalgamèrent à la boule que j'avais formée, presque aussi rapides et insaisissables que des électrons dans un atome. Des filaments s'en échappaient, me reliant à leurs créateurs — vifs éclats de lumière s'enroulant les uns autour des autres en tresses complexes, sans se confondre.

Enfin, je laissai de côté un quart environ des personnes présentes dont la capacité d'offrande était moins évidente. Je pouvais, si je voulais, prendre une fraction de cette énergie qu'ils ne savaient pas donner, un peu comme à l'aéroport. Je décidai, pour le moment, de ne rien en faire.

Babylone... Comment y retourner ? *A la lueur d'une bougie*... Je rentrai en moi jusqu'à tomber dans le vide étoilé. Mon corps se renversa et se condensa au niveau du nombril, jusqu'à imploser entièrement, avant d'exploser de nouveau, avec un bruit audible, hors du nombril. Je repris ma forme première, mais, cette fois, tout mon être était inversé et je regardai, non plus vers le garage, mais vers les étoiles qui défilaient.

— Hé ! m'exclamai-je. Super !

La boule d'énergie avait disparu de mes mains. Je la sentais à présent, qui frémissait dans mon ventre : force de vie qui appartenait et n'appartenait pas à mon être. Je frissonnai et m'écartai légèrement pour considérer la sensation. Avec une secousse, les fils de soie apparurent sur mon corps, plus tenaces que jamais.

— Pause, murmurai-je. Ce n'est pas le moment.

Et je projetai sur eux de la lumière. Ils s'effacèrent à regret. Je réalisai qu'à chaque fois que je m'étais retrouvée dans les étoiles, le passé que je tentais si fortement de dissimuler resurgissait. Brièvement, je me demandai quel était donc ce lieu entre les mondes. Puis, subitement, la bougie apparut. Je l'entourai de mes mains et chuchotai :

— A Babylone et retour.

Un bruit apocalyptique éclata. Je reculai de quelques pas et chutai sur une énorme racine noueuse. J'étais au pied d'un arbre de Josué. Je m'assis et tentai de déchiffrer le chaos qu'était devenue Babylone.

De larges traînées rouges entachaient le ciel. A demi déchiquetés, les jardins pendaient lamentablement des branches, animés par un imperceptible mouvement, semblables à des créatures mourantes poussant un dernier cri d'agonie avant d'être emportées par la mort.

Le joyeux et incessant babil qui emplissait l'air avait disparu, remplacé par le hululement du vent et les clameurs de détresse. Brusquement, je vis, aussi clairement que dans un miroir, les premiers jours de l'humanité. Une petite femme aux courbes généreuses fixa sur moi des yeux noirs, à la fois humains et étranges. Elle eut un triste mouvement d'épaules, infiniment émouvant.

— La première fois que nous sommes venus, murmura-t-elle, nous n'étions pas nombreux.

— C'était Babel, répondis-je. Une terre de partage où tout le monde se comprenait. Et puis, le nombre s'accrut et… Babel fut perdue ?

Elle approuva vigoureusement.

— Vous êtes Eve, repris-je.

Elle rejeta la tête en arrière et se mit à rire. Un rire tellement humain…

— Ici, ils m'appelaient Mère. Je ne suis pas la première femme au sens où vous l'entendez. Ce n'est pas si simple. Mais « Eve » me va bien. Je vous en prie, allez-y, avant que tous mes enfants ne perdent à jamais ce lieu.

— Au revoir, Mère, chuchotai-je.

Le hululement furieux du vent me répondit. Babel s'étendait devant moi. Les pavés des chemins étaient soulevés en tous sens, comme si un terrible tremblement de terre s'était produit. Des taches noires et des traînées d'un rouge sombre maculaient leur chaude couleur de sable. La nausée monta en moi, et je me frottai la poitrine. Il y avait trop à penser, trop à assimiler, et si peu de temps…

Les habitants se terraient dans le moindre recoin, agonisant ou pleurant, et criant leur haine de la Meute qui rôdait. Des cadavres jonchaient le sol. Une rangée de soldats apparut soudain et avança, coude à coude. Sous la pression de leur volonté, la rue vacilla et se reforma. Ils poursuivirent leur marche. Derrière eux, le chemin avait retrouvé son aspect premier, tel un défi cinglant jeté à la face des massacreurs.

Et ils furent là. Une douzaine de cavaliers, et la pâle jument solitaire. Cernunnos chevauchait en tête, ses cornes élégamment enroulées sur ses cheveux couleur de blé. Dans sa main gauche, sa nouvelle épée jetait des éclats d'argent, là où elle n'était pas dégoulinante de sang. L'étalon bondit par-dessus les pavés renversés et le dieu sourit à la jeune femme qui se débattait, terrifiée, dans son autre main. Elle ouvrit la bouche et s'immobilisa, paralysée par le pouvoir incandescent qui émanait des yeux du dieu. Il rit. Son rire eut l'éclat du verre qui se brise. La lame argentée fendit l'air et la jeune femme se raidit, dans l'attente du coup.

— Non…, murmurai-je.

L'épée heurta le mot que je venais de prononcer, et rebondit. Cernunnos eut un sursaut de recul et, durant un instant, la Meute tout entière hésita. Libérée de l'emprise du regard divin, la jeune femme s'échappa et s'enfuit. Avec une lenteur calculée, Cernunnos transféra son arme de la main gauche à la main droite. Les doigts de sa main libre se crispèrent sur la paume, avant de s'ouvrir de nouveau. Puis il leva cette main et regarda autour de lui avec la sauvage assurance du prédateur à l'affût.

Soudain, je ressentis l'urgence de me placer devant lui avant qu'il ne m'appelle. Je me levai de la racine où j'étais assise et avançai en direction de la rangée de soldats, à présent immobiles. Le pouvoir réparateur continuait à émaner d'eux, à se répandre sur les ruines de Babylone. Une force inconnue étreignit mon cœur. Je mourrais avant de laisser quiconque périr ici. Ma volonté se concentra. *Qu'il ne voie que moi. Qu'il les oublie.*

Cernunnos m'observait en silence, visiblement fasciné. Derrière lui, l'archer et le cavalier au rouan échangeaient des regards. Penchant ses larges épaules, le cavalier au rouan murmura quelques mots à l'oreille de son compagnon, avant de se tourner de nouveau vers moi en souriant. L'archer ajusta une flèche, mais ne tira pas. C'était peu élégant, ça ! Vu la vitesse à laquelle il était capable de se saisir de son arme pour tirer, il n'avait pas franchement besoin de prendre de l'avance.

— Petite chamane…, proféra Cernunnos.

Sa belle voix grave avait pris des inflexions dures.

— Seigneur et Maître de la Meute…, répliquai-je.

Le cavalier au rouan eut un mouvement de tête amusé, qui fit onduler ses cheveux flottants. Un sourire crispé tordit la bouche de Cernunnos en une moue mi-animale, mi-humaine. Il inclina brièvement la tête avec une grâce plus élégante que jamais. Mais l'élégance et la grâce ne pouvaient me faire oublier le sang qui maculait son épée. La boule d'énergie bouillonnait en moi.

— Petite chamane, je ne m'attendais pas à te revoir.

— Je n'avais pas l'intention de vous laisser ici. Ce lieu n'est pas pour vous, Cernunnos.

— Oh, mais si…, murmura-t-il en tendant les bras pour embrasser le ciel rougeoyant et les rues dévastées. Regarde mon ouvrage.

— Vous avez marqué ce lieu. Il n'est pas vôtre pour autant. Venez, Seigneur et Maître de la Meute.

Je n'aurais pas mis moins de sarcasme dans mes mots si je m'étais adressée à Morrison.

— *Mano a mano*… Vous et moi, repris-je. Si vous gagnez, je prends la place de l'Enfant dans la Meute, et vous chevaucherez en toute liberté. Si je gagne, vous quittez à l'instant et pour jamais cette ville, et nous retournons ensemble sur Terre.

— A l'instant et pour jamais ? s'enquit le dieu, une lueur dans les yeux.

— On verra, rétorquai-je d'une voix ferme.

Il baissa la tête et me considéra. Un reflet sanglant joua sur ses cornes couleur d'ivoire.

— Comment dis-tu ? *Mano a mano ?* Eh bien, qu'il en soit ainsi. Par mon nom, par ma puissance et par ma vie immortelle, je le jure. Si je perds ici, jamais plus la Meute ne reviendra à Babylone, et nous irons avec toi dans ce lieu que tu nommes Terre.

Fugacement, je me demandai par quel nom il avait juré. Ce n'était pas, j'en étais sûre, le sien. Dans le secret de son âme, il devait invoquer quelque puissance inconnue dont personne ne saurait jamais le nom.

— Je ne peux pas jurer sur ma vie immortelle, puisque je n'en ai pas. Dois-je jurer sur la vôtre ?

Un éclat de mépris passa dans ses yeux. J'eus un petit sourire narquois.

— Pas le sens de l'humour, hein ?

Je me redressai. Le sarcasme, ce n'était pas inutile pour se donner du courage, mais en l'occurrence, il s'agissait d'une affaire sérieuse.

— A mon tour, donc. Je jure par mon nom, par ma puissance et par ma vie misérablement mortelle. Si je perds, je chevaucherai à la place de l'Enfant et n'essaierai plus de vous enchaîner.

Mon cœur, qui battait régulièrement au rythme du tambour, eut un pincement. Une fois de plus, je m'embarquais dans une histoire qui me dépassait. « Regarder avant de sauter », disait le proverbe. Il faudrait que j'y pense la prochaine fois, avant de foncer.

Que cherchais-je, en l'occurrence ? Certainement pas à me faire écraser comme un insignifiant ver de terre par Cernunnos. Mes paroles étaient encore suspendues dans l'air quand sa force me frappa de plein fouet, véritable raz de marée couleur d'émeraude. Je tombai à genoux, manquant de régurgiter les trois quarts de mes entrailles.

Le dieu mit pied à terre avec la souplesse d'un félin et vint vers moi. Je reculai, sans le lâcher des yeux. L'image de la jeune femme terrorisée me revint à la mémoire. J'avais déjà subi son pouvoir, mais, cette fois, Gary n'était pas là pour me tirer des flammes. J'allais devoir me débrouiller seule. J'appelai à moi la boule d'énergie et hésitai.

Non… Pas encore. Cernunnos s'arrêta à quelques pas de moi. J'étais juste à portée de son épée.

— Tu es audacieuse, petite chamane, murmura-t-il. Folle, mais audacieuse.

Il leva son arme. Je me répétai qu'il n'allait pas me tuer… Sauf s'il trouvait le moyen de capturer une âme nouvellement libérée. Et, à dire vrai, maintenant que j'y songeais, il en était bien capable…

Au moment où la lame s'abattait sur moi dans un éclair argenté, je roulai sur le côté.

Certes, je n'avais pas l'élégance du dieu, mais j'étais à présent hors de son chemin et pouvais me relever sans avoir à repousser le poids écrasant de son pouvoir. Il vacilla, surpris, et je plongeai entre ses jambes. Fort heureusement, il perdit l'équilibre. J'en profitai pour exécuter une torsion du buste et lui envoyer un coup de pied à l'endroit le plus sensible.

Cernunnos me fixa pendant un temps atrocement long. J'eus l'impression d'avoir frappé un arbre de Josué.

Puis il poussa un hurlement si terrible que mes os

s'entrechoquèrent. Le voile gris dont j'avais enveloppé Babylone frémit et s'affaiblit. Cernunnos leva son épée à deux mains et la plongea vers moi.

Mais son pouvoir avait volé en éclats sous le coup de la douleur, comme le cristal se brisant sous l'effet d'un son trop aigu. Je bondis sur mes pieds et la lame se ficha entre les pavés. Alors qu'il s'efforçait de la retirer, je lui décochai un coup à la mâchoire. Il tournoya — un tour complet, puis un autre, avorté à mi-chemin.

Contre toutes les règles du fair-play, je le frappai alors qu'il gisait à terre. Un bon coup dans les côtes. Son corps fit un bond et roula. La seconde fois, il attrapa ma cheville et la tordit. Mon genou claqua de manière sinistre et je tombai sur lui. Quelques secondes durant, nous nous dévisageâmes, nez à nez. Une lueur de colère assombrit ses yeux.

Aussitôt, je dressai mon bouclier et les vertes irradiations de son pouvoir percutèrent le voile argenté. Je le tâtai pour découvrir ses faiblesses.

Elles étaient là. Manque d'assurance, savoir insuffisant, peur. Je ne savais comment réparer ces accrocs. Tel Gulliver arraisonné par les Lilliputiens, je fus clouée au sol par les flammes vertes qui s'immisçaient dans les brèches. Une grimace de fureur tordait le visage à demi animal de Cernunnos. Il se releva et retira son épée fichée entre les pavés.

Je ne sais pourquoi, je tournai la tête et regardai le cavalier aux larges épaules, sur son rouan. Une lueur ironique jouait dans ses yeux. D'un imperceptible mouvement du menton, il acquiesça. Il y avait en lui quelque chose d'étrangement familier. J'oubliai le cavalier pour me concentrer sur ma situation et trouver une solution.

La lame plongea dans mon ventre, et je cessai de me concentrer.

26.

L'une des leçons que j'avais retenues de ces derniers jours, c'est qu'il existait différents degrés de douleur. Ainsi, ma tête me lançait toujours, mais je n'y pensais plus tant j'étais concentrée sur le retour à Babylone. Mon genou me faisait atrocement souffrir, mais je ne devais pas me laisser distraire de l'affaire en cours, sans quoi j'y perdrais la vie. J'évitai donc d'y songer.

Ce n'est pas parce qu'on se retrouve avec une épée plantée dans l'estomac pour la seconde ou troisième fois de la semaine qu'on s'y habitue. La surprise fut si grande que je ne parvins même pas à hurler. J'ouvris la bouche, et un petit hoquet pathétique en sortit. Triomphant, Cernunnos se pencha sur moi.

— Te rends-tu, petite chamane ?

Intéressante question à poser à un chiche-kebab ! Il appuya un peu plus sur l'épée, en la faisant légèrement tourner. J'ouvris de nouveau la bouche, incapable même de hoqueter, cette fois.

— Te rends-tu ? répéta le dieu avec amabilité.

Ma vision s'obscurcit soudain, recouverte d'un voile sanglant, puis revint, striée de rouge. La Meute s'était rassemblée autour de nous. J'eus la pénible sensation d'être un insecte nouvellement découvert, crucifié sur la table d'observation.

— Je... je..., articulai-je péniblement.

Souriant toujours d'un air affable, Cernunnos se pencha encore un peu.

— Plutôt rôtir en enfer ! soufflai-je.

Et je fis la chose la plus stupide que je pus trouver. Je relâchai l'énergie qui bouillonnait en moi. La boule explosa dans un rugissement multicolore qui remonta le long de l'épée et frappa le dieu de plein fouet. Il y eut un court et délicieux instant pendant lequel le visage de Cernunnos exprima le plus complet ébahissement. Puis il culbuta et j'entendis le bruit sourd de sa chute contre un arbre de Josué, suivi d'un second heurt quand il s'écroula au sol. L'épée retomba sur les pierres en cliquetant, non loin de moi.

Etrangement, toute douleur disparut de mon corps. Lentement, je me redressai. Des tourbillons bleus et rouges dansèrent devant mes yeux — matérialisation des rayons infrarouges et ultraviolets. Je ne vis plus que des taches de froid et de chaud, me donnant la sensation d'être dans un tableau impressionniste. L'énergie continuait à frémir en moi, pleine de vie. C'était exaltant. Un sentiment de liberté pure m'envahit, comme si nulle contrainte n'existait plus. J'avais la sensation que rien ne pourrait m'arrêter. Une infime part de moi-même, pourtant, avait conscience de l'extrême fausseté de la situation. Je regardai autour de moi.

Derrière le brouillard dont je l'avais enveloppée, Babylone se reconstruisait. Je voyais à travers les arbres de Josué, comme à travers la ville plusieurs heures auparavant. Hommes et femmes formaient des cercles, dans les rues et les sentiers des jardins suspendus. Jaillissant d'eux comme une source bienfaisante, le pouvoir de guérir se répandait à travers la cité de Babel, réparant les dommages. Seuls les corps abandonnés par la Meute gisaient à terre, sans vie, cependant que les chamans poursuivaient leur œuvre de renaissance.

Ils me faisaient confiance, je le sentais. Non pas une confiance aveugle, mais une attente sereine, avec la conviction que je saurais maîtriser la Meute pendant qu'ils accompliraient la tâche qu'ils s'étaient assignée. Les soldats qui s'étaient arrêtés non loin de nous me regardaient sans bouger. Je levai la main vers eux, en un geste amical, et le sourire que j'amorçai se figea brutalement.

Je n'avais plus de main. Ni de poignet, ni de coude. Je baissai les yeux. La chair et le sang avaient littéralement disparu de mon corps. Certes, j'avais encore forme humaine — des doigts, une poitrine, des hanches, des pieds. Mais ce qui la remplissait, ce qui lui donnait consistance s'était évanoui, ne laissant plus que l'esprit, en somme, de ce qui compose un être humain. Voilà pourquoi je ne souffrais plus... *Il n'y avait plus matière à souffrir.*

La couleur glissait sur la peau absente, comme de l'eau sur une surface huileuse. De magnifiques arcs-en-ciel se formaient, tournoyaient, s'entremêlaient. C'était beau et ridicule à la fois. Fascinée par le jeu coloré et mouvant du corps réduit à sa quintessence, je ne parvenais pas à détacher mon regard.

Un grognement me fit sortir de ma torpeur. Je levai les yeux et aperçus Cernunnos. Il gisait toujours là où il était tombé, et je réalisai que je le maintenais au sol, comme il l'avait fait avec moi peu auparavant. Les flammes vertes luttaient contre la membrane irisée. Je me penchai sur lui.

La Meute recula pour se tenir à une distance respectueusement prudente. Une brume aux reflets sanglants brouilla leur visage tandis qu'ils s'éloignaient. Je m'accroupis près du dieu, observant le combat de sa force contre la mienne. Peut-être le duel était-il légèrement inégal. J'avais pour moi l'offrande de mes amis. Il n'avait pour lui que son propre pouvoir.

— Vous rendez-vous ? lui demandai-je d'un ton courtois.

Voilà qui me semblait un juste échange de politesse. Même si je savais qu'il dirait non. Comme je l'avais fait.

Le problème, à dire vrai, était qu'aucun de nous ne renoncerait. Et nous risquions de nous battre jusqu'à destruction complète de Babylone. Jusqu'à l'anéantissement de l'un de nous deux. J'avais pour avantage que Cernunnos n'avait pas intérêt à me tuer : sans quoi il n'aurait plus personne pour remplacer l'Enfant. C'est-à-dire Suzanne Quinley. Naturellement, il pourrait toujours terroriser Babylone. Quant à moi, je ne savais pas s'il était possible de ramener la Meute dans mon monde ou le leur, en l'absence de Cernunnos… Je préférais ne pas y songer.

Cernunnos poussa un grognement.

— Je ne me rends pas, lança-t-il avec rage.

— Je m'en serais doutée, répondis-je avec un hochement de tête.

Et, prudemment, j'évaluai la profondeur du

pouvoir qui me restait. Elle était importante, mais pas suffisamment. Je pouvais en toucher le fond. Or, il me fallait un fleuve, pas une rivière. Murmurant une prière, j'appelai à moi l'énergie de ceux qui n'avaient su me l'offrir spontanément, mais qui étaient restés près de moi.

Mon emprise sur Cernunnos faiblit. Avec un rugissement de fureur, il me frappa et je chutai. A l'instant de heurter les durs pavés, je retrouvai toute la douloureuse densité de ma chair trop matérielle. Le dieu m'enfonça dans la gorge ses ongles acérés et ma tête cogna brutalement le sol. Le voile qui dissimulait Babylone trembla, laissant fugacement apparaître la cité. Cernunnos tendit une main et un éclair argenté brilla au-dessus de moi. Durant un bref instant de parfaite lucidité, je sus que j'allais mourir. Instinctivement, je levai les deux mains, dans un geste absolument inutile.

Puis je me rappelai l'autre objet qu'avait apporté Gary.

L'ahurissement de Cernunnos, quand mon épée croisa la sienne, me dédommagea quelque peu de la frayeur qu'il venait de m'infliger. Je la tenais assez maladroitement, mais réussis à parer le coup. Je n'avais pas besoin de plus. Rassemblant toutes mes forces, je le repoussai avec un cri et l'envoyai rouler au sol.

Je découvris alors, pour la seconde fois en deux jours, combien il était malaisé de se tenir debout avec un trou de plusieurs centimètres dans l'abdomen. Je chancelai, prise de vertiges, et je faillis m'effondrer, prête à renoncer. Mais l'éclat de triomphe qui passa dans les yeux de Cernunnos me secoua comme une onde électrique. Oh non, je n'allais pas le laisser gagner ! Je me redressai, stimulée par la colère. Je vacillais, et je saignais de toutes parts, mais j'étais debout. Sur mes pieds. Ce sont les petites victoires qui comptent, n'est-ce pas ?

Je trouvai parfaitement injuste d'être transformée en passoire quand Cernunnos ne souffrait d'aucune blessure. Il se précipita sur moi, l'épée levée, pour porter le coup fatal. Sans même réfléchir, je brandis mon arme, et parai le coup pour la seconde fois. Les lames s'entrechoquèrent avec le son cristallin d'une cloche et le dieu, une nouvelle fois, eut l'air sidéré. A vrai dire, j'étais étonnée, moi aussi. J'aurais été incapable de parer un coup porté avec un cure-dent, alors avec une lourde épée… Pourtant, l'arme, dans ma main, vibrait de la même énergie que celle qui bouillonnait en moi. La force souple qui l'animait ne venait pas seulement du métal tranchant. Elle naissait de ma volonté et du pouvoir offert par mes amis. Elle répondait à l'urgence qui me pressait.

Ne maîtrisant pas, je l'avoue, l'art de l'escrime, je frappai de nouveau Cernunnos entre les jambes. Pas besoin de s'y connaître pour cela. Et puis, la façon dont il se tenait devant moi était quasiment une invite. Je ne me gênai donc pas. Il se plia en deux avec un hurlement de fureur et de souffrance. Je suppose qu'il existe des règles qui régissent les combats avec les dieux, mais, pour l'heure, personne ne m'y avait initiée. Je profitai de sa position amoindrie pour le frapper à la tête et faire voler son épée dans les airs. Il s'effondra lourdement au sol dans un grognement. Je n'avais plus qu'à poser un pied triomphant sur mon ennemi à terre et àprendre l'attitude du gladiateur victorieux. Malheureusement, je ne pouvais pas me permettre de lâcher l'épée sur laquelle je m'appuyai.

Je repris là où Cernunnos m'avait interrompue.

J'allai vers ceux qui n'avaient pas encore donné, et commençai à aspirer leur énergie. Certains réagirent avec peur et je les relâchai aussitôt. Je ne voulais surtout pas laisser de marques dans l'esprit de mes amis.

Puis je me servis de mon pouvoir accru pour tisser un filet. Les filaments de couleur s'entrelacèrent et se nouèrent, leurs forces et leurs faiblesses se complétant et s'équilibrant. Les rets se firent de plus en plus lourds dans ma main, et, bientôt, il fut impossible de distinguer entre mon corps et les mailles. Ma peau avait disparu de nouveau : je n'étais plus qu'un vaste réseau de puissance, au chatoiement irisé.

Jamais plus je ne voulais changer. Tout Babylone frémissait en moi — le travail de guérison, la peur, la confiance que ses habitants m'accordaient, persuadés que je saurais emmener Cernunnos et son Armée loin d'ici. Au-delà des ténèbres, entre les étoiles, bourdonnait une vie intense qui s'étendait d'une éternité à l'autre. Elle formait le néant qui relie chaque monde avec l'autre. Et je savais que, si je voulais, je pouvais y pénétrer et l'explorer.

Imperméable à ces considérations cosmologiques, Cernunnos se redressa lentement. Il fit pivoter ses épaules. Je savais ce qu'il allait accomplir aussi bien que si c'était moi qui agissais. Reprendre l'épée d'abord, puis la pointer contre moi, et transpercer la pauvre et folle mortelle que j'étais. Je lançai le filet, non là où il se tenait, mais un peu plus avant.

Dans une véritable apothéose, le formidable élan du dieu et celui du filet se rencontrèrent. Les lacets multicolores aux reflets d'argent enveloppèrent les flammes d'émeraude. Cernunnos s'effondra sur les pavés. Il se débattit et donna des coups de tête. Ses cornes déchirèrent les mailles qui se retissèrent aussitôt sous ma volonté.

— Vous ne vous rendrez pas, je le sais, murmurai-je. Alors, je vous ramène, comme vous m'auriez ramenée.

D'un coup sec, je retirai mon épée fichée en terre. Serrant les dents, je m'efforçai de tenir debout seule. Le moindre mouvement provoquait des élancements atroces, et je transpirais. Absurdement, pourtant, je voulais y parvenir. Sans aucun recours. Haletante, je tirai le filet vers moi et le resserrai autour du dieu, jusqu'à ce qu'il soit plus fermement maintenu que dans les bras d'une amante.

Alors, je me mis en marche, le traînant derrière moi sur les pavés. Je trébuchais et je chancelais, mais je ne m'arrêtais pas, de crainte de ne pouvoir repartir. Puis je me servis de mon impulsion et de toute l'énergie de mes compagnons pour jucher le dieu en travers du bel étalon. Enfin, avec toute la morgue et l'élégance dont je fus capable, je me hissai moi-même en selle. La plaie béante dans mes entrailles hurla. Cernunnos hurla également.

Parfaitement immobile, les oreilles rabattues en arrière, le somptueux animal agitait sa queue avec désapprobation. La position assise m'étant douloureuse, je me penchai sur son col et enfouis mes mains dans sa crinière.

— Ramène-moi à la maison, beauté, chuchotai-je dans les soyeux crins argentés.

Un instant, je caressai son encolure. Derrière moi, Cernunnos étouffait de rage, cherchant par tous les moyens à se libérer. Un vertige me prit soudain, sous l'effet conjugué du sang perdu et de l'épuisement. Je tendis la main.

— A la lueur d'une bougie, et retour…

Une flamme apparut devant moi et me guida hors de la cité de Babel.

J'ouvris les yeux pour découvrir un chaos d'un autre genre. Trois ou quatre inspecteurs gisaient à terre. Des infirmiers entraient et sortaient, dans un brouhaha indistinct.

Accablée, je m'affaissais sur moi-même. Je n'avais voulu heurter personne. Je n'osais pas lever les yeux vers ceux qui se tenaient encore autour de moi. J'avais peur de lire sur leurs visages ce qu'ils pensaient à présent de moi. Je jetai un regard de biais à Billy. Il avait l'air fatigué, mais pas effrayé. C'était déjà ça… Gary me fixait avec une sorte de respect intrigué. Il avait posé le tambour à côté de lui.

Et les Cavaliers évoluaient en silence dans la pièce, à demi visibles. Je n'étais pas la seule à les voir. Figés de surprise, Jen et Billy regardaient passer entre eux les chevaux immenses et les chiens aux yeux ensanglantés.

Pâle de rage et d'épuisement, Cernunnos chevauchait son étalon avec raideur.

— J'ai gagné, Seigneur et Maître de la Meute, articulai-je d'une voix rauque.

Gary se retourna pour voir à qui je m'adressais.

— Tu as gagné cette partie-ci, petite chamane, mais le combat n'est pas fini.

L'avais-je entendu dans mon esprit, ou dans mes oreilles ? Il me semblait être encore habitée par la Babel aux mille langages. Je grimaçai : tout mon corps était perclus comme si j'avais été rouée de coups. Ma tête, en revanche, ne me faisait plus mal. Je fronçai les sourcils. Avais-je réussi à me soigner à Babylone, ou bien le pouvoir qui avait coulé en moi avait-il eu des effets bénéfiques ? A moins que je ne me fasse d'horribles illusions… Auquel cas, mieux valait ne plus y penser pour que la douleur ne renaisse pas.

— Non, répliquai-je, il n'est pas fini. Qui affrontera votre fils en premier ? Vous, ou moi ?

— Pour le bien de ce monde et le tien, lança Cernunnos entre ses dents, prie pour que ce soit toi ! Et à ta place, je n'en attendrais rien de bon, *petite* chamane !

— Hé, je ne suis pas si petite que ça ! protestai-je.

Presque tout le monde, à présent, était tourné vers moi. Le brouhaha s'était apaisé.

— J'ai défait un dieu en combat singulier.

A peine avais-je prononcé ces mots que le dieu était devenu parfaitement visible, aussi réel que les policiers qui se tenaient là.

— Bon sang ! s'exclama Thor.

Chacun recula jusqu'au mur du fond.

Cernunnos emplissait toute la pièce. Le garage,

heureusement, était haut de plafond. Sa présence s'imposait avec la même force qu'à l'auberge. Ses yeux lançaient des éclats de feu, si bien que je crus que nous allions brûler sur place.

— Défait, peut-être, mais pas tué, Siobhàn Walkingstick, prononça-t-il de sa voix de velours.

Les autres le comprenaient-ils ?

— Ton âme sera mienne avant minuit, ce soir, *gwyld*.

Gwyld. Le mot que j'avais pour la première fois entendu dans la bouche de Marie. Il signifiait « chaman » ou « homme sage », en gaélique. Et je sus que Cernunnos parlait de nouveau directement à mon esprit, parce qu'un instant auparavant, j'en ignorais encore le sens. Le dieu savait franchir la barrière du langage aussi aisément que les habitants de Babel.

— Ouvre la porte, murmurai-je en direction de Billy. Et laissez-les partir sans que l'acier ni le béton les blessent.

Billy haussa les sourcils.

— Tu es sûre, Joanie ?

J'opinai lentement sans quitter Cernunnos des yeux.

— Ni lui ni ses Cavaliers ne peuvent être enfermés par des gens comme nous. Quoi qu'il arrive, ils repartiront chez eux.

Une lueur de respect passa dans le regard du dieu.

— Tu es folle, *gwyld*.

— Chacun ses problèmes, rétorquai-je avec

une grimace. A ce soir, Seigneur et Maître de la Meute.

— A ce soir.

Cernunnos fit pivoter son gigantesque étalon et sortit en se courbant pour passer sous la porte. Un à un, ils le suivirent, laissant derrière eux le silence et la stupeur.

27.

Je mis bien une minute à me convaincre que j'étais capable de me lever. Gary s'empara de l'épée et me tendis une main.

— Vous risquez de crever un œil avec ce joujou, lançai-je, tandis qu'il me hissait sur mes pieds.

Ses sourcils broussailleux se levèrent et il me considéra un instant en silence, avant de faire glisser l'arme dans sa ceinture, le long de sa jambe.

— Bon, et maintenant, boss ?

Je contemplai les inspecteurs allongés à terre. Tous ou presque évitèrent mon regard. J'aurais aimé me transformer en mouche pour écouter les propos qui allaient se déchaîner dans les prochaines heures. Mais j'aurais surtout aimé que ma vie soit aussi banale et normale qu'elle l'était trois jours auparavant.

Je tâtai mon corps en quête d'une blessure qu'il faudrait soigner de toute urgence. Rien. Et la boule d'énergie avait cessé de frémir. L'analogie de la voiture ? Il n'y avait plus d'essence dans le réservoir, maintenant.

— « Boss » ? dis-je à Gary. J'aime assez… On va essayer de retrouver une jolie adolescente.

Gary se frotta les mains avec un air malicieux.

— Tout à fait mon genre de plan.

— Vieux pervers, va !

Nous quittâmes les lieux à la suite de l'équipe des mécaniciens. Nick, mon ancien supérieur, détourna la tête quand j'esquissai un timide sourire dans sa direction. J'eus l'impression de recevoir un coup dans le ventre. Gary s'en aperçut et posa une main affectueuse sur mon épaule.

— C'est pas drôle, vous savez, d'être un vieux bonhomme. Qui est cette jeune fille ?

Un vertige me prit. Comment était-il possible que Gary ne sache rien de ce qui s'était passé ? Voilà qui m'occuperait l'esprit et m'empêcherait de penser à l'expression de Nick…

Gary me guida vers son taxi et je passai l'essentiel du trajet à lui raconter l'histoire, plus ou moins dans l'ordre. Quand j'eus achevé mon récit, je jetai un œil sur les alentours. Nous roulions dans l'un des quartiers les plus huppés.

— Suzy Quinley est une gosse de riche…, murmurai-je.

— Les gosses sans le sou ne vont pas au lycée Blanchet.

Je haussai les épaules.

— Jamais fait attention.

Néanmoins, je me rappelais le lycée, vaste et propre, et refusais de le comparer à celui que j'avais connu.

Ce qui, inévitablement, me conduisait à refuser de songer aux vieilles plaies rouvertes par Cernunnos. Je m'installai résolument près de la vitre et observai le paysage.

Le problème, c'est que plus vous essayez de ne pas penser à une chose, plus elle s'impose à vous. A moins qu'un événement extérieur ne vienne vous en distraire. Je poussai un soupir de soulagement quand Gary se gara devant une imposante demeure en annonçant :

— Nous y voilà. On dirait bien qu'il n'y a personne.

Je me penchai pour observer la demeure à travers le pare-brise. Aucune lumière aux fenêtres, dont les contours bruns tranchaient sur la façade couleur crème. De larges piliers encadraient la porte d'entrée.

— « Vous tous qui entrez ici, abandonnez l'espérance », murmurai-je.

— « Vous qui entrez ici, abandonnez toute espérance», corrigea Gary. Dante, *La Divine Comédie.*

Je le regardai avec étonnement, puis sortis du taxi. Mes muscles protestèrent vigoureusement, et la blessure laissée par l'épée de Cernunnos se rappela à moi. Massant délicatement la chair meurtrie, je montai les marches du perron. Une plaque dorée annonçait : « Pas d'avocats ».

— Qu'ont-ils donc contre les avocats ?

Je regardai par-dessus mon épaule. Gary était toujours dans le taxi. Il se tenait hors de portée des judicieuses réflexions que je me faisais à moi-même. Rassurée, je localisai la sonnette, stupidement dissimulée dans les sculptures végétales qui ornaient la porte, et appuyai dessus.

Pas de réponse. J'attendis un peu, puis renouvelai l'opération. Rien. Pas même de maître d'hôtel en queue-de-pie, l'air hautain. Je tendis la main vers la poignée.

Celle-ci tourna. Je fis un saut en arrière, tandis que la porte s'ouvrait silencieusement. Je jetai un œil prudent à l'intérieur. Les dalles les plus hideuses que j'avais jamais vues recouvraient le sol de l'entrée — un ensemble probablement très coûteux, avec des fleurs de lis.

— Que fait-on, maintenant ?

Je sursautai en poussant un cri.

— Oh ! Je ne vous ai pas entendu arriver !

Gary me contemplait avec l'air d'un enfant de cinq ans ravi de la bonne blague qu'il vient de faire.

— J'ai fait exprès.

— C'est malin !

Et moi, je devais avoir l'air d'une gamine boudeuse.

— Calmons-nous, repris-je. Que fait-on, maintenant ?

— Ah, non ! C'est moi qui ai posé la question en premier.

— La porte est ouverte, observai-je. Dans les films, le flic entre sans toucher à rien, juste... pour voir si tout va bien.

— Ce n'est pas un film, commenta Gary, et la porte n'était pas ouverte.

— Elle n'était pas fermée, c'est tout comme !

Puis je me penchai et lançai :

— Hello !

Seul l'écho me répondit. Je regardai Gary, qui haussa les épaules.

— Police ! hurlai-je, avant de glousser nerveusement.

Gary secoua la tête, consterné.

— Désolée, dis-je quand j'eus repris mon souffle. C'était... euh... pour le plaisir.

Et je recommençai.

— Police ! Il y a quelqu'un ? Suzanne ? Madame Quinley ? Monsieur Quinley ?

Il flottait dans l'air une légère odeur de gâteau au chocolat. Toujours pas de réponse. Gary grimaça imperceptiblement quand je me tournai vers lui.

— Mauvais pressentiment ? me demanda-t-il.

Quelque part en moi, une voix lointaine murmura : « Je n'ai aucun pressentiment. » Mais, cette fois, je n'y croyais même plus. J'évitai, en conséquence, de formuler mon opinion à voix haute. Je reculai d'un pas et rentrai dans Gary, qui s'écarta avec un grognement. Je fermai les yeux et me concentrai sur mon pouvoir, en essayant d'ignorer les douleurs diverses et variées de mon corps. En général, chaque fois que j'ouvrais la porte, ça me tombait dessus, telles les chutes du Niagara. Vaguement, je songeais que c'était dû à la fragilité de mon bouclier. Cependant, quand je leur demandais trop, mon corps et mon esprit réagissaient, en dépit même de ma volonté. De toute façon, il était important que je ne gaspille pas mes forces.

— Jo ?

Je réalisai que je me tenais, là, les yeux clos, depuis un petit moment.

— Juste un peu de fatigue, répliquai-je.

Les mots semblaient aussi épais que du sirop. Je frottai doucement l'ecchymose et baissai la tête. Puisque je n'arrivais pas à rassembler mon pouvoir, il me fallait essayer l'autre manière.

— Allez, dis-je à la ville. Envoie-moi ce que tu as dans le ventre.

A l'avenir, rappelez-moi de ne jamais dire ce genre de stupidité à une ville. La force qui frappa de plein fouet mon misérable bouclier ne ressemblait en rien à la puissance de Cernunnos. Je chancelai et reculai sur le perron jusqu'au bord de la première marche. Je demeurai là, en équilibre précaire, cependant que la ville injectait du sang neuf dans mes veines. Le temps d'un battement de cils, je fus simultanément un agresseur, un pompier, un nouveau-né, un mourant. L'impatient rugissement des véhicules emplissait mes oreilles. Le sang de la ville coulait d'un lieu à l'autre. Entre les particules de brouillard et de poussière, l'air était chargé d'électricité. Si seulement, j'avais pu demeurer ainsi jusqu'à la fin des temps, je n'aurais plus eu besoin de manger ou de respirer, je n'aurais plus jamais été fatiguée ! C'était enivrant de sentir que chaque vie était une partie de la mienne, et que la mienne appartenait aux autres. Etait-ce ainsi, dans les premiers temps, comme Eve l'avait suggéré ? En ce temps où nous étions bien moins nombreux ? J'avais du mal à imaginer qu'on puisse, volontairement, renoncer à une telle communion des êtres et des choses.

Un orage se préparait sur la côte. Ce n'étaient à présent que des changements imperceptibles. Mais d'ici à quelques jours, les vents grossiraient et il tomberait, dans la nuit, plus de vingt centimètres de neige. Je le voyais aussi clairement que si j'y étais.

— Jo ? répéta Gary.

J'ouvris les yeux.

Les couleurs jouaient doucement sur lui, et j'entendais de nouveau le ronronnement du moteur huit chevaux. Incapable de résister à la curiosité, je me dirigeai vers lui. Son contact était à la fois joyeux et triste. Ses souvenirs me happèrent. J'étais assise près du lit de mort d'Annie. Ses cheveux noués en chignon encadraient délicatement son joli visage. Sa main dans la mienne était ferme, et pourtant, elle allait mourir. Elle parlait calmement, indifférente aux regrets. Souriante, elle évoquait avec humour et tendresse les moments les plus heureux de sa vie — avec moi. Je riais, alors que je savais que cette conversation était la dernière. Elle voulait laisser un beau souvenir, le dernier.

Et le premier. Une minuscule jeune femme, incroyablement élégante dans sa robe de soirée, couleur crème. Ses longs cheveux ondulaient sur le dos dénudé. J'étais un soldat en permission. Je lui demandai une danse. Je savais que je voulais construire ma vie avec elle. A la fin de la soirée, confiant et audacieux, je me penchai pour l'embrasser. Oui, une vie de bonheur s'ouvrait devant moi, avec Annie à mes côtés.

Puis la scarlatine, terrifiante. Annie qui déclinait, si peu robuste en dépit de sa force. Sa respiration, si faible que je restais penché pour l'écouter. Le docteur gêné, désolé. Il n'y aurait pas d'enfant. Peu importait : mon Annie était vivante. Et puis, les luttes. Incessantes. Parce qu'elle ne comprenait pas que je veuille encore d'elle, parce qu'elle se considérait comme la moitié d'une femme. Je tins bon. Je savais qu'avec le temps, la douleur s'atténuerait.

J'émergeai en frissonnant des souvenirs de Gary. Il fronça les sourcils dans ma direction.

— Alors ?

Je me rappelai soudain pourquoi j'étais là. Prenant appui sur la force vive de la ville, je quittai mon corps et entrai dans la maison.

L'atmosphère était glacée. Jamais, jusque-là, je n'avais prêté attention à la température. Sauf dans le désert où j'avais rencontré Coyote la première fois. Même dans l'espace interstellaire, je n'avais pas éprouvé un tel froid. L'austère bâtiment semblait avoir été vidé de toute vie.

Je traversai le hall jusqu'à un vaste escalier circulaire de marbre blanc. Suspendu au-dessus, un panneau argenté annonçait joyeusement : « Bon Anniversaire, ma chérie ! »

Le premier étage était recouvert des mêmes carreaux que le rez-de-chaussée. C'était une demeure où il valait mieux marcher pieds nus. Malheur à celui qui espérait traverser silencieusement avec ses chaussures !

Le sentiment d'oppression s'accrut. Je me sentis glacée jusqu'à la moelle. D'où pouvait venir ce froid ? Ces murs n'avaient-ils jamais connu le rire et l'amour ? L'idée était si absurde que je la rejetai aussitôt. Les choses semblaient plus compliquées. Et c'était à ces choses que j'étais supposée être sensible.

Je poussai un soupir, quoique mon corps fût ailleurs. Un soupir étouffé, comme si je respirais à travers une couverture. L'absence de vie pesait sur cette maison, l'enveloppait comme un lourd manteau que quelqu'un aurait jeté là.

Herne, par exemple… Avec un choc, je reconnus la marque du demi-dieu. Son ombre sinistre planait sur le foyer de Suzanne Quinley.

— Appelez la police, dis-je à voix haute.

Je perçus l'étonnement de Gary, j'entendis sa course vers le taxi, puis le grésillement de la radio. Je repris mon exploration : deux portes sur la gauche — dont ma conscience médiumnique m'assura qu'il s'agissait d'une armoire à linge et d'une salle de bains —, une troisième sur la droite. Je l'ouvris.

La peur déferla sur moi et je fermai les yeux. Ce qui ne m'empêcha pas de voir l'atroce spectacle. Bien plus clairement que si je regardais avec mes yeux métaphysiques, je vis et sentis tout ce qui avait eu lieu, très peu de temps auparavant, et dont les vibrations persistaient encore.

Rachel Quinley était avocate à temps partiel. L'après-midi, elle restait à la maison pour accueillir Suzanne à son retour du lycée. Pour différentes raisons, elle n'était pas allée travailler aujourd'hui. D'abord parce que c'était l'anniversaire de Suzy. Ensuite parce qu'il y avait eu cet horrible massacre à l'école. Rachel aurait préféré que sa fille reste avec elle, mais la jeune fille avait tenu à se rendre au lycée. Les cours étaient bien sûr annulés, mais il y aurait des réunions de soutien psychologique. Cependant, Suzy voulait qu'on fête son anniversaire, au dîner : pour se sentir normale, disait-elle. Comment était-ce possible, après ce qui s'était passé hier ? Suzy était si étrange, ces derniers temps. Sans doute parce qu'elle grandissait. Rachel se souvenait du sentiment de solitude qu'elle éprouvait quand elle était lycéenne, en dépit de l'affection dont elle était entourée. C'était, pensait-elle, un sentiment universel.

Elle était donc restée à la maison, pour confectionner le gâteau au chocolat et à la framboise dont raffolait sa fille. Pour être là au cas où Suzy aurait besoin d'être avec elle et de parler. Juste au cas où, se répétait-elle.

David Quinley était rentré pour le déjeuner. Il

avait décidé de ne pas retourner, cet après-midi, à son cabinet d'avocats, afin d'attendre Suzy. Il avait eu le temps de goûter le reste de la pâte avant que sa femme ne nettoie la jatte. Puis il s'était approché de Rachel et...

Les joues en feu, je m'enfuis vers l'éternité suivante. Je croyais que la table de la cuisine ne servait à cela que dans les films. La lucidité chamanique est parfois... très embarrassante. Quand le gâteau fut cuit, ils montèrent dans leur chambre. C'était là que Herne les avait surpris.

Ce qui suivit fut atroce. Je restai immobile, les yeux clos, observatrice silencieuse et désespérément impuissante. Je compris qu'il était en train d'accomplir la dernière étape du rituel qui lui procurerait la puissance dont il avait besoin pour le projet de ce soir.

Il aspirait l'énergie de ses victimes, comme je l'avais fait dans le commissariat. A cette différence que mes compagnons s'étaient volontairement offerts, et qu'ils m'avaient donné leur espérance et leur bonne volonté. Herne, lui, s'emparait des zones obscures de l'être humain — la luxure, la souffrance, la cupidité. Réagissant à sa noire présence, la boule d'énergie dans mon ventre entra en effervescence, bousculant mes entrailles qui se crispèrent violemment.

J'étais effrayée de découvrir à quel point son pouvoir et le mien étaient proches. Le revers de la médaille, en somme, et qui ne tenait qu'à un cheveu. Hum... Voilà que je m'embrouillais de nouveau dans les métaphores. Mais c'était à peu près ça. De sa magie à la mienne, la frontière était mince. Il suffisait d'un rien pour basculer de l'une à l'autre. L'écart ne tenait qu'à la différence des motivations. Fragile était la limite entre vengeance et compassion.

Ce qu'il accomplissait n'était pas loin de ce que j'avais fait avec Cernunnos. J'avais lié le dieu pour le ramener dans ce monde où je pouvais le maîtriser. Herne liait de la même façon les parents de Suzanne, les enserrant dans les mailles de son maléfique pouvoir. Sauf qu'il voulait les emporter avec lui, les soumettre à sa noirceur, exploiter leurs forces vives jusqu'à ce qu'ils n'aient plus aucune chance de retour. Ils constituaient la dernière pièce de son puzzle, tandis que je n'avais tenu Cernunnos captif qu'un instant.

Je ne pus m'empêcher de me demander si la présence d'un plus grand nombre de corps aurait facilité le rituel, comme dans le cercle brisé par Henrietta Potter. Herne était désormais visible, même si le voile opaque dont il s'enveloppait persistait au-dessus du quartier où il se tenait réellement. Il ouvrit les veines de ses victimes et traça un cercle autour de lui et des Quinley.

Le don babélien des langues m'avait abandonné et le demi-dieu ne fit aucun effort pour se faire comprendre. Il murmura une invocation qui n'était ni le gaélique de Cernunnos ni du latin. C'était une langue antique : une langue morte, et, plus encore, une langue de mort. Je pouvais voir l'énergie vitale des Quinley aspirée par Herne. Entachée de terreur et de douleur, leur aura était engloutie dans l'âme ténébreuse du demi-dieu.

Je réalisai soudain que j'étais en train de lancer tout mon pouvoir sur le théâtre de la mémoire qui se déroulait devant moi. Des vagues argentées roulèrent et s'échouèrent sur les apparitions fantomatiques. Si j'étais arrivée plus tôt, j'aurais pu empêcher le crime. Je vis la lumière émaner du corps des Quinley et noircir comme du papier brûlé, cependant que Herne accomplissait son œuvre de mort.

« Une œuvre dont tu ne comprends toujours pas le but ! » hurla une voix désespérée dans mon esprit. Comment arrêter l'enfant d'un dieu, quand je ne savais pas ce qu'il voulait ? Quand je ne savais pas comment il pouvait se protéger à jamais de la trahison et de la douleur ?

En prenant la place de Cernunnos dans la Meute ! La pensée éclata en moi avec une force telle que je chancelai. Etait-elle née de mon seul cerveau, ou bien Herne l'y avait-il glissée ?

Mon Dieu… Cernunnos aurait été en sécurité à Babylone. Je frissonnai. Triomphant, Herne referma ses mains sur les souvenirs qui hantaient la chambre. Absorbées dans sa haine, les âmes de Rachel et David disparurent. Un sourire moqueur étira les lèvres du demi-dieu. S'accroupissant, il plongea sa main dans le sang et se tourna vers le mur.

Contre ma volonté, j'ouvris les yeux.

— Trop tard, *gwyld*.

28.

Quand j'ouvris les yeux — physiques —, j'étais allongée sur le dos, les pieds sur les marches. Ma tête me faisait de nouveau souffrir. Gary remonta l'allée en courant et s'accroupit près de moi.

— La police arrive.

— Qu'est-ce que je fais par terre ?

Il fronça les sourcils.

— Vous vous êtes effondrée au moment où je vous demandais si vous sentiez quelque chose.

— Et vous en aviez tellement assez de me voir tomber que vous m'avez laissée là…

Il me regarda d'un air offensé.

— Pas du tout. J'allais vous relever quand vous m'avez dit d'appeler les flics. J'ai pensé que si vous pouviez parler dans ma tête, c'est que vous n'étiez pas trop mal en point.

C'était, ma foi, d'une irritante logique. A un petit détail près.

— « Dans votre tête » ?

— Ne me dites pas que vous trouvez ça bizarre.

Je soupirai en me pinçant l'arête du nez. Il avait raison.

— Les parents de Suzanne Quinley sont morts.

Gary poussa une exclamation étouffée.

— Et elle ?

— Elle n'est pas ici. Pas revenue de l'école, je crois.

Gary hocha la tête.

— Et maintenant ?

Etais-je flattée que Gary soit persuadé de ma parfaite maîtrise du déroulement des opérations ? Ou tout simplement terrifiée par l'idée ?

— Maintenant, je vais voir si je peux me redresser sans vomir toutes mes tripes.

Délicatement, je glissai une main sur l'arrière de mon crâne. Apparemment, aucun lambeau n'indiquait que ma cervelle avait explosé. Juste un peu de neige fondue. Je pris la main que me tendait Gary et me hissai lentement sur mes pieds.

Je poussai un profond soupir.

— Si je prends encore un coup sur la tête, repris-je, eh bien, je… je…

L'imagination me manqua à la fois pour savoir ce que je ferais en pareil cas et pour trouver une manière de faire cesser la douleur.

— Vous vous mettrez en pétard, proposa Gary.

Je plissai le nez.

— Ne dites pas ça. Vu la tournure des événements, ça risquerait d'arriver *littéralement*.

— Vous avez une nature explosive, ça ne fait aucun doute.

— Evitez d'être l'étincelle qui met le feu aux poudres, voulez-vous ? On ne sait jamais. Bon, aidez-moi à tenir debout…

Je tentai de retrouver mon équilibre et m'agrippai au bras de Gary plus fortement que je n'aurais voulu.

— Je ne me sens pas très bien, annonçai-je en virant au vert.

— On se demande pourquoi, répliqua sèchement Gary.

— Je crois que c'est la caféine, expliquai-je avec sérieux. Il faut que je mange et que je boive. J'ai lu un truc qui disait que c'était important, quand on avait fait un petit tour hors de son corps. Pour s'enraciner.

— Il y a un sandwich au pastrami, dans la voiture.

Je le regardai avec des yeux éperdus de reconnaissance.

— Je me prosternerai à vos pieds, aussi…

J'avais un peu de mal à aller au bout de mes pensées.

— Aussi longtemps que je parviendrai à rester éveillée, achevai-je d'un ton triomphant, fière d'avoir réussi à terminer ma phrase.

Gary se mit à rire.

— Je ne suis pas sûr d'avoir envie qu'on se prosterne à mes pieds. Pouvez-vous tenir seule ?

Je tendis les bras pour jauger mon équilibre.

— Oui, je crois.

Gary s'éloigna en direction de la voiture, et je décidai, au bout de cinq secondes, que les marches avaient l'air confortables. Comme mes fesses étaient déjà trempées et glacées, je pouvais m'asseoir sans remords.

— Combien de temps suis-je restée… dans les pommes ?

— Sais pas. Deux minutes, peut-être, répliqua Gary en me tendant le sandwich et une bouteille d'eau.

— Ah…

Etait-il nécessaire de passer de l'autre côté du miroir pour faire l'expérience du temps-qui-passe-plus-vite-ici-que-là-bas ? De fait, mes récentes aventures m'avaient paru bien plus longues qu'elles ne l'avaient été aux yeux de mes terrestres semblables. Je haussai les épaules et engloutis si vite le sandwich que j'aurais été incapable de dire ce qu'il y avait dedans. Je le fis descendre avec les trois quarts de la bouteille d'eau. Puis je pensai à remercier Gary.

Ce fut le moment que choisit la police pour faire irruption. En des circonstances normales — c'est-à-dire dans tous les cas où je n'étais pas impliquée —, Morrison ne se serait pas déplacé en personne. Je me demandai comment prendre la chose et finis par laisser tomber. Trop épuisée. Je n'essayai même pas de me lever.

— Deux corps dans la chambre principale, grognai-je à ses genoux. Les parents de Suzanne Quinley.

— Vous êtes entrée ?

— Pas physiquement.

Ma voix semblait venir de très loin. J'aurais bien aimé avoir le détachement que j'avais éprouvé après ma première transe. Tout ce que j'avais entrepris, jusque-là, avait provoqué un total bouleversement en moi. Emprunter l'énergie de la ville et de mes amis avait été la seule expérience où j'avais pu fonctionner à demi normalement.

— Pas physiquement ?

Sonnée ou pas, je me mis debout. Comme je me trouvais sur une marche supérieure, je le dominais d'une dizaine de centimètres.

— Ne commençons pas, proférai-je d'une voix neutre. Pas maintenant, O.K. ?

Morrison pinça les lèvres et ne répondit pas. J'éprouvai une certaine admiration : il n'était pas monté sur la marche pour se mettre à ma hauteur. Moi, je n'aurais pas résisté. C'était un homme fort — plus fort que moi.

— Que s'est-il passé ? finit-il par demander.

Je détournai les yeux.

— Je suis arrivée trop tard. Je ne sais pas si j'aurais pu être là à temps. Peut-être…

Ma voix semblait de plus en plus lointaine.

— Peut-être que si Cernunnos ne m'avait pas emberlificotée, si je n'avais pas effectué un vol plané, si je n'avais pas déjeuné avec Kevin…

Je m'interrompis de nouveau. La vérité, c'était que je n'avais pas obtenu à temps les informations sur l'identité de Suzy. Et, de toute façon, si je n'avais pas chuté dans les escaliers, je me serais rendue au lycée. Donc, je n'aurais pas pu arrêter Herne. L'idée ne me réconfortait pas vraiment.

— Ils sont morts. Je suis désolée.

Je n'avais rien à ajouter. Morrison m'observa un instant, les lèvres crispées. Puis il poussa un profond soupir et secoua la tête.

— Bien. Et maintenant ?

Je le dévisageai sans comprendre.

— Tout ce que je sais, c'est que je dois retrouver Suzanne, dis-je au bout d'un temps qui me parut infini. Elle est… elle est toujours en vie.

Du moins, je l'espérais.

— Je dois contacter Jen pour avoir des renseignements supplémentaires. Et je dois retrouver Herne.

— Vous ne savez pas où il est ?

D'un geste vague, je désignai le sud-est de la ville.

— Par là…

Je ne voyais plus le nuage opaque derrière lequel il se retranchait. Je me sentais aussi ordinaire qu'avant tous ces événements. Il y a moins d'une heure, c'était mon souhait le plus cher. Pourquoi n'en étais-je pas plus heureuse ?

— Vous ne me rassurez pas, Walker.

— Formidable. Nous sommes deux.

Je descendis avec précaution sur sa marche.

— Avez-vous un téléphone portable ? Je voudrais appeler Jen.

— Servez-vous de la radio, répliqua-t-il en désignant sa voiture.

— Merci.

Je descendis en chancelant les dernières marches. Sous le regard insistant de Morrison, j'attrapai le bras que Gary m'offrait.

— Walker…

Non et non, je ne me retournerais pas ! Je n'avais pas envie de voir son air de réprobation contenue. Je préférais mille fois les moments où nous nous disputions comme chien et chat. Maussade, je lançai un regard par-dessus mon épaule.

— Soyez prudente.

Le chef fit un petit signe de tête, puis gravit quatre à quatre les marches jusqu'à la demeure des Quinley. Ma mâchoire se décrocha.

— C'est ce que je disais, lâcha Gary. Il vous aime bien.

— Oh, pour l'amour du ciel…

Je remis ma mâchoire en place et me dirigeai

vers la voiture. A peine affalée sur le siège avant, j'attrapai la radio.

— Voiture 187, à vous.

— Votre voix a changé, patron. A vous.

— Salut, Bruce. Quoi de neuf chez vous ? Jen est là ?

— Ambre est en pleine crise de nerfs et Jules s'est fait porter pâle. Oui, elle est là. Bouge pas.

Bruce me répondait sur le ton le plus normal du monde. J'eus une subite envie de le prendre dans mes bras. La radio se remit à grésiller et j'entendis la voix claire de Jen.

— Qu'y a-t-il, Joanne ?

— Le garçon qui a le béguin pour Suzy.

— Oui ?

— Il a un nom, une adresse, un numéro de téléphone ?

— Tu n'es pas peu exigeante, toi !

— Ça fait partie de mon charme, répliquai-je sans sourire.

Gary se pencha vers moi.

— Vous marchez sur mes plates-bandes, jeune fille.

Je gloussai. Mon estomac répondit par de francs gargouillements. Je fermai les yeux. La radio m'échappa des mains et je m'endormis illico.

— Joanne ? Joanne ? crachouilla l'appareil, quelques minutes plus tard.

Je sursautai.

— Oui ?

— Il s'appelle Stuart. Il a eu l'obligeance de laisser son numéro de téléphone. Tu as de quoi noter ?

— Je suis dans une voiture de police, Jen.

Un rire mélodieux se fit entendre. Je gribouillai le numéro sur le bloc-notes accroché au tableau de bord.

— Attends, Jen !

— Oui ?

— Ce dossier sur Suzy... Elle avait une autre famille ?

Un silence suivit, rempli par le grésillement de la radio.

— Je peux regarder, dit Jen. Mauvaises nouvelles ?

— Pire que ça. Ses parents sont morts.

— Mon Dieu...

Un autre silence.

— Bon, je vérifie.

— Merci, Jen.

— Hum... Ton ardoise s'allonge, tu sais.

— Je te réparerai ta voiture pendant un an. Merci encore.

Je remis la radio en place et arrachai la feuille du bloc-notes. Maintenant, il fallait me mettre debout. Je grimaçai. Il faisait bon dans la voiture, où flottait une odeur étrangement familière. Une odeur de vieux cuir et de clous de girofle, avec une pointe d'Old Spice. Le parfum de Morrison. Génial... J'étais censée connaître le parfum du chef, moi ?

Je me hâtai de sortir de la voiture pour éviter de m'appesantir sur le sujet.

— Quelqu'un a un portable ? lançai-je à la cantonade.

Un collègue me tendit le sien. Je composai le numéro de Stuart sans vraiment savoir ce que j'allais dire.

— *Ssturrt*, marmonna une voix oscillant entre le rauque et l'aigu.

— Pardon ?

Je ne savais peut-être pas ce que j'allais dire, mais je m'attendais à des paroles à peu près compréhensibles.

— Stuart, reprit la voix avec une infinie patience.

— Oh ! m'exclamai-je. Bonjour, Stuart. Joanne Walker à l'appareil. Je suis de la police.

— Suzy va bien ?

— J'espérais que vous me le diriez. Est-elle rentrée à la maison, après les réunions au lycée ?

— Non. Son père est venu la chercher.

Je jetai un coup d'œil à l'imposante demeure, derrière moi.

— Son père ? M. Quinley ?

— Non. Son autre père.

Il n'y avait aucun sarcasme dans la voix. L'adolescent semblait sincère.

— Elle a été adoptée, vous savez, reprit-il. Quand on était en sixième, elle a cherché à retrouver son vrai père. Il vit à Seattle. Comme c'est son anniversaire, il l'a emmenée au manège, au Centre de Seattle.

— Le manège ?

J'avais l'impression d'avoir deux trains de retard.

— Ouais, le manège... Elle adore ça. J'ai dû oublier d'envoyer les photos où on la voit dessus.

Il avait l'air désolé.

— Elle va bien ? reprit-il. Elle est tellement bizarre...

— Bizarre ?

— C'est une artiste, vous savez, et elle a toujours été un peu spéciale. Mais depuis... j'sais pas, depuis l'année dernière, elle a vraiment l'air d'être ailleurs. Et depuis Halloween, elle parle presque plus.

— Depuis quand ?

— Depuis Halloween. Je m'en souviens parce qu'elle est tombée dans les pommes, pendant la fête. J'avais jamais vu personne s'évanouir. Ça fait vraiment peur. Elle est tombée sans que personne la rattrape, comme dans les films à la télé. Sa tête a cogné la table et elle a saigné pendant des heures. On a dû l'emmener aux urgences.

Mon Dieu... Halloween. Bien sûr... Ce que j'étais lente à comprendre !

— La Chasse commence à ce moment-là, dis-je machinalement.

— Pardon ? demanda l'adolescent, manifestement éberlué.

— A Sam...

Non. Je prononçais mal le mot.

— Swo... Ça ne fait rien. Et la Chass... Non, laissons tomber. Ecoutez, Stuart, vous m'avez été très utile. Merci encore.

— Elle... elle n'a pas d'ennuis ?

La peur faisait trembler sa voix, mais je ne savais comment le rassurer.

— Non, tout ira bien. J'y veille personnellement. Merci.

— De rien, murmura le garçon. Vous m'appellerez si jamais il y a des... des problèmes ?

— Oui, répondis-je fermement. Je vous le promets, Stuart. Soyez fort. Et... Stuart ?

— Oui ?

— Envoyez-lui de bonnes pensées.

— Vous voulez dire prier ?

— Si c'est votre manière à vous, oui. C'est important.

Je raccrochai, et me mordis la lèvre inférieure. J'espérais ne pas avoir donné une trop lourde responsabilité à ce garçon. S'il arrivait quoi que ce soit à la jeune fille, il s'accuserait de ne pas avoir suffisamment prié. Mais pourquoi est-ce que je ne réfléchissais pas avant de parler ?

Je rendis le téléphone à son propriétaire avec un murmure de remerciement et fourrai le numéro de Stuart dans ma poche.

— Dites à Morrison que je vais au Space Needle, lançai-je à mes voisins en attrapant la manche de Gary.

Nous partîmes avant que quiconque ait transmis le message au patron. Mieux valait se faire pardonner que demander la permission... Même si j'avais l'autorisation tacite de courir après les chimères. Après la Meute, pour être précise. Dans le taxi, je ne résistai pas au bercement du moteur et aux vibrations qui massaient mes muscles froissés.

Quand je rouvris les yeux, il faisait nuit. Les lumières de la ville se reflétaient sur de bas nuages gris qui enveloppaient le sommet invisible de l'« Aiguille de l'Espace ». Gary pénétra dans le parking de la Première Avenue et monta jusqu'au dernier étage. Un long moment, nous restâmes là, dans la lumière blafarde, à contempler le parking vide.

— Je ne l'ai jamais vu aussi désert, observa Gary.

— Moi non plus, rétorquai-je nerveusement. Surtout à 6 heures du soir.

— Y a des travaux en cours ?

Je secouai la tête pour montrer mon ignorance et sortis de la voiture.

— Il y a quelque chose de pas naturel, commentai-je, l'air sombre.

— Plaisantez pas, répliqua Gary derrière moi. Nous sommes au dernier étage. La rampe d'accès s'arrête ici.

— Je sais. Pfff !

Je m'assis sur le capot en soupirant.

— Bon. Qui ne tente rien n'a rien, n'est-ce pas ?

J'écartai mon bouclier et émergeai de mon corps. Une masse grise déferla sur moi comme un raz de marée. Je suffoquai et mes poumons se contractèrent, comme si je respirais du poison. Cette masse grise avait un but. Celui de masquer, de dissimuler. J'avançai vers les portes menant au Centre.

— Mon Dieu, nous sommes tout près de lui…

— Jo ? demanda Gary nerveusement.

Je me retournai. Il était penché sur mon corps, tassé sur le capot de la voiture.

— Je suis là, répondis-je, surtout pour vérifier s'il m'entendait.

Il sursauta et se retourna rapidement. J'agitai la main dans sa direction. Il ne réagit pas.

— Sur votre gauche, précisai-je.

Il fit un bond à droite.

— Arrêtez ce petit jeu, voulez-vous ? Je ne vois pas d'où vient votre voix.

Je souris. Mon corps aussi. C'était amusant… Mais l'idée de laisser mon corps là, sans défense, était assez désagréable. C'était assez négligent, pour ne pas dire dangereux.

— Bien, murmurai-je. Ce n'est pas la première fois

que je le fais, n'est-ce pas ? Voir dans les deux mondes à la fois tout en étant incarnée, j'en suis capable.

Je revins vers mon corps et m'étendis sur lui. C'était une sensation particulièrement étrange. Je respirai profondément pour ne pas perdre mon emprise sur la réalité spirituelle, et entrai en moi. J'ouvris alors les yeux.

Le monde tournoya à la manière d'un kaléidoscope tandis que je faisais le point avec mes yeux physiques, tout en essayant de conserver l'extralucidité qui me permettait de saisir les formes et les couleurs du monde psychique. Les deux univers finirent par s'accorder, et je discernai Gary à quelques pas de moi.

L'arrimage semblait solide. Je me redressai.

— Désolée..., lançai-je. Ils sont là. Enfin... *lui*, tout au moins, ajoutai-je en désignant les portes.

Je distinguais à présent le noyau sombre de la masse grise. Soit je faisais vraiment des progrès, soit Herne avait laissé son bouclier s'affaiblir. J'aperçus même le mince fil qui nous reliait.

Ouvrant le coffre du taxi, je m'emparai de l'épée. Elle vibrait d'un bleu lumineux qui tranchait sur les ténèbres opaques du demi-dieu. Un but l'animait, elle aussi : en finir.

Refermant ma main sur le pommeau, j'esquissai un sourire en direction de Gary et me dirigeai vers les portes.

— Vous venez ?

— Je ne manquerais ça pour rien au monde, jeune fille !

29.

Le Space Needle est l'édifice le plus célèbre du Centre de Seattle. Mais le Centre lui-même couvre environ trente-cinq hectares et comporte tout ce qu'on peut imaginer — sauf le moyen d'empêcher les gens d'y déambuler à toute heure du jour et de la nuit.

Là, il était entièrement vide. Pas le moindre clochard, pas le moindre adolescent en rollers, pas le plus petit homme d'affaires se dirigeant vers le parking pour y reprendre sa voiture. J'avais l'impression de m'enfoncer dans un champ de barbelés. L'air semblait littéralement mordre et griffer. Derrière moi, Gary poussa un grognement.

— C'est dans votre esprit, grommelai-je.

Les lampadaires jetaient une lueur jaunâtre sur les flaques de neige sale et détrempée. Les papiers et les détritus qui jonchaient le sol voltigeaient au ras du béton, et leur raclement paraissait presque assourdissant, sans les milliers de pieds qui les foulaient habituellement. Une incroyable désolation régnait. Vu à travers mes yeux spirituels, l'endroit évoquait une sorte d'enfer de mascarade.

— Où allons-nous, Jo ? s'enquit calmement Gary.

Il avait l'air d'un revenant. Son corps massif était voûté et les couleurs de son aura s'étaient ternies.

— Vous n'avez pas besoin de venir, vous savez, répondis-je.

Gary se redressa, l'air offensé.

— Reculer maintenant ? Alors que je vous suis depuis le début ?

Je haussai les épaules, gênée, et continuai à avancer. Le fil qui me reliait à Herne se contractait, me halant avec une force grandissante. Je ne voyais pas encore le demi-dieu, mais je le sentais. Me sentait-il, lui aussi ?

— Vous risquez de vous faire tuer, repris-je. Comme les autres.

— Impossible, rétorqua-t-il. Je suis votre amulette porte-bonheur.

Je me mis à rire, et mon rire résonna étrangement dans cette atmosphère sinistre.

— Vous êtes un peu encombrant pour que je vous fourre dans ma poche, lui fis-je remarquer.

— Vous voyez ? Faut que je reste à vos côtés…

Je souris.

— Gary ?

— Oui ?

— Merci.

— Pas de quoi. C'est quoi le plan, maintenant ?

— Le plan ? Je suis censée avoir un plan ?

Le fil se resserra brutalement et je vacillai. Gary me retint d'une main solide.

— Le plan, c'est de… euh… tuer le dragon, sauver la princesse et rentrer dîner à la maison. Quelle heure est-il ?

— 6 heures dans quelques minutes. Il vous faut une montre.

— J'en ai une, rétorquai-je en tendant le poignet.

En fait, non. Je portais toujours le bracelet. La montre était restée sagement à la maison, où elle devait continuer à marquer l'heure européenne. Je haussai les épaules.

Une nouvelle traction du lien déséquilibra le soigneux réalignement de mon corps et de mon âme, propulsant en avant mon être spirituel.

J'achevai ma course près du manège. Celui-ci tournait silencieusement. L'absence de musique était presque palpable. Sur le bord extérieur, une jeune fille blonde étreignait un cheval de bois doré. Riant aux éclats, elle s'efforçait de saisir un anneau de cuivre.

— Presque ! lança Herne d'un ton amusé.

Je regardai à l'intérieur du manège.

Nonchalamment adossé à un dragon rouge, Kevin Sadler regardait sa fille, dressée sur les étriers.

Kevin Sadler.

Le choc me fit brutalement réintégrer mon corps. Je tremblais comme une feuille.

— Mon Dieu ! Quelle idiote je suis !

Je me mis à courir, suivie par Gary. Nous sautâmes sur le manège, juste au moment où Suzy emportait un anneau dans un cri de triomphe.

Alors, les murs qui séparaient les mondes tombèrent, et l'étalon de Cernunnos poussa son terrifiant hennissement, ce cri primaire, inarticulé, qui me donnait envie de hurler en retour. Cette fois, ce fut l'Enfant qui hurla en retour, tandis que la Meute descendait du ciel. Cernunnos se pencha vers la jeune fille, tel un héros de western sur le point d'enlever sa bien-aimée.

Herne se rapprocha aussitôt, délaissant sa forme humaine.

Oui, j'aurais dû m'en apercevoir. Tout était là. Les pommettes hautes, la mâchoire longue, les cheveux cendrés… Depuis le début ou presque, je savais que Herne pouvait se dissimuler derrière différentes apparences.

— Stop, dit doucement le fils du dieu.

La Meute grimpa dans le manège et se mit à évoluer avec une grâce irréelle entre les animaux de bois. L'étalon de Cernunnos rua et s'arrêta devant Herne en piaffant nerveusement. Puis, d'un même mouvement, les Cavaliers se rassemblèrent derrière leur maître. Les chiens aux yeux ensanglantés se couchèrent sous les chevaux.

Muette de terreur, Suzanne s'agrippait à sa monture de bois. J'étais tout près d'elle, à présent, et mon regard glissait sur elle, rebondissait, comme repoussé par un trop-plein de présence.

— Trop tard, père, murmura Herne.

Sa voix traversa l'espace avec une clarté sèche et cristalline.

— Le sentez-vous ? L'Enfant est bientôt perdu pour vous. Encore quelques minutes.

Cernunnos dévisagea Suzanne.

— Emporte-la, répliqua-t-il. J'ai une remplaçante.

Un sourire mauvais dévoila ses dents acérées, qui jetèrent un éclat blanc dans la lueur blafarde. La surprise se peignit sur le visage de Herne. Ses yeux se plissèrent de méfiance. Oh, oui, c'étaient les mêmes yeux, à ceci près qu'ils étaient verts. Impossible de s'y tromper.

— Vous n'avez pas vérifié vos messages, Jo, me lança-t-il avec un ton d'aimable reproche. A l'heure qu'il est, vous devriez être en route pour Portland.

L'accent anglais de Herne avait disparu, remplacé par l'intonation typiquement américaine de Kevin.

— Je n'ai pas eu le temps, avouai-je.

A quoi bon mentir ?

— Heureusement pour moi, semble-t-il, repris-je.

Existait-il des bonnets d'âne assez grands pour que je puisse me cacher dessous, définitivement ?

Je me tournai vers Cernunnos.

— Je vous ai battu, Seigneur et Maître de la Meute. Je ne vous dois rien.

— J'ai perdu un combat, répliqua le dieu. Et mon serment me tient à jamais éloigné de Babylone. Rien, en revanche, n'interdit un second duel, petite chamane.

Cela, nous en reparlerions plus tard. En admettant qu'il y ait un « plus tard ».

— Que lui avez-vous fait, Herne ? demandai-je en désignant la jeune fille.

— Ne le devinez-vous pas ?

L'accent anglais était de retour.

— Je sais que vous êtes une novice, mais enfin, je pensais que ce serait évident, même pour vous. Regardez bien, Siobhàn Walkingstick. *Gwyld*...

Je refusai de me tourner vers la jeune fille. Sa vue était insoutenable de densité. Mais la voix de Herne était si impérieuse que, contre ma volonté, je levai les yeux. Et je vis.

Suzanne Quinley débordait littéralement. Deux âmes se battaient pour la domination de son corps si frêle. L'une était si ancienne qu'il m'était presque impossible de la regarder, tant son pouvoir était immense. Un pouvoir qui pouvait m'aspirer, me happer, tout comme celui de Cernunnos. Des filaments argentés émanaient de cette âme, la reliant à chacun des Cavaliers présents, mais aussi à Herne. Le lien qui la rattachait à Cernunnos brillait d'un éclat plus vif que les autres. Entaché de sang et de ténèbres était celui qui l'unissait à l'âme fragile de Suzanne, courbée sous le poids de l'éternité. De seconde en seconde, l'emprise du Cavalier Immortel sur l'esprit de la jeune fille s'accroissait. Dans quelques minutes, elle disparaîtrait à jamais.

Aucun mal n'habitait l'âme du Cavalier, et c'était là le plus terrible. Inexorablement ponctionnée au fil des ans, elle s'était lentement détachée du corps originel qui l'abritait. Et quand le dernier maillon qui l'attachait à ce corps s'était dissous, elle s'était envolée vers un autre lieu d'accueil. Vers Suzanne Quinley.

— Ce sera son anniversaire dans quelques minutes, dis-je doucement. Je veux dire, l'heure de sa naissance. Comment l'avez-vous perdue ? Votre propre fille… Longtemps, vous avez dû chercher à procréer l'enfant parfait. Adina est sa mère ?

Comment s'était-il caché d'Adina ? Avait-elle fermé les yeux volontairement ou sous la contrainte ?

— Non, bien sûr. Sa mère est morte. Il est facile de perdre un enfant quand on a tant et tant engendré, comme ce fut mon cas. Je l'ai retrouvée il y a quelques années.

Un souvenir me traversa soudain l'esprit — fulgurant, précis. L'image d'un rêve. Un garçon au teint rouge brique, à peine moins âgé que moi, me contemplant de ses yeux mordorés.

— Bienvenue, Siobhàn, me disait-il en tendant la main. Voici l'origine de toute chose. Lumière du corps, lumière de l'âme.

Je me suis éveillée, avec mes premières règles.

— Quand elle est devenue pubère, lançai-je stupidement.

Le garçon à la peau rouge était revenu hanter mes rêves, avant de cesser brutalement ses visites, quand j'eus quinze ans. Dans les douze années qui avaient suivi, je ne l'avais plus revu. Il faudrait que j'interroge Coyote à ce sujet.

Herne me dévisageait, légèrement impressionné. Pas assez pour se prosterner à mes pieds, mais tout de même un peu.

— Effectivement, répliqua-t-il. D'autres éléments sont entrés en jeu. Le plus important…

— … est son anniversaire, achevai-je. Douze jours après Noël. Ainsi, vous pouviez abattre Cernunnos au sommet de sa puissance et vous emparer de la totalité de son pouvoir. Cela, ajoutai-je d'un ton amer, je l'ai deviné.

— Mais trop tard.

Herne me tourna le dos. J'étais ravie de constater à quel point je lui faisais peur. Cernunnos jeta un regard calculateur sur Suzanne et je frémis, saisie d'un mauvais pressentiment.

— Gary ?

— Oui ?

— Vous êtes toujours bon en mêlée ?

Il gloussa.

— Je suis peut-être moins souple, mais je n'ai pas oublié.

— Cernunnos va tuer Suzanne à 6 h 5.

Il haussa les sourcils.

— 6 h 5 ?

— L'heure de sa naissance, répliquai-je doucement. A ce moment-là, son âme et celle du Cavalier seront irrémédiablement liées. S'il la détruit, il détruit ce qui l'empêche de chevaucher librement sur Terre.

— Suis-je censé comprendre ce que vous dites ?

Je lui lançai un regard noir. Ou, plutôt, un regard qui vira au rouge du fait de la seconde vue. J'étais sûre qu'on pouvait tuer, avec ce genre de regard.

— Préparez-vous à plaquer l'adversaire.

Un large sourire découvrit les belles dents blanches de Gary. Je réalisai soudain que l'obscurité était tombée sur nous. Herne relâchait-il son bouclier ? Sans doute n'avait-il plus besoin de s'en préoccuper autant, puisque je l'avais retrouvé. Et il avait besoin de toutes ses forces pour la partie finale qui allait se jouer.

— Tu l'as, gronda Cernunnos. Mais il te faut encore me combattre, fils.

— « Je suis ton père, Luc », murmurai-je en avançant prudemment sur le manège.

La jument dorée se tenait près de Suzanne, sa splendide queue fouettant le dragon rouge derrière elle. Du bout du museau, elle toucha délicatement la manche de la jeune fille.

A quelques pas de là, Herne levait son épée — presque identique à celle de son père — et frappait.

Sans avoir une once de l'élégance avec laquelle son père répliquait. Je comprenais sa jalousie.

Le terrible rugissement qui accompagna le choc des deux puissances noya le heurt métallique des lames. Dépourvue de tout bouclier, physique ou psychique, je vacillai sous le déferlement des flammes vertes et brunes. Un éclair zébra le ciel et s'abattit sur les deux combattants. Aucun d'eux ne parut s'en apercevoir. Pas plus que Suzanne. Je sentais la pulsation de son cœur faiblir de plus en plus sous la pression du Cavalier. Du coin de l'œil, je vis Gary s'approcher lentement des deux combattants. Soulagée, j'acquiesçai d'un signe de tête et me faufilai derrière un cygne aux ailes déployées. Parvenue à côté de la jeune fille, je la tirai dans mes bras.

Une secousse électrique d'une douloureuse intensité me parcourut. Mes muscles se contractèrent durement et je tombai à genoux. Sans méchanceté aucune, mue simplement par l'âpre volonté de survivre, l'âme du Cavalier se jeta sur moi. Alors qu'elle m'enveloppait, je sentis le fil ténu qui la reliait au corps originel — un jeune garçon aux yeux verts, qui était en train de mourir.

« Ironie », dit le Jeune Cavalier. C'étaient moins des mots, ou une pensée formulée, qu'un impalpable sentiment. L'Enfant, qui abritait la Mort elle-même, périssait à son tour. Heure après heure, son âme avait glissé hors du corps fragile, répondant au seul appel auquel il ne pouvait se dérober : l'appel lancé par un être de sa race. Herne avait convoqué l'esprit du Jeune Cavalier, l'asservissant dans les liens du sang et de la mort, l'affaiblissant jusqu'à accomplissement de son projet machiavélique.

Jusqu'à aujourd'hui. Jusqu'à la dernière Chevauchée, en cette période d'Halloween où les parois entre les mondes étaient les plus poreuses. L'Enfant avait guidé la Meute à travers le néant qui les séparait de la Terre. Herne, alors, avait porté le coup fatal. Puisant dans le pouvoir accumulé tout au long de ces siècles de sacrifices, il avait impitoyablement tranché le lien ténu qui unissait encore l'âme du Cavalier à son corps, envoyant ce corps rouler à travers les ténèbres, vers ce monde que l'Enfant considérait comme son pays. Le demi-dieu avait ensuite lié l'âme à un autre corps. Celui de sa fille Suzanne. Un fil immatériel reliait encore l'âme du Cavalier à son corps originel.

« Plus que des sacrifices, murmura l'Enfant. A l'image de Suzanne, il tue le sang de son sang. Pour accroître sa puissance. Rien n'est plus fort que le pouvoir du sang. »

— Du sang…

Je secouai la tête, confuse. Et soudain, je compris. Combien d'enfants Herne avait-il engendrés au fil des ans ? Son sang devait couler dans les veines de la moitié de l'humanité.

Mais ce n'était pas le moment de méditer sur le sujet. Les pensées et les souvenirs du Cavalier continuaient à affluer en moi, avec une indifférence poignante. Emprisonné sur Terre par son frère de sang, il était terriblement vulnérable désormais, si loin de son corps premier. Ce corps qui gisait… ? Où était-ce, déjà ? Dans ce pays de brume, de terre riche et d'arbres sombres — ce paradis perdu…

« Tir na nOg », murmura le Cavalier. Et pour la première fois, le désir traversa ses pensées. Un désir empreint d'une lancinante nostalgie. Herne n'avait su arracher à cette âme le regret violent de son pays.

« Anwyn, Avalon, pays des Enchantements, Iles de l'Est, appelez-le comme il vous plaira. Plus ancien que l'humanité, il perdurera bien après que vous et votre nom seront devenus poussière. »

Il n'y avait ni sympathie ni orgueil dans les propos de l'Enfant. Son regret était au-delà de tout sentiment.

Il était le Cavalier de Tir na nOg, le premier Fils de Cernunnos. Mi-mortel, mi-dieu, il n'avait jamais su qui était sa mère. Sang et chair d'un dieu, il avait emporté avec lui, à sa naissance, un peu du pouvoir de son père — le liant, de ce fait, au cycle éternel de la Vie et la Mort. Chevauchant de son propre vouloir aux côtés du Dieu Cornu, il y avait gagné l'immortalité. Son père, désormais, ne pouvait rien contre lui : il ne pouvait tuer ce fils qui l'empêchait de chevaucher librement. Rien ni personne n'avait pu l'asservir contre son vouloir.

Jusqu'à Herne. Jusqu'à ce sang de son sang. Son frère. Aucun remords ne torturait le Jeune Cavalier : pour lui, Herne était et n'était pas. L'émotion n'avait aucune part en cette affaire.

« Je fus une leçon pour mon père. Après moi, il a veillé à ne rien donner imprudemment aux femmes qu'il rencontrait. Il n'est pas d'autre fils du Dieu Cornu qui ait autant d'emprise sur lui. »

— Et Suzy ? murmurai-je.

Avais-je parlé à voix haute ou pas ? Peu importait. Le Cavalier haussa les épaules avec son indifférence coutumière.

« Avec elle, le lien changera. Le pouvoir du sang

est grand, et mon frère a bien choisi. Il a sacrifié celle qu'il aimait. »

« Adina », songeai-je avec désespoir. Les autres chamans étaient-ils aussi ses amis, avant leur mort ? Herne avait-il acquis son immense pouvoir en tuant ceux qui lui étaient le plus proches ?

« Les parents de la fillette. Ses amis à elle, confirma le Cavalier. L'équilibre du pouvoir en a été modifié. Je suis désormais loyal envers Herne. »

— C'est faux !

La surprise du Cavalier se répercuta dans mon esprit. Et pour la première fois, il se tourna pour me dévisager, cessant du même coup de prendre possession du nouveau corps.

« Sornettes humaines, répliqua-t-il en retrouvant son indifférence. Que m'importent le vrai et le faux ? »

— Qu'est-ce qui vous importe, alors ?

Suzanne tourna la tête pour regarder la jument à la robe dorée.

— Chevaucher, chuchota-t-elle, la voix pleine d'un ardent désir.

La frêle adolescente n'avait pas besoin du Jeune Cavalier pour désirer de toutes ses forces le bel animal. Mais la douleur qui émanait de ces mots était si poignante que ma gorge se serra. C'était la douleur de l'Enfant de Tir na nOg. Oui, il suivrait Herne, raffermi par les forces innocentes de Suzanne. Herne, Cernunnos, peu lui importait... Il était suffisamment puissant pour maîtriser n'importe quel dieu. Et il en serait ainsi, sans joie ni tristesse, jusqu'à la fin des temps.

Un instant, je me demandai si Herne avait

conscience qu'il ne serait jamais le maître, même s'il remportait la victoire au combat. Soudain, les secousses électriques cessèrent et le courant qui me liait au Cavalier disparut.

Le son clair et pur d'un carillon retentit. Annonçant la naissance de Suzanne Quinley, quatorze ans auparavant. Je roulai sur le côté, emportant la jeune fille avec moi. Cernunnos bondit brusquement sur le manège, plantant là un Herne furieux et désemparé. Ce fut le moment que choisit Gary pour se lancer, tête baissée, contre Cernunnos et le ceinturer en poussant un cri de guerre. Avec un rire de plaisir, cependant, le Cavalier plongeait dans le corps de Suzanne dont l'âme défaite, éparse, gémit de désespoir et s'enfuit.

A Babylone, j'avais enserré Cernunnos dans un filet. Ce qui restait de l'âme de la jeune fille aurait glissé entre les mailles. Alors, je rentrai en moi et, puisant dans l'énergie qui s'agitait sous mon sternum, je lui donnai la forme d'une bulle de savon. Vite ! Le temps allait manquer !

Sauf à l'intérieur de la bulle. Le carillon retentit une nouvelle fois, fin et léger. Alors, le chaos se retira.

Cernunnos brandit son épée vers moi. Une longue entaille rouge déchira mes épaules. Je continuai à rouler sur le côté. Gary heurta le dieu, qui se retourna avec un hurlement de rage et, dans un geste d'une précision toute chorégraphique, pointa son épée vers lui.

Jamais pourtant, dans aucun ballet, je n'avais vu le méchant plonger son arme dans la poitrine du bon. D'un coup sec, Cernunnos retira son épée et Gary s'effondra contre le cheval de bois. Le Dieu Cornu, oubliant aussitôt cette insignifiante victime, revint vers moi.

Je me repliai sur la fillette, présentant mon dos à Cernunnos. Le carillon qui sonnait la naissance de Suzanne continuait à retentir dans mon esprit. Sachant que je risquais d'en mourir, je contractai la bulle jusqu'à ce que la lenteur du temps pénètre entièrement les restes affaiblis de l'âme de la fillette.

Alors, je plongeai à mon tour dans la bulle.

Semblable à un parasite, l'âme du Cavalier fut aspirée juste avant qu'elle ne s'empare définitivement du corps de Suzanne. Elle était désormais prisonnière du temps ralenti, tout comme l'âme de Suzy était captive de l'âme de l'Enfant. Là, dans la bulle, je disposais du temps nécessaire pour soigner et guérir. Hors d'elle, si je ne procédais pas avec prudence et rapidité, je risquais de n'avoir plus de corps pour rentrer à la maison.

Tout comme le Cavalier.

« Ton monde », avait dit Cernunnos en tendant un poing. « Le mien », avait-il ajouté en présentant l'autre. Entre les deux, les ténèbres, où nous nous tenions. Etais-je capable de faire tomber le mur qui séparait les mondes ?

Je refermai mon poing autour, déployai le nœud d'énergie, et me jetai dans le vide avec Suzanne et le Cavalier. Effrayée, je me demandai d'où me venait la force d'agir ainsi. Elle jaillissait en moi, se répandait, annulant toute fatigue et toute douleur. Je me sentais plus légère qu'une plume.

Des paysages aux couleurs vives tournoyèrent autour de nous, si rapidement qu'il était presque impossible de les distinguer. Puis il n'y eut plus rien.

Juste un néant mortellement immobile. Rappelant à moi le tintement du carillon et les images du monde de brume, je les jetai dans le vide et attendis qu'ils soient reconnus.

Mon pays…

La nostalgie était si navrante que j'en eus les larmes aux yeux. Et durant un bref instant, le désir m'emporta, moi aussi. Alors, l'incantation qui liait le Cavalier vola en éclats et mon pouvoir prit la place de celui de Herne, cependant que ma volonté et celle de l'Enfant s'unissaient dans un but commun.

C'était le moment ou jamais de reprendre la direction des opérations. Je ne voulais surtout pas que l'Enfant laisse Cernunnos chevaucher sur Terre en toute liberté.

Malheureusement, je n'avais aucune idée sur la manière de m'y prendre.

— Stop ! Je dis « stop » !

Le Cavalier se mit à rire. Et son rire, dur et froid comme de l'acier, déchira les ténèbres qui s'ouvrirent sur un paysage de brume, de terre lourde et d'arbres sombres.

« Mon pays », songea le Cavalier. Et mon ardent besoin de trouver refuge fit écho au sien. Je me laissai bercer par sa joie, et l'ivresse du triomphe qui coula dans mes veines me fit comprendre que j'étais perdue. J'avais cédé à son appel, comme j'avais cédé à celui de Cernunnos. Après un long, très long voyage, je touchais enfin au but. Je ne voulais plus rien d'autre que la paix que m'offrait Tir na nOg. Alors, je suivis le Cavalier, heureuse d'en avoir enfin terminé.

— Mon pays, murmura Suzanne comme en rêve.

Et je me ressouvins d'elle, tout comme je me ressouvins de notre monde.

Je grommelai :

— Non.

Mais il n'y avait pas assez de force dans ma voix. Je fermai les yeux et chuchotai ces paroles que j'avais interdit à Gary de prononcer, il y avait des millions d'années.

« Qu'au nom de Cernunnos, mon incantation retombe sur toi. »

Le Cavalier s'arrêta si abruptement que je volai par-dessus lui. Mon voyage n'était pas fini…

Dans les bois dormait un jeune garçon, si mince et si pâle que la Mort semblait déjà en avoir pris possession. Je m'agenouillai près de lui et posai une main sur sa poitrine. Elle se soulevait avec une lenteur effrayante. Je ne me souvenais pas des paroles exactes du chant que nous avions lu ensemble, Gary et moi, mais j'en avais encore l'esprit.

« Que les murs du monde s'ouvrent et te libèrent
Que le dieu m'entende
Que viennent à moi le vent, la terre et la mer
Que vienne le feu pour te libérer
Qu'au nom de Cernunnos, mon incantation retombe sur toi ;
Par ma volonté et par ces mots, je t'ordonne de chevaucher éternellement… »

Le nœud d'énergie se déploya, tissant un impalpable filet de brume verte et argentée qui vint envelopper le corps endormi. Je le tirai dans mes bras et me mis à le bercer. Il était plus léger que l'air. Je sentais la résistance de son âme, désespérément agrippée à Tir na nOg, ne voulant rien d'autre que la paix et le silence de son pays. Il lutta contre le chant. Mais le pouvoir du sang était plus fort que tout, il le savait. Et j'avais invoqué le lien le plus indissoluble qui soit : celui du père et du fils.

— Je suis désolée, murmurai-je. Il faut que tu renvoies Cernunnos chez lui. Quelques heures encore, et la Chevauchée prendra fin… jusqu'à l'année prochaine. Alors, tu pourras rentrer à la maison. Je suis désolée.

Et je m'enfuis de l'ensorcelant pays de Tir na nOg, rapportant dans mon filet le corps de l'Enfant.

30.

Nous émergeâmes du néant dans une ville où régnaient les ténèbres les plus absolues. Des éclairs zébraient le ciel noir et un vent plus froid que la mort cinglait mon visage. Des trombes d'eau et de neige s'abattaient sur le manège.

Une ligne de feu déchirait mes épaules. Je voulus rouler, et le mouvement me fit pousser ce cri rauque et guttural qui commençait à me devenir familier. Haletante, je m'immobilisai pour reprendre mon souffle.

Puis je me contraignis à lever la tête. Si à l'évidence j'étais mal en point, Suzanne, en revanche, paraissait indemne. Ses yeux étaient clos, mais ses joues étaient légèrement colorées et sa respiration régulière.

De deux choses l'une : ou j'avais réussi, ou j'avais échoué. Dans mes bras, il n'y avait aucun garçon. J'avais l'impression d'être en plein conte écossais. Un rire de panique hystérique s'échappa de moi et je roulai brusquement pour éviter la furie d'un dieu très mécontent. L'épée se ficha, en vibrant, dans le plancher du manège. Je décochai à mon assaillant un sourire las et glissai un regard entre ses jambes pour voir ce qui se passait.

Gary était affalé contre le cheval de bois. Les

éclairs aveuglants illuminaient par instants son visage livide et le sang noir qui coulait à gros bouillons de sa poitrine. Derrière lui, une boule de lumière jaillit, aussi transparente et irréelle que les Cavaliers de la Meute. Elle tournoyait, fouettée en tous sens par le vent. Emergeant de l'orage, l'Armée de Cernunnos se rassembla autour d'elle. De seconde en seconde, elle grossissait.

La jument dorée hennit de plaisir et s'approcha des Cavaliers qui s'écartèrent pour lui faire place. Je réalisai alors que les êtres et les choses avaient repris leur apparence solide.

Les ténèbres s'évanouirent et l'aura de tout ce qui m'entourait, depuis les animaux de bois du manège jusqu'au Dieu Cornu, m'apparut de nouveau. Je rouvris les yeux : les formes physiques avaient perdu de leur densité.

Gary était en train de mourir. Le sang jaillissait au rythme des battements de cœur, chaque fois plus lents. Suzanne, elle, retrouvait progressivement ses forces. Je n'avais pas besoin de tourner la tête pour la voir. Sa respiration devenait plus ample et profonde. Cernunnos retira son épée du sol et la leva au-dessus de lui. Trop épuisée pour réagir, j'attendis le coup fatal.

Mais il se retourna à la vitesse de l'éclair, bloquant une attaque qu'il n'avait pourtant pu voir venir. Le métal crissa, puis, dans un sifflement strident, les lames glissèrent l'une contre l'autre, et Cernunnos plongea son épée dans la cage thoracique de son fils. Herne tomba à genoux, ses mains s'ouvrirent, et l'épée roula loin de lui. Les flammes vertes et brunes de son pouvoir se ternirent brusquement.

Alors, le dieu en courroux leva une nouvelle fois son épée.

— Non ! cria une voix d'enfant.

Telle une marionnette subitement détachée de ses fils, Cernunnos laissa retomber son bras. Le visage grimaçant de rage, il se tourna vers le Jeune Cavalier. A cheval sur la jument dorée, il se dressait, mince et souple, d'une beauté saisissante. Ses yeux verts fixaient son père avec une détermination farouche. D'une main légère, il flatta l'encolure de sa monture. Derrière lui, la Meute piaffait.

— Il n'est pas à toi, Père, murmura l'Enfant. Grande est sa faute, mais il est sang de ton sang. Personne n'a plus d'importance pour toi, moi excepté.

Un pli amer se dessina autour de la bouche de Cernunnos.

— Tu as pitié de celui qui s'est approprié ton pouvoir, et qui a voulu usurper le mien ?

Le garçon haussa les épaules avec la même grâce que son père.

— Je ne juge pas. Je sais seulement que son âme n'est pas marquée. Vous ne pouvez la prendre. Ainsi en est-il.

Derrière moi, Suzanne se mit à geindre doucement. Cernunnos se tourna, les yeux brillants de fureur, et leva son épée. J'éprouvai un soulagement tout à fait singulier à l'idée que je serais la victime, au lieu de la jeune fille étendue à terre.

— Père…, lança de nouveau l'Enfant, avec une nuance d'avertissement dans la voix.

— La marque est sur celle-ci, gronda Cernunnos en me désignant. Je la vois.

Le Jeune Cavalier inclina la tête.

— Nous la voyons aussi, Père, mais son temps n'est pas venu. Il lui reste un long voyage à accomplir avant de gagner le Royaume des Ombres.

Je ne me sentis pas aussi rassurée que je l'aurais voulu.

— Votre tâche n'est pas terminée, *gwyld*, reprit l'Enfant en se tournant vers moi. Une longue chevauchée nous attend cette nuit, et je ne partirai pas avant que vous l'ayez menée à son terme.

— Grâce vous soit rendue, répondis-je en grommelant.

— Ce qui a été commencé doit être achevé, lança-t-il sèchement.

La jument piaffa d'impatience. Il lui caressa l'encolure.

— Achever ? demandai-je. Mais quoi ?

Et, fermant les yeux, je plongeai en moi. Puis je me dirigeai vers chacun des êtres présents autour du manège et observai. Ce n'était pas des plaies physiques que je cherchais : elles ne comptaient pas.

« Ah oui ? Une entaille de plusieurs centimètres dans l'abdomen, ça ne compte pas ? » gronda une voix en moi. Je lui intimai l'ordre de se taire. Et à ma grande surprise, elle s'exécuta.

Mais ce n'étaient pas non plus les taches sombres de mon âme qui étaient ici en jeu. Je voletai d'un esprit à l'autre.

Herne... Je savais, bien sûr, mais j'aurais tant voulu pouvoir l'éviter ! Une nouvelle confrontation avec lui ne me plaisait guère. Je le regardai. Une faille d'un noir absolu courait le long de son âme : infernale et brûlante béance au fond de laquelle gisaient, éparpillés, défaits, les vestiges de son identité première.

Un à un, je les ramassai : l'Homme Vert, le Protecteur de la Forêt, le Guérisseur divin… Les fragments originels palpitaient faiblement dans ma main, consumés par une jalousie atroce, par la rage et l'amertume d'une vie dévoyée de son sens fondamental. Des centaines d'années auparavant, Herne avait tourné le dos à la voie chamanique. Depuis lors, son sang immortel ne lui laissait aucun répit. Pour oublier la souffrance, il s'était lancé à la conquête du pouvoir.

« Aurais-je pu, moi aussi, basculer ? » Je sentais frémir, au fond de mes entrailles, la colère enfouie depuis douze ans. Une colère jamais reconnue, ni acceptée. Sans doute n'étais-je pas prête encore à l'accepter.

Mais je pouvais la reconnaître. Prenant une profonde inspiration, je m'ouvris à Herne — plaie contre plaie, fissure contre fissure, âme contre âme. Ses blessures étaient plus anciennes que les miennes, et combien plus lourdes à porter… Mais ce n'était pas un concours. Une douleur partagée est une douleur atténuée : c'est ce que m'avait dit l'Ancien qui m'avait offert le tambour, après la mort d'Ayita. Je m'étais alors détournée.

Tout comme Herne se détournait, à présent. Je l'immobilisai dans un filet irisé. D'où me venait cette force, alors que j'étais si épuisée ?

Ame contre âme, nous nous unîmes, et Herne hurla l'injustice de sa mort, six cents ans auparavant.

— Tu as raison, dis-je. C'est franchement nul.

Il cessa aussitôt de hurler et me dévisagea avec étonnement.

— C'est nul, et c'est parfaitement injuste. Mais

personne n'a dit que la vie était juste. Et là, tu te comportes comme un môme de trois ans.

Herne me fixait toujours, bouche bée.

— Ecoute. Moi aussi, j'ai débloqué. Sauf que je le fais depuis douze ans, pas six siècles. Tu es le Dieu de la Forêt, espèce d'idiot ! Et voilà un demi-millénaire que tu ne t'y intéresses plus... Regarde ce qui leur est arrivé, regarde ce qui t'est arrivé. A toi, l'Homme Vert.

Je pointai un doigt sur sa poitrine. Il recula d'un pas et baissa la tête pour se regarder.

Elles étaient toujours là, les profondeurs des grands bois, ensevelies sous des siècles de souffrance. Pourtant, elles n'avaient pas perdu leurs forces et jetaient, à présent qu'on se souvenait d'elles, un éclat vif qui illuminait les fractures et les lézardes. Avec un frisson, je songeai au pare-brise fendu, aux fêlures de mon fragile bouclier. Herne poussa un hurlement et leva les bras. Longtemps, il resta figé ainsi. Puis, lentement, ses doigts se replièrent sur l'immense pouvoir oublié. Alors, un changement fondamental se produisit dans le monde.

Un grondement formidable s'éleva, éclata, roula à travers l'éternité. C'était la clameur de bienvenue du Règne Végétal qui retrouvait son Maître et le saluait.

Le rugissement primitif s'amplifia encore et lutta contre les griefs anciens, les déracinant peu à peu. Herne résista. Je l'obligeai à écouter. Dans les replis de son âme, un frémissement naquit, imperceptible d'abord, puis de plus en plus inexorable. Une fois amorcé, plus rien ne pouvait arrêter le mouvement. Je ne voulais ni ne pouvais interrompre l'œuvre de guérison avant qu'elle ne fût complète. L'énergie en moi exultait, brûlant d'un feu sacré, me maintenant debout plus longtemps que je ne m'en serais crue capable. Une joie pure m'envahit — la joie de soigner. Comblant les failles, apportant une consolation et une détermination dont je mesurais soudain à quel point elles m'avaient manqué.

Je vins à Herne, portant le baume de l'oubli, et d'un revers de main écartai les mensonges : Richard ne l'avait pas trahi, Cernunnos ne l'avait pas abandonné. Herne hurla de rage et de douleur, et s'arc-bouta sur la vie fallacieuse qu'il s'était forgée.

Adina... Soudain, son esprit fut là, parmi nous, impalpable sillage d'infinie tristesse. Bien sûr, elle avait deviné la puissance de son mari et pressenti l'immensité de sa souffrance. Mais pas plus que moi elle n'avait été capable de percer le voile dont il s'était entouré. Je lui fus reconnaissante de cet aveu : je n'étais pas seule à n'avoir pas su identifier Herne, même si je m'en étais crue capable. Un sourire résigné flotta dans l'air, et Adina disparut.

Avec elle disparurent aussi les derniers linéaments de la douleur de Herne. Je m'aperçus, avec un choc, que les liens qui unissaient l'âme au corps se défaisaient aussi. Alarmée, je reculai.

— Continuez.

La voix avait résonné dans mon esprit, grave et lasse. J'hésitai.

— Continuez, répéta Herne avec insistance.

Il se tenait devant moi, les mains légèrement écartées du corps. Sa peau s'était assombrie : elle était aussi plissée et tannée que le tronc d'un vieil arbre. Ses doigts étaient devenus noueux et ses cheveux avaient épaissi, semblables à des sillons dans le bois. Tout son corps était à présent couleur de terre sombre, çà et là taché du même vert tendre que celui du feuillage d'été. Dans ses yeux seuls persistaient les reflets couleur d'émeraude. La rage avait disparu, remplacée par la tristesse et la nostalgie.

— Aviez-vous le droit ?

Sa voix était rude comme l'écorce d'un chêne.

— Oui, répondis-je sans hésiter. Sans votre accord et sans votre aide, je n'aurais pu agir. Je vous ai simplement montré le chemin.

— Je n'éprouve aucun sentiment de paix, répliqua-t-il.

Je baissai la tête.

— La paix ne vient pas si aisément. Mais vous avez tout le temps au monde, à présent.

Il partit d'un rire semblable au bruissement du vent dans les branches.

— Tranche les derniers liens, *gwyld*, et laisse-moi m'en aller.

Je regardai le corps auquel ne restait plus qu'un faible souffle de vie. Seuls quelques fils retenaient encore l'âme. Je posai ma main sur la poitrine de Herne et lançai un dernier regard interrogateur au demi-dieu. Il acquiesça silencieusement.

Alors, je pris l'épée et coupai les derniers liens, qui se détendirent en sifflant.

Une boule de lumière s'éleva et s'étendit au-dessus du manège, d'une aveuglante blancheur. Puis, aussi rapidement qu'elle avait explosé, elle se résorba et disparut. L'Homme Vert était parti.

***

Quand je m'éveillai, Gary était penché au-dessus de moi. Toutes les lumières du Centre et du Space Needle étaient éteintes. Le monde avait repris sa forme première, et, pourtant, je voyais toujours la Meute, qui évoluait autour du manège, plus irréelle que jamais.

— Vous étiez en train de mourir, dis-je d'un ton accusateur.

Gary sourit.

— J'ai arrêté.

— Ah, très bien..., répondis-je faiblement. Mais comment ?

Je soulevai timidement mes épaules. La ligne de feu avait disparu.

— J'ai dû manquer un épisode, repris-je. Pourquoi n'y a-t-il pas de lumière ?

— Elles se sont éteintes quand vous avez pris Suzanne dans vos bras, répliqua Gary en prenant les questions dans l'ordre inverse. Dans toute la ville.

Je comprenais à présent pourquoi j'avais réussi à tenir sur mes pieds — métaphysiquement, s'entend. J'avais aspiré l'énergie de la ville. J'espérais n'avoir blessé personne...

— Et vous n'êtes pas mort parce que... ?

— Parce qu'une grosse de boule de lumière a surgi, expliqua Gary. C'est la chose la plus étrange que j'aie jamais vue. Vous étiez là, allongée, et dans le même temps, vous étiez nez à nez avec Herne. Puis vous avez levé l'épée, Herne s'est embrasé, vous vous êtes évanouie. J'ai cru que vous étiez morte. La boule de lumière a disparu, et j'ai guéri. C'était lui ou vous, ça ?

— Je ne sais pas..., marmonnai-je.

Je m'assis avec précaution. Suzanne Quinley était agenouillée près du corps de Kevin Sadler. Elle se balançait d'avant en arrière, le regard vide. Je me hissai péniblement sur mes pieds et naviguai vers elle, presque en ligne droite.

— Suzy ?

— Mes parents sont morts, n'est-ce pas ?

Je retrouvai la délicate voix de soprano du théâtre.

— Oui, dis-je doucement. Je suis désolée.

— Il les a tués.

— Oui, dis-je de nouveau, sans savoir quoi ajouter.

— Pourquoi ?

— Il souffrait depuis longtemps, très longtemps, expliquai-je lentement. Ce qui l'a probablement rendu fou. Il ne voulait plus souffrir.

Suzanne me regarda.

— Il a essayé de me voler mon âme, n'est-ce pas ? Etait-il capable de le faire ? Qui était-il ?

Je me massai la poitrine machinalement.

— Tiens-tu vraiment à le savoir ?

Elle me lança un regard insolent.

— J'ai vu ce qui s'est passé. Il est devenu… un être spirituel. Qui était-il ?

— Un demi-dieu, répliqua Cernunnos, qui s'était approché.

Aussi immobile qu'une statue, l'étalon vibrait d'impatience contenue. L'impatience de rentrer enfin au bercail.

— Son nom était Herne, et il était mon fils.

— Il l'est toujours, grommelai-je. Sous une forme moins… corporelle.

— Donc, vous êtes mon grand-père, déclara Suzanne en ignorant mon intervention.

Cernunnos tressaillit.

— Nous devons partir, Père, annonça calmement le Cavalier.

Cernunnos regarda alternativement l'Enfant et Suzanne.

— Je suis ton grand-père, confirma-t-il tout en me lançant un regard venimeux. Mais je suis lié à un autre monde que le tien, petite-fille, et je ne puis rester.

— Vous reverrai-je ?

Suzanne semblait si seule… Je me mordis la lèvre. Le Jeune Cavalier sourit.

— A l'heure de ta naissance, chaque année, nous viendrons te saluer, ma nièce. Je guiderai la Meute vers toi. N'aie pas peur de nous, et tout ira bien.

Suzanne acquiesça, ses grands yeux verts écarquillés.

— Je vous reverrai l'année prochaine, alors, murmura-t-elle.

Puis elle baissa les yeux et contempla le corps sans vie qui gisait à ses pieds. La colère crispa sa mâchoire et elle décocha un coup de pied à Kevin Sadler. Le menton levé, elle franchit le corps avec une immense dignité et descendit du manège. Au passage, elle posa doucement sa main sur la jument dorée et s'en fut vers le parking. A cet instant, je remarquai les flashes bleus et rouges.

— Pas encore, *gwyld*, murmura Cernunnos.

— Ah non ! m'exclamai-je en levant la tête pour plonger mes yeux dans les siens. Partez, allez-vous-en. J'ai gagné. Retournez chez vous, il ne vous reste plus beaucoup de temps.

— Plus que tu ne penses, répliqua l'Enfant. Nos journées s'étendent d'un crépuscule à l'autre. Cependant, faites vite, Père.

Et, donnant une légère impulsion à sa monture, il rejoignit la Meute.

— Je te reverrai, Siobhàn Walkingstick, lança le Dieu Cornu.

J'opinai en souriant.

— Me rendrez-vous visite en même temps qu'à Suzanne ? lançai-je. Je suis peut-être marquée, Cernunnos, mais avant que mon temps ne vienne, il me reste deux ou trois choses à faire.

Il tendit sa main gantée et me releva le menton. Dans ses yeux, je lus du respect, de l'admiration, voire de l'affection. La surprise me coupa le souffle.

— Tu es une adversaire valeureuse, *gwyld*. Je tiens à te faire un présent.

Il se pencha avec sa grâce coutumière. Paralysée par ses yeux verts ensorcelants, je ne bougeai pas. Ou, plutôt, je n'eus pas envie de bouger.

— Walker ! cria Morrison au loin.

Les lèvres de Cernunnos se posèrent sur les miennes et je frémis sous ce baiser horriblement délicieux — un baiser qui aurait fait flancher les genoux de toute femme plus faible que moi.

Gary, ce traître, fit entendre un long sifflement et je devins écarlate de la tête aux pieds. Cernunnos se détacha de moi avec un petit rire.

— A bientôt, Siobhàn Walkingstick.

Il me restait assez de présence d'esprit pour exécuter un petit salut.

— A bientôt, Seigneur et Maître de la Meute.

Cernunnos inclina brièvement le buste, fit pivoter son étalon et, poussant un cri, prit la tête de la Meute. Les Cavaliers passèrent au-dessus des inspecteurs qui arrivaient. Morrison baissa la tête, comme les autres, puis me jeta un regard de reproche. Les lumières de la ville revenaient lentement.

— Entente avec l'ennemi, Walker ? lança-t-il dès qu'il fut à portée de voix.

Je secouai la tête.

— L'ennemi est là, dis-je avec un mouvement du menton.

Puis je me tournai pour regarder la Meute disparaître entre les étoiles. Morrison grimpa sur le manège et se pencha sur le corps.

— Un demi-dieu ? demanda-t-il.

— Plus maintenant, avouai-je.

— Que s'est-il passé ?

— Vous le lirez dans le rapport que je vais rédiger, grognai-je. C'est bien ce que je suis censée faire, non ?

Morrison produisit un sublime froncement de sourcils.

— Vous êtes sûre que c'est lui ?

— Oh oui ! m'exclamai-je dans un bel ensemble avec Gary.

Nous pouffâmes nerveusement.

— Suzanne Quinley est partie par là, dis-je en retrouvant mon calme. Toute sa famille est morte. Quelqu'un doit s'occuper d'elle.

Morrison crispa la bouche, puis se tourna vers le parking.

— Gonzalez ! cria-t-il. Elle est là !

Jen émergea de l'obscurité et courut dans la direction que lui indiquait le chef.

— Sa tante vit à Olympia. Gonzalez l'a appelée. Elle arrive.

Il hésita, avant d'ajouter :

— Tout ira bien pour elle.

Je baissai la tête. Jen s'était mise en quête d'une fillette qui n'existait pas, et Morrison prenait sur lui de me rassurer. Je n'avais plus assez de force pour dire merci. Je hochai lentement la tête.

— On peut rentrer au commissariat, que je remplisse ces fichus papiers et que j'aille dormir trois cents ans ?

Morrison recommença à froncer les sourcils.

— C'est à cause de vous que toutes les lumières se sont éteintes ?

— Probable.

— Vous pouvez me dire comment vous avez fait pour épargner les hôpitaux et les cliniques ?

Je levai vivement la tête et le regardai pendant un temps infini.

— Non, finis-je par répondre, avant de sourire. Je ne vous le dirai pas. Joli petit tour de passe-passe, hein ?

— En effet, rétorqua-t-il d'une voix bourrue.

Puis il lutta pour prononcer les mots suivants, visiblement coincés dans sa gorge :

— Du beau travail, Walker.

Ses narines frémirent un bref instant.

— Et maintenant, grimpez dans la voiture et rentrez au commissariat. Je veux savoir ce qui s'est passé ici.

Je fis deux pas et m'arrêtai.

— Dites, lançai-je en me retournant, ce serait pas plutôt : « Grimpez dans la voiture, *détective* Walker » ?

Morrison me jeta un regard proprement incendiaire. Heureusement qu'il ne possédait pas ma petite panoplie chamanique…

— Filez dans la voiture, détective Walker…

Il s'étrangla de rage, ne trouvant manifestement aucune invective assez forte à me lancer.

Souriante, je montai dans la voiture. Juste avant de m'endormir, bercée par le roulement des pneus sur l'asphalte, je m'accordai un petit moment de satisfaction pour avoir sauvé Suzanne et damé le pion au chef. Puis je sombrai dans le sommeil.

Le monde attendrait. J'en étais sûre.

DANS LA MÊME COLLECTION
Par ordre alphabétique d'auteur

P.C. CAST	*La prophétie maudite*
GAIL DAYTON	*La rose des vents*
CHRISTIE GOLDEN	*La légende du dragon*
DEBORAH HALE	*La légende du royaume oublié*
DEBORAH HALE	*L'oracle de Margyle*
MICHELE HAUF	*La malédiction de l'ange noir*
MICHELE HAUF	*Gossamyr*
ANNE KELLEHER	*La dague d'argent*
ANNE KELLEHER	*L'amulette d'argent*
SUSAN KRINARD	*La malédiction du dieu de pierre*
RACHEL LEE	*Le secret de la rose blanche*
C.E. MURPHY	*Chamane*

2 NOUVEAUTÉS À PARAÎTRE EN MAI 2006

LUNA

Composé et édité par les
éditions Harlequin
Achevé d'imprimer en février 2006
par
LIBERDÚPLEX

Dépôt légal : mars 2006
N° d'éditeur : 11964

Imprimé en Espagne